Klarant Verlag

Bärbel Muschiol wurde 1986 in Weilheim, Oberbayern, geboren. Glücklich verheiratet lebt und arbeitet sie mit ihrem Mann und ihren zwei Kindern, heute noch immer im tiefsten Bayern. Im Genre Erotik und in der Belletristik hat sich die Autorin mittlerweile einen festen Platz in den Bestsellerlisten geschaffen.

Bärbel Muschiol

Rocker Devil

Dead Riders

Klarant Verlag

Prolog

Slide

Die Bierflasche in meiner Hand ist leer, das Lagerfeuer, an dem ich sitze, knackst und knistert, die im leichten Wind flackernden Flammen wärmen mich.

Laute Musik dröhnt durch die Lautsprecher über den Hof, die Party ist in vollem Gange.

Der Motorcycle Club der Black Devils, bei dem wir heute Nacht auf Besuch sind, weiß definitiv, wie man eine Party schmeißt – so viel steht fest.

Der Alkohol fließt in Strömen, Joints werden herumgereicht und es sind so viele willige Schlampen da, dass kein Mann heute Nacht einsam sein muss.

Doch anstatt mich volllaufen zu lassen, sitze ich hier und warte darauf, dass sich meine Bierflasche wie durch ein Wunder wieder füllt.

Es ist nicht so, dass ich etwas gegen Partys habe, wie jeder andere Mann weiß ich ein kühles Bier, gegrilltes Fleisch und Gratispussys mehr als zu schätzen, doch die ausgelassene Stimmung, die um mich herum herrscht, schwappt heute Nacht einfach nicht auf mich über.

Vielleicht sollte ich mich auf mein Bike setzen und eine Runde drehen?

Fluchend schließe ich meine Augen und versuche mich etwas zu entspannen – keine Chance. Heute ist wieder einer dieser Tage, an denen mich die Dämonen meiner Vergangenheit fest im Griff haben.

Auch wenn ich körperlich anwesend bin, mein Geist ist gerade 7500 Meilen weit entfernt.

Dank meiner Zeit bei der Army bin ich viel um die Welt gekommen, zuletzt war ich in Afghanistan stationiert.

Wer denkt, dass die Hölle nach dem Leben auf einen wartet, der war noch nie im Krieg ...

In meinem Kopf hallen Schüsse, ich sehe verwundete oder gar tote Kameraden im Staub auf dem Boden liegen. Mienen gehen in die Luft, zerfetzen die Körper von unschuldigen Kindern.

All das läuft wie ein nie endender Film in meinem Kopf.

Ich kann das Blut riechen, den Sand schmecken und die Hitze der gnadenlosen Sonne spüren – aber ich fühle keine Emotionen, keinen Schmerz und kein Bedauern. Alles, was ich hin und wieder empfinde, ist purer, grenzenloser Hass und das Gefühl, dass ich nicht genug getötet, dass ich nicht genug für mein Vaterland getan habe.

Hinter mir zerbricht ein Glas, das schrille Lachen einer Frau erfüllt die Luft.

Das alles interessiert mich nicht, ich starre so lange in die tanzenden Flammen, bis ich das Gefühl habe, meine Augäpfel zu rösten.

Als ich die Hitze nicht mehr ertrage, wende ich meinen Blick ab, hole meine Kippen aus der Innentasche und zünde mir mit meinem Zippo eine an.

Der Geschmack von Nikotin und Tabak erfüllt meine Lungen, hilft mir dabei, mich zu entspannen.

Immer wieder lasse ich den Deckel des Feuerzeugs auf- und zuschnappen, dieses einfache Fingerspiel beruhigt mich. Das Chaos in meinem Kopf verliert endlich an Intensität.

Zuerst verstummen die Stimmen, dann werden die Bilder schwarz-weiß, ehe sie sich wie Nebel auflösen.

Verfluchte Scheiße, ich brauche mehr Alkohol ...

Langsam stehe ich auf, lasse meine Schultern kreisen und versuche so meine angespannte Muskulatur etwas zu lösen. Vielleicht sollte ich mir doch eine der vielen Bitches gönnen und sie so hart ficken, bis in meinem Kopf eine angenehme Leere entsteht?

Genervt mache ich mich auf den Weg Richtung Bar, weiche torkelnden Weibern und sich prügelnden Kerlen aus und hole mir noch ein Bier. Die Luft im Clubhaus ist stickig, es riecht nach Schweiß, Muschi und billigem Parfüm.

Einen Schluck von meinem Bier nehmend kehre ich zurück ans Lagerfeuer, lasse mich lustlos auf eine der Bänke nieder und hoffe, dass sich meine Stimmung noch hebt.

Gedankenlos schaue ich ins Feuer. Gerade als ich mir erneut eine Kippe anzünden will, tauchen zwei schlanke Beine vor meinem Blickfeld auf. Schmale Füße stecken in ausgelatschten schwarzen Converse-Sneakers, während das matte Nylon der Strümpfe an vielen Stellen gerissen ist. Langsam lasse ich meine Augen etwas weiter nach oben wandern. Das Muster des spitzenbesetzten Randes der halterlosen Strümpfe besteht aus kleinen stacheligen Rosen, die sich wie eine zweite Haut an die Beine des Mädchens schmiegen, deren süßer Geruch mir in die Nase steigt.

Die entblößten Kniekehlen lassen mir das Wasser im Mund zusammenlaufen.

Nach den Knien kommt ein breiter Streifen nackter Haut zum Vorschein, ehe sehr knapp unter dem prallen Hintern doch noch der Rand eines Lederrocks beginnt. Der Rock ist eigentlich gar nicht erwähnenswert, ihr nackter Rücken wird nur von zwei dünnen Trägern durchkreuzt. Das Tattoo einer roten Rose ziert ihre linke Schulter, lange schwarze Haare wehen leicht im Wind.

Mein Schwanz wird hart, meine Eier pochen verlangend.

Heilige Verdammnis ...
Die Kleine, die da vor mir steht, würdigt mich keines Blickes, sie sieht mich nicht an, sondern starrt direkt ins Feuer.

Gerade ihr Desinteresse gepaart mit dem verflucht heißen Anblick ihrer Rückseite lässt mich alles andere als kalt.

All die Frauen, die hier durch die Gegend laufen und sich wahllos jedem Kerl an den Hals werfen, widern mich einfach nur an. Ihre verzweifelte Hoffnung, so zur Old Lady zu werden, ist einfach nur erbärmlich.

Ohne meinen Blick von ihr abzuwenden, zünde ich mir eine Zigarette an, strecke meinen Finger aus und fahre den mit Rosen besetzten Rand der Stümpfe nach.

Wie vom Blitz getroffen wirbelt das Mädchen um ihre eigene Achse und funkelt mich aufgebracht an.

„Nimm deine Finger weg, du Arschloch!"

Jesus, da hat aber jemand Temperament ...
Amüsiert sehe ich sie an und ziehe erneut an meiner Kippe.

Die Augen der Kleinen sind azurblau, ihre Gesichtszüge fein und ebenmäßig.

Mein Blick legt sich auf ihre vollen Lippen. Wie es sich wohl anfühlt, wenn sie sich saugend um meinen Schwanz schließen?

Ich bin nicht der Einzige, der sein Gegenüber interessiert mustert.

Unsere Blicke treffen sich, sie leckt sich mit der Zungenspitze über die Unterlippe. Neugierig legt sie den Kopf leicht schief. Sie unterbricht unseren Blickkontakt und sieht weiter an mir herab. Ihre Pupillen weiten sich, als sie meine Kutte sieht. Aufmerksam studiert sie die vielen Aufnäher, die meinen Patch zieren, und zieht ihre Schlüsse daraus – sie ist definitiv keine Bitch, dafür kennt sie sich viel zu gut aus.

Nachdem sie das Dequiallo- und das Ein-Prozenter-Zeichen gesehen hat, entdeckt sie den Aufnäher, der mich als Vize meines Clubs auszeichnet.

„Du bist Slide, der Rocker Devil, der Vizepräsident der Dead Riders und somit Aces rechte Hand."

Und wie so oft eilt mir mein Ruf voraus.
„Jep."

Genüsslich ziehe ich ein letztes Mal an meiner Zigarette, ehe ich den Stummel in die Flammen schnippe.

Schweigend setzt sie sich zu mir, mein Blick fällt erneut auf ihre Beine. Jetzt, wo sie sitzt, ist ihr Rock quasi nicht mehr existent.

Um uns herum wird die Party immer wilder, keiner schenkt uns beiden seine Beachtung.

„Sorry, dass ich Arschloch zu dir gesagt hab."

Sie ist klein, ich schätze sie auf 1,60 Meter. Mein Präs würde sagen, dass sie die perfekte Größe hat, um mit dem Rücken an die Wand gepresst und so lang gebumst zu werden, bis sie ins Koma fällt – in diesem speziellen Fall stimme ich ihm ausnahmslos zu.

„Schon vergessen."

Ein süßes Lächeln breitet sich auf ihrem Gesicht aus. Sie nickt, ehe sie ihren Kopf wie selbstverständlich an meine Schulter lehnt.

Diese unschuldige Geste fühlt sich erstaunlich intim und richtig an.

Wieder schweigen wir, es ist eine gute, einvernehmliche Ruhe.

Unsere Stille ist der komplette Gegensatz zu all dem Lärm, der um uns herum herrscht.

Zufrieden trinke ich mein Bier, inhaliere ihren köstlichen Geruch und lasse meinen Blick über die feiernde Menge schweifen.

Ich spüre, wie sie sich bewegt, und blicke auf sie herab.

Das Blau ihrer faszinierenden Augen verändert sich, wird dunkler. Langsam legt sie ihre Hand an meinen Hinterkopf, zieht mich weiter nach unten und küsst mich sanft.

Um ehrlich zu sein, bin ich kein großer Fan von Zärtlichkeiten. Kuschelsex ist wirklich nicht mein Fall.

Aber bei Gott, ihre Lippen, die erst federleicht über die meinen streichen, ehe sie den Druck erhöht und ihre Zunge zwischen die meinen schiebt, fühlen sich so fucking genial an. Ich versuche mich zu beherrschen, mich zu kontrollieren, aber es fällt mir nicht leicht.

Zum Teufel noch mal! Wie zur Hölle soll ich hier sitzen bleiben und einigermaßen cool bleiben, wenn es diesem Mädchen mit nur einem Kuss gelingt, mich völlig aus der Bahn zu werfen? Ich schließe meine Augen, vergesse alles um mich herum und konzentriere mich nur noch auf unsere ineinander verschmelzenden Lippen. Das unangenehme Pochen hinter meinen Schläfen löst sich in Luft auf, ich spüre, wie sich ein unbekannter Frieden in mir ausbreitet.

Vorsichtig schiebe ich meine Hand an ihrer Wange entlang unter ihre langen Haare, lege meinen Daumen auf ihre Wange und umschließe mit den restlichen Fingern ihren zerbrechlichen Nacken.

Mehr, ich brauche mehr ...

In diesem Augenblick komme ich mir vor wie ein Ertrinkender, der von den weichen Lippen dieser Frau seinen letzten Atemzug bekommt.

Mein Schwanz ist mittlerweile so hart, dass er kurz davor ist, den unnachgiebigen Stoff meiner Jeans zu sprengen.

Heilige Scheiße! Wenn das so weitergeht, spritze ich wie ein unerfahrener Schuljunge in meiner Hose ab.

Gierig vertiefe ich den Kuss, wühle mich durch ihren Mund, sauge ihren köstlichen Geschmack in mir auf.

Mehr ... ich brauche mehr und immer mehr ...

Ihre kleinen Finger graben sich in meine Oberarme, ihr Atem kommt immer schneller.

Gerade als ich sie packen und auf meinen Schoß ziehen will, spüre ich, wie sie sich langsam aus dem Kuss zurückzieht, unsere Zungen treffen sich ein letztes Mal, ehe sie ihren Mund von dem meinen löst.

Atemlos lehne ich meine Stirn an die ihre. Es braucht einen Moment, bis ich all meine Sinne wieder beisammen habe.

Fuck! So etwas habe ich ja noch nie erlebt.

Auf ihren Wangen breitet sich eine süße Röte aus, zufrieden betrachte ich ihre leicht geschwollenen Lippen.

Ohne meinen Blick wieder freizugeben, steht sie auf, ich schnappe mir automatisch ihre Hand, halte sie fest, verhindere so, dass sie mir wieder entwischen kann.

„Sag mir deinen Namen."

Ohne mir zu antworten, ergreift sie mit beiden Händen das Revers meiner Kutte und setzt sich rittlings auf meinen Schoß.

Ihre warmen Fingerspitzen streichen sachte über meinen Brustkorb.

„Nenn mich einfach Baby, Rocker Devil."

Atemlos spüre ich, wie ihre Finger an meinem Oberkörper immer weiter nach unten wandern, ehe sie ihre Hand geschickt in meine Hose schiebt und mit ihren kleinen gierigen Fingern meinen harten Schwanz umfasst.

Der zufriedene Ausdruck in ihren Augen verrät mir, dass ihr gefällt, was ich ihr zu bieten habe.

„Wenn du so weitermachst, landest du in der Horizontalen, Baby."

Zutiefst erregt beobachte ich, wie sie an ihrer Unterlippe knabbert.

Gekonnt bespielt sie mein Glied, umfasst meine Eier, raubt mir den Atem.

Sie hat es so gewollt ...

Knurrend stehe ich auf, umfasse mit meinen Händen ihre Pobacken und trage sie durch die feiernde Menge auf die Rückseite des Gebäudes. Hier ist es etwas stiller, hier werde ich mich tief in ihr versenken.

Kaum dass ich sie mit dem Rücken gegen die Wand gedrückt habe, beginnt sie damit, mich auszuziehen.

Ich schnappe mir ihre Hände, presse sie über ihrem Kopf an die harte Wand.

Stürmisch erobere ich ihren Mund, sauge mich an ihr fest, beiße zu.

Stöhnend reibt sie ihren Unterleib an mir.

So schnell ich kann, öffne ich meine Hose, ziehe sie etwas nach unten.

Als Nächstes zerfetze ich das bisschen Stoff, das ihren Slip dargestellt hat, und fahre mit meinen Fingern durch den nassen Spalt ihrer Pussy.

Verdammt, sie ist so was von bereit für mich.

Um sie für mich vorzubereiten, dringe ich mit zwei meiner Finger tief in sie ein, dehne sie und entlocke ihr einen lustvollen Schrei.

„Nimm mich, Rocker Devil!"

Ihr leises Flüstern lässt mich rotsehen. Dieses Mädchen muss den Verstand verloren haben. Während ich versuche mich zu kontrollieren und nicht wie eine wild gewordene Bestie über sie herzufallen, macht sie alles in ihrer Macht Stehende, um mich völlig in den Wahnsinn zu treiben.

Kapiert sie nicht, dass ich viel stärker bin als sie, dass es ein Leichtes für mich wäre, sie schwer zu verletzen?

Sie sollte eigentlich etwas mehr auf ihre Gesundheit bedacht sein ...

Brummend vergrabe ich meine Nase in ihren Haaren, inhaliere ihren Geruch, reibe mit meinem Daumen kreisend über ihren Kitzler.

Erst als sie vor Lust zitternd in meinen Armen liegt, spanne ich meine Oberschenkelmuskulatur an, bringe mich vor ihr in Position und dringe mit meiner Eichel in sie ein.

Feucht, eng und zuckend nimmt sie mich in sich auf. Ihr rauer Schrei erfüllt die kühle Nachtluft – das absolute Paradies.

Langsam schiebe ich mich immer weiter in sie, genieße jeden Zentimeter, den ich tiefer in sie vordringe. Eigentlich sollte ich mir einen Gummi überziehen, doch bei dieser Frau schaltet mein Hirn völlig aus.

Sie will ich Haut an Haut spüren, bei ihr gehe ich das unkalkulierbare Risiko ein.

„Mehr ... bitte mehr ..."

Stöhnend presst sie sich mir entgegen, versucht so mein Glied noch etwas tiefer in sich aufzunehmen.

Vor Anspannung zitternd ziehe ich mich etwas aus ihr heraus, nur um mich einen Atemzug später bis zum Anschlag in sie zu rammen.

Das zutiefst weibliche Stöhnen, das sich aus ihrer Kehle löst, sorgt dafür, dass sich auch das letzte bisschen Selbstbeherrschung, das ich mir bewahren konnte, in Luft auflöst.

Immer und immer wieder dringe ich bis zum Schaft in sie ein, ziehe mich zurück, nur um gleich wieder in sie zu stoßen.

Unter halb geschlossenen Augen, ihren Mund zu einem leisen Schrei geöffnet, sieht sie mich an.

Hart und gnadenlos ficke ich sie, so wie ich es brauche – und sie?

Sie genießt es, presst sich mir entgegen und verliert sich völlig in ihrer Lust.

Was für ein verflucht geiler Anblick.

Rein – raus – rein – raus ...

Ohne Unterlass nehme ich, wonach mir der Sinn steht. Ein heißer Schauer rieselt über mein Rückgrat, schießt direkt in meine Eier. Ein starkes Pochen lässt mein Glied zucken, es dauert nicht mehr lange, bis ich meinen Samen tief in ihren heißen Unterleib schieße.

Immer wieder spannt sie ihre göttliche Möse an, melkt mich regelrecht.

Gekonnt verändere ich den Winkel, mit dem ich in sie eindringe, touchiere bei jedem erneuten Vorstoß ihren G-Punkt.

Herzschlag für Herzschlag, Atemzug für Atemzug verliere ich mich in unserem Liebesspiel.

Tief in meiner Brust breitet sich eine wohlige Wärme aus, das Gefühl von einem kostbaren inneren Frieden legt sich auf meine Sinne. So gut wie in diesem Augenblick habe ich mich seit Jahren nicht mehr gefühlt.

Diese Frau hat irgendetwas an sich, das die Stimmen in meinem Kopf zum Verstummen bringt, sie nimmt meiner Seele den allumfassenden Schmerz, der mich wie ein treuer Freund jede Sekunde des Tages begleitet, und verwandelt ihn in ein warmes Glühen. *Friede ...*

Ich verliere mich in meiner Lust, brülle laut und pumpe meinen Samen tief in ihren feuchten Schoß.

Stöhnend und sich auf mir windend, krallt sie sich an mir fest.

Ihre Pussy beginnt wie wild zu zucken, während sie ihren Orgasmus laut hinaus in die schwarze Nacht schreit.

Atemlos, verschwitzt und zutiefst befriedigt lehne ich meinen Kopf an den ihren. Sie bebt leicht in meinen Armen, ich ziehe sie fester an meinen Körper.

Das urtümliche Bedürfnis, dieses Mädchen vor der restlichen Welt abzuschirmen und zu beschützen, ergreift von mir Besitz.

„Das war unglaublich ...“

Blinzelnd öffnet sie ihre Augen, leckt sich über die Lippen und küsst mich federleicht auf den Mund.

In meinem Brustkorb breitet sich ein schmerzhaftes Ziehen aus. Es fühlt sich so an, als würde in der Nähe dieser Frau mein versteinertes, totes Herz zum Leben erwachen.

All die verschiedenen Empfindungen, die sich wie ein Flächenbrand in mir ausbreiten, verwirren mich – was zur Hölle ist nur mit mir los?

Ich sehe ihr tief in die Augen, ziehe mich langsam aus ihr heraus und beobachte, wie sie leicht zusammenzuckt.

Scheiße! Ich bin zu grob gewesen ...

Vorsichtig stelle ich sie auf ihre eigenen Beine, halte sie beschützend fest, als sie leicht wankt.

Mit zittrigen Fingern zieht sie ihren lächerlich kurzen Rock zurecht, fährt sich durch die Haare und sieht mich unsicher an.

Sie ist mein ... nur mein!

Der Gedanke schießt so schnell durch meinen Verstand, dass ich ihn kaum greifen kann.

Was zur Hölle ist nur mit mir los?

Fluchend fahre ich mir mit den Fingern durch meine schulterlangen Haare, schließe meine Hose, ehe ich abrupt einen Schritt zurückgehe und so etwas Abstand zwischen mich und das Mädchen, das mich so tief berührt hat, bringe.

Ich muss hier sofort weg – diese Kleine ist verdammt gefährlich.

Tief in meinem Inneren schreien mir all meine Schutzmechanismen laut zu, dass ich schnellstens von hier verschwinden muss.

Das Mädchen, das schuld an dem Sturm, der all meine Gedanken und Emotionen wie wild durch die Gegend wirbeln lässt, ist, sieht mich unsicher an.

Ein letztes Mal lasse ich meine Augen über ihr Erscheinungsbild gleiten, packe sie grob und ziehe sie zu mir heran.

Der Kuss, den ich ihr nun verpasse, ist weder zärtlich noch liebevoll. Er ist wütend, allumfassend und verschlingend.

Erst als wir beide atemlos nach Luft schnappen, erlaube ich es mir, sie ein letztes Mal sanft zu berühren, ehe ich mich schnell umdrehe und so viel Abstand wie möglich zwischen sie und mich bringe. Ohne einen Blick zurück steige ich auf mein Bike, fahre zum Tor und befehle einem der Wachen der Black Devils, Ace auszurichten, dass ich weg musste.

1. Kapitel

Der Geruch von verbranntem Fleisch liegt in der Luft. Grelle Flammen flackern wild im fahlen Licht des vollen Mondes.

Das Holz knackst und flüstert, ehe es zu Asche zerfällt.

Die kühle Mailuft hüllt mich ein, erinnert mich daran, warum wir hier sind.

Prüfend sehe ich zu Ace, dem Präsidenten der Dead Riders, des Motorcycle Clubs, dem ich mich vor gut drei Jahren angeschlossen habe.

Ace und ich kennen uns seit Jahren, wir haben uns in der Army so oft gegenseitig den Arsch gerettet, dass er mehr ein Bruder als ein Freund für mich ist. Nachdem wir 2012 zusammen für neun Monate in Afghanistan stationiert wurden, war für mich die Rückkehr in die normale Welt ein großer Schock.

Meine Verlobte hatte mir nach gut drei Monaten meines Auslandseinsatzes einen Brief geschrieben, in dem sie mir mitgeteilt hat, dass sie sich nun doch für den Typen, den sie seit der Highschool kennt, entschieden hat. Mit der Tatsache, dass ich sie alleine gelassen habe, um meinem Vaterland zu dienen, ist sie nicht klargekommen.

Der Brief hat drei Wochen lang gebraucht, bis er völlig ramponiert bei mir im Stützpunkt angekommen ist.

Während ich im Dreck gelegen und für Uncle Sam jeden Tag aufs Neue mein Leben riskiert habe, hat sich die Frau, die ich heiraten wollte, mit einem anderen Mann in unserem Bett gewälzt ...

Rückblickend kann ich ihr nur dankbar sein, das mit uns hätte eh nie funktioniert, doch damals hat mich diese Nachricht in ein schwarzes Loch der Selbstzerstörung getrieben.

Die Wut und die Trauer, die ich damals empfunden habe, hat mich ein paar wirklich verrückte Dinge tun lassen.

Von einer Sekunde auf die andere hatte ich nichts mehr, für das es sich rentiert hätte, die Hölle, in der ich stationiert wurde, zu überleben.

Dank meiner Der-Tod-ist-mir-scheißegal-Einstellung sind unserer Truppe ein paar wirklich gute Aktionen gelungen. Wir haben mehr Feinde unschädlich gemacht und mehr Anschläge verhindert als der Rest unseres Bataillons.

Ich bin zu einem gefühlskalten Roboter mutiert, der, ohne zu zögern, sämtliche Zielpersonen umgebracht hat.

Nach Tagen und Wochen, in denen ich mir verboten habe irgendetwas zu fühlen, ist ein Teil von mir gestorben. Die Emotionen, die ich so entschlossen unterdrückt habe, sind verschwunden und mit der Zeit konnte ich nichts mehr fühlen – selbst wenn ich es gewollt hätte – mein Herz war schwarz und tot ...

Nachdem die neun Monate vorbei waren und wir zurück in die USA geflogen sind, wusste ich nichts mit mir anzufangen. Es war mir unmöglich, in mein altes Leben zurückzukehren, ich war ein anderer Mensch.

Als ich Ace erzählt habe, dass ich mich freiwillig für den nächsten Auslandseinsatz gemeldet habe, hat er mir vorgeschlagen, ein Mitglied des Motorradclubs zu werden.

Er war der Einzige, der verstanden hat, was mit mir los war.

Wenn man über einen so langen Zeitraum jeden Tag Menschen getötet hat, kann man damit nicht plötzlich aufhören. Es ist wie eine Sucht, eine Abwärtsspirale, die dich so fest in ihrem Sog hat, dass du keine Chance hast, daraus zu entkommen.

Ace war damals schon seit Jahren ein Mitglied des MCs.

Kurz nach der Rückkehr von unserer Afghanistan-Stationierung ist Ace zum Präsidenten des Clubs gewählt worden.

Eine Woche lang habe ich über sein Angebot nachgedacht.

Während dieser sieben Tage bin ich von Kneipe zu Kneipe gezogen. Nacht für Nacht habe ich meine Unzufriedenheit in Unmengen von Alkohol ertränkt und sinnlose Schlägereien angefangen.

Wenn ein Mann erst mal den Weg eingeschlagen hat, für den ich mich entschieden habe, dann bleiben ihm nicht mehr viele Möglichkeiten.

In der siebten Nacht hat Ace, an sein schwarzes Motorrad gelehnt, vor meiner Stammkneipe auf mich gewartet. Ohne ein Wort zu sagen, ist er auf mich losgegangen ...

Scheiße!

In dieser besagten Nacht hat er mich grün und blau geschlagen. Erst als wir beide atemlos und völlig entkräftet auf der nassen Straße gelegen sind, bin ich zu dem Entschluss gekommen, dass ich ein Rider werden möchte.

Jetzt, drei Jahre später, bin ich der Vizepräsident des MCs. Der Club ist mein Leben, seine Mitglieder sind meine Familie.

Das schwarze Loch, das sich anstelle eines Herzens in meiner Brust befindet, wird wohl für immer bleiben, doch das stört mich nicht. Ich bin der Rocker Devil, meine Feinde kennen und fürchten mich, so war es schon immer und so wird es zukünftig auch immer sein.

Der laute Knall eines Schusses reißt mich unsanft aus meinen Gedanken.

„Fuck!"

Ace lässt sich auf den Boden fallen, Skorpion, ein weiterer Dead Rider, folgt Aces Beispiel. Ich hingegen bleibe unerschrocken stehen. Mit der

Waffe im Anschlag und dem Finger am Abzug ziele ich auf die drei Schützen, die uns angreifen, und schalte einen nach dem anderen aus.

Erst als auch das Nachhallen des letzten Schusses verklungen ist, stehen meine Brüder wieder auf und klopfen sich laut fluchend den Dreck von den Kutten.

Prüfend lasse ich meinen Blick über die nähere Umgebung gleiten.

„Wir müssen von hier verschwinden! Es ist nicht mehr sicher."

Ace kommt lachend auf mich zu, boxt hart gegen meine Schulter und schüttelt den Kopf.

„Fuck, Slide, du und deine Todessehnsucht! Wann kapierst du endlich, dass auch du mal getroffen werden kannst?"

Ich spucke neben meinem schwarzen Stiefel auf den Boden.

„Du verwechselst da was, Präs. Ich habe keine Todessehnsucht, nur keine Angst vorm Sterben."

Ace und alle anderen verstehen es einfach nicht.

Ich habe in meinem Leben schon so oft den Tod verschenkt, dass er mittlerweile ein guter Freund von mir geworden ist.

In der Zeit in Afghanistan und auch ein paar Mal danach hat es unzählige Situationen gegeben, die ich unmöglich überleben konnte, und dennoch stehe ich hier.

So wie ich das sehe, ist der Zeitpunkt, in dem wir diese Welt verlassen, vorherbestimmt. Wir können dem Unvermeidlichen nicht entkommen, also warum zur Hölle sollte ich mich vor dem Sensenmann fürchten?

Wenn meine Zeit abgelaufen ist, werde ich es merken. Bis dahin werde ich mich vor nichts und niemandem fürchten.

Ace beobachtet, wie die Flammen über die Reste des Hauses lecken, das wir angezündet haben.

„Unsere Rache ist erledigt, lasst uns von hier verschwinden, bevor die Bullen auftauchen."

Ohne Zeit zu verlieren, gehe ich zu meinem Bike. Skorpion nickt mir schweigend zu, auch ohne Worte weiß ich, dass das seine Art ist, sich bei mir dafür zu bedanken, dass ich ihm gerade den Arsch gerettet habe.

Skorpion ist ein schweigsamer Mann, sein Aussehen erinnert an einen durchgeknallten Serienkiller mit einer Vorliebe für Äxte und Kettensägen.

Er ist knapp 190 Zentimeter groß, also etwas kleiner als ich. Auf seiner Glatze thront ein schwarzes Skorpions-Tattoo, dessen Stachel voller Blut ist und sich um sein linkes Ohr windet. Sein rechter Arm ist voller Narben. Ich kenne niemanden, der sich besser mit Bomben, Granaten oder Mienen auskennt.

Skorpion ist ein guter Mann und ein zuverlässiger Dead Rider. Er betet Nora, seine Old Lady, regelrecht an und er liebt seinen achtzehn Monate alten Sohn Ryan über alles.

So ungern ich es auch zugebe, aber um seine Familie beneide ich ihn. Es muss schön sein, eine Frau und Kinder zu haben, die man umsorgen und beschützen kann.

„Lasst uns zu den Black Devils fahren, der MC ist nur zwanzig Meilen von hier, King, der Präsident, wird uns über Nacht aufnehmen. Er freut sich immer über Besuch."

Bullshit!

Der Gedanke gefällt mir nicht und wenn ich Skorpions Miene richtig deute, gefällt ihm die Tatsache, von seiner Frau getrennt zu sein, genauso wenig. Aber Ace hat recht, hier sitzen wir mitten auf dem Präsentierteller. Es war von Anfang an keine so gute Idee, unser Revier zu verlassen, um eine Tagesfahrt entfernt Rache zu üben.

Doch es musste sein, dieser Vergeltungsschlag war notwendig.

Der Typ, der gerade an den Küchenstuhl gefesselt in seinem Haus verbrannt ist, hat uns beschissen. Und niemand, absolut niemand, legt sich ungestraft mit den Dead Riders an.

Jeder, der glaubt, uns verarschen zu können, bezahlt diese idiotische Idee mit seinem Blut.

Ace setzt sich seinen Helm auf, startet mit einem kraftvollen Kick den Motor seines Bikes und gab mit einem Handzeichen zu verstehen, dass wir ihm folgen sollen.

Ich kenne King. Erst vor vier Wochen war er mit drei seiner Männer bei uns zu Besuch, es ging um Waffen und Munition.

Das letzte Mal, als wir vor drei Monaten wegen ein paar geschäftlicher Angelegenheiten bei den Devils vorbeigeschaut haben, war da so eine kleine Schwarzhaarige, die mich völlig aus der Bahn geworfen hat.

Fuck, Fuck, Fuck ...

Es hat nicht nur ein paar Wochen gedauert, sondern auch eine ganze Menge Pussys gebraucht, bis ich die Kleine wieder vergessen konnte.

Dieses Mädchen hatte irgendetwas an sich, das mich tief in meinem Inneren berührt hat. Ihr ist es gelungen, durch meine harte Schale hindurchzuschlüpfen.

In den kostbaren Augenblicken, die ich mit dieser Frau verbracht habe, hat sie es geschafft, Erinnerungen und die dunklen Stimmen, die mich heimsuchen, sind dank ihr verstummt, sie sind einem angenehmen Gefühl der Glückseligkeit gewichen.

Bei Gott, so etwas habe ich schon verdammt lange nicht mehr verspürt...

Ihre blauen Augen haben nicht nur meinen Körper und meine Narben gesehen, sie haben mich gesehen.

Diesem Mädchen ist es gelungen, für eine Nacht den Teil meines Ichs zum Leben zu erwecken, den ich eigentlich schon längst für tot gehalten habe.

Noch heute kann ich mich an ihren Geruch und ihren Geschmack erinnern, als wäre es erst gestern gewesen.

Sie hat nach Vanille und Pfirsich gerochen ...

Shit! In dem Augenblick, in dem ich langsam in sie eingedrungen bin, in dem ich mich bis zum Anschlag in ihr versenkt habe, war ich frei.

Leise seufzend hat sie ihre kleinen Finger in meiner Schulter vergraben, meinen Blick erwidert und sich mir bedingungslos hingegeben.

Alleine die Erinnerung an diesen Moment lässt mich wohlig erschaudern.

In meinem Leben habe ich unzählige Frauen gefickt, ich habe sie auf alle erdenklichen Arten genommen und genossen, doch keine von ihnen ist mir wirklich in Erinnerung geblieben, keiner von ihnen ist es gelungen, mich das fühlen zu lassen, was ich bei der kleinen Schwarzhaarigen empfunden habe.

Verfickte Scheiße!

Da begegne ich einmal im Leben einer Frau, die mich wirklich interessiert, und dann weiß ich noch nicht mal ihren Namen.

Als ich sie danach gefragt habe, hat sie sich auf meinen Schoß gesetzt, mir frech zugezwinkert und mir ins Ohr geflüstert, dass ich sie einfach Baby nennen soll, während sie ihre Hand in meine Hose geschoben hat.

Ich kenne keinen Mann, der da nicht schwach geworden wäre ...

Seit unserer gemeinsamen Nacht vergeht kein Tag, an dem ich nicht an sie denke.

In manchen Situationen war meine Sehnsucht nach ihr so groß, dass es mich meine komplette Selbstbeherrschung gekostet hat, nicht auf mein Bike zu steigen und zu den Devils zu fahren.

Ich wollte sie suchen, packen, hinter mir auf mein Bike setzen und mit zu mir nehmen. Jede Faser meines Körpers wollte sie besitzen und markieren.

Diese Sache mit dem inneren Frieden, den sie mir geschenkt hat, ist verdammt gefährlich. Wenn ein Mann wie ich einmal dieses Glücksgefühl gespürt hat, kann es passieren, dass er ganz schnell süchtig danach wird ...

Jetzt, wo Ace vorgeschlagen hat, dass wir zu den Black Devils fahren, habe ich keine Ahnung, wie ich das finden soll.

Was, wenn sie da ist?

Was, wenn sie nicht da ist?

Was, wenn sie tatsächlich da ist und ich dabei zusehen muss, wie sie es mit einem anderen Typen treibt?

Die letzte Möglichkeit würde für den Typen, der seine Hand an sie gelegt hat, zu hundert Prozent tödlich enden!

Zur Hölle, wie kann es sein, dass dieses Miststück genau eine Nacht gebraucht hat, um mich so durcheinanderzubringen?

Eine Viertelstunde später fahren wir über die Rucken Ave Richtung Silver Lake. Das viereckige ziemlich alte Betongebäude außerhalb von Everett ist das Clubhaus der Black Devils.

Das riesige Areal rundherum wird von einem gut vier Meter hohen Zaun, der oben mit Stacheldraht verstärkt ist, von der restlichen Welt abgeschnitten.

Nachdem Ace mit den Wachen am Tor geredet hat, werden wir durchgelassen.

Holy Shit! Auch wenn unser Präsident der Meinung ist, dass die Dead Riders und die Black Devils Freunde sind, verrät mir mein Instinkt, dass wir extrem wachsam sein müssen.

Irgendwie habe ich das dumme Gefühl, dass wir nur eine falsche Bewegung von einer Schießerei entfernt sind.

Falls Ace die angespannte Stimmung ebenfalls spürt, lässt er sich nichts anmerken.

Mit dem Hinterreifen zur Hauswand parken wir unsere Bikes, setzen die Helme ab und steigen ab.

Der Präsident der Black Devils kommt von zwei seiner Männer flankiert auf uns zu. Seine grauen Haare passen perfekt zu den vielen Falten, die sein Gesicht zieren. Soweit ich weiß, saß er die letzten fünf Jahre wegen Steuerhinterziehung im Knast – unglaublich, aber wahr. Dieser Mann hat sein Leben lang Gesetze gebrochen, Menschen getötet und sich am illegalen Waffenhandel beteiligt, aber ausgerechnet wegen der beschissenen Steuer wandert er hinter Gitter.

Nicht zum ersten Mal wundere ich mich über das amerikanische Justizsystem.

„Brüder ...“

Er nickt uns kurz zu, ehe sich die Präsidenten mit einer freundschaftlichen Umarmung begrüßen.

„Wie kommen wir zu der Ehre eures Besuches?“

Ace lockert seine angespannte Schultermuskulatur, während ich meinen Blick prüfend über das Gelände schweifen lasse – wo ist sie nur?

„Wir hatten etwas in der Nähe zu erledigen und dachten, wir schauen mal vorbei, bleiben über Nacht und genießen eure Bitches.“

King lacht laut auf.

„Du wirst dir wohl niemals eine Old Lady suchen, was, Ace?"

Mein Präsident zwinkert King zu.

„Bis jetzt ist mir noch kein Mädchen über den Weg gelaufen, das es wert gewesen wäre, meinen Schwanz an die goldene Leine zu legen."

King lacht laut auf, schüttelt ungläubig den Kopf.

Skorpion sieht mich skeptisch an, er spürt ebenfalls, dass etwas nicht stimmt.

Angespannt folge ich den beiden Präsidenten ins Innere des Hauses. Direkt neben der Türe brennt in einem alten Ölfass ein grelles Feuer, dessen tanzende Schatten sich an der Hauswand abzeichnen.

Der Club ist wie bei uns in verschiedene Bereiche eingeteilt.

Nachdem wir an der Bar, die sich direkt neben der Türe befindet, vorbeigegangen sind, entdecke ich im hinteren Teil des großes Raums mehrere Poledance-Stangen, an denen sich halb nackte Frauen rekeln. Unterschiedliche Tische und Stühle bieten Rückzugsmöglichkeiten, während an den Wänden unterschiedlich große Spiegel, Poster und eine überdimensional große amerikanische Flagge hängen.

Es sind circa vierzig Black Devils anwesend, die Hälfte von ihnen ist so betrunken, dass sie kaum noch gerade sitzen, geschweige denn stehen können. Die anderen unterhalten sich, spielen Dart oder amüsieren sich mit den ganzen Clubhuren, die sich hier aufhalten.

Neugierig lasse ich meinen Blick über all die Mädels gleiten, aber die Frau, nach der ich Ausschau halte, ist nirgends zu sehen und all die anderen reizen mich nicht wirklich.

Verflucht! So wie ich das sehe, wird das eine verdammt lange Nacht ...

Am liebsten würde ich Ace dazu bringen, dass wir uns sofort auf den Rückweg machen, doch so wie ich meinen Freund kenne, hat dieser Besuch einen bestimmten Grund. Die Frage ist nur: Was kann uns King geben oder inwieweit können uns die Black Devils nützlich sein?

In meinen Augen ist dieser MC ein runtergekommener Haufen von Idioten.

Aber was kann man auch anderes erwarten, wenn der Präsident ein halbes Jahrzehnt einsitzt.

Im hinteren Eck kniet eine kleine Rothaarige mit entblößtem Oberkörper vor einem Devil. Ihr Kopf bewegt sich in einem schnellen Rhythmus immer wieder vor und zurück, ihre großen Titten wippen schwungvoll auf und ab. Für einen Augenblick beobachte ich, wie der Devil seine Faust in ihren Haaren vergräbt und sie bis zum Anschlag auf sein Glied schiebt.

Shit, die Kleine scheint keinen Würgereflex zu haben. Vielleicht sollte ich warten, bis der Typ mit ihr fertig ist, und meinen Schwanz ebenfalls zwischen ihre Lippen schieben?

Ein guter Blowjob hat schon immer geholfen, meine Stimmung zu heben.

Unentschlossen wende ich meinen Blick ab.

Ace und King stehen zwei Meter weiter links von mir, mit 'ner Flasche Bier in der Hand neben einer der Poledance-Stangen, an der sich gerade eine kleine Blonde abmüht, und unterhalten sich – von Skorpion ist weit und breit nichts zu sehen.

Die ungute Vorahnung, dass heute Nacht noch irgendetwas Schlimmes passieren wird, verstärkt sich mit jedem Atemzug.

Mit einem letzten Blick auf die am Boden kniende rothaarige Bitch drehe ich mich um und mache mich auf die Suche nach Skorpion.

Auf dem Hof des Clubs, der von verschiedenen Strahlern erhellt wird, angekommen, lasse ich meinen Blick schweifen. Eine Handvoll Männer, die etwas weiter abseits stehen, ziehen meine Aufmerksamkeit auf sich. Das silberne Aufblitzen einer Klinge verrät mir, dass zumindest einer von ihnen ein Messer in der Hand hält – was zur Hölle ist hier nur los?

Der Größte in der Runde gestikuliert wild mit seinen Händen, ehe er dem etwas kleineren und dickeren Typen mit der Faust in den Magen schlägt. In der Hoffnung, ein paar Gesprächsfetzen aufzuschnappen und so herauszufinden, über was sich die Männer unterhalten, nähere ich mich unauffällig der Stelle, wo sie stehen.

Jetzt, wo ich näher dran bin, erkenne ich, dass der Größte, der auch das Messer in seiner rechten Hand hält, der Vizepräsident der Black Devils ist.

Ich höre nicht alles, was sie sagen, aber das, was ich mitbekomme, reicht aus, um mir ein Bild von der Lage zu machen. Der Vize redet über King, einen anstehenden Machtwechsel und dass unser unangekündigtes Auftauchen seinen Plan verkompliziert.

„... wir werden ihn noch heute Nacht kaltmachen ... um Ellen wird sich Kox kümmern! Es kann nicht sein, dass er nach fünf Jahren Knast zurückkommt und alles über den Haufen wirft, was wir während seiner Abwesenheit beschlossen haben ... die Drogen müssen pünktlich ausgeliefert werden, sonst haben uns die Japaner am Sack."

Ein anderer Devil ergreift das Wort, zu meinem Unmut kann ich nicht hören, was er sagt. Doch das ist auch gar nicht nötig, ich weiß auch so, was hier gespielt wird.

Während King im Gefängnis saß, hat sich sein Vize an die Chefposition gewöhnt.

Er hat Entscheidungen getroffen und über Dinge abstimmen lassen, die King niemals für gut geheißen hätte. Jetzt, wo er endlich raus aus dem Knast ist und wieder das Kommando über den Club in die Hand genommen hat, kippt er viele Entscheidungen seines Vizes, was diesem wiederum gar nicht passt.

Der Vizepräsident der Black Devils hat vor, heute Nacht seinen Präsidenten zu töten und somit endgültig dessen Platz einzunehmen. Unser Auftauchen hat ihm seinen Plan verkompliziert, denn er weiß ganz genau, dass die Dead Riders hinter King stehen.

Es gibt viele Möglichkeiten, einen Präsidenten zu stürzen, ihn hinterrücks umzubringen ist die feigste von allen.

Für eine endlose Sekunde spiele ich mit dem Gedanken, die Verräter selber auszuschalten, doch auch für mich wird es etwas schwer, sieben Männer im Alleingang unschädlich zu machen, noch dazu, wenn sie ganz offensichtlich bewaffnet sind.

Ohne Zeit zu verlieren, drehe ich mich um und gehe zurück Richtung Clubhaus. Ich muss Ace und King informieren, sie warnen und Skorpion finden.

Bei allen Höllen, diese Nacht wird immer beschissener ...

Noch bevor ich zurück an der Türe angekommen bin, höre ich einen panischen Hilfeschrei. Links neben dem Haus stehen ein paar große Tannen, im Schatten dieser Bäume entdecke ich einen Mann, der eine Frau mit sich in die Dunkelheit zerrt.

Die Kleine schreit und zappelt, tritt um sich und beißt den Kerl in die Hand, die er auf ihren Mund gelegt hat, um ihre Hilferufe zu ersticken.

Fluchend lässt dieser sie los, holt aus und schlägt ihr so fest ins Gesicht, dass sie auf den Asphalt stürzt.

Es ist mir völlig egal, ob dieses Mädchen eine einfache Bitch oder die Old Lady von diesem Kerl ist, ich kann es ums Verrecken nicht ausstehen, wenn Männer Frauen schlagen!

Ohne erst darüber nachzudenken, beschleunige ich meine Schritte, packe den Typen am Kragen seiner Kutte und verpasse ihm einen rechten Haken.

„Wer zur Hölle bist du, dass du es wagst, eine Frau zu schlagen, du elendiger Wichser?"

Ohne auf seine Antwort zu warten, hole ich aus und breche ihm die Nase. Sein Blut sprudelt nur so heraus, befleckt meine Fingerknöchel. Knurrend stelle ich mich über ihn. Jetzt, wo er geschlagen wird und wie ein Opfer auf dem Boden liegt, sieht er erschrocken zu mir auf. Solche Männer hasse ich ja wie die Pest. Kaum haben sie einen ebenbürtigen Gegner, verwandeln sie sich in kleine heulende Muschis.

Ohne seinen Blick freizugeben, beuge ich mich zu ihm herab.

„Du elendiger Bastard hörst mir jetzt genau zu: Es war eine Frau, die dich neun Monate lang unter ihrem Herzen getragen hat, es war eine Frau, die dich unter unbeschreiblichen Schmerzen auf diese Welt gebracht hat, und es war ebenfalls eine Frau, die dich umsorgt und großgezogen hat – also behandle Frauen mit Respekt!"

Ich atme tief durch, versuche mich zu beruhigen. Der Drang, diesem Arschloch nicht nur die Nase, sondern auch das Genick zu brechen, wird beinahe übermächtig.

Als er nichts sagt, sondern nur verängstigt unter mir liegt, packe ich ihn erneut an seiner Kutte, ziehe ihn etwas weiter zu mir hoch, sodass sein Gesicht so nah vor mir ist, dass ich den metallischen Geruch seines Blutes wahrnehmen kann, und sehe ihm tief in die vor Angst weit aufgerissenen Augen.

„Hast du mich verstanden?"

Er nickt panisch.

Angewidert spucke ich ihm ins Gesicht, ehe ich ihn zurück auf den Boden fallen lasse.

Widerliches Dreckspack!

Nachdem das geklärt ist, wende ich mich dem Mädchen zu und erstarre mitten in meiner Bewegung ...

In manchen Situationen meines Lebens weiß ich nicht, ob es das Schicksal gut oder schlecht mit mir meint?!

Die Frau, die ich gerade gerettet habe und die mich mit weit aufgerissenen Augen ansieht, ist keine Geringere als meine schwarzhaarige Schönheit.

Bis auf eine blutige Lippe scheint sie nichts abbekommen zu haben.

Ihre langen rabenschwarzen Haare schimmern silber im Schein der Lampen. Ihre blauen Augen sehen mich überrascht an, ich erwidere ihren Blick, ertrinke in den ozeanblauen Tiefen.

Langsam, um ihr keine Angst einzujagen, nähere ich mich ihr, strecke meine rechte Hand nach ihr aus und streiche mit meinem Daumen das Blut aus ihrem Mundwinkel.

Ich habe keine Ahnung, wer sie ist oder wie sie heißt, aber ich weiß jetzt schon, dass mir dieses Mädchen zukünftig noch eine Menge Ärger einbringen wird.

Ihre Lippen sind warm und fest, sie riecht nach Vanille und Pfirsich und es kostet mich eine große Portion Selbstbeherrschung, dass ich mich nicht nach vorne lehne, um wie ein wildes Tier an ihr zu schnuppern.

Gott, wie gerne würde ich jetzt mit meiner Nase an der geschwungenen Linie ihres schmalen Halses entlangfahren, ihre samtige Haut berühren und sie kosten.

Ich beherrsche mich, wahre den Abstand zwischen uns und ziehe meine Hand zurück.

„Bist du verletzt?"

Noch immer sieht sie mich aus großen Augen an.

„Es geht mir gut. Wenn mein Vater erfährt, was Kox gerade getan hat, wird er ihn an seinem Schwanz vor dem Club aufhängen."

Ihr Vater? Ist der etwa auch hier im Club?

Kox? Shit, wo habe ich diesen Namen schon mal gehört?

Fluchend geht sie an mir vorbei, stellt sich vor das Arschloch, das noch immer blutend auf dem Boden liegt, holt aus und tritt ihm direkt in die Eier.

Sein lauter, jaulender Schmerzensschrei hallt durch die Nacht, meine Hoden ziehen sich automatisch zusammen.

„Was sollte das verdammt noch mal? Wie kannst du es wagen?"

Erneut verpasst sie seinem Gemächt einen harten Tritt, dieses Mal krümmt sich Kox wie ein Embryo zusammen.

„Ich habe die Schnauze von euch Idioten gestrichen voll. Nur weil ich dich ein Mal rangelassen habe, bedeutet das noch lange nicht, dass ich deine verfickte Old Lady bin und du irgendwelche Ansprüche stellen kannst. Hast du das verstanden?"

Die Gesichtsfarbe des Mannes wirkt grünlich, auf seiner Stirn bilden sich dicke Schweißperlen. Das Blut, das noch immer aus seiner Nase läuft, gerinnt langsam, er sieht so richtig fertig aus.

„Hör mal, Mädel. Wenn du von diesem Idioten eine Antwort gewollt hättest, hättest du deine Frage stellen sollen, bevor du seine Eier zermatscht hast."

Schnaubend stemmt sie die Hände in die Hüften.

„Danke für den Tipp, Slide."

Unsere Blicke treffen sich, meine Sinne spielen verrückt, diese Frau geht mir einfach unter die Haut.

„Was machst du hier?"

„Wir hatten in der Nähe etwas zu erledigen."

„Und da dachtest du, ihr schaut mal vorbei?"

Das gequälte Stöhnen von Kox, der versucht sich aufzurichten unterbricht unsere Unterhaltung.

Genervt schüttelt sie den Kopf, sieht Kox mit einem vernichtenden Blick an und dreht sich, ohne mich eines weiteren Blickes zu würdigen, um. Ihr gemurmeltes „Piss doch die Wand an" entlockt mir ein Lächeln – bei Gott, ich weiß nicht, wann ich das letzte Mal wie ein Schuljunge lächelnd hinter einer Frau hergegangen bin und ihr dabei wie ein unreifer Teenager auf den Arsch gestarrt habe – aber es fühlt sich verdammt noch mal echt gut an.

Der kurze rote Lederrock, den sie anhat, überlässt nicht viel meiner Fantasie. Wie schon bei unserer ersten Begegnung trägt sie zerrissene Strümpfe und, wie sollte es auch anders sein, schwarze Converse-Sneakers.

Ich habe keine Ahnung, wie ich mir unser erstes Wiedersehen vorgestellt habe, aber ganz gewiss nicht so.

Aber Fuck, was zum Henker habe ich eigentlich erwartet?

Erst habe ich sie gepackt, gefickt und mich dann wie ein Mann aus dem Staub gemacht, dem der Teufel höchstpersönlich im Nacken sitzt.

So taff die Kleine auch sein mag, keine Frau mag es, nach dem Sex allein hinterm Haus stehen gelassen zu werden ...

Da sie kein Leder mit dem Schriftzug ‚Property of ...' trägt, gehört sie zu keinem der Black Devils. Eine Tatsache, die mir erstaunlich gut gefällt.

Nur Frauen, die von einem Member (Clubmitglied) als sein Eigentum beansprucht wurden, tragen solch eine Kutte.

In der *normalen* Welt heiratet ein Mann die Frau, die er für sich haben will, in unserer Welt gelten etwas andere Gesetze. Natürlich heiraten viele ihre Frauen, doch das reicht bei uns nicht aus. Ein Mann, der eine Frau für sich beanspruchen will, macht sie zu seinem Eigentum, sie wird dann seine Old Lady und trägt ihr eigenes Patch, das sie als die seine auszeichnet. Eine Frau mit solch einer Kutte ist für alle anderen Männer tabu. Sie wird mit dem größtmöglichen Respekt behandelt und vom gesamten Club beschützt.

Jeder Rocker von hier bis nach Australien kennt diese Regel.

Als ich mich vor drei Jahren dazu entschieden habe, ein Dead Rider zu werden, habe ich all diese Dinge ebenfalls erst lernen müssen.

Doch jetzt sind sie mir vertrauter als die normalen Gesetze. Denn diese gelten für mich nicht mehr. Die Regeln unseres MCs wiegen für mich schwerer und sind für mich bindender als alles, was es auf dieser Welt sonst noch so an Vorschriften gibt.

Zwei Black Devils stehen neben der Eingangstüre, sie nicken der schwarzhaarigen Schönheit respektvoll zu, ehe sie ihr Platz machen.

Interessant. Trotz der Tatsache, dass sie keine Old Lady ist, wird sie mit Respekt behandelt, wer zur Hölle ist sie also?

Fluchend und über mich selbst verärgert schüttle ich den Kopf und zwinge mich dazu, meine Gedanken wieder auf die wichtigen Dinge zu fokussieren.

Das Wiedersehen mit diesem Mädchen hat mich völlig durcheinandergebracht. Weder habe ich Skorpion gefunden noch King vor den Plänen seines Vizes gewarnt.

Verfluchte Hölle, was ist nur mit mir los?

Seit wann lasse ich mich von einer Frau vom Wesentlichen ablenken?

Wütend auf mich selbst, gönne ich mir noch einen letzten Blick auf den knackigen Arsch der Kleinen, ehe ich mich auf die Suche nach Ace und King mache.

Es wird nicht mehr lange dauern und dann wird hier die Hölle losbrechen.

So ungern ich es auch zugebe, aber es fällt mir schwer, die Kleine wieder aus den Augen zu lassen. Am liebsten würde ich sie packen und mir über die Schulter werfen. Tief durchatmend lege ich den Kopf in den Nacken, während sich meine Hände zu Fäusten ballen.

Jetzt ist nicht der richtige Zeitpunkt, um dieses Mädchen einzufangen.

In der nächsten Stunde wird viel Blut fließen, es wird verdammt viele Tote geben, deren Überreste spurlos verschwinden müssen.

Wenn das alles erledigt ist, werde ich sie suchen.

Aber was dann? Was soll ich mit ihr anstellen?

Soll ich sie hierlassen, damit sie mit so widerlichen Typen wie diesem Kox bumsen kann?

Keine Chance – sie gehört zu mir!

Ich habe keine Ahnung, was ich von dieser Frau will oder was ich mit ihr anstellen soll, aber ich weiß jetzt schon, dass ich sie nicht hier zurücklassen werde.

Scheiß auf die Regeln, auf alle Gesetze und den Frieden mit den Black Devils.

In den nächsten Stunden werde ich meinen Arsch für Kings Sicherheit riskieren.

Das Mädchen ist das perfekte Dankeschön für die Arbeit, die es mir machen wird, Kings Widersacher auszuschalten.

2. Kapitel

Ace und King stehen noch immer neben der blonden Tänzerin und unterhalten sich.

Die Körperhaltung meines Freundes wirkt entspannt, seine Mimik hingegen verrät mir, dass er ebenfalls spürt, dass etwas nicht stimmt.

Während der Zeit in Afghanistan haben wir einen sechsten Sinn für Probleme entwickelt. Wir spüren die Anwesenheit des Todes, der nur darauf wartet, ein paar Seelen mit sich zu nehmen ...

Mit großen Schritten eile ich auf die beiden zu.

Ohne zu warten, unterbreche ich ihre Unterhaltung, indem ich mich zwischen die beiden stelle.

„Slide?"

Ace sieht mich fragend an, wir tauschen einen Blick, er versteht sofort, was los ist.

Sicherheitshalber checke ich ein letztes Mal unsere nähere Umgebung, ehe ich King ansehe.

„Ich habe gerade ein Gespräch zwischen deinem Vize und ein paar deiner Männer mitgehört, in dem es darum ging, dass sie dich noch heute Nacht kaltmachen wollen. Dein Vize hat vor, sich auf den Thron zu setzen ..."

King sieht mich erst überrascht, dann unfassbar wütend an. Er nickt leicht, seine Hand wandert automatisch zu der Waffe, die er unter seinem Leder trägt.

„Kein Zweifel?"

Die Frage kommt von Ace.

„Nein, es wird nicht mehr lange dauern, dann wird hier die Hölle los sein. Wir müssen uns vorbereiten und als Erstes angreifen. Nur so können wir das Schlimmste verhindern."

Ace holt ebenfalls seine Waffe aus dem Holster, prüft das Magazin, entsichert sie und legt den Finger auf den Abzug – er ist bereit.

„Slide, such Skorpion, er muss erfahren, was hier los ist."

„Aye, Präs."

Gerade als ich gehen will, legt mir King von hinten seine Hand auf die Schulter und stoppt mich.

„Madox, mein Vize, ist nicht dumm. Er weiß, dass ich bis zu meinem letzten Atemzug kämpfen werde. Aber er weiß auch, dass es nur eine Person gibt, für die ich mit Freude in den Tod gehen würde – meine Tochter Ellen. Wir müssen sie vor ihm finden und in Sicherheit bringen."

Ohne Zeit zu verlieren, stelle ich die einzig relevante Frage.

„Wo finde ich sie?"

King zuckt resigniert mit den Schultern. „Irgendwo im Club."

„Wie sieht sie aus?"

„Schwarze lange Haare, ein roter Lederrock und zerrissene Strümpfe. Sie trägt immer diese ausgelatschten Chucks."

Holy Fuck! Echt jetzt?

Von all den Weibern, die sich Tag ein und Tag aus in diesem Club aufhalten, suche ich mir ausgerechnet die Tochter des Präsidenten aus? Ganz klasse!

„Ich werde sie finden, verlass dich auf mich."

King sieht mich dankbar an. Da er nicht weiß, wie es zwischen mir und Ellen, der Name passt zu ihr, steht, kann er nicht wissen, dass ich sie aus ganz persönlichen Gründen suche.

Dieses Mädchen ist die einzige Frau, die es in all den Jahren geschafft hat, mir Frieden zu schenken, ich werde ganz bestimmt nicht zulassen, dass irgend so ein Arschloch sie verletzt oder gar tötet, nur weil er an die Macht will.

Dieser Madox sollte sich wirklich zweimal überlegen, ob er sie bedroht, ich werde nicht zulassen, dass ihr etwas passiert.

Mit großen Schritten begebe ich mich auf die Suche nach Skorpion und Ellen.

Ich habe keine Ahnung, wie viel Zeit uns noch bleibt, bis uns die ersten Kugeln um die Ohren fliegen.

Bullshit! Dieser Tag wird echt immer beschissener ...

Ellen

Scheiße – Scheiße – Scheiße!

Was zur Hölle hat Slide hier zu suchen?

Ich bin kein naives Prinzesschen, das keine Ahnung davon hat, wie es in dieser Welt läuft. Natürlich war mir klar, dass mir der Vize der Dead Riders keinen Ring an den Finger stecken wird, nur weil ich mit ihm gebumst habe. Aber dass er mich eine Sekunde, nachdem er sich aus mir zurückgezogen hat, alleine im Dunkeln stehen lässt und sich ohne ein weiteres Wort verpisst, damit habe ich auch nicht gerechnet.

Verdammt! Was ist nur los mit mir?

Seit dieser Nacht vor drei Monaten habe ich wirklich alles getan, um Slide aus meinen Gedanken zu verbannen, aber zu meinem Unmut will es mir einfach nicht gelingen.

Nacht für Nacht liege ich in meinem Bett, schließe meine Augen und denke an ihn.

Dieser Kerl hat mich vom ersten Augenblick an fasziniert. Dass er in diese Welt gehört, steht ohne den geringsten Zweifel fest – er ist ein

Dead Rider durch und durch und dennoch unterscheidet er sich maßgeblich von allen anderen Männern, die mir je begegnet sind. Sein Ruf eilt ihm voraus. Er ist der berühmte Rocker Devil. Der Teufel der Straßen, der Tod, der im Schatten auf alle und jeden lauert, der ihm oder seinem Club Schaden zufügen will.

Es gibt Geschichten über ihn, die lassen jedem gestandenen Mann das Herz in die Hose rutschen ...

Slide fasziniert mich. Mit seinen schulterlangen blonden Haaren, die er mit einem dünnen Lederband im Nacken zusammengebunden hat, und seinen fast schwarzen Augen ist er überirdisch schön.

Die Aura von Gefahr, die ihn umgibt, lässt meine Libido völlig durchdrehen.

Hinter der zivilisierten Fassade lauert etwas Wildes, eine unberechenbare Zerstörungswut, die nur darauf wartet, ans Tageslicht zu kommen.

Um ihn zu vergessen, habe ich mich auf drei Typen eingelassen, es war ein verzweifelter Versuch, der kläglich gescheitert ist.

Kox zum Beispiel ist ein widerwärtiges Arschloch, alleine die Aktion, die er heute Nacht gebracht hat, zeigt, dass er weniger Hirn als eine Kakerlake besitzt.

Für gewöhnlich trage ich immer meine Glock bei mir, doch heute Nacht habe ich sie auf dem Schreibtisch meines Vaters liegen gelassen, das wird auch Kox' Glück gewesen sein. Denn wenn ich sie bei mir getragen hätte, hätte ich sein Hirn wie Konfetti auf dem Asphalt des Hofes verteilt.

Warum zum Teufel musste Slide hier auftauchen?

Mir ist klar, dass ich mich extrem kindisch verhalte, es ist normal, dass sich Rocker aus befreundeten Clubs immer wieder mal besuchen, es musste so kommen, ich war nur nicht auf ein Wiedersehen mit ihm vorbereitet.

Einen Mann wie Slide kann man nicht einfach genießen und vergessen.

Das hätte mir klar sein müssen, als ich für ihn meine Beine gespreizt habe.

Jetzt ist er hier, und nicht nur das ... Er musste natürlich wie ein Held in strahlender Rüstung zu meiner Rettung eilen.

Geht es eigentlich noch schlimmer? Ich glaube nicht!

Was für ein beschissener Abend.

Vielleicht sollte ich mir von der Bar einfach eine Flasche Schnaps stibitzen, mich in mein Zimmer verziehen und mich sinnlos besaufen.

So wie ich Slide kenne, wird er früher oder später ohne ein Wort des Abschieds einfach verschwinden.

Verflixter Mist!

Warum zur Hölle kann ich in seiner Nähe nicht einfach cool bleiben? Dieses vermaledeite Chaos in meinem Inneren zermürbt mich jetzt schon seit Monaten. Ich muss endlich aufhören, wie ein verliebter Teenager alles und jeden zu hassen. Ich muss diesen Mann hinter mir lassen, völlig egal, wie schwer mir das auch fällt.

Emma, die wie immer an der Bar arbeitet, sieht mich missbilligend an, als ich mir, ohne ein Wort zu sagen, eine Flasche aus dem Regal hinter dem Tresen nehme.

Im Augenwinkel sehe ich Madox, den Vize meines Vaters, auf mich zukommen. Na ganz klasse, für dieses Arschloch habe ich jetzt wirklich keine Nerven mehr.

Während mein Vater seine fünfjährige Haftstrafe abgesessen hat, hat sich Madox aufgeführt wie der verdammte Chef dieses Clubs.

Er hat viele Regeln geändert, mit langjährigen Geschäftspartnern gebrochen und mit Feinden Bündnisse geschlossen. Ich für meinen Teil kann nicht verstehen, warum mein Dad ihm nicht einfach ein Dutzend Kugeln verpasst hat, nachdem er wieder auf freien Fuß gesetzt wurde.

Madox ist ein schleimiges Insekt, das einfach nicht kapiert, dass ich kein Interesse daran habe, seine Old Lady zu werden.

Für ihn wäre es natürlich prima, wenn es ihm gelänge, sich die Tochter des Präsidenten zu sichern, das würde seine Machtposition nur noch mehr stärken, und Madox liebt Macht – er ist geradezu besessen davon, an die Spitze dieses MCs zu kommen.

So schnell ich kann, eile ich davon, biege rechts ab und mache mich auf den Weg in die Wohnung von meinem Dad und mir. Insgesamt gibt es drei davon im Clubhaus. In einer leben wir, in der zweiten Madox und die dritte steht leer, darin übernachten meistens unsere Besucher.

Seit dem Tod meiner Mutter, sie wurde vor zehn Jahren erschossen, legt mein Vater großen Wert auf meine Sicherheit.

Genervt tippe ich also den sechsstelligen Code in das Tastenfeld neben der doppelwandigen Stahltür, die sogar kugelsicher ist, ein.

Gerade als ich die Zahlenkombination bestätigen will, legt sich von hinten eine Hand auf meinen Rücken.

Na super, ausgerechnet heute, wo mir alle Kerle tierisch auf den Sack gehen und ihre Finger nicht bei sich lassen können, habe ich meine geliebte Glock nicht dabei ...

Genervt schließe ich meine Augen, zähle still bis zehn und versuche die gigantische Wut, die sich in mir aufbaut, zu unterdrücken. Es hat keinen Sinn, mit Madox zu streiten, es wird mir nie gelingen, ihm aus dem Weg zu gehen. Ich muss also irgendwie mit ihm klarkommen – ob ich will oder nicht.

„Was zur Hölle willst du von mir, Madox? Ich habe dir schon eintausend Mal gesagt, dass du mich gefälligst in Ruhe lassen sollst!"

Das wütende Knurren, das hinter mir ertönt, verrät mir, dass nicht wie erwartet der Vize meines Dads hinter mir steht.

„Gut zu wissen, dass dich dieser Pisser belästigt. Ich werde dafür sorgen, dass er dich nie mehr anrührt!"

Slides Stimme klingt wie das dunkle Grollen eines aufziehenden Gewitters.

Ein heißer Schauer rieselt über meinen Rücken, meine Nervenbahnen fangen Feuer und meine Sinne spielen verrückt. Ich schlucke schwer, meine Kehle ist wie zugeschnürt und meine Stimme klingt rau.

„Was willst du, Slide?"

Bestimmend dreht er sich zu mir um, unsere Blicke treffen sich, ich versinke in den Tiefen seiner Augen.

Verflixt noch mal, warum muss dieser Kerl auch so verdammt attraktiv sein?

Ein paar Herzschläge lang schweigen wir, es fühlt sich viel zu gut an, in seiner Nähe zu sein.

Wie paralysiert beobachte ich, wie er sich langsam zu mir vorbeugt, seine Augen schließt und meinen Geruch einsaugt.

Mein armes Herz gerät ins Stolpern, bleibt beinahe stehen.

Er ist mir so nah, dass ich seinen heißen Atem auf meiner Haut spüre, als er endlich meine Frage beantwortet.

„Dein Vater hat mich geschickt. Du musst mit mir mitkommen."

Geht's noch? Dieser Kerl hat vielleicht Nerven ...

„Nur damit ich das richtig verstehe: Erst haben wir unbeschreiblich genialen Sex, dann lässt du mich ohne ein Wort stehen und tauchst drei Monate später hier auf, nur um mir zu sagen, dass du dich um Madox kümmern wirst und dass ich mit dir kommen soll?"

Meine Stimmlage wird immer höher und lauter, doch das ist mir egal. Tief in meinem Magen hat sich ein fester Knoten aus unterdrückter Wut gebildet, die sich langsam, aber sicher an die Oberfläche arbeitet.

Während ich immer aufgebrachter werde, sieht Slide mich entspannt an und antwortet mir mit einem einfachen „So ist es".

Arrggghhhh ...

„Hit the Road, Rocker Devil. Ich habe heute schon was vor."

Demonstrativ hebe ich die Schnapsflasche hoch und drehe mich wieder zur Türe um.

Ist gerade Vollmond oder warum spinnen alle Männer heute so rum?

„Scheiße, Ellen! Ich habe jetzt wirklich keine Zeit für dein Gezicke. In wenigen Augenblicken bricht hier die verfickte Hölle los und ich will dich aus der Schussbahn und zugleich in meiner Nähe wissen."

„Wovon redest du?"

„Dein toller Madox hat vor, noch heute Nacht Präsident zu werden."

„Fuck!"

„Du sagst es, Baby."

Ich lasse die Flasche fallen, ignoriere die Scherben und wirble zu ihm herum. Ohne auf Slide zu warten, gehe ich zum Büro meines Vaters und hole mir meine Glock. Nachdem ich den kleinen silbernen Schlüssel aus seinem geheimen Versteck geholt habe, schließe ich den Tresor auf und schnappe mir Munition, eine Halbautomatik und zwei lange Messer. Nach kurzem Zögern nehme ich mir auch noch die SIG und stecke sie mir hinten in den Rock.

Slide steht breitbeinig mitten im Raum, seine Arme hat er vor der Brust verschränkt, was seine Muskeln auf beeindruckende Art und Weise betont – Rocker Devil!

„Was zur Hölle soll das werden, Weib?"

„Nach was sieht es denn aus?"

Schnell sperre ich den Safe wieder ab, lasse den Schlüssel verschwinden und sehe ihn herausfordernd an.

„Du glaubst doch nicht ernsthaft, dass ich dir erlaube, dich in Gefahr zu bringen?"

Erlaube? Der hat vielleicht Nerven!

Vielleicht sollte ich ihm hier und jetzt meine Schießkünste unter Beweis stellen, indem ich ihm das linke Ei oder das rechte Ohr abschieße, dann werden wir ja sehen, was er mir *erlaubt*!

Der Gedanke entlockt mir ein Lächeln – eigentlich keine schlechte Idee ...

„Ich kann gut auf mich selber aufpassen. Ich bin schon ein großes Mädchen."

„Ja, das habe ich vorhin gesehen ..."

Es war ja klar, dass er auf die Sache mit Kox anspielen muss.

„Da war ich nicht bewaffnet."

„Hätte das etwas geändert?"

Die Überheblichkeit in seiner Stimme ärgert mich.

Ohne zu zögern, hebe ich die SIG, ziele auf die amerikanische Flagge, die direkt hinter ihm an der Wand hängt, und feuere innerhalb weniger Sekunden sechs Kugeln ab.

Der ohrenbetäubende Lärm, der durch das Büro hallt, lässt Slide nicht ein Mal kurz zusammenzucken, er bleibt stur stehen und sieht mich mit amüsiert zuckenden Mundwinkeln an.

„Ja, hätte es!"

Langsam dreht er sich um und betrachtet die Flagge, sechs der fünfzig weißen Sterne sind mittig durchschossen.

„Nicht schlecht, aber das ändert nichts an meiner Meinung."

„Was ein Glück, dass du mir nichts zu sagen hast!"

Mit diesen abschließenden Worten marschiere ich zur Türe und ignoriere den finster dreinblickenden Rocker Devil neben mir.

3. Kapitel

Slide

Unsicher, welches Gefühl gerade überwiegt, Stolz, Verwunderung oder Ärger, beobachte ich die Miss Killerbarbie, wie sie sich ihren Weg durch das Clubhaus direkt zu ihrem Vater bahnt.

Wer hätte gedacht, dass Kings Tochter eine Waffennärrin ist?

Aber vielleicht ist das ja gar keine so große Überraschung, schließlich ist sie in einem MC aufgewachsen, da gehört die Sicherheit an der Waffe wahrscheinlich ganz genauso zum Erwachsenwerden wie das kleine Einmaleins.

Entnervt fahre ich mir mit der Handfläche über die Stirn und folge ihr.

Es ist eine Sache, die Sterne einer Flagge zu treffen, eine ganz andere hingegen, auf einen Menschen zu schießen.

Auf dem Weg zu Ace sehe ich, wie Skorpion auf mich zukommt.

„Hey Bro, ich habe gerade gehört, was Sache ist. Wie sieht der Plan aus?"

Tja, wenn ich das nur wüsste ...

„Ich denke, es wäre das Beste, wenn wir uns eine Handvoll Black Devils schnappen und die Verräter abknallen – kurz und schmerzlos. Das ist dann gleich eine Warnung an alle anderen, die ein Auge auf das Präsidenten-Patch geworfen haben."

Skorpion nickt zustimmend.

„Das ist auch Aces Strategie!"

„Sehr schön, aber bevor wir loslegen können, muss ich mich noch kurz um ein Problem kümmern."

Skorpion folgt meinem finsteren Blick.

„Ein sehr heißes, ziemlich gut bewaffnetes Problem?"

„Aye, allerdings."

„Und wie willst du das anstellen? Kings Tochter ist dafür bekannt, ihrem Vater den Rücken frei zu halten."

Echt jetzt? Das wird ja immer besser ...

„Was für ein Vater erlaubt seiner Tochter so einen gefährlichen Scheiß?"

Mein Clubbruder schnalzt laut mit der Zunge.

„Wenn sie ein Sohn wäre, würdest du nicht so reagieren."

Na klasse! Nicht nur, dass die einzige Frau, die mich wirklich fasziniert, die Tochter eines MC-Präsidenten ist, nein, sie ist auch noch eine schießwütige Waffennärrin, die Skorpions Wohlwollen hat.

Sind denn heute alle verrückt geworden?

„Hör mir zu, Bro. Wir führen diese Unterhaltung zu Ende, wenn deine Old Lady in sechs Monaten ihr Baby bekommen hat. Wenn es eine Tochter ist, will ich sehen, wie du über das Ganze denkst."

Skorpion sieht mich verwundert an.

„Du hast sie gefickt!"

Endlich hat er kapiert, worum es in Wirklichkeit geht.

„Jep."

Sein gezischtes „Oh Shit" bringt mich zum Lachen.

„Du magst sie."

Fuck! Muss Skorpion ausgerechnet jetzt mit diesem Scheiß anfangen?

„Das tut nichts zur Sache."

„Oh ja, das merke ich, Bro."

„Ach, halt's Maul, Alter."

Ace winkt uns zu sich, seine Mimik wirkt düster.

King legt Ellen seinen Arm um die Schulter, zieht sie an sich und flüstert ihr etwas ins Ohr.

„Okay, hört zu. Da ausgerechnet der Vize der Black Devils diese Revolte anführt, haben wir keine Ahnung, wer noch alles zum Verräter geworden ist. Die Situation ist heikel und erfordert schnelles Handeln. King und ich sind der Meinung, dass es das Beste wäre, wenn wir vier die Sache regeln, indem wir den Verrätern, so schnell es geht, eine Kugel in den Kopf jagen."

Ellen sieht Ace wütend an.

„Wohl eher fünf."

Keiner schenkt ihrem Einwand wirkliche Beachtung.

Ace und King bieten sich ein Blickduell, ehe Ace fluchend nachgibt.

„Da sie deine Tochter ist, liegt die Entscheidung bei dir."

„So ist es, Ace."

Skorpion meldet sich zu Wort.

„Madox und seine Männer stehen draußen."

Ich spüre Ellens Blick auf meinem Gesicht, doch ich weigere mich sie anzusehen. Diese Situation erfordert einen kühlen Kopf – mit Ellen werde ich mich später auseinandersetzen.

Holy Fuck! Wenn es nach meiner derzeitigen Stimmungslage geht, werde ich sie mir über die Schulter werfen, sie mit zu den Dead Riders nehmen und sie so lange ficken, bis ich von ihrer Anziehungskraft kuriert bin.

Und wenn das nicht hilft ... an diese Möglichkeit will ich gar nicht erst denken!

Darüber mache ich mir Sorgen, wenn es so weit ist.

Prüfend mustere ich ihren Vater. Der soll schön die Fresse halten – nach der heutigen Nacht schuldet er mir etwas, so viel steht schon mal fest.

Nachdem jeder von uns seine Waffe gezogen hat, machen wir uns auf den Weg, um die Angelegenheit ein für alle Mal zu beenden.

Ich frage mich, wie die Sache für King geendet hätte, wenn wir heute Nacht nicht ungeplant hierher gefahren wären?

So wie ich das sehe, wären er und seine Tochter abgeschlachtet worden.

Alleine das Wissen, dass Ellen Gefahr gedroht hat und ich es nicht wusste, ärgert mich maßlos. Und dass es mich ärgert, ärgert mich noch mehr.

Warum fühle ich mich für diese Frau verantwortlich?

Madox steht mit fünf weiteren Männern bei den Bikes. Erst als wir näher kommen, erkenne ich, dass Kox ebenfalls zu der Gruppe gehört – warum wundert mich das nicht wirklich?

Auf dem Boden neben den Männern liegt eine große schwarze Tasche, meiner Vermutung nach kommen wir gerade im richtigen Augenblick. Noch haben sie es nicht geschafft, sich zu bewaffnen.

Ace gibt mir ein Handzeichen, ich tippe Skorpion an, wir beide nähern uns den Verrätern von der anderen Seite. So haben wir sie umzingelt. Für diese feigen Arschlöcher gibt es keinen anderen Ausweg als den Tod.

Ein MC ist nicht einfach nur ein Club, er ist eine Familie. Wenn man sich nicht zu einhundert Prozent auf die Loyalität seiner Brüder verlassen kann, ist das das Schlimmste überhaupt.

Als wir in Position sind, zieht King seine Waffe und schießt seinem Vize von hinten in den Oberschenkel. Sein markerschütternder Schrei zieht die Aufmerksamkeit aller anwesenden Black Devils auf sich – jetzt wird es interessant, jetzt zeigt sich, wie viele Verräter unter Kings Jungs sind.

Die anderen Ratten ziehen ebenfalls ihre Waffen, aber noch bevor sie zielen können, erledige ich zwei von ihnen mit einem glatten Kopfschuss. Skorpion verpasst einem drei Kugeln in den Brustkorb. Jetzt leben nur noch Kox, Madox und ein junger Kerl, der sich vor Angst in die Hose pisst.

„Du verfluchter Wichser. Wie kannst du es wagen, mich so zu hintergehen?"

King geht auf Madox zu, während wir die Anwesenden im Auge behalten.

Ich kann nur hoffen, dass die restlichen Devils loyal hinter ihrem Präsidenten stehen.

Die Stimmung hier im Hof ist brandgefährlich und kann innerhalb von Sekunden umschlagen; wenn das passiert, sieht es verdammt schlecht für uns aus.

Ich kann nur hoffen, dass uns diese ganze Scheiße nicht um die Ohren fliegt.

Madox' Gesicht ist angespannt, stöhnend hält er sich das Bein.

„Ausgerechnet du sprichst von Verrat, King? Dass ich nicht lache. Du hast mir, während du im Knast gesessen bist, so viele Versprechungen gemacht, die du jetzt, wo du wieder frei bist, alle nicht einhältst. Was bist du für ein Mann? Was bist du für ein Präsident, wenn man sich nicht auf dein Wort verlassen kann?"

Kings Blick huscht zu Ellen.

Auf Madox' vor Schmerz blassen Lippen zeichnet sich ein eiskaltes Lächeln ab.

„Ah, wie ich sehe, erinnerst du dich. Was wohl deine geliebte Tochter dazu sagen wird, wenn sie erfährt, dass du sie mir als Gegenleistung angeboten hast, wenn ich mich während deiner Haft gut um den MC kümmere?"

Das erstickte Geräusch, das sich aus Ellens Kehle löst, verrät, dass sie von diesem Deal nichts wusste.

Entsetzt sieht sie Madox an, ehe sie ihren Blick auf King richtet.

„Dad? Ist das wahr?"

Anstatt seiner Tochter zu antworten, zielt dieser auf das Herz seines Vizepräsidenten.

„Wenn du ihn jetzt erschießt, rede ich nie wieder ein Wort mit dir!"

In Madox' Augen spiegelt sich blanke Todesangst. Kox' Finger gleiten langsam an seinem Oberschenkel nach unten, ich sehe, wie er nach der Klinge an seinem Bein greift. Ohne zu zögern, knalle ich ihn ab, um diesen Wichser wird die Welt ganz bestimmt nicht trauern.

„Stimmt es, was er sagt?"

Als King nichts sagt, wissen alle, dass der Vize die Wahrheit gesprochen hat.

„Wie konntest du nur? Du weißt ganz genau, dass ich Madox wie die Pest hasse."

In den letzten Sekunden ist der Präsident der Black Devils um gute zehn Jahre gealtert. Sein Gesicht wirkt eingefallen und alt, in seinen Augen steht Resignation.

„Ich hatte keine Wahl. Wenn ich es ihm nicht versprochen hätte, hätte er eine Officer-Challenge beantragt und mich mithilfe der First Nine abgewählt. Ich musste es tun, versteh mich doch, Ellen."

Anstatt ihn zu verstehen, steckt sie ihre Waffe weg, wirft mir einen kurzen, schmerzerfüllten Blick zu, ehe sie sich umdreht und geht. Die

Zeiten, in denen King sich auf die Unterstützung seiner Tochter verlassen konnte, sind ab jetzt vorbei.

Ace sieht mich an, ich weiß, was er denkt, denn mir geht es genauso.

King ist diese ganze Scheiße, in der wir gerade feststecken, gar nicht wert.

Ein Mann, der die Zukunft seiner Tochter verschenkt, nur um Präsident zu bleiben, ist ein verfickter Feigling.

„Wir sind hier fertig, Bro."

Skorpion sieht King an und spuckt angewidert auf den Boden.

„Ja, das sehe ich auch so."

Jetzt, wo Ellen vom Hof verschwunden ist, drückt King ab. Das Geschoss bohrt sich in Madox' Oberkörper, zerfetzt sein Herz und tötet ihn auf der Stelle.

Jetzt steht nur noch einer der Verräter vor seinem Präsidenten. Die beiden stehen sich mit gezogener Waffe gegenüber.

Es interessiert mich nicht, ob der Präsident der Black Devils oder der andere Typ überlebt, für mich ist King gestorben, meinen Respekt hat er auf immer verloren.

Ich kenne die Regeln. Sobald wir von hier verschwunden sind, und das kann in meinen Augen gar nicht schnell genug gehen, wird sich King vor den First Nine seines Clubs rechtfertigen müssen. Es wird eine Wahl geben und so wie ich das sehe, kann es durchaus sein, dass die neun ranghöchsten Mitglieder einen neuen Präsidenten bestimmen.

Ace taucht neben mir auf, ich stecke meine Waffe weg und zünde mir eine Kippe an.

„Keine Ahnung, was hier die nächsten Stunden noch so alles passieren wird, aber wir sollten uns auf den Heimweg machen."

Skorpion rammt mir seinen Ellenbogen in die Seite. Als ich ihn verwundert ansehe, deutet er mit einer Kopfbewegung Richtung Clubhaus.

Ich folge seinem Blick, sehe, wie Ellen mit einem Devil spricht, ehe sie im Club verschwindet.

Entschlossen, die Kleine kein weiteres Mal entkommen zu lassen, atme ich den Rauch durch die Nase aus und sehe Ace an.

„Hör mal, Präs, ich brauche noch fünf Minuten, ich muss da noch etwas erledigen."

Ohne auf seine Antwort zu warten, marschiere ich in ihre Richtung.

Hinter meinem Rücken höre ich, wie sich Skorpion und Ace über mich unterhalten.

„Jetzt wissen wir endlich, aus welchem Grund Slide die letzten Wochen so eine beschissene Laune hatte ..."

Skorpion lacht. „Mal sehen, welche Laune er hat, wenn wir aufbrechen."

Shit! Ich stecke bis zum Hals in der Scheiße und die zwei amüsieren sich prächtig, was habe ich auch für tolle Brüder.

Um ehrlich zu sein, habe ich keine Ahnung, wie die nächsten Minuten verlaufen werden, was ich jedoch weiß, ist, dass diese ganze Scheiße endlich ein Ende haben muss.

Das Letzte, was ich gebrauchen kann, ist, dass mir dieses Mädchen Nacht für Nacht durch den Kopf spukt und mich durcheinanderbringt.

Verfickte Scheiße! Ich bin ein gottverdammter Dead Rider – wir fragen nicht lange, wir nehmen uns, was wir wollen. Und dass ich Ellen will, steht ja mal so was von fest.

Ich kann mich nicht erinnern, jemals eine Frau so sehr gewollt zu haben, und um ehrlich zu sein, macht mir das eine Scheißangst.

Ellen

Es ist nicht das erste Mal, dass ich wütend auf meinen Vater bin, aber es fühlt sich das erste Mal so an, als wäre jetzt endlich der richtige Zeitpunkt gekommen, um von hier zu verschwinden. Ich liebe das Leben im Club, die Rocker und den Zusammenhalt. Doch seit mein Dad vor fünf Jahren ins Gefängnis musste, ist nichts mehr, wie es einmal war.

Diesem Club ist etwas verloren gegangen. Es fehlt der Klebstoff, der die Brüder zusammenschweißt. Hier kocht jeder sein eigenes Süppchen, keiner vertraut dem anderen, niemand steht für die Sicherheit seiner Brüder ein.

Vielleicht ist jetzt der Augenblick gekommen, an dem ich meinen eigenen Weg gehen muss.

Tief in meinem Inneren habe ich die ganze Zeit mit so etwas gerechnet, aber jetzt, wo ich es aus dem Mund meines Dads gehört habe, fühlt es sich so an, als hätte er mir sein Messer in den Rücken gestoßen.

Alleine die Vorstellung, dass ich und Madox zusammen sind, lässt mich würgen.

So schnell ich kann, laufe ich in unsere Wohnung, stürme in mein Zimmer und ziehe den großen schwarzen Rucksack unter meinem Bett hervor.

Mit tränenverschleiertem Blick stopfe ich meine Klamotten in den Rucksack, als ich die notwendigsten Sachen habe, gehe ich ins Büro, öffne den Safe und nehme mir meine Papiere und zwei dicke Bündel Dollarscheine heraus.

Weder habe ich ein Ziel noch eine genaue Vorstellung, wo ich hinwill, aber das macht nichts, überall ist es besser als hier.

Langsam, aber sicher nimmt mir dieser Club die Luft zum Atmen.

Mit dem Rucksack auf dem Rücken, dem Geld in der Innentasche meiner Lederjacke und meiner Glock im Halfter bin ich bereit, die Welt zu erobern.

Es wird mir guttun, auf eigenen Beinen zu stehen, und wer weiß, vielleicht erinnere ich mich in ein paar Jahren an den heutigen Tag zurück und stelle fest, dass alles ganz genauso kommen musste.

Noch bevor ich die Bürotüre hinter mir schließen konnte, taucht Slide vor mir auf.

Ohne ein Wort zu sagen, stößt er mit seinem Fuß die Türe wieder auf, schlingt seinen Arm um meine Taille und hebt mich hoch. Er riecht nach Leder, Schießpulver und nach Mann – absolut köstlich.

Grob presst er seinen Mund auf den meinen, dringt mit seiner Zunge in mich ein, presst mich mit dem Rücken von innen gegen die verschlossene Türe.

Zu meiner Schande wehre ich mich genau drei Sekunden lang, ehe ich mich gegen seine Brust drücke, meine Zunge tief in seinen Mund schiebe und mich seinem Kuss ergebe.

Sein herber Geschmack flutet meine Sinne, seine großen Hände legen sich besitzergreifend auf meinen Po.

Herr im Himmel, steh mir bei ...

Seufzend vergrabe ich meine Finger in seinen langen Haaren, löse das Lederband in seinem Nacken, presse mich noch etwas fester gegen ihn.

Unsere Zähne schlagen krachend aufeinander, unsere Zungen duellieren sich, mein Slip wird feucht.

Warum auch immer, aber in den Armen dieses Mannes fühle ich mich geborgen und beschützt. Bei ihm kann ich mich fallen lassen, denn ich weiß, dass er mich beschützend hält. Seufzend löse ich meine Lippen von den seinen, schnappe nach Luft und sehe ihm in die Augen. Was ich in den schwarzen Tiefen erkennen kann, lässt mich erschaudern.

Rohe Besitzgier, pures Verlangen und wilde Entschlossenheit.

Vielleicht ist dieser Mann die Lösung für all meine Probleme, vielleicht kann er mich ein Stück weit mitnehmen. Slide könnte mich bis nach Seattle oder Olympia bringen. Mein Vater wird mich nie kampflos ziehen lassen, wenn ich aber an der Seite der Dead Riders verschwinde, ist er machtlos.

Für die Dauer von ein paar Herzschlägen erwidere ich noch seinen Blick, ehe ich meine Augen senke.

„Tu das nicht, Baby. Verstecke dich nicht vor mir. Ich muss wissen, was du empfindest."

Rau und leise streicht seine Stimme über meine eh schon zum Zerreißen angespannten Nervenbahnen.

Erstaunlich sanft legt er seine Hand unter mein Kinn und hebt meinen Kopf an.

Erneut ertrinke ich in der Intensität seines Blickes.

Fasziniert beobachte ich, wie seine Augen noch dunkler werden, seine Wangenmuskulatur zuckt, während seine Kiefer angespannt mahlen.

„Fuck, Ellen!"

Keine Ahnung was, aber irgendetwas scheint ihn zu beschäftigen.

„Ich habe keine Ahnung, was das", er deutet mit der Hand von mir zu sich, „zwischen uns ist. Aber ich weiß, dass du mich völlig aus der Bahn geworfen hast. Dich heute mit dieser Waffe zwischen all den gefährlichen Männern stehen zu sehen, hat mir verdeutlicht, dass ich dich beschützen will. Seit unserer Nacht vor drei Monaten kann ich dich nicht vergessen, und glaube mir, ich habe es weiß Gott versucht! Du schenkst mir Frieden, du löschst das Feuer, das in meiner Seele brennt, und besänftigst den Schmerz, der mich peinigt."

Kraftvoll wummert mir das Herz gegen die Rippen, doch ich schweige, ich spüre instinktiv, dass er noch etwas sagen will. Dass er diese Pause braucht, um sich zu sammeln.

„Komm mit mir, Ellen, gib uns die Chance herauszufinden, was das zwischen uns ist."

Heilige Verdammnis ...

Sprachlos lasse ich das eben Gehörte auf mich wirken.

Slide, der gefürchtetste Rocker, den ich kenne, der eiskalte Rocker Devil, bittet mich, dass ich mit ihm gehe.

Ein Teil von mir weiß, dass er recht hat, dass da etwas zwischen uns ist, dass nicht von dieser Welt ist. Ein anderer Teil hingegen will das alles nicht mehr. Ich habe keine Lust, von den Black Devils zu den Dead Riders zu gehen und wieder nur die Frau irgendeines Mannes zu sein.

Hier war ich immer die Tochter von King, wenn ich mit Slide gehe, bin ich das Mädchen von Slide – aber nie bin ich einfach nur ich!

Ich schlucke schwer, lecke mir über die Lippen und überlege, was ich jetzt tun oder sagen soll.

Slide ist so viel mehr, als ich mir jemals erhofft habe. Aber haben wir beide wirklich eine Chance auf Glück?

Glück ist etwas, das in meinem Leben noch nie existiert hat. Zufriedenheit ja, aber das war es dann auch schon.

Ganz zu schweigen davon, dass ich keine Ahnung habe, wie sehr ich mich auf ihn verlassen kann.

In der Nacht vor drei Monaten hat er mich echt verletzt, er hat sich genommen, was er gebraucht hat, und kaum dass wir fertig waren, hat er sich umgedreht, mich alleine stehen gelassen und ist in der Dunkelheit verschwunden.

Was ist, wenn es jetzt immer so sein wird?

Das würde mich zugrunde richten.

Slide ist ein gefährlicher Mann, er ist ein Jäger, ein Teufel, ein Killer. Ich kann verstehen, dass es ihm schwerfällt, Bindungen einzugehen. Doch ich kann mich nicht an einen Mann binden, der mich einfach so stehen lässt, wenn es ihm zu viel wird.

Das Angebot, das er mir gemacht hat, rührt mich, aber ich kann mir diese Art von Hoffnung nicht erlauben, ich muss jetzt endlich meinen eigenen Weg gehen, auch wenn es mir verdammt schwerfällt.

„Slide, ich kann nicht mit zu dir nach Tacoma zu den Dead Riders kommen. Mein Leben ist verdammt kompliziert und die Ereignisse der heutigen Nacht haben es nicht gerade leichter gemacht. *Scheiße!* Auf dem Hof liegen eine Handvoll Leichen, mein Vater verspricht mich seinem Vize und setzt mich als Bezahlung für das Präsidenten-Patch ein, während Kox versucht hat, mich zu vergewaltigen. Das ist alles zu viel, das ist zu viel Scheiße für eine Nacht! Es tut mir leid und ich hoffe, du kannst meine Entscheidung verstehen ..."

Ich mache eine kurze Pause, ehe ich weiterrede.

„Ich will dich bitten, mich bis nach Seattle oder nach Olympia mitzunehmen. Ohne deine Hilfe wird es verdammt schwer für mich, von hier zu verschwinden."

Mit jedem meiner Worte ist seine Mimik bedrohlicher geworden, in seinen Augen tobt ein Sturm, seine Nasenflügel blähen sich wie bei einem wilden Tier.

Ich habe keine Ahnung, was ich jetzt für eine Reaktion von ihm erwarten kann.

Noch immer presst er mich samt Rucksack gegen die Türe, meine Beine liegen auf seiner Hüfte, seine Hände auf meinem Po – nicht gerade die beste Ausgangsposition für so ein Gespräch. Slide macht keine Anstalten, mich abzusetzen, im Gegenteil, der Griff seiner Finger festigt sich noch, wird beinahe schmerzhaft.

„Alles klar, ich nehme dich auf meinem Bike mit!"

Verwundert sehe ich ihn an. Echt jetzt?

Damit habe ich ja niemals gerechnet. Erleichtert, dass er es mir so leicht macht, beuge ich mich vor und küsse ihn kurz auf den Mund.

Anstatt meinen Kuss zu erwidern, stellt er mich auf die Füße, packt sich meine Hand und zieht mich quer durch den Club hinter sich her. Im Hof vermeide ich den Blick auf die immer größer werdenden Blutlachen und die darin liegenden Leichen.

Ace und Skorpion sitzen bereits auf ihren Bikes. Mein Dad steht bei ihnen, als er mich in Slides Schlepptau entdeckt, ziehen sich seine Augen drohend zusammen.

Noch bevor ich etwas sagen kann, ergreift der Rocker Devil das Wort.

„Sie kommt mit mir, King, und wenn dir das nicht passt, bist du der Nächste, der sich eine Kugel von mir einfängt!"

Die Spannung, die in der Luft liegt, ist geradezu greifbar. Ich habe keine Ahnung, wie mein Vater reagieren wird.

Ohne King weiter zu beachten, setzt Slide mir seinen Helm auf, stellt die Riemen passend ein und schwingt sich auf sein Bike. Scheinbar ganz entspannt wartet er, dass ich hinter ihm aufsteige. Ich tue es, ohne zu zögern, schlinge meine Arme um seine Taille und kralle mich an ihm fest.

Ein letztes Mal sehe ich meinem Vater in die Augen, flüstere ein leises „Bye" und spüre, wie sich die Maschine mit einem kraftvollen Ruck in Gang setzt.

Der kalte Fahrtwind, der uns einlullt, passt zu dem Eisklotz, der sich in meinem Magen gebildet hat.

Die Riders finden ihre Formation und geben Gas. Allen voran Ace, dann wir und hinter uns frisst Skorpions Bike die Meilen, die vor uns liegen.

Die Tatsache, dass ich gerade meine Familie und mein Zuhause verlassen habe, um in eine ungewisse Zukunft aufzubrechen, stimmt mich einerseits traurig, andererseits kann ich es kaum erwarten, endlich meine Flügel auszustrecken und fliegen zu lernen ...

Mir ist klar, dass mich mein Dad suchen und verfolgen wird, ich werde meine Spuren gründlich verwischen müssen, wenn ich wirklich frei sein will.

Slide

Es fühlt sich so verdammt gut an, Ellen hinter mir auf meiner Maschine zu haben, dass ich glatt vergessen könnte, dass sie einer Lüge glaubt. Der heutige Abend war nicht leicht für sie, der Schmerz über den Verrat ihres Vaters sitzt tief.

Und dennoch sollte sie es eigentlich besser wissen.

Ich bin kein Mann der Worte, doch bei ihr habe ich das, was ich fühle, tatsächlich ausgesprochen. Ellen kennt meinen Ruf, sie weiß ganz genau, wer ich bin.

Ich kann nicht fassen, dass sie allen Ernstes glaubt, dass ich sie nach dem, was ich ihr vorhin gesagt habe, einfach nur mitnehme, um sie dann in Seattle absteigen zu lassen.

Erstens würde ich ihr nie erlauben, ohne Schutz zu leben, und zweitens will ich sie für mich. Es mag sein, dass Ellen sich dazu entschieden hat, die Black Devils hinter sich zu lassen, doch so leicht geht das nicht. Man kann nicht ein Leben lang in einem MC leben und dann die Zugehörigkeit wie bei einem Zeitschriftenabo aufkündigen.

Wie jeder Motorcycle Club haben auch die Black Devils Feinde, die schwarzhaarige Schönheit hinter mir wäre für sie ein leichtes Fressen.

Dass ich diese Frau will, steht schon seit Wochen fest, es war nur eine Frage der Zeit, bis ich sie mir geholt hätte. Die heutige Nacht hat mir gewissermaßen in die Hände gespielt.

Kings Position ist geschwächt, er hatte nicht mehr die Macht, uns aufzuhalten.

Und Ellen? Tja, sie ist freiwillig auf mein Bike gestiegen, sie wird noch früh genug merken, dass ich sie nicht einfach freigeben werde.

Wenn wir erst mal beim Clubhaus der Dead Riders angekommen sind, werde ich ihr erklären, wie die Sache hier läuft.

Holy Fuck!

Ich weiß jetzt schon, dass es nicht leicht werden wird, Ellen zu zähmen. Aber das macht nichts, ich liebe Herausforderungen ...

So wie ich meine Brüder kenne, werden sie mich noch ewig damit aufziehen, dass ich meine zukünftige Old Lady entführen musste, doch das macht nichts. Früher oder später wird jedem meiner Brüder die passende Frau über den Weg laufen, und dann werden sie selber feststellen, dass es nicht so leicht ist, sich für immer an eine bestimmte Pussy zu binden. Alleine der Gedanke, dass die Sache zwischen mir und Ellen wirklich eine Bindung für die Ewigkeit sein könnte, lässt mich erschaudern.

Es fühlt sich fast so an, als wäre jemand über mein Grab gestiegen – echt gruselig!

Erleichtert darüber, dass ich endlich habe, was ich von ganzem Herzen begehre, beschleunige ich die Geschwindigkeit. Ellen legt ihren Kopf gegen meine Schulter, schmiegt sich an mich.

Noch kennt sie mich nicht gut genug, um zu wissen, dass ich kein Mann bin, der leicht aufgibt.

Ich liebe einen guten Kampf, so wie ich Ellen einschätze, ist sie eine würdige Gegnerin, es wird Spaß machen, sie für immer an mich zu binden.

Bei allen Höllen, ich schwöre beim Teufel, dass ich die kommenden Tage nichts anderes tun werde, als mich immer und immer wieder bis zum Anschlag in ihr zu versenken.

Bevor ich bereit bin, sie zu meiner Old Lady zu nehmen, muss ich versuchen, mich von meiner Besessenheit dieser Frau gegenüber zu kurieren. Und nur wenn mir das nicht gelingen wird, werde ich meinen Schwanz an die goldene Leine legen.

Meine Instinkte verraten mir, dass ich dieser Frau nie wieder entkommen kann, und bisher haben mich die noch nie getäuscht.

In meine Gedanken vertieft folge ich jeder Biegung der Straße, lege mich in die Kurven und heiße den kalten Fahrtwind, der mir dabei hilft, das Chaos in meinem Kopf zu ordnen, willkommen.

Mir bleiben noch geschätzte fünfzehn Meilen, bis Ellen bemerkt, was hier los ist.

Es ist mir egal, wie kompliziert die nächsten Stunden werden – ich will diese Frau trotz aller Komplikationen und Widrigkeiten.

Ich will das ganze Paket. Ihren Mut, ihre Kraft und die Entschlossenheit, mit der sie vorgeht. Ich liebe den Augenblick, wenn sie schwach wird. Wenn sie sich mir hingibt und loslässt. Denn in dieser Sekunde gehört sie nur mir. In dieser einen Nacht, die mein ganzes Leben verändert hat, hat sie sich mir geschenkt, sie hat sich mir ausgeliefert und ist zu der meinen geworden – unwiderruflich.

Das Schicksal hat entschieden, dass wir uns über den Weg laufen, jetzt liegt es an uns, das Beste daraus zu machen.

4. Kapitel

Ellen

Ich bin erschöpft, aber nicht nur körperlich, sondern auch seelisch.

Der Verrat meines Vaters hat mir verdeutlicht, dass ich ganz alleine auf dieser Welt bin.

Weder habe ich viele Freunde noch eine große Familie.

Verfluchter Mist, ich habe ja nicht mal eine wirkliche Ausbildung. Alles, was für mich bis jetzt gezählt hat, war der Club.

Müde schließe ich meine Augen, genieße das Vibrieren des Motors zwischen meinen Beinen und lehne mich an Slide an.

Slide ist ein guter Motorradfahrer, ich fühle mich absolut sicher bei ihm.

Sein Fahrstil ist sexy – schnell, selbstsicher und, was für eine Überraschung, aggressiv.

Er verschmilzt mit seiner Maschine, wird regelrecht eins mit ihr.

Hier, still und ganz für mich alleine, erlaube ich mir einen gefährlichen Traum.

Ich stelle mir vor, wie es wohl wäre, zu dem Mann vor mir zu gehören. Wie würde mein Leben aussehen?

Eines steht schon mal fest: Als Old Lady dieses Rocker Devils wäre ich so sicher wie irgend möglich.

Der MC Dead Rider hat einen ganz besonderen Ruf in unserer Schattenwelt.

Im Gegensatz zu vielen anderen Motorcycle Clubs, die es nur von sich behaupten, halten die Riders zusammen wie Pech und Schwefel. Dieser Club ist wahrhaftig eine Familie. Legst du dich mit einem von ihnen an, hast du automatisch alle anderen zum Feind.

Ich kenne zwei Old Ladys der Riders. Nora ist die Lady von Skorpion und Susan gehört zu Catcher. Beide wirken glücklich und zufrieden ... ob ich das an Slides Seite auch wäre?

Fest entschlossen, diese verlockende Frage aus meinem Kopf zu verbannen, atme ich tief durch, streiche mit meinen Fingern über das Leder an Slides Bauch und genieße seine Nähe.

Unsere gemeinsame Zeit ist gezählt, ich werde gehen, ohne einen Blick zurückzuwerfen.

Heute Nacht haben fünf Männer, die ich schon seit Jahren kenne, ihr Leben verloren, so langsam frage ich mich wirklich, ob es allen Black Devils vorbestimmt ist, früh zu sterben oder unglücklich alt zu werden?

Gedankenverloren öffne ich meine Augen, ehe wir an einer Kreuzung anhalten. Wo sind wir?

Ich sehe mich genauer um und entdecke ein Straßenschild.

Nach links geht es nach Seattle und Olympia, rechts lang nach Tacoma.

Jetzt ist also der Augenblick gekommen, in dem wir uns von Skorpion und Ace trennen. Nicht mehr lange und ich werde mich von Slide verabschieden müssen.

Doch anstatt wie erwartet nach links abzubiegen, folgt Slide seinem Präsidenten Richtung Tacoma.

Scheiße! Das ist die falsche Richtung!

Aufgebracht klopfe ich ihm gegen den Rücken, doch der Rocker Devil reagiert nicht.

„Slide, dreh um!"

Ich schreie ihn so laut, wie ich kann, an, doch er ignoriert mich weiter.

Fuck off! Jetzt wird mir alles klar ...

Er hat das alles so geplant, er hatte nie vor, mich nach Seattle zu bringen.

Fest entschlossen, mich nicht verarschen zu lassen, beschließe ich, bei der nächsten Gelegenheit vom Bike zu springen.

Warum zur Hölle glauben alle Männer, dass sie über meinen Kopf hinweg über mich entscheiden können?

Slide

Jep, jetzt hat sie es kapiert.

Von der einen Sekunde auf die andere lehnt sie nicht mehr vertrauensvoll an mir, sondern sie ist steif wie ein Brett.

Keine Ahnung, wie sie es schafft, aber unsere Körper berühren sich fast gar nicht mehr.

Mir war klar, dass sie wütend wird, wenn sie herausfindet, dass ich andere Pläne für sie habe. Aber damit muss ich jetzt leben.

Es dauert noch knapp zehn Minuten, bis wir beim Club ankommen – sie wird mir den Kopf abreißen.

Ace kann es ganz genauso wenig erwarten, endlich anzukommen, wie ich, er gibt Gas, rast durch die verlassenen Straßen.

Das Revier der Dead Riders erstreckt sich bis zum Mount-Rainier-Nationalpark.

Selbst in SeaTac ist es kein Geheimnis, dass wir das Sagen haben.

Wir halten die Straßen frei von Drogen, kümmern uns um bestimmte Anliegen der Einwohner und versuchen, so gut es geht, dafür zu sorgen, dass Tacoma eine Stadt ist, in der man gerne lebt. Natürlich sind uns nicht alle wohlgesinnt, aber der Großteil der Gesellschaft kommt gut mit uns aus.

Und damit das so bleibt, erledigen wir unsere Geschäfte außerhalb der Stadt.

Der ein oder andere Bulle steht auf unserer Gehaltsliste und der Sheriff lässt uns weitestgehend in Ruhe. Er weiß ganz genau, dass er nichts gegen uns unternehmen kann. Und so ungern er es sich auch eingestehen wird – dass die Stadt drogenfrei ist, ist nicht sein Verdienst, sondern unserer ...

Ellen

Auch wenn unsere Clubs seit Jahren Verbündete sind, war ich noch nie bei den Riders zu Besuch. Trotz meiner Wut auf Slide bin ich verdammt neugierig, wie das Clubhaus der Dead Riders aussieht.

Anscheinend hat Slide meinen Plan, dass ich von seinem Bike springe, sobald er an einer roten Ampel stehen bleibt, durchschaut, denn er überfährt sie einfach.

Häuser, Bäume und Straßen ziehen an uns vorbei.

Der große Respekt, mit dem die Menschen die Riders behandeln, erstaunt mich. Die Autofahrer, die uns auf der Straße begegnet sind, sind an die Seite gefahren, um Ace und uns den Weg frei zu machen. So etwas hat es bei uns nie gegeben ...

In dem Augenblick, in dem wir das Ortsschild von Tacoma passieren, schießt ein Schwall Adrenalin durch meine Venen.

Ich habe keine Ahnung, was Slide sich bei dieser Aktion gedacht hat, aber ich werde ihm definitiv zeigen, was ich darüber denke.

Der Mount Rainier ragt über der Stadt auf, so als würde er sie beschützen wollen.

Wir biegen von der Hauptstraße ab, fahren über mehrere Kreuzungen und landen auf einer schmalen, dunklen Straße.

Der salzige Geruch des Meeres liegt in der Luft, anscheinend befinden wir uns in der Nähe des Hafens. Wir fahren durch die nächtlichen Schatten einer Fabrikhalle und sind da.

Das Gelände der Riders ist riesig, doppelt so groß wie das unsere.

In drei rostigen Ölfässern brennen trotz der späten Stunde wild flackernde Feuer.

Vor einem breiten Tor, durch das mühelos ein Panzer passen würde, stehen ein paar Männer Wache. Dank ihren Kutten weiß ich sofort, dass es sich um Prospects handelt. Prospects sind Anwärter, die sich im Durchschnitt ein Jahr lang beweisen müssen, ehe sie als Vollmitglied, Member, in den MC aufgenommen werden.

Die Prospects nicken uns respektvoll zu, während Slide langsam auf das Gelände fährt. Knapp zwanzig Bikes stehen neben den dicken Maschen des Eisenzauns.

Ein paar Männer stehen um die Feuer herum.

Links neben dem großen Clubhaus entdecke ich die Tore einer Werkstatt.

Ace parkt sein Bike, Slide stellt sich direkt daneben, Skorpion hingegen parkt etwas weiter abseits. Kaum dass das Brummen der Motoren verstummt, dringen die clubtypischen Geräusche zu mir durch.

Laute Musik, das Lachen betrunkener Frauen und dunkle Männerstimmen.

Plötzlich etwas unsicher lasse ich meinen Blick über den weitläufigen Hof gleiten.

So viel zum Thema, dass ich mein zukünftiges Leben außerhalb eines Clubs verbringen werde ...

Slide gibt mir einen Moment, um mich umzusehen, ehe er absteigt und ich plötzlich alleine auf seinem Bike sitze.

Tief durchatmend, öffne ich mit zittrigen Fingern den Helm, setze ihn ab und knete nervös meine Hände.

Rechts neben der Werkstatt steht eine Art Boxring. Zwei Männer tänzeln umeinander herum, ihre bandagierten Hände befinden sich auf Kopfhöhe, sodass sie sich zwar decken, jedoch auch jederzeit angreifen können.

Einer von ihnen ist groß und muskulös. Seine starken Arme glänzen dank des Schweißfilms, der sich auf seinem Körper ausgebreitet hat.

Der andere hingegen ist einen guten Kopf kleiner als sein Gegner, er ist nicht annähernd so gut trainiert, gleicht dieses Manko jedoch mit seiner Wendigkeit aus.

Jedes Mal, wenn der Muskelprotz aush olt, duckt sich der Kleine unten durch und verpasst dem starken Bären ein paar gute Körpertreffer.

Ich wende meinen Blick ab, sehe kurz zu Slide und lasse meine Augen weiter über die Umgebung schweifen.

Der rötliche Schein des Feuers zaubert tanzende Schatten auf den Asphalt.

Neben einem der Ölfässer sehe ich einen Kerl auf einem weißen Plastikstuhl sitzen. Vor ihm auf dem Boden kniet eine komplett nackte Frau. Die weiße Haut ihres Pos schimmert silber im kühlen Licht des Mondes.

Die Hand des Rockers hat sich in ihren Haaren vergraben. Unnachgiebig zerrt er an ihrem Kopf, gibt so den gnadenlosen Rhythmus vor, mit dem er seinen Schwanz bis zum Anschlag in ihren Rachen schiebt.

„Komm schon, Bitch, saug ihn leer ..."

Keuchend presst die Bitch ihre Handflächen gegen seinen Körper, doch sie hat keine Chance gegen ihn. Wieder und wieder drückt er ihren Kopf nach unten. Seine freie Hand umfasst ihren Po, ehe sie zwischen ihre Pobacken gleitet.

Wie paralysiert beobachte ich, wie er mit zwei seiner Finger in ihre dunkle Grotte eindringt. Das Mädchen stöhnt laut auf. Trotz der Brutalität und der Gnadenlosigkeit des Mannes scheint sie die Sache ganz offensichtlich zu genießen.

Ich bin weiß Gott nicht prüde, und dennoch erröte ich.

Slides Blick ruht auf meinem Gesicht, er beobachtet jede meiner Regungen.

Ich wende meine Augen von dem Pärchen ab und sehe meinem Rocker Devil tief in die Augen. Pures, ungezügeltes Verlangen spiegelt sich in den geheimnisvollen Tiefen. Zwischen meinen Beinen beginnt es verlangend zu pulsieren.

Ich lecke mir über die plötzlich trockenen Lippen, ehe laute Schreie dafür sorgen, dass ich erschrocken zusammenzucke.

Automatisch gleitet meine Hand unter meine Jacke. Ich umfasse den Griff der Glock und suche die Ursache für den Lärm.

Der Grund für den Tumult ist der Kampf im Boxring.

Einer der Kämpfer liegt bewusstlos auf dem Boden. Aus seinem Mund läuft Blut, sein rechtes Auge ist zugeschwollen, seine Braue hat einen tiefen Cut. Genau wie ich es mir gedacht habe, hat der kleinere Kontrahent gewonnen.

In meinen Augen nicht verwunderlich. Es kommt nicht immer nur auf reine Muskelkraft und pure Gewalt an, sondern wie so oft im Leben entscheidet die richtige Technik über den Erfolg.

Langsam löse ich meine Finger wieder von der Waffe und beobachte, wie dicke Dollarbündel die Besitzer wechseln.

Anscheinend haben die meisten Zuschauer auf den am Boden Liegenden gewettet – selber schuld.

Erneut gleitet mein Blick zu der noch immer am Boden knienden Frau.

Ihr Kopf wippt nun immer schneller auf und ab, ihre Brüste wackeln hin und her, während der Typ, dessen Schwanz von ihrem Mund bearbeitet wird, immer und immer wieder auf die vollen Arschbacken der Frau schlägt. Die ehemals blasse Haut schimmert nun in einem sanften Rot.

Ich beobachte, wie sein Kopf stöhnend in den Nacken fällt, sein Körper spannt sich an, während er seinen Saft tief in den Rachen der Bitch spritzt.

Willkommen bei den Dead Riders ...

Erst als sich Slide neben mich stellt und seinen Arm stützend um meine Taille schlingt, bemerke ich, dass ich zu zittern angefangen habe.

Für einen kostbaren Moment erlaube ich es mir, Slides Kraft in mich aufzusaugen. Wenn es sich doch nur nicht so unfassbar gut anfühlen würde, in seiner Nähe zu sein, dann würde mir das, was ich gleich tun werde, nicht so furchtbar schwerfallen.

Verdammt noch mal ...

Irgendwie habe ich das dumme Gefühl, dass mir das Schicksal in der letzten Zeit verdammt oft den Mittelfinger zeigt.

Scheiß drauf! Leicht hin oder her – das Leben ist kein Ponyhof.

Hin und wieder kommen Situationen im Leben, die verdammt hart zu ertragen sind, und dennoch muss man sie einfach hinter sich bringen – so ist das Spiel – so gelten die Regeln.

Die Schwachen gehen drauf, die Starken überleben.

Ich bin kein wehrloses Opfer, wie meine Mutter es war. Zum großen Stolz meines Vaters, an ihn zu denken tut immer noch schrecklich weh, kann ich mit den meisten Waffen um einiges besser umgehen als die meisten seiner Männer.

Und dabei ist es egal, ob es sich um eine Kalaschnikow, eine Heckler und Koch, einen Revolver oder nur um eine Glock handelt.

Schon als kleines Mädchen wusste ich, dass ich alles tun muss, um mich in einer Welt, die hauptsächlich von Männern dominiert wird, behaupten zu können.

Jetzt ist so ein Augenblick gekommen, in dem ich mich behaupten muss, und was tue ich? Ich lehne mich wie ein verliebtes Püppchen an den Devil der Dead Riders und führe eine nie zu enden scheinende Unterhaltung mit meinen Gedanken.

Das hast du ja wirklich ganz prima hinbekommen, Ellen.

Na superklasse, jetzt mischt sich auch noch mein Unterbewusstsein mit seinem Talent für bissige Ironie in meine innerliche Debatte ein – ich bin verloren und ganz klar ein Fall für die Klapse ...

Ohne ein Wort zu sagen, führt Slide mich ins Innere des Clubhauses.

Auf der linken Seite, direkt neben der Eingangstüre, befindet sich eine große Bar, deren Tresen aus altem, abgewetztem Holz besteht.

Die schwarzen Regale sind verspiegelt und sie biegen sich unter dem Gewicht von unzähligen Whisky- und Schnapsflaschen gefährlich weit durch.

In der circa vierhundert Quadratmeter großen Halle befinden sich verschieden große Sitzgruppen aus schwarzem Leder. Die laute Musik der bunt blinkenden Flipperautomaten mischt sich unter den eh schon lauten Geräuschpegel. Im hinteren Bereich befinden sich mehrere Billardtische. Drei von ihnen sind gerade besetzt, auf dem vierten liegt eine halb nackte Frau, soweit ich das erkennen kann, scheint sie zu schlafen.

Der dreckige Boden ist nichts weiter als abgeschliffener Beton.

An den gut zehn Meter hohen Wänden hängen Poster von halb nackten Frauen, die sich mit halb geschlossenen Augen auf verschiedenen Motorrädern rekeln.

Für Männer muss dieser Anblick wohl besonders sexy sein, ich finde ihn irgendwie peinlich.

Warum zum Teufel geben sich Frauen für so einen Scheiß überhaupt her?

Im Eck rechts von mir hängt ein roter, völlig verbeulter Boxsack.

Die hintere Wand des Clubs ist komplett verspiegelt.

Ohne stehen zu bleiben, zieht mich Slide immer tiefer in die Menschenmenge.

Hin und wieder verlangsamt er seinen Schritt, klopf jemandem auf die Schulter oder wechselt ein paar kurze Worte mit seinen Brüdern.

Wenige Minuten später kommen wir an einer Metalltreppe an.

Die Luft im Club ist abgestanden. Der süße, moschusartige Geruch von Sex vermischt sich mit dem künstlichen Duft von billigem Parfüm, Rauch und Schweiß.

Eine ziemlich widerliche Mischung ...

Slide lässt mich los, sieht mich eindringlich an und bedeutet mir mit einer strengen Kopfbewegung, dass ich die Stufen hochgehen soll.

Für einen kurzen Augenblick denke ich daran, wirklich zu tun, was er sagt, aber dann entscheide ich mich dagegen. Verdammte Scheiße, was denkt sich dieser Mann eigentlich? Erst lockt er mich unter Vorspiegelung von falschen Tatsachen auf sein Bike, dann nimmt er mich einfach mit zu sich, und jetzt glaubt er allen Ernstes, dass er mich herumkommandieren kann? Das kann er total vergessen ...

Ich weiß ja nicht, mit was für Frauen er bis jetzt zu tun hatte, aber ich bin kein dummes, willenloses Flittchen, das sich gerne herumkommandieren lässt.

Tief durchatmend drücke ich meine Wirbelsäule durch, verschränke in kämpferischer Haltung meine Arme vor der Brust und recke das Kinn nach oben.

Slide beobachtet mich mit Adleraugen, sein Kiefer zuckt ungeduldig.

„Ich verlange von dir, dass du mich jetzt sofort hier rausbringst und mich nach Seattle fährst! Falls du keine Zeit hast, bin ich auch einverstanden, wenn mich ein Prospect bringt."

Gespannt, wie er auf meine Forderung reagieren wird, beobachte ich, wie seine Mundwinkel amüsiert zu zucken beginnen.

„Du verlangst?"

„Ja!"

Er nickt leicht.

„Ich verstehe."

Schön für ihn ...

„Also bringst du mich jetzt nach Seattle?"

Seine Antwort kommt wie aus der Pistole geschossen.

„Nein. Ich denke nicht mal daran!"

Blödes Arschloch ...

„Gut, dann bringt mich eben ein Prospect."

„Du wirst nirgendwohin gehen!"

„Doch, das werde ich, und du kannst mich nicht daran hindern, Slide."

„Kann ich nicht?"

Seine Augen blitzen mich provokativ an, seine Stimme klingt nach einer Herausforderung.

Da wir bei dieser Unterhaltung nie einen gemeinsamen Nenner finden werden, beschließe ich, sie zu beenden. Ohne ihn eines letzten Blickes zu würdigen, drehe ich mich um und bahne mir einen Weg zurück durch die Menschenmenge.

Ich komme genau zwei Schritte weit, ehe er mich am Arm packt und zu sich zurückzieht.

Warum zur Hölle müssen Männer, wenn sie eine Diskussion verlieren, immer auf ihre körperliche Überlegenheit zurückgreifen? Das ist so was von unfair.

Ohne mich zu ihm umzudrehen, bleibe ich stehen.

„Lass mich sofort los oder du wirst es bereuen!"

„Drohst du mir etwa, Baby?"

In seiner Stimme liegt so viel Spott, dass ich einfach nur noch rotsehe.

Wütend drehe ich mich zu ihm um, reiße mich von ihm los und sehe ihm direkt in die Augen.

Rocker Devil hin oder her, es wird verdammt noch mal Zeit, diesem Kerl eine Lektion zu erteilen, die er niemals vergessen wird ...

5. Kapitel

Slide

Dass Ellen sauer auf mich ist, kann ich nicht gerade behaupten, sie bebt geradezu vor unterdrücktem Zorn.

Fuck ... sie sieht verflucht sexy aus, wenn sie wütend ist!

Ohne unseren Blickkontakt zu unterbrechen, schiebt sie ihre rechte Hand unter ihre Jacke. Als sie sie einen Sekundenbruchteil später wieder rauszieht, kommt eine schwarze Waffe zum Vorschein.

Mit geübten Handgriffen zieht sie das Magazin aus dem Griff.

Nachdem sie geprüft hat, wie viel Schuss sie hat, lässt sie es zurückgleiten, schiebt den Schlitten vor und befördert so eine Patrone in den Lauf. Zum Schluss entsichert sie die Glock und sieht mich herausfordernd an.

Echt jetzt?

Mit dieser Aktion hat sie sich nun endgültig die volle Aufmerksamkeit von knapp zwanzig Ridern gesichert, die es so gar nicht lustig finden, wenn man als Außenstehende mit einer entsicherten Waffe auf das Herz ihres Vizepräsidenten zielt.

Bullshit! Wäre sie ein Mann, hätte sie jetzt schon drei Kugeln im Rücken.

Das Einzige, was meine Männer davon abhält, sie abzuknallen, ist die Tatsache, dass sie eine Frau ist und dass ich ihnen mit meinen Blicken zu verstehen gegeben habe, dass ich die Situation unter Kontrolle habe.

„Ellen, steck die Waffe weg, bevor noch jemand verletzt wird."

Ihr gezischtes „Leck mich" hilft nicht gerade, die angespannte Stimmung etwas aufzulockern.

„Ich werde die Waffe erst runternehmen, wenn du mich aus diesem verdammten Club und vom Gelände gebracht hast!"

Entnervt schließe ich meine Augen und versuche mich daran zu erinnern, warum ich ausgerechnet diese Frau für mich haben wollte.

In diesem Club befinden sich zu jeder nur denkbaren Tages- und Nachtzeit mindestens ein Dutzend Bitches, die einfach alles dafür tun würden, in den Fokus meiner Aufmerksamkeit zu gelangen.

Aber nein, ausgerechnet diese widerwillige Killerbarbie hat das Unmögliche geschafft und meine Schutzmauern durchbrochen.

Mit schulterbreit gespreizten Beinen steht sie vor mir. In ihren Augen sehe ich pure Entschlossenheit. Mit der linken Hand umfasst sie ihr rechtes Handgelenk, gibt so der Schusshand mehr Stabilität. Mit dem Zeigefinger am Abzug legt sie leicht ihren Kopf schief und wartet auf meine Antwort.

Zur Hölle!

In Anbetracht dessen, dass sie gerade auf mich zielt, ist es geradezu kurios, dass ich stolz auf sie bin ... Ihre Hände zittern und zucken nicht, Ellen steht da wie ein verdammter Profi.

Unweigerlich stelle ich mir die Frage, wie viele Leben sie schon ausgelöscht hat.

Die Tatsache, dass sie kein wehrloses Püppchen ist, turnt mich unheimlich an.

Fest entschlossen, ihr diese Nummer nicht durchgehen zu lassen, rufe ich mir ein letztes Mal in Erinnerung, dass ich vorsichtig sein muss, wenn ich sie nicht verletzen will.

Zugegebenermaßen hatte ich noch nie das Vergnügen, von einer 160 Zentimeter großen, circa 54 Kilo wiegenden Frau bedroht zu werden.

Es ist wirklich süß, wie naiv sie ist. Wie kann sie ernsthaft glauben, dass eine lächerliche Glock sie vor mir beschützen kann?

Ohne den Blick von ihrer Waffe abzuwenden, mache ich einen großen Ausfallschritt, drücke mit der linken Hand den Lauf ihrer Waffe nach unten und umfasse mit der rechten ihre Handgelenke.

Eine Sekunde später liegt sie entwaffnet und atemlos in meinen Armen und sieht mich aus weit aufgerissenen veilchenblauen Augen an.

Es kostet mich meine komplette Selbstbeherrschung, sie nicht auf der Stelle besinnungslos zu küssen.

„Wage es nie wieder, mich mit einer geladenen Waffe zu bedrohen! Hast du mich verstanden, Baby?"

In ihren Augen sehe ich puren Widerstand, doch sie flüstert mir ganz brav ein Ja zu.

„Sehr schön."

Mir ist klar, dass ihr Verstand gerade auf Hochtouren läuft, so leicht wird sie sich nicht geschlagen geben.

Die vergangenen fünf Minuten haben dafür gesorgt, dass ich so erregt bin wie seit Jahren nicht mehr. Mein Schwanz ist so verdammt hart, dass es beinahe unmöglich ist, ohne Schmerzen zu laufen.

Ich ignoriere sie und trage meine Beute die Stufen hoch.

Von mir aus kann sie mich kratzen, schlagen und beißen – das wird ihr alles nichts nützen.

In den nächsten Stunden werde ich dafür sorgen, dass sie vor Lust so oft meinen Namen schreit, bis sie ihren eigenen vergessen hat.

An der Treppe oben angekommen, ignoriere ich die lauten Pfiffe und Kommentare meiner Brüder und trage sie direkt in meine Wohnung. Da ich diese eigentlich nie absperre, befinden wir uns keine sechzig Sekunden später in meinem Schlafzimmer.

Es hat schon etwas Skurriles, dass die einzige Frau, die jemals diesen Raum betreten hat, nicht gerade freiwillig hier ist.

Ungeduldig werfe ich sie auf mein Bett, öffne meine Hose und lege mich auf die strampelnde Wildkatze, die mich aufgebracht anfunkelt.

„Verfickte Scheiße, Slide. Geh gefälligst von mir runter."

Um sie zum Schweigen zu bringen, presse ich meinen Mund auf den ihren. Es wundert mich nicht, dass sie mir prompt in die Unterlippe beißt. Der scharfe Schmerz schießt mir direkt in die Eier, ich knurre laut, öffne grob ihre zusammengepressten Lippen und wühle mit meiner Zunge durch ihren Mund.

Ahhhh ... sie schmeckt köstlich. Der süße Duft von Vanille und Pfirsich, der sie umgibt, benebelt meine Sinne.

Kämpferisch hat sie ihre Handflächen gegen meine Schulter gepresst und versucht so, mich von ihr runterzuschieben. Sie realisiert schnell, dass sie machtlos gegen mich ist.

Selbst ihr störrischer Versuch, meinen Kuss einfach unbeteiligt über sich ergehen zu lassen, scheitert schon nach wenigen Herzschlägen.

Von der einen Sekunde auf die andere erwidert sie mein Zungenspiel mit solch einer Leidenschaft, dass es mir den Atem raubt.

Ellen ist weder sanft noch zurückhaltend. Ihre aufgestaute Wut verwandelt sich in ein explosives Begehren, das uns beide schnell vorantreibt.

Kratzend, saugend, stöhnend und sich windend liegt sie unter mir. Ich verliere keine Zeit, lasse meine Hände über die verführerischen Kurven ihres Körpers gleiten und ziehe sie immer weiter aus. Als sie nur noch in ihren halterlosen Strümpfen unter mir liegt, gönne ich mir eine Sekunde, in der ich sie mit meinem Blick verschlinge.

So verflucht anstrengend dieses Mädchen auch sein mag, sie ist jede Mühe wert!

Zufrieden lasse ich meine Hand zwischen ihre Schenkel gleiten, spreize sie leicht und taste mich zu ihren bereits feuchten Falten vor.

Weich wie Samt, feucht und unheimlich eng umschmeichelt ihre Pussy meine eindringenden Finger.

Das leise Seufzen, das sich ihren leicht geöffneten Lippen entringt, treibt mich immer weiter Richtung Abgrund.

Ich bin kein zärtlicher Mann, wahre Gefühle sind mir fremd.

Die letzten Jahre habe ich all die Frauen nur benutzt. Wenn sie gekommen sind, ehe ich mit ihnen fertig war, hatten sie Glück, wenn nicht, war es mir auch egal.

Alles, was für mich gezählt hat, war, dass sie feucht genug waren, damit ich ohne Probleme in sie eindringen konnte.

Bei Ellen ist das anders, ich will, dass sie es genießt, dass sie unbeschreibliche Lust erfährt und sich mir mit allen Sinnen hingibt.

Verdammt! Das zwischen uns soll nicht einfach nur die Befriedigung von urtümlichen körperlichen Gelüsten sein – sondern eine Vereinigung.

Das letzte Mal, als ich sie mir genommen habe, ist es dieser Frau gelungen, mir ganz genau den Frieden zu schenken, nach dem ich mich seit Jahren verzehrt habe.

Ellen ist die Einzige, die es schafft, den Schmerz, der meine Seele peinigt, zu lindern.

Dank dieser Frau verspüre ich den winzigen Funken von Hoffnung, durch sie habe ich eine Chance auf Glück!

Kreisend reibe ich mit meinem Daumen über ihren Kitzler, entlocke ihr so ein raues Stöhnen. Gierig tackere ich meine Lippen auf die ihren, sauge ihren Geschmack wie ein Verhungernder in mich auf.

Wenn diese Frau auch nur ein einziges Mal mitbekommt, wie sehr ich sie brauche, bin ich verloren.

Für sie würde ich durch die Hölle gehen, den Himmel durchqueren und mich in tiefe Schluchten stürzen.

Nachdem wir unseren ersten Hunger gestillt haben, wandelt sich der Kuss in ein zärtliches Liebesspiel.

Ihre Finger lösen das Lederband aus meinen Haaren, umfassen meinen Hals, ziehen mich noch fester zu ihr herab.

Mit geschickten Fingern zieht sie meine Hose nach unten, ich helfe ihr und nur einen Augenblick später streicht mein hartes Glied über ihre samtweichen Falten.

Ellens Hitze droht mich zu verbrennen. Das Pulsieren in meinen Hoden wird stärker, meine Eichel ist mittlerweile so geschwollen, dass ich das Gefühl habe, bald vor Lust zu zerplatzen. Rhythmisch reibe ich mich an ihr, fahre durch den nassen Spalt und inhaliere den Geruch ihrer Erregung.

Zum Teufel ... wie gerne würde ich sie jetzt packen, auf den Bauch drehen und mich mit einem gnadenlosen Stoß in ihr versenken. Ich liebe es, wenn sich die Frauen unter mir aufbäumen. Und ich sie mit einem bestimmenden Griff im Nacken zurück nach unten pressen kann.

Heute Nacht werde ich mir dieses Vergnügen verwehren, doch schon bald werde ich jede meiner sexuellen Fantasien mit Ellen ausleben.

Ich werde sie mir nehmen, ich werde ihren Körper zeichnen und mir ihr Herz sichern.

Ellen muss einfach spüren, dass sie zu mir gehört – jede Faser meines Seins sehnt sich danach, diese Frau so allumfassend zu besitzen wie nur irgendwie möglich.

Nicht in der Lage, auch nur eine Sekunde länger zu warten, bringe ich mich vor ihr in Position und schiebe mich in sie. Zentimeter für Zentimeter nimmt sie mich in sich auf.

Ellen ist klein und schmal gebaut. Ihre Pussy ist eng und es wird einige Zeit dauern, bis sie sich an meine Größe gewöhnt hat.

Erst als ich bis zum Anschlag in ihr bin, stoppe ich meine Bewegung und gebe ihr ein wenig Zeit, um sich an mich zu gewöhnen.

Unter halb gesenkten Augen sauge ich den faszinierenden Anblick, den sie mir bietet, in mich auf.

Ihr Mund ist zu einem leisen Schrei geöffnet. In ihrer Mimik spiegelt sich der Ausdruck von Schmerz, der sich mit jedem vergehenden Atemzug mehr in pure Lust umwandelt.

Schmerzhaft graben sich Ellens Fingernägel in meinen Rücken.

Langsam beginne ich mich zu bewegen, ziehe mich etwas aus ihr zurück, nur um sofort wieder in sie zu stoßen. Erleichtert spüre ich, wie sich ihr Körper langsam dem meinen anpasst.

Stoß für Stoß – Kuss für Kuss wird sie mehr die meine.

Immer wieder spanne ich meine Oberschenkelmuskulatur an, um mich so tief, wie es geht, in ihr zu vergraben.

Von der gnadenlosen Lust, die über mir hereinbricht, überwältigt, vergesse ich, dass ich mich Ellen zuliebe zurückhalten wollte. Das Chaos in meinem Kopf kommt zum Erliegen, der Schmerz, der meine Brust Tag für Tag ausfüllt, weicht einem angenehmen Glühen, ein himmlischer Frieden erfüllt meine Seele.

So muss es sich anfühlen zu fliegen ...

Zufrieden beobachte ich, wie sich meine Süße immer mehr in ihrer Lust verliert. Zuckend und pulsierend zieht mich ihr Inneres noch etwas tiefer in sich herein. Ihre Scheide umfasst mein Glied wie eine Faust. Ein Schwall heiße Lust umspült meine Eichel.

Ihre spitzen Schreie erfüllen die gespenstische Stille meiner Wohnung. Schwitzend und zitternd bäumt sie sich unter mir auf, hält sich an mir fest und verliert vollends die Kontrolle über ihre Lust.

Die Kontraktionen ihrer engen Pussy melken mich so hart, dass ich ebenfalls die Kontrolle verliere. Das heiße Prickeln an meiner Wirbelsäule, meine Hoden, die sich schmerzhaft zusammenziehen, und das Gefühl ihrer kleinen Hände, die sich an mir festkrallen ... Mit einem lauten Schrei pumpe ich meinen Samen in ihr zitterndes Inneres.

Sie ist mein – sie ist mein – sie ist mein – sie ist mein – sie ist mein!

Immer und immer wieder hallen diese drei Wörter durch meinen Kopf. Es besteht wahrlich kein Zweifel mehr daran, dass dieses Mädchen meine Rettung ist.

Sie werde ich nie wieder gehen lassen, um sie zu besitzen, würde ich einfach alles riskieren ...

Die Schweißtropfen, die sich in meinem Nacken gebildet haben, laufen über meinen Rücken. Erschöpft ergreife ich ihre Hände, verschränke meine Finger mit den ihren und presse sie neben ihrem Kopf in das Kissen.

So habe ich meine Süße definitiv am liebsten – kraftlos, zutiefst befriedigt und von meinem Glied ausgefüllt.

Jetzt, in diesem Augenblick, wäre schon eine ganze Armee nötig, um mich auch nur einen Zentimeter weit von ihr fortzubewegen.

In meinem ganzen Leben habe ich noch nie so etwas Kostbares besessen wie in diesem Augenblick.

Ellens Hingabe fühlt sich ganz besonders gut an, da ich weiß, dass sie sich mir eigentlich verweigern wollte.

Langsam beuge ich mich zu ihr herab, streiche mit meiner Nase an ihrem Kiefer entlang und schnuppere an ihr.

Kraftlos liegt sie unter mir, sieht aus halb geschlossenen Lidern zu mir herauf und stöhnt leise, als ich mich etwas in ihr bewege.

Der primitive Drang, sie für alle Welt sichtbar zu zeichnen, breitet sich in mir aus. Weder habe ich die Lust noch die Kraft, diesem Instinkt zu widerstehen.

Zufrieden sauge ich mich an ihrem Hals fest, ziehe die köstlich schmeckende Haut zwischen meine Zähne und beiße zu.

Ellen bäumt sich dank des unerwarteten Schmerzes auf, doch ich presse sie mit meinem Gewicht zurück in die Matratze.

Auch wenn sie es wahrscheinlich nicht verstehen kann – ich kann es ja selber nicht wirklich begreifen –, muss ich ihr dieses Mal verpassen.

Ich muss mir einfach sicher sein können, dass jeder Mann, der sie in den nächsten Tagen zu Gesicht bekommt, weiß, dass diese Frau zu mir gehört.

Und jeder Kerl, der ihr auch nur zu nahe tritt, muss damit rechnen, dass ich ihm seine verdammte Kehle aufschneide.

Wenn es um diese Frau geht, werde ich zu einer besitzergreifenden, blutrünstigen Bestie, die kein Erbarmen kennt ...

Was diese Tatsache über mich aussagt, weiß ich nicht, doch eines weiß ich ganz genau: Ellen werde ich für den Rest meines Lebens für mich beanspruchen. Ich werde sie besitzen und behalten, bis zu meinem letzten Atemzug ...

Ellen

Das angenehme Nachhallen der gerade eben erlebten Lust rauscht in glühenden Wellen durch mein Nervensystem.

Ich komme mir vor wie auf Wolken, dieser Mann hat mich nicht nur körperlich berührt, sondern auch seelisch.

In diesem Augenblick rauschen so viele Glücksgefühle durch meine Venen, dass ich nichts gegen das breite Grinsen, zu dem sich meine Lippen verziehen, unternehmen kann.

Unsere Körper sind noch immer miteinander verbunden, ein Zustand, an dem ich nichts ändern will.

Mit seiner Nase streicht er an meinem Kiefer entlang, inhaliert meinen Geruch, bewegt sich leicht in mir.

Erst sachte und dann immer fester saugt er sich an meinem Hals fest. Bis ich endlich kapiere, was er da gerade macht, ist es zu spät, um ihn abzuwehren. In dem Augenblick, in dem sich seine scharfen Zähne in meine Haut graben, zieht sich mein Unterleib sehnsüchtig zusammen.

Mein Körper ist ein verräterisches Miststück!

Slide beißt noch etwas fester zu, ich schreie schmerzerfüllt auf.

„Lass mich sofort los, Slide."

Als er seinen Mund endlich von mir löst, bewege ich meine Hüfte so, dass er aus mir herausgleitet, und rolle mich unter ihm raus. Bevor ich es schaffe, aus dem Bett zu steigen, erwischt er mich am Knöchel, zieht mich zurück in die Mitte des Bettes und rollt sich auf mich.

Am liebsten würde ich ihm sagen, was er für ein blödes Arschloch ist, aber der Anblick seines nackten Oberkörpers lenkt mich *etwas* ab.

Mittig auf seiner muskulösen Brust thront ein großer Totenkopfschädel. Die Augen des Schädels sind schwarz und leer, so als hätte er seine Seele vor langer Zeit an den Teufel verloren. Engelsgleiche Flügel rahmen ihn schützend ein, so als wollten sie ihn vor dem endgültigen Fall bewahren. Zwei breite Dolche stecken tief in der Schädeldecke.

Unter dem Totenkopf steht in dicken, geraden Lettern ‚DEVIL'. Oberhalb des Wortes recken sich Flammen dem geflügelten Schädel entgegen, unterhalb tropft schwarzes Blut in Richtung seines Bauchnabels. Zu jeder Seite befinden sich vier kleine Sterne, die gen Himmel aufsteigen.

Fasziniert starre ich die Tätowierung an. Mir ist sofort klar, dass sie für Slide eine tiefere Bedeutung hat.

Die Verarbeitung des Tattoos ist perfekt. Gerade Linien, die bis ins kleinste Detail ausgearbeitet wurden. Unsere Blicke treffen sich, langsam strecke ich meine Finger aus, zeichne mit den Spitzen die rabenschwarzen Konturen nach.

„Devil ..."

Ich flüstere leise seinen Namen, spüre instinktiv, dass dieses Tattoo Slides innere Zerrissenheit widerspiegelt.

Mit einem dicken Kloß in der Kehle lege ich meine Handfläche direkt auf sein Herz.

In gleichmäßigen kraftvollen Schlägen wummert es gegen meine Finger.

Die Zeit bleibt stehen – Sekunden werden zur Ewigkeit.

Keiner von uns bewegt sich auch nur einen Millimeter, ich traue mich kaum zu atmen.

Die ungeheure Intensität dieses Augenblicks lullt mich ein.

Als ich seinem brennenden Blick nicht länger standhalten kann, senke ich meine Augen und lasse sie über die vielen Narben gleiten, die seinen wunderschönen Körper zieren.

Dieser Mann ist ein Krieger, ein Kämpfer und ein Sieger ...

In der Schattenwelt, in der wir leben, ist er als eiskalter Killer, loyaler Dead Rider und Einzelgänger bekannt. Wie passe ich in dieses Bild?

Seine warme Haut reibt über die meine, an den Innenseiten meiner Schenkel läuft sein Samen aus mir heraus, tropft auf sein Laken.

Ich habe keine Ahnung, was das zwischen uns ist oder wo es hinführen wird, aber mir ist klar, dass ich vor diesem Mann nicht einfach so davonlaufen kann.

„Slide, ich ..."

Zärtlich legt er mir zwei seiner Finger auf den Mund, bringt mich so zum Schweigen.

„Sag nichts, Baby. Bleib einfach bei mir und gib uns eine Chance. Mehr will ich gar nicht."

Ich sehe den Schmerz der Vergangenheit in seinem Blick, doch da ist auch Hoffnung – was soll ich nur tun?

Langsam stütze ich mich auf die Ellenbogen auf und tue das einzig Richtige – ich küsse ihn mit all meiner Hingabe, mit all meiner Gier und all meiner Verzweiflung.

Vielleicht hat mein Rocker Devil ja recht, und wir retten uns gegenseitig?

Slide

Weder hat sie mir versprochen, dass sie bei mir bleibt – noch hat sie gesagt, dass sie geht.

Also was tun? Abwarten? Kämpfen? Hoffen?

Verfluchte Scheiße ...

Sanft streiche ich mit meiner Hand über das dunkelviolette Mal an ihrem Hals.

Ellen ist keine Frau, die sich einfach so vorschreiben lässt, was sie zu tun und zu lassen hat. Dieses kleine Miststück hat mich mit einer Waffe bedroht.

Was auch immer die Zukunft für uns bereithalten mag, ich darf nicht vergessen, dass die wunderschöne Frau, die gerade tief und fest in meinen Armen schläft, mehr Temperament hat, als gut für sie ist.

Erschöpft lasse ich meinen Kopf zurück in die Kissen sinken und schließe meine Augen.

Nacht für Nacht quälen mich dieselben Albträume, ob Ellens Nähe sie vertreibt?

Noch bevor ich einschlafen und es herausfinden kann, höre ich ein dumpfes Klopfen an der Wohnungstüre.

Wer zur Hölle?

„Slide, bist du noch wach?"

Als ich die Stimme meines Präsidenten höre, weiß ich, dass es ein Problem geben muss. Vorsichtig löse ich mich von Ellen, steige aus dem Bett und ziehe mir die Jeans über.

Schnell schließe ich die Schlafzimmertüre hinter mir und sehe Ace bereits in der Küche stehen.

„Was los, Präs?"

Sein Gesichtsausdruck verheißt nichts Gutes.

„Ich habe gerade erfahren, dass King nicht mehr der Präsident der Black Devils ist. Er wurde von den First Nine abgewählt."

„Das habe ich mir schon gedacht."

Das alleine wird nicht der Grund für Aces Besuch in meiner Wohnung sein.

„Weiter?"

Mein Freund sieht mich prüfend an. Was auch immer jetzt kommen mag, ich weiß jetzt schon, dass es mir nicht gefallen wird.

„Wie ernst ist es dir mit diesem Mädchen?"

Ohne zu zögern, antworte ich ihm.

„Todernst!"

Er nickt verstehend.

„Das habe ich mir schon gedacht."

Ungeduldig verschränke ich die Arme vor der Brust.

„Fuck, Ace, jetzt sag schon, was los ist. Du kommst doch nicht um fünf Uhr morgens zu mir, nur um mich zu fragen, wie ernst es mir mit Ellen ist."

„Erinnerst du dich an Smoke?"

Blöde Frage. Smoke ist einer der besten Killer des Landes. Er wird Smoke genannt, weil er genauso schwer zu fassen ist wie Rauch.

Das Ace um diese späte Stunde zu mir kommt und mich fragt, ob ich mich an ihn erinnere, verheißt nichts Gutes.

„Ja, Bro. Diesen Mann sollte man lieber nicht zum Feind haben. Was ist mit ihm?

Ace zündet sich eine Kippe an, reicht mir auch eine.

„Er ist der neue Präsident der Black Devils. Ich weiß aus sicherer Quelle, dass er vorhat, Ellen zu töten!"

Bei diesen Worten verschlucke ich mich an dem Rauch, den ich gerade tief in meine Lunge ziehen wollte.

„What a Fuck!"

„Aye, Bro, du sagst es."

Ich lasse die Information sacken, schlucke schwer und kämpfe gegen die unbändige Wut, die sich in mir aufbaut, an.

„Warum sollte er Ellen töten wollen?"

Angespannt beobachte ich meinen besten Freund dabei, wie er sich einen weiteren Zug Nikotin gönnt, ehe er mir endlich antwortet.

„Smoke weiß ganz genau, dass die Mehrheit der Black Devils hinter Ellen steht. Sie ist in diesem Club aufgewachsen, sie ist der Klebstoff, der diesen Haufen Idioten zusammengehalten hat. Smoke befürchtet, dass, wenn Ellen beschließt zurückzugehen, King wieder zum Präsidenten gewählt wird. Meiner Meinung nach wurde Smoke nur aus Angst gewählt. Jeder, der nicht für ihn gestimmt hätte, wäre in den nächsten Tagen entweder spurlos verschwunden oder langsam und qualvoll in seinem eigenen Blut verreckt. Beides keine besonders tollen Aussichten!"

Ace sieht mich direkt an.

„Es ist kein Geheimnis, dass man nicht mehr lange lebt, wenn man sich gegen Smoke stellt."

Ich stimme ihm zu, doch zwei Dinge verstehe ich immer noch nicht.

„So wie ich das sehe, ist King schon so gut wie tot."

„Das sehe ich auch so, Slide. Aber selbst wenn Smoke King vor Ellen kaltmacht, wird er sie dennoch beseitigen, als Warnung für alle, die mit dem Gedanken spielen, sich gegen seine Präsidentschaft zu stellen."

Fuck!

So wie ich Smoke einschätze, wird er den MC Black Devils immer tiefer in das Waffengeschäft drängen. Die Sicherheit des Clubs ist Smoke völlig einerlei. Alles, was er will, ist in den nächsten Jahren so viel Geld kassieren, dass er ausgesorgt hat. Ob die Black Devils daran zerbrechen oder seine Brüder dabei sterben, ist Smoke scheißegal.

Es wäre geheuchelt, wenn ich ein generelles Problem damit hätte, dass er seinen Unterhalt mit dem Töten von Menschen verdient – denn das tue ich auch. Im Grunde genommen sind wir Kollegen ...

Und dennoch gibt es ein paar gravierende Unterschiede zwischen uns. Im Gegensatz zu Smoke liebe ich meinen MC und ich würde nie etwas tun, was meinen Brüdern schadet.

Auch wenn es wenige sind, doch auch ich halte mich an Regeln, Smoke hingegen ist völlig unkontrollierbar.

Dass er es jetzt ausgerechnet auf die Frau abgesehen hat, die ich für mich beanspruche, wird ein echtes Problem. Denn ich bin kein Mann, der einfach so aufgibt.

Ellen gehört mir, sie steht unter meinem Schutz und ich werde einfach alles in meiner Macht Stehende tun, um sie zu beschützen.

Nachdem ich meine Kippe in dem Aschenbecher, der neben dem Ofen steht, ausgedrückt habe, sehe ich meinem Freund in die Augen und spreche das Unvermeidliche aus.

„Hör mir zu, Ace. Du kennst mich besser als jeder andere Mensch auf diesem Planeten. Ich beschütze, was mir gehört! Und ich bin bereit, für dieses Mädchen zu kämpfen, zu töten, und ja, wenn es sein muss, werde ich auch für sie sterben."

Mir ist seit Jahren bewusst, dass der tiefste Platz in der Hölle für mich reserviert ist. Wenn es mein Schicksal ist, für Ellen zu sterben, werde ich den Weg mit erhobenem Kopf antreten ...

Ich bin ein gottverdammter Dead Rider, wir verstecken uns nicht – wir kämpfen!

6. Kapitel

Ellen

Seit ich vor wenigen Sekunden das erste Mal meine Augen aufgeschlagen habe, spüre ich, dass irgendetwas nicht stimmt.

Ich habe keine Ahnung, was vorgefallen ist, aber es muss passiert sein, während ich tief und fest geschlafen habe.

Slide sitzt neben mir auf der Bettkante, sein Blick ruht nur auf mir.

Jeder Muskel seines Körpers ist angespannt, seine Lippen bilden einen dünnen Strich.

Eine ungute Vorahnung breitet sich in mir aus.

Was ist, wenn er mich nicht mehr bei sich haben möchte?

In unserer ersten Nacht vor drei Monaten hat er mich, kurz nachdem er mit mir fertig war, einfach stehen gelassen und ist verschwunden. In diesem Fall geht das ja schlecht, schließlich sitze ich mitten in seinem Bett.

Ein unangenehmes Stechen breitet sich in meinem Herzen aus.

Wie konnte ich nur so dumm sein und mich auf diesen Mann einlassen? Ich hätte es besser wissen müssen!

Anstatt darauf zu bestehen, dass er mich wie vereinbart nach Seattle oder Olympia bringt, bin ich schwach geworden und habe willig die Beine für ihn gespreizt.

Gott, ich bin so dumm ...

Kann es wirklich sein, dass ich mir die Verbundenheit und die ganzen anderen Emotionen, die ich letzte Nacht zwischen uns gefühlt habe, nur eingebildet hab?

Durch Slides Verhalten verunsichert, ziehe ich die Decke etwas weiter nach oben und bedecke so möglichst viel von meiner nackten Haut.

Unter seinem eindringlichen Blick fühle ich mich verunsichert und entblößt.

So wie ich das sehe, bleiben mir jetzt genau zwei Möglichkeiten:

- Ich ziehe mich, so schnell es geht, an, packe meine Sachen und verschwinde von hier.
- Ich ziehe mich, so schnell es geht, an, verpasse ihm eine saftige Ohrfeige, packe meine Sachen und verschwinde von hier.

Das Ergebnis ist bei beiden Varianten das gleiche, und dennoch finde ich die letztere um einiges attraktiver.

Es wird Zeit, dass ich aus meinen Fehlern lerne und die richtigen Konsequenzen ziehe. Wenn ich schlau bin, war das das letzte Mal, dass ich mich auf einen verdammten Rocker eingelassen habe. Es wird endlich Zeit, dass ich ein leder- und motorradfreies Leben führe.

Leise seufzend krabble ich aus dem Bett, wickle mir seine Decke etwas fester um die Schultern und sammle meine Klamotten ein. Mir ist klar, dass ich mich total kindisch verhalte, aber alleine der Gedanke, seine Blicke auf meiner Haut zu spüren, lässt mich erschaudern.

„Was zur Hölle soll das werden, Ellen?"

„Nach was sieht es denn aus?"

Anstatt mir zu antworten, stellt er sich direkt vor mich hin und sieht mich wütend an.

„Zickst du mich gerade an?"

Dieser Mann hat vielleicht Nerven ...

„Nein, ich ziehe mich an. Aber ich dachte, das ist offensichtlich."

Frustriert stelle ich fest, dass nicht alle meine Sachen die letzte Nacht überlebt haben.

Genervt suche ich meinen Rucksack, suche raus, was ich brauche, und ziehe mich fertig an. Slides Nähe raubt mir die Luft zum Atmen. Es sollte eigentlich nicht so verdammt wehtun, ihn zu verlassen.

Ohne mir einen kurzen Blick auf seinen nackten Oberkörper zu gönnen, schmeiße ich die Decke zurück aufs Bett.

Als ich den verräterischen weißen Fleck auf dem schwarzen Laken sehe, schießen mir bittere Tränen in die Augen. Es ist erst wenige Stunden her, dass ich unter ihm gelegen bin, unsere Körper miteinander verbunden und von seinem Blick gefesselt.

„Sag nichts, Baby. Bleib einfach bei mir und gib uns eine Chance. Mehr will ich gar nicht."

Seine Worte hallen durch meinen Kopf, mein Bauch krampft sich schmerzhaft zusammen.

Wie kann er erst so etwas zu mir sagen und sich dann am nächsten Morgen so verhalten?

Er muss ganz offensichtlich unter einer Persönlichkeitsstörung leiden, anders kann ich mir sein ambivalentes Verhalten wirklich nicht erklären.

„Kannst du mir sagen, wo du hinwillst?"

Slides Stimme reißt mich aus meinen unschönen Gedanken.

„Das geht dich einen Scheißdreck an, Rocker Devil!"

„Ach wirklich?"

Während ich immer wütender werde, bleibt er unnatürlich ruhig. Am liebsten würde ich ihm sagen, dass er ein verlogenes, hinterfotziges Arschloch ist und dass ich es bereue, dass ich ihm gestern, als ich die Chance dazu hatte, keine Kugel verpasst habe.

Doch ich schlucke meine Wut runter und versuche an ihm vorbeizukommen – vergebens.

Mit fragend hochgezogener Augenbraue versperrt er mir die Türe.

So langsam stelle ich mir die Frage, was das soll.

Erst zeigt er mir mit seinem abweisenden Verhalten, dass er mich ganz offensichtlich loswerden will, und dann stellt er sich mir in den Weg.

Persönlichkeitsstörung, sag ich doch ...

Fest entschlossen, jetzt nicht weich zu werden, hebe ich meinen Kopf und sehe ihm in die Augen, dummerweise schaffe ich es nicht lange, seinen Blick zu erwidern, denn sein perfekt definiertes Sixpack und das wunderschöne Tattoo auf seiner Brust lenken mich, trotz meiner Wut, ziemlich ab.

„Baby, ich habe keine Ahnung, was in deinem östrogengesteuerten Verstand gerade vorgeht, aber ich werde dich nicht gehen lassen!"

„Ich habe dich nicht um Erlaubnis gefragt. Ganz davon abgesehen hast du mir rein gar nichts zu sagen!"

Das dunkle Lachen, das sich aus seiner Kehle löst, verwirrt mich.

Was ist denn an dieser Scheiße hier so komisch?

„Das sehe ich anders. Du kannst die letzte Nacht nicht ungeschehen machen, Kleines. Seit dem Augenblick, in dem du dich mir hingegeben hast, habe ich jedes verdammte Recht, wenn es um dich geht."

Er atmet zischend ein, fährt sich mit den Fingern aufgebracht durch seine langen blonden Haare.

Auch wenn ich es nicht gerne zugebe, aber bei allen Sinnen, ich habe nie einen attraktiveren Mann gesehen ...

Die Geschehnisse der letzten Nacht haben mir sämtliche Energie entzogen.

Ich bin müde und erschöpft. Wann immer ich an den Verrat meines Vaters denke, erfüllt mich das Gefühl von unendlicher Trauer gepaart mit reiner Wut.

Trotzig wische ich mir mit dem Handrücken eine verräterische Träne von der Wange.

Es ist zum Verrücktwerden. Haben sich denn jetzt alle Männer gegen mich verschworen?

Es hat keinen Sinn, mit Slide zu kämpfen, körperlich habe ich nicht die geringste Chance gegen ihn. Weder habe ich einen Joker im Ärmel noch einen Zauberstab in der Hosentasche versteckt – alles, was mir bleibt, ist Ehrlichkeit.

Seufzend hebe ich meinen Kopf, erwidere stur seinen Blick und hoffe, dass er endlich Vernunft annimmt.

„Weißt du was, Slide? Ich habe für diese ganze Sache hier ..."

Ich deute mit meiner Hand zwischen uns beiden hin und her.

„... weder ausreichend Kraft noch die nötige Energie. Alles, was ich will, ist meine Ruhe und die Chance auf einen Neuanfang. Also sei so gut und geh mir aus dem Weg. Wir wissen beide, dass das zwischen uns niemals funktioniert hätte."

Als ich den letzten Satz ausspreche, verätzen die Worte meine Zunge.

Naiv, wie ich bin, weiß ich ganz genau das eben nicht. Tief in meinem Inneren habe ich für ein paar kostbare Stunden gehofft, dass wir eben doch eine Chance haben.

Müde schließe ich für ein paar Sekunden meine Augen. Ich muss aufhören, mir selbst etwas vorzumachen. An der Seite des Vizepräsidenten der Dead Riders wäre mein Leben mindestens so kompliziert wie bei den Black Devils.

Keine Ahnung, wo mich der Wind hintreibt, aber im Moment kann es mir gar nicht weit genug weg sein. Vielleicht sollte ich in Seattle nur eine kurze Pause machen und dann noch weiter gen Norden ziehen. Vielleicht ja bis nach Kanada. Da kaufe ich mir dann eine einsame Holzhütte und warte, bis mich ein verdammter Grizzlybär aufgefressen hat.

Lieber nehme ich es mit einem Dutzend wilder Bären auf, als dass ich noch einmal auf die idiotische Idee komme und einem Rocker mein Vertrauen schenke ...

Slide

Scheiße!

Fassungslos sehe ich auf Ellen herab und versuche zu verstehen, wie wir an diesen Punkt kommen konnten.

In der einen Sekunde liegt sie selig schlafend in meinem Bett, in der anderen wacht sie auf und ist das komplizierteste Wesen, das ich jemals gesehen habe.

Was zur Hölle ist nur los mit ihr?

Bis auf eine Ausnahme, meine Verlobte, waren Frauen für mich immer nur ein amüsanter Zeitvertreib. Ich habe sie nie so lange in meiner Nähe behalten, bis sie kompliziert werden konnten.

Logischerweise habe ich keine Ahnung, wie ich mit einer zickigen oder noch viel schlimmer mit einer weinenden Frau umgehen soll.

Holy Fuck!

In der Army habe ich angeblich alles gelernt, was ich können muss, um am Leben zu bleiben. Doch Fuck! Was nützt mir eine Panzerfaust oder eine Nahkampfausbildung, wenn ich keine Ahnung habe, wie ich dieses wunderschöne, komplizierte und traurige Mädchen beruhigen soll?

Gedanklich lasse ich die letzten Minuten vor meinem geistigen Auge erneut ablaufen – keine Chance, ich weiß wirklich nicht, was sie so wütend gemacht haben könnte.

Bevor sie aufgewacht ist, habe ich ihr stundenlang beim Schlafen zugesehen und mir überlegt, wie ich sie am besten vor Smoke beschützen kann. Es hat mich verdammt viel Selbstbeherrschung gekostet, mich nicht einfach auf sie zu legen und mit einem Stoß in sie einzudringen.

Mein übermüdeter Verstand resigniert.

Selbst wenn mein Leben davon abhängen würde, ich habe keine Ahnung, warum Ellen gerade so durchdreht.

Bestimmend umfasse ich ihre Arme, hebe sie hoch und trage sie zurück zum Bett.

Mit etwas Kraft drücke ich sie nach unten, sodass sie sich auf den Rand der Matratze setzen muss.

Das aufgebrachte Funkeln in ihren Augen verrät mir, dass sie jetzt am liebsten ihre Waffe zurückhätte – das kann sie vergessen. Die befindet sich nicht mehr in ihrer Reichweite.

Solange ich mir sicher bin, dass sie sie als Erstes auf mich richten wird, werde ich sie Ellen auch nicht wieder zurückgeben.

Das Letzte, was ich gebrauchen kann, ist eine schießwütige Verrückte mit höllischen Stimmungsschwankungen. Seit Ellen letzte Nacht zu mir aufs Bike gestiegen ist, hat sich mein Leben ums Hundertfache verkompliziert.

Fassungslos schüttle ich den Kopf.

Warum zur Hölle tue ich mir das alles noch mal an?

Bis jetzt bin ich auch ganz gut ohne Old Lady ausgekommen ...

„Hör mal, Baby, ich habe keine Ahnung, was los ist. Also rede mit mir."

Zum Teufel ... Seit wann genau will ich mit Frauen reden, anstatt sie zu ficken?

„Slide, du willst mich doch gar nicht wirklich. Alles, was du brauchst, ist eine willige Pussy, die tut, was du sagst, und ansonsten die Klappe hält. So eine Frau bin ich aber nicht ..."

„Bullshit, Ellen!"

Mein lautes Brüllen lässt sie erschrocken zusammenzucken.

Diese Frau schafft es, mich innerhalb von vierundzwanzig Stunden in den Wahnsinn zu treiben!

Ich habe keine Ahnung, was in ihrem Kopf vorgeht, aber mir reicht diese Scheiße jetzt.

Es wird Zeit, dass wir ein für alle Mal klären, was Sache ist.

Fluchend versuche ich meine aufsteigende Wut zu unterdrücken, balle meine Hände zu Fäusten und sauge frischen Sauerstoff in meine Lungenflügel.

„Seit ich dich das erste Mal gesehen habe, hast du kein einziges Mal getan, was ich von dir wollte. Und dennoch habe ich erst dir und dann deinem Vater den Arsch gerettet.

Alleine die Tatsache, dass du hier in meiner Wohnung bist, sollte dir doch zeigen, wie ernst es mir ist!"

Fluchend wende ich mich ab. Wenn ich auch nur eine Sekunde länger in die Tiefen ihrer blauen Augen sehe, vergesse ich mich, packe sie und beweise ihr auf primitivste Art und Weise, wie ernst es mir mit ihr ist.

Dieser sinnlose Streit kostet mich wertvolle Zeit.

Weder weiß ich, wann und wo Smoke zuschlagen wird, noch, wie er ihr das Leben nehmen will.

Anstatt mich hier mit ihr zu streiten, sollte ich mich vorbereiten.

Diese Kinderkacke regt mich auf. Fest entschlossen, diesem Gezicke ein Ende zu bereiten, beschließe ich, sie über die neuesten Entwicklungen in Kenntnis zu setzen.

Gerade als sie etwas sagen will, bringe ich sie mit einem finsteren Blick zum Schweigen.

„Während du geschlafen hast, ist Ace zu mir gekommen. Er hat mich darüber informiert, dass dein Vater des Präsidentenamtes enthoben wurde – Smoke ist sein Nachfolger. Keine Ahnung, wie das passieren konnte, aber wenn es um euren MC geht, verstehe ich so einiges nicht."

Ellen sieht mich fassungslos an.

„Smoke?"

„Ja."

Von einer Sekunde auf die andere wird sie aschfahl im Gesicht, ihre Finger beginnen zu zittern.

„Ich muss hier weg."

Panisch springt sie auf. Es wundert mich nicht, dass sie sofort kapiert, was ihr droht. Immerhin ist sie ein Clubkind, Ellen ist in der Welt der Black Devils aufgewachsen. Sie weiß genau, wie es abläuft.

Beschützend ziehe ich sie in meine Arme, halte sie fest und vergrabe meine Nase in ihrem Scheitel.

Nach unserer gemeinsamen Nacht duftet sie nicht mehr nur nach Vanille und Pfirsich, sondern auch nach mir und dem unverkennbaren Geruch von Sex.

Für ein paar Sekunden bleibt sie steif stehen, ehe sie schwach wird und sich an mich schmiegt. Sanft küsse ich sie auf die Stirn, ehe ich ihren Kopf so weit anhebe, dass sich unsere Blicke treffen.

„Du wirst nirgendwohin gehen. Du bleibst bei mir, du stehst unter dem Schutz der Dead Riders und ich werde mich um Smoke kümmern."

Ihre Pupillen weiten sich, sie leckt sich nervös über die Lippen, ehe sie zu sprechen anfängt.

„Smoke ist einer der besten Killer, die ich kenne. Wenn du dich gegen ihn stellst, riskierst du dein Leben, Slide!"

„Du machst dir Sorgen um mich? Ich weiß nicht, ob ich mich gekränkt oder doch eher geehrt fühlen soll."

Aufgebracht boxt sie mir mit der Faust gegen die Schulter.

„Du nimmst die Sache nicht ernst, Slide!"

Ich streiche mit meinen Fingern über ihre Arme, ziehe ihr den Rucksack aus und lasse ihn achtlos auf den Boden fallen.

„Glaub mir, Baby, ich nehme diese Sache mehr als ernst! Du gehörst mir, Ellen. Für immer! Es mag sein, dass du das noch nicht eingesehen hast, aber so ist es! Smoke will dich töten, er will dich mir wegnehmen und ich werde das nicht zulassen. Doch ich kann mich nicht zu einhundert Prozent konzentrieren, wenn ich mir Sorgen um dich machen muss. Also versprich mir, dass du hier im Club bleiben wirst. Meine Brüder werden für deine Sicherheit sorgen, während ich Smoke aus dem Weg räume."

Alleine die Art, wie sie den Kopf noch ein winziges bisschen mehr anhebt, verrät mir, dass ihr mein Plan nicht gefällt.

„Du erwartest also, dass ich mich hier wie eine Maus verstecke, während du Kopf und Kragen riskierst?"

„Jep, Baby, und ganz genau das wirst du auch tun. Ich lasse dir keine andere Wahl."

Aufgebracht geht sie einen Schritt zurück, hebt ihren Rucksack auf und stolziert wie die fucking Queen von England an mir vorbei.

„Was zur Hölle wird das, Ellen?"

„Ich gehe, das hätte ich schon gestern Nacht tun sollen."

Während ich ihren Hüftschwung beobachte, überlege ich fassungslos, ob ich jetzt lachen oder irgendetwas zertrümmern will.

Dieses Mädchen schafft mich ...

Es dauert noch genau 10 – 9 – 8 – 7 ... Sekunden, bis sie feststellen wird, dass die Wohnungstüre verschlossen ist und sie nicht einfach so von hier verschwinden kann.

Es mag sein, dass sie mich in ihrer Wut für genauso scheiße befindet wie Kox, Madox oder gar ihren Vater. Doch im Gegensatz zu diesen Wichsern will ich Ellen nicht nur – ich nehme sie mir. 6 – 5 – 4 – 3 – 2 – 1 ...

„Verdammt, Slide! Sperr sofort diese Türe auf!"

So wie ich das sehe, diskutiert meine Süße gerne, Pech für sie. Ich bin eher ein Mann der Tat statt der Worte. Ich habe ihr jetzt weiß Gott oft genug gesagt, dass ich sie behalten werde, es wird Zeit, dass ich ihr demonstriere, was genau ich damit meine.

Mit großen Schritten stürme ich auf sie zu, packe sie von hinten und hebe sie hoch.

Ganz gentlemanlike ignoriere ich ihr wildes Zappeln und dass sie versucht, mich zu treten und zu beißen, und trage sie zurück in mein Schlafzimmer.

Wenige Handgriffe später liegt sie völlig wehrlos unter mir. Ihr Brustkorb hebt sich schnell unter ihren tiefen Atemzügen, in ihren Augen tobt ein heftiger Sturm.

„Dafür werde ich dich höchstpersönlich erschießen, Rocker Devil!"

„Keine leeren Versprechungen, Baby."

Mit Leichtigkeit presse ich sie mit meinem Gewicht in die Matratze, halte ihre Arme mit meiner linken Hand über ihrem Kopf gefangen und nutze die Finger meiner rechten, um ihre Hose zu öffnen.

Sachte lasse ich meine Hand in ihren Slip gleiten, streiche über das weiche Fleisch ihres Venushügels und stelle zufrieden fest, dass sie bereits feucht wird.

„Hör auf, dich zu wehren, Kleines, dein Körper verrät dich."

Eine sanfte Röte breitet sich auf ihrem Gesicht aus, während sie immer stärker gegen mich ankämpft.

Ich kann durchaus verstehen, dass es ihr schwerfällt, mir zu vertrauen, und dennoch fordere ich ganz genau das von ihr. Die nächsten Tage entscheiden über Leben und Tod. Ohne gegenseitiges Vertrauen machen wir es Smoke geradezu lächerlich leicht.

„Tu das nicht, Slide – bitte!"

Von der einen Sekunde auf die andere erstirbt ihre Gegenwehr.

Ellens Schutzwall bricht zusammen, entblößt die wunderbare, verängstigte Frau, die sie in Wirklichkeit ist.

Ich fange ihren Blick, lasse sie all die Emotionen, die ich für sie empfinde, in meinen Augen erkennen, ehe ich langsam den Kopf senke und mit meinen Lippen über die ihren streife.

„Alles, was ich will, bist du. Und dabei ist es mir völlig egal, ob du dich mir freiwillig schenkst, ob ich dich erobern muss oder unterwerfen. Das Ergebnis wird dasselbe sein. Du wirst vor Lust schreiend unter mir liegen, du wirst lernen, mir zu vertrauen, und dich von mir beschützen lassen. Eine andere Möglichkeit gibt es nicht!

Werde meine Old Lady, Ellen, ich verspreche dir, dass ich alles in meiner Macht Stehende tun werde, um dich zu schützen und um dir ein schönes Leben zu schenken."

Egoistisch, wie ich bin, gebe ich ihr nicht die Chance, mir zu antworten, sondern presse meinen Mund auf den ihren.

Ihre scharfen Zähne graben sich in meine Unterlippe, unser Atem vermischt sich.

Stöhnend reibe ich meinen Unterleib an dem ihren, lasse sie spüren, wie sehr ich sie begehre. Erst als sie meinen Kuss leidenschaftlich erwidert, gebe ich ihre Hände frei und schicke meine auf Reisen.

Festes Fleisch, sanfte Hügel und weiche Falten – ihr Körper ist das genaue Gegenteil von dem meinen, diese Frau schafft es, dass ich mich lebendig fühle.

Immer wilder treffen sich unsere Zungen, ich trinke ihren Atem, ziehe sie Stück für Stück aus.

Erst als sie nackt unter mir liegt, gebe ich ihren Mund wieder frei. Unsere Blicke treffen sich – wir sind verloren.

„Slide, das, was wir hier tun, ist Wahnsinn!"

Ihr atemloses Flüstern lässt mich erschaudern.

„Aye, Baby, das ist es."

Die Spitzen ihrer Fingernägel streichen über die Konturen des Totenkopf-Tattoos, das den meisten Platz auf meinem Oberkörper einnimmt.

Die Flammen, die den Schriftzug einrahmen, stehen für das Gefühl, das ich oft habe. An manchen Tagen kommt es mir so vor, als würde ich innerlich verbrennen, an anderen hingegen sehne ich mich so stark nach dem Blut meiner Feinde, dass ich kaum atmen kann. Dafür steht das Blut, das an dem Schriftzug nach unten fließt.

Die Flügel, die den Schädel einrahmen, symbolisieren das letzte bisschen Hoffnung, das ich mir bewahren konnte. Doch die zwei langen Dolche, die bis zur Hälfte im Schädel des Kopfes stecken, verraten dem Betrachter, dass der Kampf zwischen Leben und Tod längst entschieden ist ...

„Was passiert, wenn ich bleibe?"

Als ich die Angst und die Unsicherheit in ihrem Blick erkenne, ziehe ich sie noch etwas fester in meine Arme.

„Dann werde ich dich bis zu meinem letzten Atemzug beschützen. Ich will dich, Baby, mehr noch als mein Leben."

Das Gefühl ihrer warmen Handfläche, die sich direkt auf mein Herz legt, raubt mir den Atem.

„Und was ist mit dem hier? Wird mir das auch gehören?"

Noch immer flüstert sie, ihre Stimme wird immer leiser.

„Mein Herz ist seit Langem tot und schwarz, wenn du es dennoch haben möchtest, lege ich es in deine Hände."

Schweigend verlieren wir uns in den Augen des anderen und in der Intimität dieses Augenblicks.

„Warum ich?"

„Weil du mir Frieden schenkst, Baby ..."

Langsam richtet sie sich auf, schiebt mich mit ihrer Hand auf die Seite, sodass ich mit dem Rücken auf der Matratze lande.

Nackt und wunderschön sitzt sie neben mir, ihre Finger streicheln sanft über meinen Bauch, fahren die wulstigen Ränder verschiedener Narben nach.

Als ihre Finger über eine besonders dicke, gut zwanzig Zentimeter lange Narbe an meinem Oberschenkel fahren, sieht sie mich fragend an.

„Afghanistan, der Splitter einer Autobombe hat mich erwischt."

Ich sage ihr nicht, dass bei dieser Explosion vier Soldaten getötet worden sind.

Ihre weichen Finger streichen zur nächsten vernarbten Stelle, wieder sieht sie mich an.

„Ein glatter Durchschuss."

Diese Verletzung stammt nicht aus meiner Zeit bei der Army, sondern von einem Auftrag, den ich für den MC ausgeführt habe. Der Wichser, den ich kaltmachen sollte, hat auf mich geschossen, ehe ich ihm die Kehle aufgeschnitten habe.

„Wenn das zwischen uns wirklich funktionieren soll, musst du zukünftig besser auf dich achtgeben. Es fällt mir schwer zu vertrauen und es fällt mir noch viel schwerer zu lieben ..."

Sie macht eine kurze Pause, senkt ihren Blick und atmet tief durch, ehe sie mir wieder direkt in die Augen sieht.

„... Ich bin jetzt schon dabei, mich in dich zu verlieben. Wenn dir etwas passieren sollte, würde ich das nicht verkraften!"

Ellens Aufrichtigkeit macht mich sprachlos.

Womit habe ich nur diese fantastische Frau verdient?

„Du hast mein Wort, Baby. Ich verspreche dir, dass mir nichts passieren wird. Wenn du bei mir bleibst, habe ich endlich wieder einen Grund zu leben."

Nicht in der Lage, ihr auch nur eine Sekunde länger zu widerstehen, strecke ich meine Hand nach ihr aus und berühre sie an der Schulter, ehe ich ihre langen rabenschwarzen Haare zur Seite schiebe und ihren Hals umfasse.

Bestimmend ziehe ich sie zu mir nach unten, Ellen kommt mir willig entgegen.

Mit gespreizten Beinen setzt sie sich auf mich, stützt sich mit den Händen auf meinem Brustkorb ab.

Automatisch rutsche ich etwas weiter nach oben, sodass ich mich mit dem Rücken gegen das hölzerne Kopfteil meines Bettes lehnen kann.

Grob und zugleich sanft erobere ich ihre Lippen, umfasse ihre Taille und vergrabe meine linke Faust in ihren langen Haaren.

Gierig wühle ich mit meiner Zunge durch ihren Mund, duelliere mich mit der ihren, nehme mir alles, was sie mir so bereitwillig gibt.

Jedes Wort, das ich zu ihr gesagt habe, entspricht der vollen Wahrheit!

Wenn Ellen sich mir bedingungslos schenkt, wenn sie meine Kutte trägt und für alle Welt sichtbar meine Old Lady ist, habe ich endlich wieder einen Grund, mich vor vorbeizischenden Kugeln in Deckung zu bringen.

Seufzend beginnt sie mit ihrer feuchten Pussy über mein Glied zu reiben.

Vor meinen Augen tanzen dunkle Punkte, mein Körper pumpt Unmengen von Blut in meinen Unterleib.

Siedend heißes Verlangen rauscht durch meine Venen, lässt meinem Verstand die Lichter ausgehen.

Vergessen sind alle Sorgen, nichts ist mehr von Bedeutung.

Selbst Smoke, der sich mit Sicherheit schon auf den Weg hierher gemacht hat, ist in diesem Moment nicht mehr wichtig. Alles, was jetzt noch für mich zählt, ist diese faszinierende Frau, die sich immer verlangender an meinem Schwanz reibt.

Dick und empfindlich gleitet meine Eichel immer wieder über das zuckende Loch zwischen ihren Beinen.

Nur ein kleiner Ruck und ich könnte mich bis zum Anschlag in sie schieben. Noch habe ich genug Kraft, mich zu beherrschen, doch es dauert nicht mehr lange, da werde ich sie packen und ficken.

Ellen

Das hier ist ein verdammter Fehler!

Dieser Mann ist ein Fehler und das warme Prickeln, das sich in meinem Herzen ausbreitet, ist das Letzte, was ich gebrauchen kann ...

Verdammt noch mal, anstatt meine Sachen zu packen und schnellstens von hier zu verschwinden, küsse ich meinen Rocker Devil so lange, bis meine Lunge stechend nach Sauerstoff verlangt.

Das mit der Liebe ist immer so eine Sache. Sie birgt Risiken, lässt einen dumme Entscheidungen treffen und macht einen verwundbar.

In der Vergangenheit hat es viele Liebespaare gegeben, die Probleme hatten.

Romeo und Julia zum Beispiel sind für ihre Liebe gestorben.

Wenn ich die Sache zwischen Slide und mir mal ganz nüchtern betrachte, dann kann uns dasselbe Schicksal ereilen. Nur werden wir uns nicht selber das Leben nehmen, sondern von Smoke erschossen oder erstochen werden.

Was für eine verdammte Katastrophe ...

Anstatt zu flüchten, kann ich an nichts anderes denken als daran, Slide endlich tief in mir aufzunehmen.

Ich stöhne leise, knabbere an seiner Unterlippe, verliere mich in meiner Lust. Seine Finger berühren mein Schlüsselbein, umfassen meine Brüste und massieren sie gekonnt. Immer und immer wieder streichen seine Daumen über meine empfindlichen Nippel.

Kreisend reibe ich meinen Kitzler an seiner Eichel.

Atemlos erhebe ich mich auf die Knie. Slide versteht sofort und bringt sich unter mir in Position. Seine Finger ziehen an meinen Brustwarzen, ein bittersüßer Schmerz schießt wie ein Blitz direkt in meinen Schoß.

„Ich will dich tief in mir spüren."

Das animalische Knurren, das sich aus seiner Kehle löst, lässt mich erschaudern.

Erst als ich den dicken Knubbel seiner Eichel an meinem Eingang spüre, senke ich mich langsam auf sein Glied herab.

Stück für Stück nehme ich ihn in mir auf. Das köstliche Gefühl der Dehnung lässt mich leise aufschreien. Das süße Ziehen vermischt sich mit einem leichten Schmerz.

Mein Rocker Devil ist verdammt gut bestückt, es braucht eine Weile, bis sich mein Körper an seinen Penis gewöhnt hat.

Slides Hände umfassen meine Hüfte, ich spüre, wie er sich unter mir anspannt, ehe er mich mit einem kraftvollen Ruck nach unten zieht.

Ahhhh ...

Ich schreie laut auf, erzittere und werfe meinen Kopf in den Nacken.

Was für ein göttliches Gefühl.

Kleine Schweißperlen bilden sich in meinem Nacken. Meine Scheidenwände vibrieren vor Lust und Anspannung. In meinem Bauch lodert ein Feuer aus Schmerz, Verlangen und der Sehnsucht nach einem undefinierbaren *Mehr* ...

„Fuck, Baby! Du bist so verdammt heiß und eng – dein Körper ist das absolute Paradies."

Erst als der intensive Dehnungsschmerz etwas nachlässt, beginne ich mich zu bewegen.

Auf und ab ... auf und ab ... immer wieder sinke ich auf seinen Penis herab, verliere mich mit jedem Atemzug mehr in meiner Lust.

Unter halb geöffneten Augen beobachte ich den Mann, dem ich einfach nicht entkommen kann. Seine Wangenmuskulatur zuckt, seine Kiefer mahlen und die Muskeln in seinem Körper sind angespannt.

Seine Finger graben sich immer fester in mein Fleisch. Ich bin mir sicher, dass sie dunkle Abdrücke hinterlassen werden. Immer und immer wieder hebt er mich an, nur um mich eine Sekunde später mit aller Kraft erneut auf sein Glied zu stoßen.

Sein Becken kommt mir entgegen, er pfählt mich regelrecht.

Trotz meines verzweifelten Versuchs, leise zu sein, werden meine Schreie immer lauter.

Hilflos ergebe ich mich ihm, reite ihn, so fest ich nur kann.

Atemlos und verschwitzt stütze ich mich immer wieder auf seiner Brust ab. Das Zucken in meinem Unterleib kündigt meinen nahenden Orgasmus an.

Doch im Gegensatz zu mir scheint mein Devil noch lange nicht genug zu haben.

Er spürt, dass ich kurz davor bin, mich zu verlieren. In der einen Sekunde sitze ich noch auf ihm, in der nächsten liege ich unter ihm.

Mich windend presse ich mich seinen harten Stößen entgegen.

Seine Finger umfassen meinen Hals, drücken leicht zu.

Vertrauensvoll schließe ich meine Augen, gebe mich in seine Obhut.

„Du gehörst nur mir, Ellen!"

Seine dunkle Stimme hallt in mir wieder und ich spüre bis in den hintersten Winkel meines Herzens, dass er recht hat.

„Nur dir."

„Sieh mich an, Baby."

Ich tue, was er sagt, seine Augen sind vor Lust dunkel, beinahe schwarz.

„Komm für mich!"

Slide legt sich meine Beine auf die Schultern, verändert den Winkel, mit dem er in mich eindringt, und touchiert so bei jedem gnadenlosen Vorstoß meinen G-Punkt.

Nach Halt suchend kralle ich mich an seinen Armen fest, meine Atmung stoppt und meine Zehenspitzen krümmen sich krampfartig zusammen. Zitternd und verschwitzt presse ich mich seinem Glied entgegen, bis ich von einem phänomenalen Höhepunkt über die Klippe des Erträglichen katapultiert werde.

Vor meinen Augen wird es schwarz, meine Sinne fangen Feuer, in meinen Adern rauscht glühende Lava.

Slides lautes Brüllen lässt mich erneut erzittern. Immer und immer schneller jagt er seinen eigenen Orgasmus, benutzt meinen Körper, wie es ihm beliebt, und manipuliert meine eh schon überstrapazierten Sinne.

Ich spüre, wie sein Glied noch dicker in mir wird, sein Sixpack ist steinhart, er benutzt all seine Kraft, um sich bis zum Anschlag in mich zu rammen.

Tiefer und tiefer, hart und härter – so lange, bis die Sehnen an seinem Hals deutlich hervortreten. In derselben Sekunde, in der sein lauter Schrei die Stille der Wohnung durchbricht, pumpt sein zuckendes Glied seinen Samen tief in meinen Körper.

Kraftlos sinkt er auf mich nieder, er ist zu schwer, ich bekomme keine Luft mehr.

Als er bemerkt, dass er mich geradezu erdrückt, stützt er sich auf die Ellenbogen auf und rollt sich langsam von mir runter.

Erleichtert schnappe ich nach Luft, während er mich fest an sich zieht.

Ich weiß ganz genau, worum es in den vergangenen zehn Minuten gegangen ist. Slide hat mir auf eine sehr eindrucksvolle Art bewiesen, dass wir zusammengehören.

„Fuck, Baby! Das war unglaublich ..."

7. Kapitel

Slide

Zusammen mit Skorpion, Catcher, Tick und Ace sitze ich jetzt seit einer geschlagenen Stunde in meinem Büro und wir diskutieren darüber, wie wir die Sache mit Smoke am besten klären können.

Im Gegensatz zu meinen Brüdern bin ich ja immer noch der Meinung, dass es die beste Lösung wäre, wenn ich Smoke einfach suche und töte.

Doch Ace und meine Brüder sind der Ansicht, dass ein Angriff in unserer Situation nicht die beste Lösung ist.

Holy Fuck!

Die haben leicht reden, immerhin sind sie nicht persönlich betroffen. Alleine das Wissen, dass es dieser Killer auf das Leben meiner Süßen abgesehen hat, lässt mich beinahe durchdrehen.

Wenn ich mit meiner Einschätzung richtigliege, und das tue ich meistens, wird Smoke ihren Vater ebenfalls ausschalten. Aber das ist nicht mein Problem. Seit dem Vorfall letzte Nacht hat dieser Mann meinen Respekt verloren.

„Wir müssen herausfinden, wo sich Smoke im Augenblick aufhält. Wenn wir seinen Standort kennen, können wir ihn beobachten und auf den richtigen Moment warten."

Catchers Einwand klingt vernünftig.

Ace nickt nachdenklich. Skorpion hingegen sieht mich einfach nur prüfend an. Er weiß ganz genau, dass ich kurz davor bin, mich auf mein Bike zu schwingen und dieser ganzen Scheiße ein Ende zu setzen.

In meinen Augen sind Catcher und Skorpion die Einzigen, die einigermaßen verstehen können, wie ich mich gerade fühle.

Ace und Tick haben keine Frauen, sie wissen nicht, wie es sich anfühlt, eine Frau besitzen und beschützen zu wollen.

Die Sache mit Ellen war alles andere als geplant. Um ehrlich zu sein, habe ich keine Ahnung, wie sich das alles entwickeln wird, was ich jedoch definitiv weiß, ist, dass ich dieses Mädchen für den Rest meines verdammten Lebens für mich beanspruche.

Genervt stehe ich auf, lehne mich an die Wand und zünde mir eine Kippe an.

Erst als ich mir einen tiefen Zug gegönnt habe, sehe ich zu Ace.

„Das mit Ellen ging sehr schnell. Mir ist durchaus klar, dass die Sache mit Smoke keine Clubangelegenheit ist, sondern mein Problem. Ich für meinen Teil denke, dass es das Beste wäre, Smoke schnell und ohne viel Aufhebens aus dem Weg zu schaffen.

Während ich das mache, bitte ich euch, ein Auge auf Ellen zu haben."

Catcher schüttelt wütend den Kopf. Skorpion hingegen steht schweigend auf, kommt direkt auf mich zu und bleibt nur wenige Zentimeter vor mir stehen.

Unsere Blicke treffen sich, seine rechte Augenbraue zuckt unkontrolliert.

„Ich werde dich jetzt genau eine Sache fragen, Slide, danach wird sich diese Diskussion hier als völlig unnötig herausstellen: Wirst du dieses Mädchen zu deiner Old Lady nehmen?"

„Ja, das werde ich!"

Skorpion nickt verstehend.

„Dann wäre die Sache geklärt. Ellen gehört zu dir, sie wird deine Old Lady und ist somit Clubeigentum. Jeder Dead Rider von hier bis New York wird sich schützend vor dein Mädchen stellen, während wir uns um Smoke kümmern."

Catcher erhebt sich ebenfalls von seinem Stuhl, setzt sich lässig auf die Platte des Tisches.

„Ich sehe das ganz genauso wie Skorpion. Wir müssen uns nur überlegen, wie wichtig uns der Frieden mit den Black Devils ist. Wenn wir Smoke killen, könnten das die Devils als Kriegserklärung ansehen, immerhin ist er ihr neuer Präsident."

Ace nickt zustimmend.

„Wir werden unsere Kutten ausziehen, bevor wir uns um diese Scheiße kümmern. Die Black Devils sind uns gute Freunde geworden – wir dürfen nicht zulassen, dass wir sie als Verbündete verlieren."

Zustimmendes Gemurmel wird laut – die Sache ist beschlossen.

Ace zieht sein Mobiltelefon aus der Innentasche seiner Jacke.

„Ich werde mich mal genauer umhören, wie es Smoke gelungen ist, Präsident zu werden. Während ich meine Kontakte anzapfe, bereitet ihr alles vor. In einer Hinsicht stimme ich Slide zu hundert Prozent zu. Wir müssen diese Scheiße schnell und ohne Spuren hinter uns lassen. Sobald ich weiß, wo sich Smoke gerade aufhält, brechen wir auf!"

Dankbar klopfe ich Skorpion auf die Schulter, er zieht mich in eine kurze brüderliche Umarmung, ehe er mich abrupt wieder loslässt.

Tick, der sich bis jetzt völlig aus der Unterhaltung rausgehalten hat, sieht mich quer durch den Raum hinweg an, sein altes, faltiges Gesicht verzieht sich zu einem wissenden Grinsen.

Auch ohne dass er etwas sagt, weiß ich, was er gerade denkt.

Er ist von der Tatsache, dass ich mir tatsächlich eine Old Lady nehmen werde, ganz genauso erstaunt wie ich.

So Gott will, wird die Sache bis morgen ausgestanden sein.

Jetzt muss es mir nur noch gelingen, Ellen davon zu überzeugen, dass sie hier in der Sicherheit des MCs bleibt. Und so wie ich meine Süße einschätze, wird das nicht so leicht werden.

Verflucht! Wenn es sein muss, werde ich sie an mein Bett fesseln, bevor ich aufbreche.

Ich muss einfach wissen, dass ihr nichts passieren kann.

Es klingt völlig verrückt, aber jetzt, wo ich mich für dieses Mädchen entschieden habe, kann ich mir ein Leben ohne sie nicht mehr vorstellen.

Mit großen Schritten verlasse ich mein Büro und mache mich auf die Suche nach der Frau, die mein Leben völlig auf den Kopf gestellt hat.

Als ich sie weder draußen im Hof noch in meiner Wohnung finde, beginne ich mir Sorgen zu machen. Wo steckt dieses vermaledeite Weibsbild nur?

Die Angst, dass sie sich heimlich aus dem Staub gemacht haben könnte, lässt mich hart schlucken.

So schnell ich kann, suche ich das komplette Gebäude ab, doch von meiner Süßen fehlt jede Spur ...

Wenn sie es wirklich gewagt haben sollte, sich davonzuschleichen, werde ich sie suchen und wieder zurückbringen.

In meinem Kopf rattert es wie verrückt, in meinem Magen breitet sich ein schmerzhaftes Stechen aus.

Wird es jetzt immer so sein?

Sie rennt weg und ich fange sie wieder ein?

Leise vor mich hin fluchend, höre ich Ryans kindliches Gelächter.

Neugierig drehe ich mich um und sehe, wie Nora mit dem Kleinen auf dem Arm aus der Küche kommt.

Gerade als ich zu ihr gehen und sie fragen will, ob sie weiß, wo Ellen steckt, kommt diese auch schon hinter Nora durch die Türe.

Verfickte Scheiße! Vor Erleichterung knicken mir beinahe die Beine ein. Die beiden Frauen sind so auf das Kind konzentriert, dass sie mich gar nicht bemerken.

„Kannst du ihn kurz nehmen? Ich müsste schnell etwas aus dem Auto holen."

Ellen sagt etwas, das ich nicht verstehen kann, ehe sie Ryan aus Noras Armen hebt und ihn sich an die Brust drückt. Der Kleine schnappt sich eine ihrer Haarsträhnen und zieht fest daran. Ellen kitzelt Ryan leicht am Bauch, dieser windet sich kichernd in ihren Armen, lacht laut und quietscht vergnügt.

Meine Süße ist so auf das Kind konzentriert, dass sie mich immer noch nicht bemerkt hat.

Jede Faser meines Körpers sehnt sich danach, zu ihr zu gehen, sie in die Arme zu ziehen und sie zu küssen, doch ich stehe wie angewurzelt da, nicht in der Lage, den Blick von ihr abzuwenden.

Sie mit Skorpions Sohn zu sehen, löst tief in mir eine gefährliche Sehnsucht aus.

Ich beobachte sie dabei, wie sie Ryan sanft über die Stirn streicht, ehe sie sich vorbeugt und ihm einen leichten Kuss auf die Stirn haucht.

Diese zärtliche Geste raubt mir den Atem ...

Der Drang, sie zu packen, wird immer stärker, doch ich widerstehe ihm mit letzter Kraft. Vorsichtig setzt sie sich auf einen der Stühle, summt Ryan eine leise Melodie vor und streicht ihm zärtlich über den Arm.

Der Wunsch, sie in naher Zukunft mit meinem eigenen Kind zu sehen, wird beinahe übermächtig.

Zur Hölle!

Es muss ein unbeschreibliches Gefühl sein, mit dem Wissen, ein Kind zu zeugen, tief in mein Mädchen einzudringen ...

Während in meinem Kopf das absolute Chaos herrscht, gönne ich mir noch ein paar Sekunden, in denen ich meine Lady beobachte.

Ihr Gesicht strahlt Glück und Zufriedenheit aus, meine Süße ist so auf Ryan konzentriert, dass sie nicht mitbekommt, dass Nora wieder zurück ist.

Skorpions Old Lady bleibt mit ein bisschen Abstand hinter Ellen stehen und beobachtet, wie Ryan langsam in ihren Armen einschläft.

Langsam hebt Ellen ihren Kopf, jetzt endlich entdeckt sie mich.

Unsere Blicke treffen sich, wir versinken in den Augen des anderen. Langsam gehe ich auf sie zu, ignoriere Nora, die uns beide fasziniert beobachtet, und beuge mich zu meinem Mädchen hinab.

„Ich habe dich gesucht, Kleines."

Erneut lässt sie ihren Blick kurz über Ryans niedliches Gesicht gleiten. Seine rosigen Wangen, die einen Spalt breit geöffneten Lippen und die weiche Haut des Kindes ...

Die Sehnsucht, die sich in den Augen meiner Süßen spiegelt, steht der meinen in nichts nach.

„Jetzt hast du mich ja gefunden."

„Oh ja, ich habe dich gefunden!"

Sachte streiche ich mit meiner Hand erst über Ellens Wange, ehe ich Ryan vorsichtig über den Kopf streichle.

„Er ist bezaubernd ... Sieh dir mal die kleinen Hände an."

In ihrer Stimme klingen aufrechte Bewunderung und Ehrfurcht mit.

Meine Fantasie lässt in meinem Kopf ein Bild entstehen, das dafür sorgt, dass sich mein Herzschlag verdreifacht.

Vor meinen inneren Augen sehe ich Ellen, wie sie sich sanft über ihren stark gerundeten Bauch streicht, ehe sie den Kopf hebt und mich liebevoll küsst ...

Bei allen Teufeln ...

Jetzt ist gerade der beschissenste Zeitpunkt, um an meine Familienplanung zu denken. Bevor ich meine zukünftige Old Lady schwängern kann, muss ich mich um Smoke kümmern. Denn solange er es auf Ellen abgesehen hat, ist ihr Leben in großer Gefahr.

Nora kommt zu uns, in ihrem Blick erkenne ich, dass sie ganz genau weiß, welche Gedanken mir gerade den Verstand vernebeln.

Ellen betrachtet ein letztes Mal den kleinen Ryan, ehe sie ihn vorsichtig an seine Mutter zurückgibt.

„Danke, dass du ihn kurz genommen hast, Ellen."

„Jederzeit gerne wieder. Er ist einfach zu süß. Der kleine Fratz schafft es, einem innerhalb von kürzester Zeit das Herz zu stehlen."

„Ich dachte mir fast, dass er einschlafen wird, seinen Mittagsschlaf hat er heute völlig verweigert."

Kaum dass sich Nora auf den Weg zu ihrem Mann gemacht hat, ziehe ich Ellen in meine Arme, küsse sie gierig und umfasse besitzergreifend ihren prallen Arsch.

Erst als meine Lunge krampfend nach Luft verlangt, gebe ich ihren Mund wieder frei.

„Dir hat also ein anderer Mann das Herz gestohlen?"

Ihre von meinem Kuss leicht geschwollenen Lippen verziehen sich zu einem Lächeln.

„Oh ja ..."

Gefährlich knurrend hebe ich sie in meine Arme, knabbere an ihrem Ohrläppchen und beiße ihr fest in den Hals.

Mit meiner Zunge lecke ich über das gepeinigte Fleisch und lasse sie meine harte Erregung spüren.

Zufrieden stelle ich fest, dass sie sich seufzend an mir reibt.

„Und ich dachte, ich hätte dir klargemacht, dass du zu mir gehörst ..."

Ohne auf unser Umfeld zu achten, durchquere ich mit meiner Süßen im Arm den Club, bleibe vor einem der Billardtische stehen und setze sie auf den abgewetzten grünen Stoff.

Gierig schiebt sie ihre Hände unter das Leder meiner Weste, öffnet die Knöpfe meines Hemds und streicht mit den Fingerspitzen über die schwarzen Konturen meines Tattoos.

„Falsch, mein Guter, falls du es immer noch nicht verstanden hast, erkläre ich es dir gerne noch mal ..."

Geschickt schiebt sie ihre rechte Hand in meine Hose, umfasst meinen vor Lust zuckenden Schwanz, streicht mit dem Daumen über den kleinen Schlitz an der Spitze meiner Eichel.

„Der hier ..." Um ihren Worten mehr Gewicht zu verleihen, umfasst sie mein Glied so fest, dass ich vor Lust beinahe in die Knie gehe. Ich stöhne zustimmend und reibe mich an der Innenseite ihrer Handfläche.

„... und das hier ..." Langsam legt sie die Finger ihrer linken Hand direkt auf mein Herz.

„... gehört nur mir!"

Die Entschlossenheit, die mich aus den Tiefen ihrer veilchenblauen Augen anfunkelt, berührt mich und verstärkt meinen Entschluss, diese Frau für immer zu beschützen und zu behalten, noch mehr.

Ich habe keine Ahnung, warum das Schicksal mir, dem Rocker Devil der Dead Riders, diese wunderschöne Frau in die Hände gespielt hat – aber ich bin ihm zutiefst dankbar!

„Alles, was du in deinen gierigen kleinen Händen hältst, steht dir zur freien Verfügung. Aber denk ja nicht, dass ich keine Gegenleistung verlange."

Verwundert sieht sie mich an.

„Und was kostet es mich, dich zu besitzen?"

Keck legt sie ihren Kopf schief, blinzelt mich verführerisch an.

„Dein Leben, Baby!"

Ich erkenne in ihren Augen den Augenblick, in dem sie realisiert, was ich von ihr fordere.

Schweigend sehen wir uns an, die Sekunden vergehen, ziehen sich in die Länge, werden zu einem Augenblick purer Intimität.

Keiner von uns sagt ein Wort, ihre Finger streichen über die empfindliche Unterseite meines Gliedes.

Fasziniert beobachte ich sie dabei, wie sie sich gemächlich über die Lippen leckt, ehe sie tief Luft holt.

„Ich denke, das ist nur fair."

Ihre geflüsterten Worte lassen mich erbeben.

Langsam beuge ich mich zu ihr hinab, streiche mit meiner Nase über die weiche Haut an ihrem Schlüsselbein, ehe ich ihren Mund in Besitz nehme.

Mein Mädchen scheint keine Ahnung zu haben, worauf sie sich eingelassen hat, aber ich bin mir verdammt sicher, dass sie früh genug merken wird, dass ich sie beim Wort nehmen werde. Ich bin fest entschlossen, die Verbindung zwischen uns zu festigen und zu beschützen.

Völlig egal, was uns in der Zukunft noch erwartet, ich werde nicht zulassen, dass Ellen sich jemals wieder aus meinem Leben schleicht.

Dafür ist sie viel zu kostbar für mich. Mir war nicht klar, dass die richtige Frau einen Mann völlig in die Knie zwingen kann. Dieses Mädchen hält mein Herz in ihrer Hand – und nicht nur das ...

Sie ist der einzige Mensch, der die Macht hat, mich zu zerstören, ich bin gespannt, wann ihr diese Tatsache bewusst wird?!

Ace nähert sich uns leise räuspernd. Als er sieht, wo sich Ellens Hand gerade befindet, zieht er amüsiert die Augenbrauen nach oben.

„Störe ich?"

Meine Süße läuft rot an, zieht ihre Hand aus meiner Hose und räuspert sich leise.

„Nein, gar nicht, ich habe Slide gerade nur etwas erklärt."

Seine Mundwinkel zucken spöttisch. „Aha, so nennt man das also."

Ich komme zu dem Entschluss, dass mein Freund mein Mädchen nun lange genug in Verlegenheit gebracht hat, und ergreife das Wort.

„Was los, Präs?"

Ace wirft kurz einen Blick auf Ellen. Ich verstehe sofort, dass er mich gerade fragt, ob er vor ihr offen sprechen kann.

„Das geht schon klar, sag's einfach."

„Smoke ist bereits auf dem Weg nach Tacoma. Allerdings hat er einen Stopp in Fern Hill eingelegt. Ich habe keine Ahnung, was er da macht. Aber ich denke, wir sollten ihn dort abpassen. Es schadet nicht, wenn wir dem Sheriff diesen Ärger ersparen."

Kaum dass Ace Smoke erwähnt hat, hat sich Ellens kleiner Körper komplett angespannt. Das ängstliche Zittern, das sie versucht hat zu unterdrücken, ist mir sehr wohl aufgefallen. Auch wenn meine Kleine versucht, möglichst tough zu wirken, fürchtet sie sich vor diesem Killer. Und das ist auch gut so. Todesangst schärft unsere Sinne wie sonst nichts auf dieser Welt, man darf nur nicht in dieser Panik erstarren, sondern man muss handeln, wenn man überleben will.

Beschützend presse ich sie fester an mich, reibe ihr beruhigend über den Rücken und küsse sie sanft auf die Stirn.

Ace beobachtet uns. Auch wenn er kein Wort sagt, weiß ich, dass er noch immer nicht verstehen kann, warum ich mir wegen diesem Mädchen so einen Ärger einhandle. Aber das macht nichts. Früher oder später wird das Schicksal ihm denselben Streich spielen wie mir, und dann wird er am eigenen Leib erfahren, dass man vor dem richtigen Mädchen nicht einfach so davonlaufen kann!

Der Gedanke, dass ich mich gegen Ellen entscheide, ist ganz genauso absurd, als würde beschließen, ab jetzt nie wieder zu atmen – es ist unmöglich.

Nachdem ich meine Süße etwas beruhigt habe, überlege ich mir die sicherste Route nach Fern Hill.

„Wenn wir über die S Yakima Ave fahren, kommen wir am schnellsten auf die Interstate 5.

Dann sind es nur noch gut fünfzehn Meilen nach Fern Hill."

Ace nickt zustimmend.

„So habe ich mir das auch gedacht, Slide. Wir sollten sofort aufbrechen. Je schneller wir diesen Mist hinter uns gebracht haben, umso besser ist es!"

„Aye, Präs. Ich bringe Ellen hoch und mache mich fertig. Wir treffen uns in zehn Minuten bei den Bikes."

Kaum dass sich der Präsident der Dead Riders von uns abgewandt hat, höre ich auch schon, wie Ellen nach Luft schnappt.

Bestimmend lege ich ihr meine Hand auf den Mund und hindere sie so daran zu reden.

„Mir ist klar, was du sagen willst! Spar dir deinen Atem, Baby, ich werde dich niemals mitnehmen."

Mit geschickten Fingern schließe ich mein Hemd, hebe sie hoch und trage sie die Treppen rauf in meine Wohnung.

Ellen wehrt sich gegen meinen unnachgiebigen Griff, doch sie merkt schnell, dass sie keine Chance gegen mich hat.

Ellen

Dieser sture Bikerarsch glaubt doch allen Ernstes, dass er mich bevormunden kann, doch das kann er vergessen.

Was glaubt er eigentlich, wer ich bin?

„Nur weil ich eine Frau bin, heißt das noch lange nicht, dass ich in Watte gepackt werden muss! Ich kann mit einer Waffe ganz genauso gut umgehen wie du, Slide."

Ohne meinen Worten auch nur die geringste Beachtung zu schenken, lässt er mich auf sein Bett plumpsen, während er durch den Raum geht und verschiedene Messer und Waffen neben mir auf die Matratze legt.

Routiniert schiebt er sich eine lange Klinge, die in einer schwarzen Lederscheide steckt, in den hohen Schaft seines Stiefels. Ein weiteres bindet er sich am Oberschenkel fest, ehe er sich eine SIG hinten in den Hosenbund steckt.

„Hast du mir eigentlich zugehört?"

Als Antwort bekomme ich nur ein leises Schnauben.

„Verfluchte Scheiße, Slide. Wenn das mit uns beiden wirklich funktionieren soll, musst du mir vertrauen."

Aufgebracht wirbelt er zu mir herum und baut sich bedrohend vor mir auf. Doch mit seiner Sieh-hin-ich-bin-viel-stärker-als-du-Masche kommt er bei mir nicht weit.

In seinen schwarzen Augen funkelt es gefährlich und ich weiß, dass er kurz davor ist, seine Beherrschung zu verlieren.

Knurrend beugt er sich zu mir herab, presst mich mit seiner rechten Hand rückwärts aufs Bett und kommt mir so nah, dass sein heißer Atem mein Gesicht streift.

„Du hast es erfasst, Baby. Es geht um Vertrauen. Ich erwarte, dass du mir zutraust, dass ich dein Leben beschütze. Zur Hölle, Ellen ... Du bist mein Besitz, mein Eigentum und ich beschütze, was mir gehört!"

Seine geknurrten Worte schleichen sich direkt in mein Herz.

Welche Frau wünscht sich keinen Devil, der für sie in die Schlacht zieht?

Meine Kehle fühlt sich plötzlich so trocken und rau an, als hätte ich eine Handvoll rostiger Nägel verschluckt. Zittrig sauge ich frischen Atem in meine Lungen, schlucke schwer und zwinge mich dazu, seinen wütenden Blick zu erwidern.

Auch wenn ich es ihm nicht zeigen will, wenn er so aufgebracht ist wie jetzt, schüchtert er mich ziemlich ein.

Fest entschlossen kratze ich all meinen Mut zusammen, richte mich etwas auf und küsse ihn sachte auf den Mund.

„Lass mich mitkommen und dir Rückendeckung geben."

„Nein!"

Mit einer geschmeidigen Bewegung richtet er sich wieder auf und sieht mit zusammengekniffenen Augen auf mich herab.

„Du wirst ganz genau hier bleiben. Hast du mich verstanden, Baby?"

„Fuck you, Slide!"

Während ich immer wütender werde, verziehen sich seine Lippen zu einem sexy Lächeln.

„Hast du gerade ‚Fuck you' zu mir gesagt?"

Mit heftig klopfendem Herzen sehe ich zu ihm nach oben.

Wenn er denkt, dass er mich einschüchtern und in sein Bett sperren kann, ist er auf dem Holzweg.

Verfluchter Mist!

Ich bin keine billige Clubhure, die sich damit zufriedengibt, mit weit gespreizten Beinen im Bett zu liegen und darauf zu warten, dass der große böse Rocker zurückkommt. Ich kann sehr wohl auf mich selber aufpassen. Ich brauche keinen Mann, der für mich die Welt rettet.

„Ich komme mit."

„Nein, das wirst du nicht!"

„So wie ich das sehe, befinden wir uns jetzt in einer Pattsituation. Smoke will mich töten und nicht dich. Das ist mein Krieg und ich werde nicht tatenlos dabei zusehen, wie du und deine Brüder euer Leben riskiert."

Verängstigt beobachte ich, wie er die Augen schließt, den Kopf in den Nacken legt und sie erst nach ein paar tiefen Atemzügen wieder öffnet. Sein Blick ist Richtung Zimmerdecke gerichtet, es kommt mir so vor, als würde er stumm um göttlichen Beistand oder zumindest um etwas Geduld bitten ...

Die Muskeln in seinen Armen zucken vor lauter Anspannung, die Sehnen an seinem Hals treten deutlich hervor. Ich zweifle nicht daran, dass er mich, wenn ich ein Mann wäre, schon längst k.o. geschlagen hätte.

Aber wahrscheinlich würden wir diese lächerliche Unterhaltung gar nicht erst führen, wenn ich ein Kerl wäre. Denn in den Augen von Slide scheinen sich nur Männer selber verteidigen zu dürfen. Wir Frauen sind in seinen Augen zur Hilflosigkeit verdammt.

Herrgott – was für eine rückständige Ansicht dieser Mann doch hat.

Gerade als ich denke, dass er für immer in dieser Position verharren wird, sieht er mir direkt in die Augen.

„Du bist also fest entschlossen, dabei zu sein und dein Leben zu riskieren?"

„Ja."

„Also schön."

Also schön? Was soll das denn schon wieder heißen?

„Geh aufs Klo und trink noch mal was, ich habe keine Lust, wegen dir irgendwo anhalten zu müssen."

Am liebsten würde ich ihm sagen, dass ich keine fünf Jahre alt mehr bin und er nicht mein Dad ist. Aber da ich froh bin, dass er endlich nachgegeben hat, halte ich meine Klappe und tue, was er sagt. Es wäre nicht besonders ratsam, seine eh schon strapazierten Nerven noch weiter zu belasten.

8. Kapitel

Slide

Angespannt beobachte ich meine Kleine dabei, wie sie sich auf die Lippen beißt.

Kluges Mädchen! Nur noch ein einziges Wort und ich drehe durch ...

Kaum dass sie sich auf den Weg zur Toilette macht, gehe ich in die Küche, hole eine Packung Orangensaft aus dem Kühlschrank und öffne den linken Hängeschrank.

Ganz hinten, in einer schwarzen Kaffeetasse, befindet sich das kleine Fläschchen, das ich suche. Nachdem ich etwas Saft in ein Glas geschenkt habe, gebe ich zehn Tropfen Gamma-Hydroxybuttersäure in die orangefarbene Flüssigkeit.

Mit einem Löffel rühre ich das alles noch mal kurz um und verstaue, bis auf das halb volle Glas mit dem Saft, alles wieder an seinem Platz. Kaum dass ich damit fertig bin, kommt Ellen auf mich zu. Ich reiche ihr das Glas.

„Hier, trink noch etwas."

Ohne zu zögern, nimmt sie es entgegen und trinkt den Saft aus.

Die besondere Eigenschaft der Gamma-Hydroxybuttersäure ist, dass sie völlig geruchs- und geschmacklos ist.

Da die Wirkung erst in ein paar Minuten eintreten wird, beschließe ich, sie ein letztes Mal zu küssen, ehe sie das Bewusstsein verliert und ich mich auf den Weg mache, um Smoke zu töten.

Die Substanz, die ich Ellen gerade verabreicht habe, GHB (Gamma-Hydroxybuttersäure), wird dafür sorgen, dass sie für die nächsten Stunden tief und fest schläft. Die meisten kennen sie unter einem anderen Namen: K.-o.-Tropfen.

Wenn alles gut geht, bin ich zurück, bevor sie wieder zu sich kommt.

Und wenn nicht, werde ich mit der Gewissheit sterben, dass ich alles in meiner Macht Stehende getan habe, um für ihre Sicherheit zu sorgen.

Nachdem ich ihr das Glas abgenommen habe, stelle ich es in die Spüle und ziehe mein Mädchen an mich. In den letzten Jahren habe ich mein Leben so oft für irgendeinen Scheißdreck riskiert, dass es ein echtes Wunder ist, dass ich noch am Leben bin.

Dieses Mal ist es anders, dieses Mal habe ich den Willen zu überleben – dieses Mal weiß ich zumindest, wofür ich meinen Hals riskiere.

Ellen ist alles, was ich jemals wollte ... alles und noch mehr ...

Süchtig nach ihrem Geschmack presse ich meinen Mund auf den ihren, dringe mit meiner Zunge tief in sie ein, genieße ihr köstliches Aroma.

Seufzend schlingt sie mir ihre Arme um den Hals, zieht mich zu sich herab.

Unser Atem vermischt sich, meine Sinne spielen verrückt.

Langsam lasse ich meine Hände über die verführerischen Rundungen ihres Körpers gleiten, präge mir jede weiche Kurve, jedes Tal und jede Falte genauestens ein.

Suchend, wühlend, leidenschaftlich und dennoch zärtlich treffen sich unsere Zungen.

Ihr leises Seufzen lässt mich noch härter werden, als ich es eh schon bin.

Ich spüre, wie die Kraft in ihren Armen immer mehr nachlässt.

Beschützend presse ich sie an mich, lecke ihr ein letztes Mal über die Lippen, ehe ich meinen Mund von dem ihren löse.

Ellens verschwommener Blick sucht den meinen.

„Slide, was ist los mit mir?"

„*Schhhh* ... es ist alles gut, Baby. Entspann dich und lass dich fallen, ich fange dich auf. Wenn du wieder aufwachst, werde ich bei dir sein."

Das Blau ihrer Augen ist fast komplett hinter ihren geweiteten Pupillen verschwunden.

„Wassas hhhassst duuu mmmmit mirrr geemmaaacht?"

Ihre Aussprache ist mittlerweile so undeutlich, dass ich sie kaum verstehen kann.

„Ich habe dir etwas gegeben, das dich schlafen lässt."

„Arrrschllloooch!"

Das hingegen war nicht schwer zu verstehen.

Liebevoll streiche ich ihr über die Stirn, liebkose ihre Schläfe und schließe sanft mit meinen Fingerspitzen ihre Augenlider.

„Ich liebe dich, Baby! Träum was Schönes ..."

Das leise Murmeln, das sich ihren Lippen entringt, ist das Letzte, was ich höre, ehe sie endgültig ohnmächtig wird.

Mit großen Schritten durchquere ich meine Wohnung, lege sie ins Bett und decke sie sorgfältig zu.

Ein letztes Mal sauge ich ihren Anblick tief in mich ein, ehe ich mich entschlossen abwende und ohne einen Blick zurück meine Wohnung verlasse.

Mein Leben ist das reinste Chaos, es gleicht einem gläsernen Schachbrett, auf dem die Spieler jederzeit zersplittern können.

Nennt mich ein Arschloch – hasst mich für das, was ich gerade getan habe. Aber wenn es um das Mädchen geht, das in meinem Bett liegt, bin ich durchaus bereit, zu weitaus drastischeren Maßnahmen zu greifen, nur um sie in Sicherheit zu wissen.

Es passt perfekt zu meinem Leben, dass ich Ellen das erste Mal gesagt habe, dass ich sie liebe, nachdem ich sie mit K.-o.-Tropfen betäubt habe ...

Ellen

Fuck off!
Wie konnte er mir das nur antun? Ich bin so blöd!
Das ist nun schon das zweite Mal, dass ich auf Slide hereingefallen bin.
Das erste Mal war, als ich in dem Glauben, dass er mich nach Seattle bringen würde, auf sein Bike gestiegen bin, und das zweite Mal jetzt.
Verdammich ... Ich glaube, ich bin im falschen Märchen gelandet ...
Für gewöhnlich kommt der Prinz und küsst die Frau seines Herzens wach.
Mein teuflischer Prinz hingegen küsst mich so lange, bis die Drogen, die er mir untergejubelt hat, dafür sorgen, dass ich das Bewusstsein verliere.
Ich spüre seine rauen Finger auf meiner Haut. Unglaublich zärtlich streicht er über mein Gesicht, meine Schläfe und meine viel zu schweren Augenlider.
Die dicke Schwärze, die sich wie ein zäher Nebel auf meinen Verstand legt, sorgt dafür, dass sich jeder Muskel in meinem Körper entspannt.
Zwar versuche ich mit aller Kraft, meine Augen wieder zu öffnen, aber ich schaffe es einfach nicht.
„Ich liebe dich, Baby! Träum was Schönes ...“
Nur am Rande bekomme ich mit, dass er mich trägt, ehe er mich in sein Bett legt und mich fürsorglich zudeckt.
Ich liebe dich, Baby – Ich liebe dich, Baby – Ich liebe dich, Baby.
Seine Worte hallen durch meinen betäubten Verstand wie das Flüstern eines Sturms, der, nachdem er alles verwüstet und durcheinandergebracht hat, weiterzieht.
Ich bin so damit beschäftigt zu begreifen, was Slide gerade getan und gesagt hat, dass ich meine Wut auf ihn völlig vergesse, während ich in einen traumlosen Schlaf gleite ...

Slide

Nachdem ich einen der Prospects mit der Anweisung, dafür zu sorgen, dass Ellen in dieser Wohnung bleibt, bis ich zurückkomme, vor meiner Türe postiert habe, mache ich mich auf den Weg in den Hof.
Ace, Catcher und Skorpion erwarten mich bereits vor der Werkstatt. So wie sie da in der warmen Junisonne an ihren Bikes lehnen, wirken

sie rein äußerlich völlig ruhig. Doch ich weiß es besser, ich sehe die Anspannung in ihren Augen.

Trotz der Tatsache, dass wir in der Überzahl sind, dürfen wir Smoke auf gar keinen Fall unterschätzen. Dass der neue Präsident der Black Devils heute noch das Zeitliche segnen wird, steht fest. Die Frage ist nur, wie viele von uns er mit ins kalte, nasse Grab nimmt.

Skorpion sieht mich belustigt an.

„Alles klar, Bro?"

„Logo, was sollte sein?"

Er hebt seinen Kopf und sieht zu meinem offen stehenden Schlafzimmerfenster.

„Na ja, es klang so, als wäre es nicht so leicht gewesen, die Wildkatze zu zähmen."

Shit! Wie es scheint, haben sie Ellens Wutausbruch mit angehört.

„Ellen hat ihren eigenen Kopf!"

Ace sieht mich prüfend an, ehe er die Frage stellt, die jedem meiner Brüder ins Gesicht geschrieben steht.

„Wie hast du sie davon überzeugen können, hier zu bleiben?"

„Ganz einfach, mit zehn Tropfen Gamma-Hydroxybuttersäure!"

„Oh Shit, Bruder, dafür wird sie dich kaltmachen."

Ich kann Catcher nur zustimmen. Wenn ich den heutigen Tag überlebe, wird es bei meiner Heimkehr mit Sicherheit keine herzliche Begrüßung geben.

„Das liegt durchaus im Bereich des Möglichen. So wie es aussieht, muss ich heute nicht nur Smoke überleben, sondern auch die Rache meiner Frau."

Ace schüttelt lachend den Kopf, steigt auf sein Bike und verschließt seinen Helm.

„Fuck, Leute, ich weiß schon, warum ich mir so einen Mist nicht antue. Warum sollte ich mir eine Lady nehmen, wenn es mit einer willigen Bitch so viel unkomplizierter ist?"

Catcher, Skorpion und ich sehen ihn mit einem wissenden Grinsen an.

Skorpion liebt seine Old Lady Nora über alles. Catcher ist mit seiner ebenfalls sehr glücklich. Und ich und Ellen? Tja ... wir werden eine geile gemeinsame Zukunft haben, wenn es mir gelingt, bis heute Abend noch zu leben.

„Wart's ab, Bro, eines Tages begegnet dir eine Muschi, der du nicht widerstehen kannst. Und dann werden wir uns zurücklehnen und zusehen, wie du um das Mädchen deiner Träume kämpfen musst."

Um seine Worte zu unterstreichen, nickt Catcher heftig, ehe sich sein Mund zu einem schiefen Lachen verzieht und er weiterspricht.

„Eines kannst du mir glauben, Präs. Die wirklich guten Weiber haben alle eine Wagenladung Ärger im Gepäck, um den du dich erst kümmern musst, bevor der wirkliche Spaß losgehen kann. Sieh Skorpion, Slide und mich an ..."

Ace schüttelt ungläubig den Kopf, ehe er auf den Boden spuckt und sich seine schwarzen Lederhandschuhe überzieht.

„Glaubt mir, Männer, ich sehe euch an ... Keine Pussy dieser Welt ist mir solch einen Ärger wert. Ihr werdet nie erleben, dass ich meinen Schwanz an eine goldene Leine legen werde!"

Skorpion schnaubt ungläubig, gibt Gas und wartet, dass wir endlich aufbrechen.

Bei Gott, ich kann nur hoffen, dass irgendwo auf diesem Planeten eine Frau existiert, die meinem Bruder so richtig den Kopf verdrehen wird!

Die Fahrt nach Fern Hill verläuft wie zu erwarten ohne Probleme. Auf der Interstate ist nicht viel los, wir haben freie Fahrt. Kurz nachdem wir das schief hängende Ortsschild der kleinen Stadt passiert haben, biegen wir links in die South Thomas Ave und bleiben auf dem Parkplatz eines Schnellrestaurants stehen. Automatisch lasse ich meinen Blick über die nähere Umgebung schweifen.

Als ich einen Streifenwagen entdecke, gebe ich Ace ein Zeichen.

Der Cop, der bis vor einer Sekunde noch gelangweilt hinter seinem Lenkrad gesessen und einen Donut nach dem anderen verdrückt hat, sieht nun prüfend zu uns herüber.

Bullshit! Der hat uns gerade noch gefehlt.

Ich liefere mir ein heftiges Blickduell mit dem übergewichtigen Bullenschwein, ehe er seinen Blick nach einer halben Ewigkeit abwendet und seine Entdeckung, uns, über Funk durchgibt. Der Polizist weiß ganz genau, wer wir sind, es hat nur einen Blick auf unsere Kutten und Tattoos gebraucht, um ihn einzuschüchtern.

Dieser feige Wichser würde ohne zusätzliche Verstärkung niemals seinen Hintern aus dem Streifenwagen bewegen. Wir könnten hier und jetzt, direkt vor seinen Augen, eine Frau vergewaltigen und er würde ihr nicht zu Hilfe eilen.

So viel zur Courage unserer Officer.

Wer sich auf die Bullen verlässt – ist verlassen.

Zufrieden streiche ich mit der linken Hand über den Dequiallo-Aufnäher an meinem Patch.

Zur Hölle, es wäre nicht das erste Mal, dass ich einen Bullen berufsunfähig prügle.

Es gab mal eine Zeit, da hatte ich tatsächlich so etwas Ähnliches wie Respekt vor unseren Gesetzen und deren Hütern, doch das ist eine Ewigkeit her.

Es kommt mir fast so vor, als wäre das in einem anderen Leben gewesen.

Neunzig Prozent der Polizisten sind korrupte Schweine, die sich nur allzu gerne von uns bestechen lassen, um so ihre armselige Pension aufzubessern.

„Lasst uns von hier verschwinden. Wenn mein Informant die Wahrheit gesagt hat, und davon gehe ich stark aus, hält sich Smoke in der Fern Hill United Methodist Church auf."

Perplex sehe ich ihn an.

„Er ist in einer Kirche?"

„Jep!"

„Was zur Hölle macht er da? Hat er seine gläubige Ader entdeckt?"

Skorpion grunzt verächtlich.

Ace dreht sich zu mir um und senkt seine Stimme.

„Soweit ich weiß, ist er dort, um den Pastor zu seinem Herrn zu schicken."

Catchers Kopf zuckt ruckartig in die Höhe.

Auch wenn man es nicht für möglich hält, ist Catcher ein gläubiger Mann.

„Sag das noch mal, Präs."

Ace rollt mit seinem Bike rückwärts, sodass wir unsere Unterhaltung ungestört fortführen können, ohne die Aufmerksamkeit der Passanten auf uns zu ziehen.

„Der Pastor dieser Church muss wohl Smokes Familie dazu geraten haben, den Umgang mit ihm zu meiden, da er laut den Worten des Pfarrers eine verlorene Seele ist."

Skorpion flucht belustigt. „Damit hat der werte Pastor garantiert sein Todesurteil unterzeichnet. Smoke ist ein knallhartes Arschloch, soweit ich weiß, hat er keine enge Beziehung zu seiner Familie – jetzt wissen wir auch warum. Mum und Dad scheinen nicht gerade stolz auf ihren Sohn zu sein."

Genervt zünde ich mir eine Kippe an und inhaliere den heißen Rauch.

Soweit ich das weiß, leben meine Verwandten alle noch. Doch ich würde nie auf die Idee kommen, sie als meine Familie zu bezeichnen.

Der Club ist meine Familie, eine andere brauche ich nicht.

Mein Vater ist ein alkoholabhängiges, brutales Arschloch und meine Mutter ist noch viel schlimmer. In den vergangenen zehn Jahren habe ich keinen Gedanken an die beiden verschwendet, und es ist mir drecksegal, wie die Sache bei Smoke steht, für mich ist er bereits ein toter Mann.

Ungeduldig schnippe ich die halb gerauchte Kippe auf die Straße.

„Mir reicht's jetzt ... Wenn alles nach Plan läuft, wird dieser Wichser seine Familie eh nie wiedersehen. Es ist mir scheißegal, aus welchen Gründen er sich in dieser Kirche aufhält, von mir aus jage ich ihm auch in dieser verfickten Church eine Kugel zwischen die Augen."

Skorpion lässt die Gelenke seiner Finger knacksen.

„Yeah, Mann, lasst uns die Scheiße hier endlich beenden, zu Hause warten Nora und mein Kleiner auf mich."

Skorpion und Ace starten ihre Maschinen, während Catcher mich irritiert ansieht.

„Das meinst du nicht ernst?"

Ich sehe Catcher abschätzend an.

„Was?"

„Dass du Smoke in der Church abknallen willst."

„Doch. Aber wenn es dir lieber ist, kannst du ihn mir auch gerne rausbringen. Ich warte dann vor der Türe."

Ohne auf seine Antwort zu warten, starte ich ebenfalls mein Motorrad und rolle vom Parkplatz.

Was ist heute mit allen los?

Muss Catcher ausgerechnet jetzt sein Gewissen wiederfinden?

9. Kapitel

Die Fern Hill United Methodist Church liegt inmitten der kleinen Stadt. Der viereckige, nicht besonders schöne Betonbau steht einsam und verlassen auf einem leicht gelblichen Rasen. Ein großer alter Baum spendet dem Platz vor der Kirche etwas Schatten. Es empfängt uns eine gespenstische Stille.

Weder das Geräusch von spielenden Kindern noch von bellenden Hunden ist zu hören. Einzig und allein das Krähen eines Raben durchbricht die unheilvolle Ruhe.

Eine ungute Vorahnung lässt mich erschaudern.

Wenn mich nicht alles täuscht, wird es Catcher nicht mehr gelingen, den Pfarrer zu retten.

Die Anwesenheit des Todes ist geradezu körperlich spürbar.

„Nicht vergessen, Männer, keine Westen!"

Wenn auch nur ungern, ziehen wir unsere Kutten aus und legen sie sorgfältig zusammengelegt auf die Sättel unserer Maschinen.

Mit routinierten Handgriffen checke ich meine Waffe und entsichere sie.

Es ist mir völlig egal, wer uns beobachtet oder ob ich für diesen Mord für den Rest meines Lebens in den Knast muss. Alles, was für mich zählt, ist, dass ich Smoke die Lichter ausknipse und so für die Sicherheit meiner Frau sorge.

„Skorpion, du sicherst den Hinterausgang. Catcher, du prüfst das Innere der Kirche. Wir müssen wissen, was los ist ... Das Letzte, was ich gebrauchen kann, sind schreiende Kinder und zu Tode verängstigte Mütter, die wir beim Beten stören. Slide und ich gehen durch die Vordertüre."

Mit gezogener Waffe geht jeder auf seine Position. Nur Catcher hält seine Glock auf dem Rücken versteckt, während er durch die offen stehende Türe die Church betritt.

Wie immer, wenn es hart auf hart kommt, bin ich die Ruhe selbst. Das Adrenalin, das durch meinen Körper rauscht, schärft meine Sinne und beschleunigt meinen Puls. Die Sekunden vergehen, von Catcher ist nichts zu sehen.

Ungeduldig warte ich auf dessen Zeichen, doch es kommt nicht.

Prüfend sehe ich zu Ace, noch bevor ich etwas sagen kann, durchbricht der laute Knall eines Schusses die drückende Stille.

„Fuck!" Ohne zu zögern, stürmen wir das Innere der Kirche. Kaum dass wir den Mittelgang zur Hälfte hinter uns gebracht haben, stehen wir vor einem schwarzen Mann, der völlig verrenkt auf dem Boden liegt. In seinem Brustkorb klaffen zwei große Löcher, aus denen ein nie endender

Blutstrom läuft. Seine schwarzen Klamotten, der weiße Kragen und das goldene Kreuz, das an einer langen Gliederkette an seinem Hals hängt, lassen keinen Platz für Spekulationen.

„Das muss der Pfarrer sein."

Ace steigt ungerührt über dessen leblosen Körper.

„Aye, er ist bereits auf dem Weg zu seinem Herrn ..."

„Was für eine Scheiße! Es wird nicht mehr lange dauern, bis es hier nur so vor Bullen wimmelt."

Ohne einen Blick zurück folge ich Ace weiter vor zum Altar. Immer wieder checke ich mit einem schnellen Blick die Lage. Von Catcher fehlt jede Spur.

Im Augenwinkel sehe ich eine Bewegung, blitzschnell hebe ich meine Waffe.

„Shit, Bro, willst du mich erschießen?"

Skorpion hebt abwehrend seine Hände, ich richte die Mündung meiner Neun-Millimeter auf den weißen Steinboden.

„Hinten ist alles sauber."

Mit einem Nicken gebe ich ihm zu verstehen, dass ich ihn gehört habe.

Skorpion sieht sich schnell um, ehe er die Frage stellt, die mir ebenfalls keine Ruhe lässt.

„Wo ist Catcher?"

„Keine Ahnung, Mann. Nachdem wir den Schuss gehört haben, sind Ace und ich sofort rein, aber wir haben ihn nirgendswo gesehen."

„Fuck!"

„Du sagst es, Bro."

Mit gezückter Waffe öffne ich die Türe, die hinter dem Pult des Geistlichen in einen dunklen Raum führt.

Ace hingegen widmet sich einem anderen Zimmer.

Bäm – Bäm – Bäm ...

Verfluchte Hölle!

Der laute Knall von drei in kürzester Zeit abgefeuerten Schüssen hallt durch das Gebäude.

So schnell ich kann, wirble ich um meine eigene Achse und stürme hinter Skorpion durch die Türe, durch die Ace vor einer Minute verschwunden ist.

Das, was ich sehe, lässt mir das Blut in den Adern gefrieren.

Bei allen sieben Höllen, so habe ich mir das nicht vorgestellt.

Angespannt versuche ich, mir einen Überblick über die Lage zu verschaffen.

Catcher steht mit einer aufgeplatzten Lippe und einem Streifschuss am linken Oberarm neben Smoke. Der wiederum hält seine Waffe auf Catchers Stirn gerichtet, während er erst Ace und dann mich ansieht.

Smoke lacht künstlich laut auf, seine Augen bleiben ernst.

Seine Oberlippe zuckt verächtlich, er legt seinen Kopf schief und lässt seine Augen über meinen rechten Arm, hinab zu der schwarzen Waffe zwischen meinen Fingern gleiten.

Völlig egal, was dieser Hurensohn sagen oder tun wird, es besteht kein Zweifel daran, dass ich ihn töten werde.

„Die Scheiße mit den Dead Riders ist ja, dass man sie erst alle umbringen muss, ehe man seine Ruhe vor ihnen hat!"

Ohne zu zögern, gehe ich auf seine provokative Äußerung ein. Es kann nicht schaden, wenn Smoke denkt, dass sein Plan, uns zu reizen, aufgeht.

„Versuch es doch, Smoke, wir werden ja sehen, wer die Sonne morgen aufgehen sehen wird."

Mit vor Ungeduld zitternden Muskeln beobachte ich, wie sich Smokes Zeigefinger auf den Abzug der Waffe legt, nicht mehr lange und er wird Catcher vor unser aller Augen hinrichten.

„Erst werde ich euch abknallen, dann Kings Tochter vergewaltigen und sie anschließend erwürgen. Ich werde euren Club niederbrennen, euch wie Ratten auslöschen. Wenn ich mit den Dead Riders fertig bin, werden die Black Devils der größte und mächtigste MC des ganzen Landes sein. Es wird Zeit, dass die Devils aus dem Schatten der Riders hervortreten und die Macht an sich reißen."

Ganz offensichtlich ist Smoke nicht nur völlig bescheuert, sondern auch noch größenwahnsinnig.

Beunruhigt sehe ich zu Ace. Ich kann nur hoffen, dass er cool bleibt und nicht die Nerven verliert.

Smoke leckt sich nervös die Lippen, ehe er weiterspricht.

„Legt eure Waffen auf den Boden und ich gewähre euch die Gnade eines schnellen Todes."

Skorpions ersticktes Lachen lässt Smoke wütend fauchen.

„Du wirst der Erste sein, dem ich eine Kugel ins Hirn jage."

Völlig unbeeindruckt zuckt Skorpion mit den Schultern und geht einen großen Schritt auf Smoke zu.

„Tu dir keinen Zwang an, Arschloch. Es mag sein, dass ich sterbe, vielleicht auch Catcher, aber ich garantiere dir, dass du es nicht schaffen wirst, an Slide und Ace vorbeizukommen. Dir wird es nie gelingen, Ellen oder dem MC etwas anzutun – dafür bist du viel zu schwach."

Ich durchschaue Skorpions Plan sofort, Ace gibt mir ein stilles Zeichen, mehr brauche ich nicht. Während ich meine Hände etwas weiter hebe und direkt auf Smokes Kopf ziele, reizt Skorpion ihn immer weiter.

Mir ist durchaus bewusst, dass wir gerade ein gefährliches Spiel spielen. Smoke ist unkontrollierbar in seiner Wut. Er kann jede Sekunde abdrücken und Catchers Hirn wie Konfetti im Raum verteilen.

Auch wenn Smoke sich selbstbewusst gibt, weiß er ganz genau, dass er in einer gefährlichen Lage steckt – er ist alleine und wir sind zu viert.

Fest entschlossen, diesen Wichser auszuschalten, schließe ich für eine Sekunde meine Augen und konzentriere mich.

Meine Atmung stockt, *3 ... 2 ... 1* ... ich fokussiere das Ziel und drücke, ohne zu zögern, ab.

Noch bevor der Knall des Schusses ertönt, surrt die Kugel bereits durch die Luft.

Angespannt beobachte ich, wie sich Catcher fallen lässt, als Reaktion drückt Smoke ebenfalls ab und es ertönt erneut ein Schuss.

Fuck – Fuck – Fuck!

Instinktiv werfe ich mich auf Ace und presse ihn runter auf den Boden. Skorpion springt zur Seite, stürzt über einen am Boden liegenden Stuhl.

Alles geht unheimlich schnell. Mit rasendem Puls beobachte ich, wie sich die Kugel aus meiner Waffe ihren Weg durch Smokes Schädel zu seinem Gehirn bahnt.

Blut spritzt durch die Luft, weißgelbliche Fetzen verteilen sich auf der Wand.

Mit einem Ächzen auf den Lippen fällt der neue Präsident der Black Devils tot um.

Der König ist tot, hoch lebe der König ...

Der Nachhall der Schüsse dröhnt in meinen Ohren, die Atemzüge meiner Brüder kommen mir unnatürlich laut vor.

„Verfickte Scheiße, was für eine Sauerei!"

Catcher ist der Erste, der sich wieder aufrichtet. Seine Kleidung ist über und über voll mit Blut und Hirnmasse.

Angewidert zieht er sich das Hemd über den Kopf, während er auf Smokes zerplatzen Schädel herabsieht.

„Widerliches Arschloch!"

Wütend spuckt er auf dessen Leichnam, ehe er sich vorsichtig über die stark blutende Schusswunde an seinem Arm wischt.

Ohne dass ich es verhindern kann, steigt aus meiner Kehle ein lautes Lachen auf.

„Ach, halt's Maul, Slide. Warum zum Teufel trifft es immer mich?"

Seit ich mich den Dead Riders angeschlossen habe, ist es immer Catcher, der voller Blut und anderer Körperflüssigkeiten ist.

„Vielleicht solltest du an deinem Standpunkt arbeiten ..."

Jetzt fängt auch noch Skorpion zu lachen an, was Catcher erneut laut fluchen lässt.

Ace klopft mir brüderlich auf die Schulter – mal wieder ist es uns gelungen, dem Sensenmann zu entwischen.

Während Catcher motzend und schimpfend versucht, Smokes Hirn von seinen Schuhen zu wischen, erfüllt Skorpions dunkles Lachen das kleine Zimmer.

Da meine Kugel Smoke aus nächster Nähe getroffen hat, sind die Wände voller Blut und anderer Überreste wie Haare, Hirn und Hautfetzen. Der Boden sieht nicht besser aus.

Es hat keinen Sinn, die Sauerei zu beseitigen, dafür fehlt uns die Zeit. Es sind viele Schüsse gefallen, die Cops sind bestimmt schon auf dem Weg hierher.

„Hit the road, Jungs ... lasst uns von hier verschwinden, bevor wir alle festgenommen werden. Ich habe keinen Bock, für diesen Dreck hier in den Knast zu wandern."

Ace steckt seine Waffe weg und verlässt als Erster den Raum.

Skorpion stellt sich neben mich, er wirkt zufrieden.

„Das wäre ja dann wohl erledigt!"

„Aye, Bro, das ist es."

„Jetzt musst du dich nur noch einem verdammt wütenden Mädchen stellen. Wenn du das auch überlebst, Slide – Respekt! Ich für meinen Teil würde einen skrupellosen Auftragskiller jederzeit einem wütenden Mädchen vorziehen."

„Weißt du was, Skorpion? Leck mich!"

Das laute Klacken meiner Stiefelabsätze hallt durch den großen Hauptraum der Kirche.

Immer mal was Neues ... Ich habe in meinem Leben schon eine Menge Leben ausgelöscht, aber das war das erste Mal, dass ich jemanden in einer verfickten Church abgeknallt habe. Catcher steht gebeugt über dem toten Pastor. Seine Lippen bewegen sich in einem stummen Gebet, ehe er sich noch weiter nach unten bückt, um die Augen des Mannes zu schließen.

Als er sich wieder aufrichtet, sieht er mich mit einem bekümmerten Gesichtsausdruck an. Dank Smokes getrocknetem Blut, das überall auf seinem Körper klebt, hat er etwas Dämonisches an sich, etwas, das so gar nicht zu der Geste der Nächstenliebe, mit der er die Augen des Pastors geschlossen hat, passt.

„Das heute garantiert uns einen Platz im tiefsten Höllenfeuer, meine Brüder."

Ich gehe auf ihn zu, schlinge ihm einen Arm um die Schultern und sehe ihm tief in die Augen.

„Für einen Mann wie mich ist das der einzig richtige Platz. Früher oder später werden wir uns alle für unsere Taten rechtfertigen müssen. Doch bis dahin lass uns keinen Gedanken daran verschwenden. Lass uns auf unsere Bikes steigen und zu unseren Ladys fahren. Im Gegensatz zu meinem Mädchen erwartet dich Susan bestimmt mit offenen Armen."

Ein letztes Mal sieht er auf die leblose Gestalt auf dem mit Blut übergossenen Boden, ehe er sich fluchend abwendet und wir zu unseren Bikes eilen.

In der Ferne höre ich bereits das laute Heulen der Polizeisirenen.

Unter dem großen Baum neben der Kirche lehnt eine alte Frau. Ihr Gesicht ist faltig, in ihren Augen steht pures Entsetzen.

Keine Ahnung, woran es liegt, aber der vorwurfsvolle Blick, mit dem sie mich bedenkt, geht mir unter die Haut.

Ace ist der Erste, der sein Bike zurück auf die Straße lenkt, ich folge ihm, nach mir Skorpion und dann Catcher.

In Formation rasen wir durch den Ort, folgen der Pacific Ave Richtung Interstate Five.

Kaum dass wir die Hafenstadt hinter uns gelassen haben, geben wir richtig Gas.

Meile für Meile frisst sich mein Bike die Straße entlang.

Bäume, Häuser, Trucks und Autos verschwimmen zu einer nicht identifizierbaren Masse, während in meinem Kopf das reinste Chaos herrscht.

Ellen wird auf hundertachtzig sein. So wie ich sie kenne, wird sie mich mit einer geladenen Waffe erwarten. Scheiß auf ihre Wut ...

Dieses Mädchen gehört mir, sie ist mein Eigentum, mein Besitz und ich beschütze, was mir gehört.

Es ist eine verfickte Tatsache, dass ich wieder so handeln würde. Nicht auszudenken, was passiert wäre, wenn Ellen dabei gewesen wäre. So wie ich Smoke einschätze, hätte er sie, ohne mit der Wimper zu zucken, vor meinen Augen erschossen.

Wenn wir am Clubhaus ankommen, werde ich in meine Wohnung gehen und mir mein Mädchen packen. Ich werde sie so lange küssen, bis sie sich mir willig in die Arme schmeißt. Ich werde sie ficken, beißen, markieren und besitzen.

Es ist mir egal, ob es richtig oder falsch ist – es ist mir egal, ob sie mich will oder nicht.

Ich werde sie mir einfach nehmen! Seit sie sich mir vor drei Monaten hingegeben hat, gehört sie mir, ich habe nur verdammt lange gebraucht, um das zu verstehen.

Ellen ist mein Mädchen, ich werde sie für mein restliches Leben lieben. Scheiß auf alle Widrigkeiten und alle Gefahren – für sie würde ich sogar in einen gottverdammten Krieg ziehen.

Smokes Tod reicht nicht, um die Wut, die in meinem Inneren immer weiter anschwillt, zu besänftigen. Das gerade eben Erlebte hat meine Blutgier erneut zum Leben erweckt.

Der Teufel in mir schreit mir laut zu, dass er Blut will, der Drang, noch jemanden töten zu wollen, wird beinahe übermächtig.

Die Stimmen in meinem Kopf, das Rauschen in meinen Ohren und der Druck auf meinem Brustkorb ... Ich bin kurz davor, die dünne Maske der Zivilisation, die ich mir in all den Jahren zugelegt habe, mit nur einer unüberlegten Tat zu zerfetzen.

Es fühlt sich so an, als würde das Blut in meinen Adern kochen.

Holy Fuck!

So wie ich gerade drauf bin, kann ich noch nicht zurück zum Club fahren ...

Mit wild schlagendem Herzen und verschwitzten Fingern beschleunige ich mein Motorrad, schließe zu Ace auf und gebe ihm mit einem Handzeichen zu verstehen, dass ich nicht mit zurück zum Club komme.

Mein Präsident versteht sofort, er kennt mich besser als jeder andere. Ace weiß von den Dämonen, die mich quälen.

Während meine Brüder nach links Richtung Tacoma abbiegen, führt mich mein Weg nach rechts. Von hier bis Olympia sind es noch gut zwanzig Meilen, mir bleibt also noch genug Zeit, um mich etwas zu beruhigen.

Mein Ziel ist der alte Güterbahnhof. Dort, wo vor knapp fünfzehn Jahren noch Loks und Waggons zur Reparatur hingebracht wurden, befindet sich seit drei Jahren ein illegaler Fight Club. Dieses Etablissement bietet einem Mann wie mir die einzige Möglichkeit, sich richtig abzureagieren.

Was gibt es Besseres als einen Kampf um Leben und Tod?

Der Augenblick, wenn ich den Ring betrete und meinem Gegner Auge in Auge gegenüberstehe, ist so intensiv und rein, dass er mich süchtig macht.

Ich spüre instinktiv, dass ich ganz genau dafür geschaffen wurde: um zu kämpfen und zu töten.

In diesem Fight Club gibt es nur eine einzige Regel – im Ring keine Waffen.

Der Tag ist wie im Flug vergangen, die Sonne neigt sich gen Westen, schiebt sich hinter eine schwarze Wolke und entzieht der Welt so ihr warmes Licht. Ein schummriges Zwielicht legt sich auf die Straßen, Nebel steigt auf, verschluckt die Umgebung.

Kurz bevor ich am Güterbahnhof ankomme, spüre ich, wie mein Mobiltelefon in meiner Innentasche vibriert, auch ohne nachzusehen, weiß ich, dass es Ellen ist. Anscheinend sind meine Brüder bereits am Clubhaus angekommen.

Mir ist klar, dass sie sich fragen wird, wo ich bin, doch das ändert nichts an der Tatsache, dass ich ihr in meiner momentanen Verfassung lieber nicht gegenübertrete.

Geschickt fahre ich durch die Gleise, ehe ich an der abgelegenen Halle ankomme.

Dicke Regentropfen fallen vom Himmel, das immer stärker werdende Gewitter setzt die Umgebung unter Wasser.

Grelle Blitze zucken über den mittlerweile schwarzen Himmel. Das dunkle Grollen des Donners lässt die Erde beinahe erzittern.

Ich parke mein Bike unter dem Vordach des Fight Clubs, hänge meinen Helm über das Lenkrad und ziehe mir meine Kutte an.

Noch bevor ich die zwei Wachen, die den Eingang kontrollieren, passiert habe, weiß ich, dass im Inneren die Hölle los ist.

Laute Schreie, die Rufe der Buchmacher, die die letzten Wetteinsätze entgegennehmen, und das unverkennbare Geräusch von Fäusten, die auf Fleisch treffen, heißen mich willkommen.

Alexej und Borislaw, die zwei russischen Wachmänner, nicken mir respektvoll zu, ehe sie zur Seite treten und mich passieren lassen.

Abgestandene Luft schlägt mir entgegen.

Ohne die vielen Leute, die mich begrüßen und mir auf die Schulter klopfen, um meine Aufmerksamkeit auf sich zu ziehen, zu beachten, bahne ich mir einen Weg durch die grölende Menge.

Das Läuten der alten Schiffsglocke läutet die nächste Runde ein. Ich kann nur hoffen, dass der Kampf bald vorbei ist und ich an der Reihe bin.

Tian, der kleine Chinese, der diesen Club leitet, muss meinen Namen als Nächstes auf die Liste der angemeldeten Kämpfer setzen, sonst verliere ich noch den Verstand.

Mit jedem Atemzug versuche ich die unbändige Wut, die mich von innen zu versengen droht, zu kontrollieren. Es wird nicht mehr lange dauern, bis ich den Kampf um meine Selbstbeherrschung verliere ...

Endlich entdecke ich Tian in der Menge, im Augenwinkel sehe ich, wie irgendein Typ eine der vielen Schlampen, die sich hier herumtreiben, um ihr Geld zu verdienen, an den Haaren in ein dunkles Eck zieht.

In ihrem viel zu jungen Gesicht spiegelt sich pures Entsetzen. Sie wäre nicht das erste Mädchen, das dazu gezwungen wird, seinen Körper gegen Geld zu verkaufen.

Unsere Blicke treffen sich, das Blau ihrer Augen erinnert mich an Ellen...

Ihre pink geschminkten Lippen öffnen sich zu einem lauten Schmerzensschrei. Der Mann verpasst ihr einen harten Schlag ins Gesicht, sie gerät ins Taumeln, stürzt mit den nackten Knien auf den groben Betonboden.

Fuck!

Gerade als ich ihr helfen will, höre ich, wie Tian meinen Namen ausspricht.

„Slide, welch Glanz in meiner Hütte."

Unentschlossen, was ich jetzt wirklich will, kämpfen oder der kleinen Schlampe helfen, fahre ich mir mit der Hand über die Stirn.

Noch während das Mädchen weinend auf dem Boden kniet, stellt sich der Kerl hinter sie, öffnet seine Hose und hebt ihren kurzen Rock an.

Eine Sekunde später rammt er sich mit einem harten Stoß in den Körper der weinenden Bitch.

Seine Faust wickelt sich um ihren langen Pferdeschwanz, ehe er ihren Kopf brutal nach hinten reißt.

Tian folgt meinem Blick. Während ich angewidert bin, leckt sich der kleine Chinese, der mir gerade mal bis zu den Schultern reicht, erregt über die Lippen.

„Die Russen haben eine ganz frische Ladung Mädchen bekommen. Die kleinen Biester sind noch so jung, da kann man fast auf schlimme Gedanken kommen."

Tians Worte bestätigen meinen Verdacht.

Es ist allgemein bekannt, dass die Russenmafia jungen russischen Mädchen eine bessere Zukunft in den USA verspricht, als sie im eigenen Land erwarten könnten. Sie lügen sie an, behaupten, sie hätten Jobs als Kindermädchen oder Haushaltshilfen für sie, doch in Wirklichkeit werden ihnen, sobald sie in Amerika angekommen sind, die Papiere abgenommen, sie werden zur Prostitution gezwungen und wenn sie sich weigern, werden sie entweder umgebracht oder so lange unter Drogen gesetzt, bis sie für den nächsten Schuss Heroin einfach alles tun würden.

Das Mädchen, das sich noch immer schreiend wehrt, ist niemals volljährig. Trotz des Make-ups schätze ich sie gerade mal auf sechzehn Jahre.

„Bist du hier, um zu kämpfen oder um zu ficken?"

Tians Frage erinnert mich daran, dass dieses Mädchen nicht mein Problem ist.

Selbst wenn ich sie retten würde, gäbe es noch hundert andere von ihrer Sorte, denen ich nicht helfen kann. Ganz davon abgesehen wäre es eine Selbstmordaktion, mich ohne die Hilfe meiner Brüder mit den Russen anzulegen.

„Um zu kämpfen. Setz mich auf die Liste ..."

Ich lange in die Innentasche meiner Kutte, ziehe zweihundert Dollar raus und reiche sie Tian.

„... Setz mich ganz nach oben, der Nächste, der diesen Ring betritt, bin ich. Verstanden?"

Der geldgeile Wichser steckt die grünen Scheine ein und grinst mich blöd an.

„Verstanden, Boss."

Zufrieden drehe ich mich um, mache mich auf den Weg zum Ring und ziehe mir das Hemd und die Kutte aus. Nur noch mit meinen Jeans und den Stiefeln bekleidet warte ich darauf, dass endlich einer der derzeitig kämpfenden Männer k. o. geschlagen wird.

Ich bin gerade nicht in der Verfassung, um lange warten zu können. Am liebsten würde ich einfach durch die Seile in den Ring steigen und die zwei Schwachköpfe selber fertigmachen.

Das, was die beiden Arschlöcher da machen, ist der reinste Mädchenkampf.

Runde für Runde tanzen sie umeinander her wie zwei Hühner, die nicht wissen, wo sie draufschlagen müssen, um beim anderen den größtmöglichen Schaden anzurichten.

Bis jetzt hat es keiner meiner Gegner geschafft, sich länger als drei Runden auf den Beinen zu halten. Für gewöhnlich hinterlassen sie eine Menge Blut und werden von Tians Handlangern auf das Gelände nebenan getragen. Dort wachen sie dann entweder wieder auf oder sie verrecken. So oder so hat es noch keiner geschafft, mich zu besiegen.

Das Adrenalin in meinem Blut und die zunehmende Aggressivität, die sich in mir aufstaut, vermengen sich zu einer explosiven Mischung.

Erwartungsvoll lasse ich meine Fingerknöchel knacksen, erneut ertönt die alte Schiffsglocke, die nächste Runde beginnt.

Hier im Fight Club gibt es keine Schiedsrichter, sondern Totengräber. Völlig egal, wen Tian als meinen Kontrahenten eingetragen hat, die Wahrscheinlichkeit, dass er diese Halle lebend verlassen wird, ist gleich null ...

10. Kapitel

Ellen

Ich weiß, dass ich nicht schlafe, immerhin kann ich mich nicht daran erinnern, dass ich ins Bett gegangen bin. Und dennoch fühle ich mich matt, entspannt und liege mit geschlossenen Augen in Slides Bett.

Mein Hals fühlt sich kratzig an und meine Zunge ist pelzig.

Verwirrt öffne ich meine Augen und stelle erschrocken fest, dass es vor dem Fenster bereits dunkel ist.

Wie spät es wohl ist?

Mein Kopf fühlt sich so an, als ob ich letzte Nacht eine komplette Flasche Tequila geext hätte, aber ich weiß definitiv, dass das nicht der Fall ist.

Irgendwie komme ich mir vor wie im falschen Film.

Meine Blase ist voll, müde steige ich aus dem Bett und sehe an mir herab.

Warum zur Hölle bin ich komplett angezogen im Bett gelegen?

Auf wackeligen Knien gehe ich ins Badezimmer und setze mich auf die Toilette.

Irgendetwas ist hier komisch. Aber was?

Verzweifelt versuche ich mich daran zu erinnern, wo Slide ist.

Je länger ich mit heruntergelassenen Hosen auf der Toilette sitze, umso stärker wird das Gefühl, dass ich verarscht worden bin.

Nach einer gefühlten Ewigkeit bin ich endlich fertig.

Noch immer verzweifelt bemüht zu verstehen, was hier eigentlich los ist, mache ich mich auf den Weg in die Küche, ich sterbe gleich vor Hunger.

Als mein Blick auf das fast leere Orangensaftglas, das auf der Arbeitsfläche steht, fällt, bleibe ich abrupt stehen.

Mein Verstand läuft auf Hochtouren, aber das, was ich mir da gerade zusammenreime, kann unmöglich stimmen! Oder etwa doch?

Smoke – Ace – Fern Hill – K.-o.-Tropfen ... dieses blöde Arschloch!

Gerade als ich wutentbrannt aus der Wohnung stürmen will, bleibe ich wie vom Blitz getroffen mitten im Flur stehen. Das Letzte, woran ich mich erinnern kann, ist Slides dunkle Stimme, die mir sagt, dass er mich liebt.

... Ich liebe dich, Baby ...

Tränen der Wut und der Enttäuschung steigen mir in die Augen.

Wie kann er mich erst betäuben und mir dann sagen, dass er mich liebt?

Auch wenn die Welt, in der ich lebe, rauer und härter ist als das, was der Durchschnittsbürger als normal bezeichnet, finde ich dennoch, dass der Augenblick, in dem ein Mann seiner Frau das erste Mal seine Liebe gesteht, irgendwie romantisch sein sollte.

Verfluchte Scheiße! Ich erwarte keine Rosen, keine rosa Herzchen und diesen ganzen anderen Mist, aber das, was Slide da getan hat, war ja wohl das absolute Gegenteil von romantisch.

Er hat dich betäubt, um dich in Sicherheit zu wissen. Dann ist er losgezogen, um sich mit einem der gefährlichsten Killer des Landes anzulegen, nur um dir das Leben zu retten. Also wenn das nicht romantisch ist, weiß ich auch nicht ...

Fuck! Mein Unterbewusstsein hat sich definitiv auf die Seite von Slide gestellt.

Wenn man es aus dieser Sichtweise betrachten will ... *hmmmm* ... na, vielleicht war es doch auf eine sehr schräge, ziemlich verkorkste Art und Weise romantisch.

Aber das bedeutet noch lange nicht, dass ich ihm so ein Verhalten durchgehen lassen kann.

Alleine der Gedanke, dass Slide verletzt oder gar getötet wurde, während ich wie Dornröschen geschlafen habe, raubt mir die Luft zum Atmen.

Verdammich ... Ich habe keine Ahnung, mit was für Weibern er bis jetzt zu tun gehabt hat, aber ich bin kein wehrloses Püppchen, das man ins Bett stecken muss, wenn es hart auf hart kommt.

Fluchend reiße ich die Wohnungstüre auf und stürme raus in den Flur. Ich muss schnellstens in Erfahrung bringen, wie es ihm geht.

Vielleicht ist er ja bereits zurückgekommen?

Noch bevor ich einen weiteren Schritt Richtung Treppe machen kann, schlingt sich eine Hand um meinen Arm.

„Stopp. Du bleibst hier."

Erschrocken drehe ich mich um.

Einer der Prospects, ich kenne seinen Namen nicht, hält mich fest.

„Was bildest du dir eigentlich ein? Lass mich los!"

„Das kann ich nicht. Ich habe den Befehl, dafür zu sorgen, dass du in der Wohnung bleibst, bis Slide zurückkommt."

Echt jetzt? Will der mich verarschen?

Vor Wut zitternd sehe ich ihm direkt in die Augen.

„Wenn du jetzt nicht sofort deine dreckigen Finger von mir nimmst, breche ich dir das Genick!"

Überrascht sieht er mich an.

„Sobald du zurück in der Wohnung bist, lasse ich dich los."

Mir kann keiner vorwerfen, dass ich ihn nicht gewarnt hätte.

Ohne ein weiteres Wort an diesen Idioten zu verschwenden, tue ich, was ich tun muss.

Mit einem kräftigen Schlag gegen sein Handgelenk befreie ich mich aus seinem Griff. Ohne zu zögern, trete ich ihm, so fest ich kann, in die Eier und weiche ihm, als er mit einem lauten Schrei und Tränen in den Augen umkippt, aus.

Während er in der Embryostellung auf dem Boden liegt und sich den Sack hält, beuge ich mich zu ihm herab, schnappe mir seine Waffe und flüstere ihm zufrieden ins Ohr, dass ich ihm gleich gesagt habe, dass er mich gefälligst loslassen soll. Und dass ich gnädigerweise darauf verzichte, ihm jetzt auch noch das Genick zu brechen.

Ohne einen Blick zurück checke ich das Magazin der Glock, lasse den Schlitten ein Mal vor und zurück schnappen und sichere die Waffe. Wie gewohnt stecke ich sie mir hinten in den Hosenbund und steige die Treppe runter.

Verfickte Prospects! Diese Scheißer sind wie kleine Schoßhündchen viel zu erpicht darauf, ihrem Herrchen alias Präsidenten zu gefallen.

Die laut wummernde Musik und der unfassbar hohe Lärmpegel hätten mich eigentlich warnen sollen. An der Treppe angekommen lasse ich meinen Blick entsetzt über die feiernde Menge schweifen. Das Clubhaus platzt fast aus allen Nähten.

Die Party gleicht einer wilden Orgie.

Von meinem derzeitigen Standpunkt aus habe ich eine gute Übersicht über das Geschehen.

An den Pole-Dance-Stangen rekeln sich nackte Bitches, die ganz offensichtlich kein Problem damit haben, vor gut hundert notgeilen Kerlen die Beine zu spreizen.

Verfluchte Dead Riders ...

Hinten bei den Billardtischen haben sechs Männer einen Kreis gebildet. In der Mitte kniet eine nackte, gefesselte Frau auf dem Boden. Drei der Kerle halten ihren Schwanz in der Hand, der vierte hingegen geht auf die Frau zu, packt sich ihre Haare und schiebt ihr sein Glied bis zum Anschlag in den Mund.

Teilnahmslos presst er den Kopf des Mädchens gegen seinen Bauch und lacht laut auf, als sie würgen muss. Mit einer Bierflasche in der Hand beginnt er seine Hüfte zu bewegen, während die anderen Kerle sich selbst bearbeiten.

Genervt wende ich den Kopf ab und schüttle angewidert den Kopf. Ich bin in einem verdammten Motorcycle Club aufgewachsen, es braucht deutlich mehr, um mich zu schocken.

Und gerade weil ich zwischen Kerlen wie denen da aufgewachsen bin, weiß ich, dass es für eine Frau nicht ungefährlich ist, sich alleine und ohne Schutz auf so einer Party aufzuhalten.

Aber darauf kann ich im Moment keine Rücksicht nehmen.

Ich muss endlich wissen, was los ist!

Irgendein Dead Rider wird mir wohl sagen können, ob Slide schon wieder zurück ist. Und falls er es ist, gnade ihm Gott.

Dieser Arsch glaubt doch nicht allen Ernstes, dass ich schön brav in seinem Bett sitze und auf ihn warte, während er loszieht, um meine Kämpfe auszufechten. Ganz zu schweigen davon, dass er sich auf dieser Party amüsiert, ohne mir zu sagen, wie es gelaufen ist.

Wenn er glaubt, dass er hier feiern kann und ich in seinem Bett auf ihn warte, hat er sich getäuscht.

Unsicher, ob ich mir jetzt Sorgen um ihn machen oder doch lieber wütend auf ihn sein soll, suche ich die Menge nach einem bekannten Gesicht ab, das ich nach Slide fragen kann.

Als ich knapp zehn Minuten später endlich Ace entdecke, gehe ich direkt auf ihn zu.

Es muss doch ein gutes Zeichen sein, ihn hier völlig entspannt vorzufinden.

Wenn Slide verletzt oder gar getötet worden wäre, dann wäre Ace doch bestimmt nicht in Feierlaune.

Mit jedem weiteren Atemzug bin ich mir sicherer, dass es Slide gelungen ist, Smoke zu töten. Meine Sorge um ihn löst sich immer mehr auf – wird von einer unbeschreiblichen Wut ersetzt.

Scheißdreck ... im Augenblick würde ich Slide liebend gerne selbst umbringen.

„Hast du einen Moment?"

Ace dreht sich zu mir um, sein Blick gleitet langsam über meinen Körper. Wenn er nicht der Präsident der Riders wäre, würde ich ihm jetzt liebend gerne eine knallen. So aber lasse ich ihn gewähren und warte geduldig ab, bis er mir endlich wieder in die Augen sieht.

„Schön, dass du dich daran erinnerst, dass ich nicht nur Titten, sondern auch noch ein Gesicht habe."

Skorpion, der neben Ace sitzt, gibt ein ersticktes Lachen von sich.

Na toll, jetzt trage ich auch noch zur allgemeinen Belustigung bei ...

„Was willst du, Kleines?"

Hat er mich das gerade wirklich gefragt?

„Deine schnelle Auffassungsgabe ist mit Sicherheit nicht der Grund, weswegen du", ich deute auf den Aufnäher, der ihn als Präsident kennzeichnet, „den hier trägst."

Anscheinend bin ich mit meiner letzten Bemerkung zu weit gegangen, denn jetzt steht er von seinem Stuhl auf und ich muss meinen Kopf in den Nacken legen, damit unser Blickkontakt nicht unterbrochen wird.

„Hör mal, Schätzchen, ich habe wirklich keine Lust, mich von dir blöd anmachen zu lassen. Also sag, was du willst, und dann verpiss dich gefälligst!"

Ich schnaufe laut auf. Es kostet mich eine ganze Menge Selbstbeherrschung, dass ich jetzt nicht ausspreche, was mir auf der Zunge liegt.

„Wo ist Slide? Geht es ihm gut? Ist ihm etwas passiert?"

Kaum dass Ace bemerkt hat, wie besorgt ich bin, erhellt sich seine finstere Miene wieder etwas.

Seufzend lässt er sich rückwärts zurück auf seinen Stuhl sacken und gönnt sich einen großen Schluck Bier.

Mir ist klar, dass er mich mit Absicht zappeln lässt. Das hier ist ein Machtspiel, und er sitzt ganz klar am längeren Hebel.

„Bitte sag mir, dass es ihm gut geht, Ace."

Gerade als ich denke, dass er mir tatsächlich keine Antwort gibt, erbarmt er sich meiner.

„Wir haben Smoke in einer Church in Fern Hill erledigt. Slide ist nichts passiert. Catcher hingegen hat einen Streifschuss abbekommen."

Die grenzenlose Erleichterung, die sich in mir ausbreitet, drückt mir die Luft zum Atmen ab. Urplötzlich schießen mir dicke Tränen in die Augen. Ich sehe schwarze Punkte vor meinem Blickfeld tanzen, meine Knie geben nach.

Bevor ich auf den Boden aufschlage, packt mich Ace und zieht mich zu sich auf den Schoß. Zu meiner großen Schmach löst sich ein lautes Hicksen aus meiner Kehle – Schluckauf.

„Beruhig dich, Kleines. Alles ist gut."

Mit der einen Hand streicht er mir beruhigend über den Rücken, mit der anderen nimmt er von Skorpion einen halb vollen Plastikbecher entgegen.

„Hier, trink das, das wird deinen Nerven guttun."

Perplex sehe ich ihn an. Wer hätte gedacht, dass Ace, der Rockerdämon, so freundlich sein kann? Herausfordernd hebt er eine Augenbraue, erneut hickse ich laut, beschämt senke ich meinen Blick.

Der Mann, auf dessen Schoß ich sitze, hat erstaunlich schöne Hände. Seine Finger sind lang, seine Handfläche groß. An jedem Finger trägt er mindestens einen Ring. Einer der Ringe zieht meine Aufmerksamkeit wie magisch an sich.

Die silberne Krone bietet einen starken Kontrast zu der braunen Haut.

Ohne lange darüber nachzudenken, strecke ich meine rechte Hand aus und fahre die Konturen des Rings mit meiner Fingerspitze nach.

Zum ersten Mal, seit ich diesen Mann kenne, lasse ich meinen Blick genauer über sein Erscheinungsbild gleiten. Ace besteht fast nur aus

Muskeln, er ist ein harter Mann, der ungefilterte Aggressivität und Unnahbarkeit ausstrahlt. Das Leder seiner Kutte ist abgewetzt und weich. An seinem linken Arm befindet sich ein Patch, das wie eine Spielkarte aussieht.

Das Pik-Zeichen des Pik-Ass wird von einem Totenkopf ausgefüllt. Rauch schlängelt sich von der Pik-Spitze nach oben, während im rechten unteren Eck ein verschwommenes A zu erkennen ist.

Diese Spielkarte ist in unserer Welt als die Karte des Todes bekannt – Ace of Spades.

Der Präsident des MC Dead Riders versteht keinen Spaß, wenn es um die Geschäfte des Clubs geht. Jeder, der sich mit dem Club anlegt oder versucht die Riders zu betrügen, ist ein toter Mann. Soweit ich informiert bin, handeln die Riders nicht nur mit Waffen, sondern sie geben auch den Ton im Nachtclubgeschäft und im Rotlichtmilieu an.

Die Riders handeln nicht vorschnell oder unüberlegt, sie wissen ganz genau, was sie tun.

Sobald du aber eine Pik-Ass-Spielkarte an deiner Türe, deinem Auto oder in deiner Wohnung findest, bist du ein toter Mann.

Diese Karte ist die Visitenkarte des MCs und der Grund, warum jeder den Präs nur als Ace kennt.

„Ellen, trink endlich!"

Aces Befehl reißt mich aus meinen Gedanken und holt mich zurück in die Realität. Mit zittrigen Fingern nehme ich ihm den Becher ab und tue, was er verlangt.

Kaum dass ich einen großen Schluck genommen habe, habe ich das Gefühl, meine Eingeweide stehen in Flammen.

Erschrocken schnappe ich nach Luft, meine Hand umschließt automatisch meinen brennenden Hals.

Skorpions Lachen begleitet mein erschrockenes Aufkeuchen.

„Austrinken!"

Erneut hebt Ace mir den Becher an die Lippen.

„Willst du mich vergiften?"

„Du erfährst von mir erst, wo Slide steckt, wenn der Becher leer ist."

Ich sehe ihn wütend an, doch das lässt ihn völlig kalt.

Er zuckt gleichgültig mit den Schultern.

„Deine Entscheidung."

Skorpion sieht mich amüsiert an, ehe er seinem Präsidenten ins Gewissen redet.

„Lass das Mädchen in Ruhe. Wenn sie das getrunken hat, fällt sie uns ins Koma."

Fest entschlossen, endlich herauszufinden, wo Slide steckt, nehme ich ihm erneut den Becher ab und kippe den schrecklich schmeckenden Inhalt in meine Kehle.

„Holy Fuck, ist das Zeug widerlich!"

„Sag das nicht zu laut. Catcher reagiert etwas empfindlich, wenn man schlecht über seinen Selbstgebrannten redet."

In der Hoffnung, den abscheulichen Geschmack abwischen zu können, reibe ich mir mit der Hand über die Lippe. Zumindest hat der Schnaps dafür gesorgt, dass mein Schluckauf aufgehört hat.

Die Tatsache, dass ich den ganzen Tag noch nichts Richtiges gegessen habe, rächt sich jetzt. Keine Ahnung, wie viele Umdrehungen dieses selber gebrannte Zeug hat, aber es schlägt voll rein.

Wankend lehne ich mich an Aces Brust. Sein herber Geruch von Schießpulver, Leder und Motoröl steigt mir in die Nase, benebelt meine Sinne.

„Wo ist Slide?"

Meine Zunge fühlt sich an wie aus Blei, ich muss mich echt um eine deutliche Aussprache bemühen.

„Er ist in Olympia."

Überrascht sehe ich ihn an.

„Warum? Ich dachte, ihr wärt zusammen in Fern Hill gewesen?"

„Das waren wir."

„Und warum ist er dann nicht zu mir ... ich meine hierher gekommen?"

Bilde ich es mir nur ein oder wirkt Ace plötzlich besorgt?

„Er ist im Fight Club."

Das, was ich gerade gehört habe, kann nicht sein.

Meine Ohren müssen mir einen Streich spielen.

Zwar war ich noch nie dort, aber ich kenne den Fight Club. Hin und wieder ist einer der Black Devils dort hingefahren – nicht alle sind zurückgekommen.

Mein Dad und ich haben den Fight Club immer das Leichenhaus genannt.

Ein heftiger Schauer lässt mich erbeben. Ace bemerkt meine Angst und streicht mir leicht über den Arm.

Plötzlich wird mir seine Nähe zu viel. Unbeholfen stolpere ich von seinem Schoß, stütze mich jedoch, als ich das Gleichgewicht verliere, an seiner Schulter ab.

Verwirrt schüttle ich den Kopf – ich verstehe das alles nicht ...

Wenn Slide mich wirklich liebt, wenn er mich wirklich will, warum kommt er dann, nachdem die Sache mit Smoke vorbei ist, nicht zu mir zurück?

Warum lässt er seine Brüder alleine zurück zum Club fahren?

Was denkt er sich nur dabei?

Weiß er denn nicht, dass der Fight Club gefährlich ist?

Die letzte Frage kann ich mir sparen, selbstverständlich weiß er es ...

Tief durchatmend hebe ich meinen Kopf und sehe in die grauen Augen von Skorpion.

„Bitte, wir müssen ihn da rausholen – bitte!"

Keine Ahnung, womit ich gerechnet habe, aber ganz bestimmt nicht damit, dass Ace laut zu lachen anfängt.

„Reg dich ab, Ellen, Slide wird nichts passieren."

„Wie kannst du dir da so sicher sein? Das sind Todeskämpfe!"

Beim letzten Wort beginne ich heftig zu zittern.

„Willst du wirklich eine Antwort auf deine Frage?"

Die Ernsthaftigkeit, die ich plötzlich in seinen Augen erkenne, macht mir Angst.

„Ja, die will ich." *Zumindest denke ich das ...*

„Es gibt genau zwei Arten von Männern, die, die töten, und die, die getötet werden. Slide gehört mit hundertprozentiger Sicherheit zur ersten Kategorie."

In mir entsteht das Gefühl, dass mir die Richtung, die dieses Gespräch annimmt, nicht gefallen wird.

„Wie meinst du das?"

Ace sieht mir tief in die Augen, es kommt mir so vor, als würde er abschätzen, wie ehrlich er zu mir sein kann.

Ich bin so nervös, dass ich vergesse weiterzuatmen. Mein Herz bekommt Rhythmusstörungen und meine Hände beginnen zu schwitzen.

„Slide ist nicht einfach nur mein Vize, er ist mein bester Freund, ich liebe ihn wie einen Bruder. Da ihr beide euch in den Kopf gesetzt habt zusammenzubleiben, denke ich, dass es das Beste ist, wenn ich ehrlich zu dir bin."

Fuck – Fuck – Fuck – Fuck!

Am liebsten würde ich mir wie ein kleines Mädchen die Ohren zuhalten und meine Lieblingsmelodie summen.

„Für manche von uns ist das Töten eines Menschen ein notwendiges Übel. Es ist etwas, das zu unserem Alltag gehört. Eine Pflicht, der wir nachkommen müssen. Bei Slide ist das anders. Er sehnt sich nach dem Blut seiner Gegner, er braucht die Anwesenheit des Todes, sie beruhigt ihn."

Wie kann es sein, dass ich mich in einen Mann verliebt habe, den es beruhigt, andere Menschen zu töten?

Ace beobachtet mich genau. Anscheinend kann er meine Reaktion nur schwer einschätzen.

„Du bist wie er!"

Ich habe keine Ahnung, woher die Gewissheit kommt, sie ist einfach da.

„Ja."

Ich nicke zwar und tue so, als würde ich die ganze Tragweite dieses Gesprächs verstehen, in Wirklichkeit aber herrscht in meinem Kopf das reinste Chaos.

Um ehrlich zu sein, habe ich keine Ahnung, ob es an dem Mittel liegt, mit dem Slide mich betäubt hat, oder ob mein Verstand mit dem heutigen Tag völlig überfordert ist, aber ich schaffe es einfach nicht, einen klaren Gedanken zu fassen.

„Soll das eine Warnung sein, Ace?"

„Nein, Kleines. Im Grunde genommen spielt es keine Rolle, wie du dich entscheidest. Slide hat beschlossen, dass du ihm gehörst – also tust du das auch. Du hast keine Wahl, die Sache ist entschieden! Völlig egal, wo du hingehen oder was du tun wirst, er wird dich immer finden und zurückholen."

Plötzlich muss ich mich dazu zwingen weiterzuatmen.

Kann es wirklich so sein – wird es zukünftig so sein?

Dass Slide ein äußerst besitzergreifender Mann ist, war mir von Anfang an klar, aber das?

Heilige Scheiße!

Das Erschreckendste an der ganzen Sache ist, dass ich Ace aufs Wort glaube. Ich zweifle nicht eine Sekunde an der Wahrheit seiner Worte.

„Ich brauche frische Luft."

So schnell ich kann, drängle ich mich durch die anwesenden Leute, arbeite mich zur Türe vor. Erst als es mir gelungen ist, auf den Hof zu stolpern, bekomme ich wieder richtig Luft.

... Völlig egal, wo du hingehen oder was du tun wirst, er wird dich immer finden und zurückholen ...

Um ehrlich zu sein, kitzelt es mich ja schon, es auszuprobieren. Das Problem an der Sache ist nur, dass mich dieses selber gebrannte Zeug von Catcher in Kombination mit der frischen Luft echt fertigmacht. Das mit dem Finden und Zurückholen muss ich also auf morgen verschieben.

Ganz davon abgesehen, bin ich keine Idiotin. Mir ist durchaus aufgefallen, dass Ace mir auf den Hof gefolgt ist. Nach dem, was er mir gerade eben erzählt hat, kann er sich nicht sicher sein, ob ich nicht einfach die Flucht ergreife.

Anstatt so schnell wie möglich ans Ende der Welt zu flüchten, lasse ich mich auf einen der weißen Plastikstühle fallen und starre in das Feuer, das sich über den Rand eines verrosteten Ölfasses Richtung Himmel rekelt.

Wild flackern die roten Flammen, fressen sich in das Holz, zaubern unheimliche Schatten an die Hauswand.

Vor knapp drei Monaten hat das mit Slide und mir vor einem Feuer wie diesem angefangen. Ich erinnere mich noch daran, als wäre es erst gestern gewesen.

Ich muss nur meine Augen schließen und schon spüre ich seine Lippen auf den meinen, rieche sein köstliches Aroma.

„Nenn mich einfach Baby, Rocker Devil."

Alleine diese Erinnerung reicht aus, um mein dummes Herz schneller schlagen zu lassen.

Gott, steh mir bei, ich bin verloren ...

11. Kapitel

Slide

Gelangweilt schaue ich dabei zu, wie Tians Handlanger mit Schaufeln Sägespäne auf den großen Blutfleck in der Mitte des Rings schaufeln.

Nachdem die kleinen Holzfitzelchen das meiste des Bluts aufgesaugt haben, fegen sie alles wieder zusammen und reinigen den Boden grob.

Es hat bis zur zehnten Runde gedauert, bis endlich der Sieger des Kampfes festgestanden hat.

Eine kleine Blondine kommt auf mich zu, ich kenne sie, sie arbeitet seit Jahren im Fight Club.

„Hi Shelly."

„Slide, es ist mal wieder so weit."

Geduldig halte ich ihr meine Hände hin und lasse sie mir von ihr bandagieren.

Die Einladung in ihrem Blick verrät mir, dass sie mehr als bereit ist, sich um das Adrenalin, das nach dem Kampf durch meine Adern rauscht, zu kümmern.

Shelly ist ein Rocker-Groupie. Auch wenn man es ihr nicht ansieht, aber sie mag es hart, sehr hart. Das letzte Mal, als ich hier war, habe ich sie so hart gefickt und meine Finger so fest um ihre Kehle geschlossen, dass sie während des Fickens das Bewusstsein verloren hat. Diese Nacht war der Wahnsinn. Bei Shelly muss ich keine Rücksicht nehmen, auf nichts aufpassen – sie ist eine der wenigen Frauen, bei denen ich mich völlig gehen lassen kann.

Kaum dass sie mit meinen Händen fertig ist, kommt sie auf mich zu, reibt ihre vollen Titten an meinem Oberkörper und umfasst durch die Jeans hindurch meinen Schwanz.

„Was immer du willst, Rocker Devil, was immer du brauchst, du bekommst es von mir. Vergiss das nicht!"

Die Stimme des Chinesen hallt leicht verzerrt durch die Lautsprecher, als er den nächsten Kampf ankündigt. Kaum dass er meinen Namen ausgesprochen hat, erfüllen laute Jubelrufe den Club.

Die Zuschauer lieben meine Kämpfe, denn sie wissen ganz genau, dass es bei mir keine zehn verfickten Runden dauert, bis es endlich zur Sache geht.

Der Typ, der am anderen Ende des Rings auftaucht, ist groß und schwer. Sein Bauch ist weich, seine Arme sind zwar muskulös, jedoch unförmig.

Das soll mein Gegner sein?

Also entweder hat dieser Typ irgendwelche geheimen Superkräfte oder ich werde mich im Ring schrecklich langweilen. Keine Ahnung, was sich Tian dabei gedacht hat, aber dieser Fettsack ist keine wirkliche Herausforderung für mich.

Ohne mir die Mühe zu machen und mir seinen Namen zu merken, denn der wird in wenigen Minuten eh nur noch für seinen Grabstein benötigt, steige ich durch die schwarzen Seile und stelle mich in die rote Ecke des Rings.

Hektische Betriebsamkeit breitet sich unter den Zuschauern aus. Zahlen werden durch die Luft gerufen, bündelweise Dollarnoten wechseln die Besitzer.

In den Augen der Buchmacher glitzert pure Gier, in denen meines Kontrahenten sehe ich Angst. Ihm ist nicht entgangen, dass jeder hier im Raum auf mich gesetzt hat ...

Um mich aufzulockern, springe ich ein paar Mal, dehne meine Gelenke und wärme meine Muskulatur auf.

Tief durchatmend schließe ich meine Augen und denke an Ellen.

Diese Frau ist alles, was ich will, alles, was ich jemals wollte, und alles, was ich brauche. Sie gehört zu mir. Sie ist mein Besitz.

Es war zu ihrem Besten, dass ich nicht sofort zurück zum Club, sondern erst noch hierher gefahren bin. Das Letzte, was ich will, ist, sie zu verletzen ...

Ellen ist nicht Shelly. Den Körper meiner Frau will ich genießen, besitzen und benutzen, jedoch nicht verletzen.

Ich werde mir ein oder zwei Kämpfe gönnen, all meinen Zorn und meine Wut ausleben und dann, wenn ich mich beruhigt habe, zu meiner Old Lady ins Bett steigen und sie so lange ficken, bis sie ihren eigenen Namen vergisst.

Verfluchte Scheiße!

Alleine das Wissen, dass sie zu Hause auf mich wartet, lässt mich hart werden.

Die Spannung, die sich über die Halle gelegt hat, ist beinahe greifbar.

Das erwartungsvolle Kribbeln in meinem Nacken lässt mich erschaudern. Jeder noch so kleine Muskel in meinem Körper ist angespannt – ich bin mehr als bereit ...

Ich fokussiere mich auf meinen Gegner, suche nach Schwachstellen und stelle zufrieden fest, dass sich auf seiner Stirn bereits die ersten Schweißperlen bilden. Meine Nasenflügel blähen sich, ich kann seine Angst regelrecht wittern.

Erneut höre ich Tians Stimme durch die Lautsprecher hallen.

„Let's get ready to rumble!"

Die Schiffsglocke läutet den Kampf ein – es geht los.

Immer wieder schreit jemand von den Zuschauern meinen Namen, doch all die Geräusche, die Rufe und meine Umgebung verschwimmen zu einem grauen Nebel. Alles, was in diesem Augenblick für mich zählt, sind der sechs mal sechs Meter große Ring und der Mann, der mir mit geballten Fäusten gegenübersteht.

Genau wie ich es mir schon gedacht habe, ist er schwerfällig und langsam. Leichtfüßig umrunde ich ihn, bleibe immer in Bewegung, lasse meinen Kopf kurz nach links und rechts zucken: Ich bin bereit!

Konzentriert hole ich mit der Rechten aus und verpasse ihm einen Schlag auf die Nieren.

Das schmerzvolle Ächzen, das sich aus seinem Mund löst, ist Musik für meine Seele.

Ich bin ein Southpaw, ein Rechtsausleger, was meinen Kontrahenten ziemlich irritiert.

Mit jedem weiteren Treffer wird seine Deckung immer schlechter. Ich umrunde ihn, verpasse ihm eine Dublette, eine schnelle Schlagkombination direkt auf seine rechte Schläfe, und stelle zufrieden fest, dass er ins Wanken gerät.

So langsam werde ich richtig wütend auf Tian. Was hat er sich nur dabei gedacht, als er mir diesen Loser in den Ring gestellt hat?

Dieser Kampf gibt mir nichts, es fehlt die Spannung. Genauso gut könnte ich auf einen Sandsack einschlagen.

Fest entschlossen, nicht noch mehr meiner Zeit an diesen Idioten zu verschwenden, hole ich aus und verpasse ihm einen Uppercut.

Der Aufwärtshaken schlägt direkt am Kinn meines Gegners ein, mit diesem Treffer geht er auf die Bretter.

Die lauten Schreie des Publikums übertönen die Lautsprecheransage.

Hier im Fight Club gibt es keine Regeln. Niemand würde mich davon abhalten, wenn ich so lange weiter auf den Typen einschlagen würde, bis ihm das Hirn aus der Nase tropft.

Mit einer wegwerfenden Handbewegung gebe ich Tian zu verstehen, dass er mir den Nächsten schicken soll.

Ich kann nur hoffen, dass er mir endlich einen würdigen Gegner präsentiert, wenn nicht, ist er der Nächste, der meine Fäuste zu spüren bekommt.

Kampf für Kampf gelingt es mir, die Männer, die mir Tian schickt, innerhalb der ersten drei Runden k. o. zu schlagen. Trotz der Bandagen an meinen Händen beginnen meine Fäuste zu schmerzen. Die Muskeln in meinen Armen brennen, in meinem Kopf beginnt sich endlich der Sturm zu lichten. Ich spüre, wie ich ruhiger werde, meine Blutgier ist so gut wie gesättigt.

Der Kerl, der nun vor mir steht, ist Asiate. Seinen schmalen Schlitzaugen entgeht keine meiner Regungen. Er ist schnell, wendig und trotz seines schmalen Körperbaus erstaunlich stark.

Er bewegt sich wie eine Schlange, geschmeidig und schnell. Gerade als ich zum nächsten Punch ausholen will, trifft mich seine Faust am rechten Auge.

Ich spüre, wie meine Haut aufplatzt, aus dem Cut tropft Blut.

Wütend wische ich es mir ab, knurre laut und atme tief durch – endlich mal ein würdiger Gegner.

Immer und immer wieder holt er aus, ich ducke mich unter seinen Fäusten hindurch und verpasse ihm einen harten Schlag auf die Nieren.

Er knickt ein, beugt sich nach vorne und taumelt gegen die Seile.

Fest entschlossen, ihm die Lichter auszublasen, hole ich aus, doch gerade als ich zuschlagen will, sehe ich in ein Paar blaue Augen.

Die Bitch, die ich vorhin dabei beobachtet habe, wie sie auf dem Boden gekniet und geweint hat, wurde in der Zwischenzeit an den nächsten Kunden weitergereicht.

Auf ihrer Wange prangt ein großer blauer Fleck, in ihren Augen spiegeln sich Angst und Hoffnungslosigkeit.

Im Grunde genommen ist sie ein kleines Mädchen, das niemanden hat, der sie beschützt. In unserer Welt haben es Frauen nicht leicht. Entweder sie haben einen Mann, der sie beschützt, oder sie leben gefährlich. Für dieses Mädchen stehen die Chancen schlecht. Jeder ihrer Freier könnte der letzte sein.

Es gibt genug widerliche Drecksäcke, die eine Vorliebe für eine härtere Gangart haben.

Jeder, der genug Scheine auf den Tisch legt, kann mit ihrem jungen Körper machen, was immer er will.

Keine Ahnung, warum mir ihr Schicksal so nahegeht. Vielleicht, weil mich ihre Veilchenaugen an Ellen erinnern. Mit schnell schlagendem Herzen beobachte ich, wie der Kerl in der ersten Reihe seine Hose öffnet, das Mädchen vor sich auf die Knie drückt und ihr zu verstehen gibt, dass sie den Mund öffnen soll.

Entspannt lehnt er sich zurück, presst sie auf sein Glied und widmet seine Aufmerksamkeit wieder dem Kampf.

Was mich daran erinnert, wo ich gerade stehen geblieben bin.

Während ich die kleine Schlampe beobachtet und an Ellen gedacht habe, hat sich der Asiate von meinem Schlag erholt und steht nun direkt neben mir.

Ich sehe gerade noch seine Faust auf mich zukommen, ehe ein heftiger Schmerz meinen Schädel spaltet.

Der Wichser hat mich voll getroffen. Buhrufe werden laut, ich schüttle verwirrt den Kopf.

Holy Fuck ... Vor meinen Augen bilden sich schwarze Flecken und es kostet mich all meine Willenskraft, um mich auf den Beinen zu halten.

Prüfend bewege ich meinen Nacken, rolle mit meinen Schultern und weiche dem nächsten Schlag aus. Eines muss ich dem kleinen Schlitzauge lassen, er weiß seine Chancen zu nutzen.

Ohne dass ich es verhindern kann, wandert mein Blick ein letztes Mal auf das Mädchen mit den blauen Augen. Als ich sehe, wie der Typ ihren Kopf an den Haaren hochreißt und ihr mit voller Kraft ins Gesicht schlägt, sehe ich rot.

Wütend drehe ich mich zu meinem Gegner um, hole mit aller Kraft aus und verpasse ihm einen harten Schlag auf die Nase. Sein Blut spritzt in alle Richtungen, das Geräusch seiner knackenden Knochen mischt sich mit den zustimmenden Rufen des Publikums.

Keine Ahnung, wann ich beschlossen habe, die kleine Nutte zu retten, aber ich werde es tun. So schnell ich kann, prügle ich immer und immer wieder auf den blutbeschmierten Mann ein. Es dauert keine zehn Sekunden, bis er reglos auf dem Boden liegt.

Ohne mir eine Verschnaufpause zu gönnen, springe ich über die Seile aus dem Ring, schnappe mir den Typen, der die kleine Russin geschlagen hat, und hole aus.

Es befriedigt mich ungemein, dass ich nur einen Schlag brauche, um dem Typen das Genick zu brechen.

Nach und nach legt sich eine schwere Stille über all die Menschen, die mich verwundert und mit offenem Mund anstarren.

Das Mädchen steht zitternd neben mir, panisch versucht sie sich mit ihren Händen zu bedecken, was ihr nicht wirklich gelingt.

Ohne zu zögern, hebe ich sie in meine Arme, sehe Tian, der mit großen Schritten auf mich zueilt, drohend in die Augen, warte ab, wie er reagiert.

Die Situation, in die ich mich gerade unüberlegterweise gebracht habe, ist alles andere als ungefährlich. Wenn ich jemanden während eines Kampfes im Ring töte, ist das eine Sache, aber einen Zuschauer? Da sieht die Sache anders aus!

Tian erwidert meinen Blick, ehe er amüsiert den Kopf schüttelt und laut zu lachen anfängt.

„Wie ich sehe, hat sich unser Kämpfer gerade seine Belohnung geholt."

Noch immer herrscht ein gespanntes Schweigen, erst als Tian begeistert zu klatschen anfängt, lockert sich die Stimmung etwas.

Der kleine Chinese stellt sich neben mich, klopft mir brüderlich auf die Schulter und reckt seine Faust in die Luft.

„Ein Hoch auf unseren Devil!"

Das Gebrüll der Leute, die Tians Beispiel folgen, ihre Fäuste in die Luft strecken und meinen Namen rufen, ist so laut, dass die Kleine in meinen Armen ängstlich zusammenzuckt.

Das ist doch alles völlig irre ...

Fluchend wende ich mich an Tian. „Was kostet es mich, dass du ihn für mich beseitigst?"

Sein Blick gleitet zu dem leblosen Körper in der ersten Reihe.

„Sagen wir, ich habe was gut bei dir."

„Geht klar."

Ich drehe mich um, schnappe mir mein Hemd und die Kutte und trage das Mädchen in einen der hinteren Räume neben Tians Büro.

Erst als die schwere Stahltüre quietschend hinter uns ins Schloss fällt, stelle ich sie ab. Jetzt, wo sich mein Kopf endlich klärt, stelle ich mir die Frage, was zur Hölle nur in mich gefahren ist.

Was zum Teufel hat mich geritten, dass ich so reagiert habe?

Es muss daran liegen, dass mich ihr Gesicht und ihre Augen an Ellen erinnern.

Hinter der versifften Couch befindet sich eine weitere Türe. Was das zitternde Mädchen nicht weiß, ist, dass diese Türe der Weg in ihre wiedergewonnene Freiheit ist.

„Bleib, wo du bist!"

Das Mädchen nickt panisch.

Kopfschüttelnd verlasse ich den Raum und mache mich auf die Suche nach Shelly.

Ich finde sie an der Bar.

Als sie mich kommen sieht, leckt sie sich lasziv über die Lippen.

„Ich brauche deine Hilfe."

Überrascht sieht sie mich an. Ich kann ihre Reaktion verstehen, ich bin ja von mir selber überrascht.

„Wobei?"

„Komm mit ein paar Klamotten in den Raum neben Tians Büro."

Sie nickt schnell und rennt los.

Zumindest ist sie nicht schwer von Begriff ...

Nachdem ich mir an der Bar eine Flasche Wodka organisiert habe, kehre ich zurück zu der kleinen russischen Hure.

Ich hoffe, dass ihr klar ist, dass das hier kein verficktes Märchen ist. Ich werde sie nicht mit auf mein Bike nehmen, um sie in Sicherheit zu bringen. Alles, was ich für sie tun kann, ist, ihr etwas zum Anziehen zu besorgen, ihr etwas Geld zuzuschieben und ihr die Türe zu öffnen. Was sie dann aus ihrem Leben macht, ist weiß Gott nicht mein Problem.

Als ich das Zimmer betrete, ist Shelly schon da.

„Hast du, worum ich dich gebeten habe?"

„Ja, hier!"

„Sorg dafür, dass sie es anzieht."

Wie sich herausstellt, versteht das Mädchen kein Wort von dem, was ich sage.

Da ich kein Russisch spreche, warte ich einfach, bis sie sich angezogen hat, drücke ihr drei Hundert-Dollar-Scheine in die Hand und öffne die Türe.

Mit einer eindeutigen Handbewegung gebe ich ihr zu verstehen, dass sie gehen soll.

Draußen ist es dunkel. Wenn sie sich geschickt anstellt, wird die Nacht sie verschlucken, ehe sie jemand bemerkt.

Ein letztes Mal sehe ich ihr in die tränenverschleierten blauen Augen, ehe ich ihr einen Schubs gebe, damit sie sich endlich in Bewegung setzt.

Was für ein verdammter Bullshit!

Keine Ahnung, warum ich ihr geholfen habe. Es war keine bewusste Handlung, eher eine instinktive Reaktion. Da Shelly keine Schuhe dabeihatte, beobachte ich, wie die kleine Russin barfuß über die scharfkantigen Steine des alten Güterbahnhofs stolpert.

Sie ist nicht mein Problem ...

Ich zwinge mich, den Blick von ihr abzuwenden und die Türe wieder zu schließen.

„Und jetzt, mein Großer, wird es Zeit, dass ich mich um dich kümmere."

Shellys Hand legt sich auf meinen Schritt. Ihre Finger packen meinen Schwanz, drücken hart zu.

Dank des Adrenalins, das sich noch immer in meinem Blutkreislauf befindet, werde ich auf der Stelle hart.

Alleine der Gedanke, mich bis zum Anschlag in ihrer feuchten Pussy zu vergraben, löst ein heftiges Pochen in meinen Eiern aus.

Das Problem ist nur, dass sie nicht Ellen ist.

Ich sehne mich nach den süßen Lippen meiner Frau, nach ihrem Vanille-Pfirsich-Aroma und danach, wie sich ihr Blick verschleiert, wenn ich mich tief in sie schiebe.

Shelly ist in meinen Augen nichts weiter als eine leere, verbrauchte Hülle.

Ficken werde ich nur meine Frau, aber das bedeutet noch lange nicht, dass ich Shellys Einladung ablehne. Es ist verdammt schmerzhaft, mit einem Schwanz so hart wie ein Rohr auf meinem Bike zu sitzen.

Geduldig warte ich, bis sie erst meinen Gürtel und anschließend meine Hose geöffnet hat.

„Auf die Knie."

Folgsam sinkt sie vor mir auf den Boden.

„Saug ihn leer, lass mich das alles vergessen ..."

Ihre raue Zunge leckt über meine empfindliche Eichel, züngelt über den kleinen Schlitz an der Spitze, ehe sie sich an mir festsaugt.

Mit hohlen Wangen nimmt sie mich immer tiefer in ihrem Mund auf. Sie öffnet ihre Augen und sucht meinen Blick.

Eines von Shellys Talenten ist, dass sie meinen Schwanz bis zum letzten Millimeter in ihre Kehle saugen kann. Ich spüre, wie sie leicht würgt, das Gefühl entlockt mir ein lautes Stöhnen.

Mit der rechten Hand zieht sie leicht an meinem Sack, die linke hat sie nach Halt suchend an meinem Oberschenkel abgestützt.

Feucht, eng und warm umschließen ihre Lippen meinen Schaft.

Mit geschlossenen Augen stelle ich mir vor, dass es Ellen ist, die da vor mir kniet, dass es ihre Zunge ist, die meine Länge umschmeichelt, und dass ihr Stöhnen das Zimmer erfüllt, als ich mich rhythmisch in ihrer Kehle bewege.

Am Anfang gelingt es mir noch, rücksichtsvoll zu sein, doch nach einer Weile jage ich rücksichtslos meine Erlösung.

Das schmatzende Geräusch ihres Mundes und ihr Speichel, der an meinen Hoden nach unten läuft, sorgen dafür, dass ich immer härter werde.

„Yeah, Baby ..."

Erregt sehe ich auf sie herab. Tränen laufen ihr aus den Augen, ihr Make-up ist verschmiert und ihre Lippen sind geschwollen.

Bestimmend umfasse ich ihren Nacken, halte sie in Position und schiebe mich so fucking tief in ihren Hals, dass sich ihre Pupillen weiten.

„Saug und schluck. Ich lasse dich erst wieder atmen, wenn ich abgespritzt habe und du ihn sauber geleckt hast."

Sofort erhöht sie den Druck, züngelt über die Unterseite meines Gliedes und beweist ihr Können – Blasen will eben gelernt sein.

Zufrieden beobachte ich, wie sich ihre Pupillen weiten. Immer schneller wippt sie mit ihrem Körper vor und zurück, erzeugt so die perfekte Reibung.

Selbstvergessen lasse ich meinen Kopf in den Nacken fallen, starre an die Decke und spritze meinen Saft schubweise in ihre heiße, krampfende Kehle.

Da ich bis zum Anschlag in ihr stecke, muss sie nicht mal mehr schlucken.

Freundlich, wie ich bin, ziehe ich mich ein Stückchen zurück, lasse sie nach Luft schnappen und warte, bis sie ihn sauber geleckt hat.

Als sie fertig ist, gebe ich ihren Mund frei, tätschle ihr den Kopf und stecke mein erschlaffendes Glied zurück in die Hose.

Ohne noch mehr Zeit zu verlieren oder die am Boden kniende Frau eines weiteren Blickes zu würdigen, öffne ich die Türe, durch die erst vor wenigen Minuten die kleine Russin verschwunden ist, und mache mich auf den Weg zu meinem Bike.

Ob ich ein Arschloch bin? Ja, wahrscheinlich! Aber ich habe auch nie das Gegenteil behauptet ...

12. Kapitel

Ellen

Keine Ahnung, wie lange ich auf diesem Plastikstuhl vor dem brennenden Ölfass gesessen bin. Meine Gedanken drehen sich so schnell, dass ich jegliches Zeitgefühl verloren habe.

Ich habe so lange ins Feuer gestarrt, dass ich sogar jetzt, wo ich meinen Blick abwende, die Flammen sehen kann.

Es ist weniger die Sorge um Slide, die mich beschäftigt. Wenn Ace sich sicher ist, dass seinem Vize nichts passieren wird, dann vertraue ich auf sein Urteil.

Was mich wirklich beschäftigt, ist die Frage, wie ich einem Mann vertrauen soll, der Menschen töten muss, um seinen Seelenfrieden zu erlangen. Dieser Mann hat mich betäubt, weil ich anderer Meinung war als er.

In meinem ganzen Leben habe ich noch nie eine ernsthafte Beziehung geführt.

Vielleicht liegt es ja an meiner mangelnden Erfahrung, dass ich mir nicht vorstellen kann, dass Slide und ich zusammen glücklich werden können.

Kann es sein, dass Liebe und Leidenschaft nicht ausreichen?

Was ist die Basis für eine gut funktionierende Beziehung?

Die kühle Nachtluft lässt mich erschaudern, vielleicht sollte ich aufhören, auf meinen Devil zu warten, und einfach ins Bett gehen?

Es gibt Frauen, denen ist es nicht vorherbestimmt, ihren Traumprinzen zu finden ...

Nicht für alle Menschen funktioniert dieses Und-sie-liebten-sich-bis-ans-Ende-ihrer-Tage-Ding.

Noch bevor ich mich dazu durchringen kann, in Slides leere Wohnung zu gehen, höre ich das vertraute Brummen einer schwarzen Harley, auf deren Tank ein silberner Totenkopf prangt.

Zorn, Enttäuschung und Schmerz – all das empfinde ich und noch so viel mehr.

Ich habe keine Ahnung, wie ich ihm gegenübertreten soll ...

Um noch etwas Zeit zu schinden, stehe ich auf und laufe, so schnell ich kann, die Treppe rauf in die Wohnung meines Rockers.

Daran, dass mein Verhalten absolut kindisch ist, besteht kein Zweifel.

Mit plötzlich zitternden Fingern sperre ich mich in sein Badezimmer ein und spritze mir etwas kaltes Wasser ins Gesicht.

Wie begrüßt man einen Mann, der für einen getötet hat?

Ist ein Kapitalverbrechen, das mit der Todesstrafe geahndet wird, ein Liebesbeweis?

Wenn das so weitergeht, wird Shakespeare aus seinem Grab steigen, um einen dramatischen Liebesroman über uns zu schreiben. Die Frage aller Fragen ist nur, ob dieser Roman ein Happy End bekommen würde?

Konzentriere dich, Ellen!

Ein auferstehender Shakespeare – was zur Hölle denke ich mir eigentlich?

Wahrscheinlich habe ich einfach zu viele Folgen meiner Lieblingsserie ,The Walking Dead' gesehen.

„Ellen?"

Slides Stimme reißt mich aus meinen völlig wirren Gedanken.

Rasend schnell schlägt mir das Herz gegen den Brustkorb.

Keine Ahnung, ob ich bereit bin, ihm gegenüberzutreten.

„Wo steckst du, Frau?"

Nervös atme ich mehrmals tief durch, zähle still bis zehn und öffne die Badezimmertüre.

Urplötzlich steht er vor mir. Er riecht nach Schweiß, reines Testosteron dringt ihm aus jeder Pore. Slides linke Augenbraue ist aufgeplatzt, getrocknetes Blut klebt in seinem Gesicht. Seine langen blonden Haare hat er wie üblich mit einem Lederband zusammengebunden – trotz meiner Wut auf ihn reagiert mein Körper instinktiv auf seine Nähe. Meine Nippel ziehen sich erwartungsvoll zusammen, werden empfindlich. Zwischen meinen Schenkeln pocht es erwartungsvoll, mein Slip wird feucht.

Nervös beiße ich mir auf die Unterlippe, ich habe keine Ahnung, wie ich mich ihm gegenüber verhalten soll.

Was soll ich zu ihm sagen? *Danke, dass du Smoke für mich getötet hast, aber ich habe mich dazu entschlossen zu gehen.* Wohl eher nicht.

Fest entschlossen, ihn nicht merken zu lassen, wie durcheinander ich bin, verschränke ich die Arme vor der Brust und sehe ihn herausfordernd an.

In seinen fast schwarzen Augen braut sich ein heftiger Sturm zusammen.

„Ist das deine Art, deinen Mann zu begrüßen?"

Sein Versuch, locker zu klingen, ist ihm nicht gelungen, ich höre die unterschwellige Drohung in seiner Stimme.

„Was hast du erwartet? Sollte ich dir vielleicht lieber ein Glas Orangensaft anbieten?"

„Shit. Echt jetzt? Mehr hast du mir nicht zu sagen?"

„Nein!"

Während er mich eingehend betrachtet, lasse ich meinen Blick etwas genauer über seine Kutte gleiten. Die Aufnäher an seiner Brust sind mit braunen Flecken überzogen. Seine Hände sehen gerötet aus. Bis auf die Verletzung am Auge scheint er unversehrt zu sein.

Er kommt mir einen Schritt entgegen, ich weiche zwei zurück.

„Was soll das, Baby?"

„Wir brauchen Abstand, Slide."

Seine Antwort kommt wie aus der Pistole geschossen.

„Sag mir nicht, was ich brauche."

„Gut, dann brauche eben ich Abstand."

Aus seiner Kehle löst sich ein wütendes Grollen. Die Muskeln in seinen Armen spannen sich an, seine Wangen zucken.

Geschickt zwänge ich mich an ihm vorbei, eile den langen Flur entlang und bleibe in der Küche stehen.

Was jetzt? Selbst wenn ich beschließe zu gehen, habe ich keinen Ort, an den ich hinkann.

„Zickst du mich gerade echt an, weil ich mir Sorgen um dich gemacht habe?"

Aufgebracht wirble ich zu ihm herum.

„Nein, ich bin sauer auf dich, weil du mich nicht ernst nimmst. Ich bin kein Auspuffhäschen, keine Bitch und auch keine wehrlose Maus. Wie konntest du mir irgendein Zeug in den Saft mixen?"

Seufzend lehnt er sich mit dem Rücken gegen den Türrahmen.

„Wärst du dabei gewesen, dann wärst du jetzt tot!"

Es kostet mich meine komplette Selbstbeherrschung, jetzt nicht vor Wut mit dem Fuß auf den Boden zu stampfen.

„Einen Scheißdreck wäre ich, Slide. Dein Rockerego kommt doch nur nicht damit klar, dass ich nicht auf deinen Schutz angewiesen bin."

Ehe er mir antwortet, holt er seine Kippen und sein Zippo aus der Hosentasche und zündet sich eine Kippe an. Geräuschvoll inhaliert er den ersten Zug, ehe er den Rauch aus seiner Nase wieder entweichen lässt.

„Wenn ich die Zeit zurückdrehen könnte, würde ich wieder so handeln. Du bist mein Eigentum, Ellen, es ist meine Aufgabe, dich zu beschützen!"

Seine Arroganz kotzt mich an. Auf sein Machogehabe fällt mir nur eine Antwort ein.

„Fuck you!"

Noch bevor ich auch nur einen Mucks von mir geben, geschweige denn überrascht aufschreien kann, hat er mich gepackt und an sich gezogen.

Abwehrend stemme ich meine Hände gegen seinen Brustkorb, ein vergeblicher Versuch, ihn von mir zu stoßen.

„Lass mich sofort los, du Arsch!"

Ohne unseren Blickkontakt zu unterbrechen, schnippt er seine Kippe ins Waschbecken.

„Vergiss nicht, was zwischen uns ist!"

„Ach, und was soll das sein?"

Ich sehe ihn herausfordernd an, mir ist durchaus klar, dass ich gerade mein Leben riskiere. Slide bebt geradezu vor unterdrückter Wut.

Dieser Rocker ist kein Mann, mit dem man spielen sollte, vor allem nicht nach dem, was er heute schon alles getan hat ...

„Das hier ..." Mein Devil packt mich im Nacken, zieht mich an sich und küsst mich so heftig, dass ich vor Angst und Begierde zu zittern anfange.

Reine Besitzgier, wütende Leidenschaft und eine bittere Angst breiten sich in mir aus, lassen meinem Verstand die Lichter ausgehen.

Seine Zunge dringt grob in mich ein, ich versuche meinen Kopf auf die Seite zu drehen. Als es mir nicht gelingt, beiße ich ihm fest in die Unterlippe.

Der metallische Geschmack seines Blutes verteilt sich in meinem Mund. Slide lässt mich nicht los, im Gegenteil, seine Finger graben sich noch fester in meine Haut.

Zu meinem Ärger spüre ich, wie mein Widerstand unter der Hitze seines harten Körpers dahinschmilzt.

In der einen Sekunde stemme ich mich noch gegen ihn, in der anderen schmiege ich mich schon in seine Arme.

Ich hasse mich für meine Unfähigkeit, ihm zu widerstehen. Der Drang, sein wildes Zungenspiel zu erwidern, wird einfach übermächtig.

Seufzend schlinge ich meine Zunge um die seine, trinke seinen Atem, koste sein herbes Aroma.

Beißend. Saugend. Stöhnend. Verschlingend.

Ich vergesse zu atmen, vergesse meine Wut auf ihn und vergesse, dass wir so ganz offensichtlich nicht zueinander passen.

Wie zur Hölle soll ich die Kraft aufbringen, mich ihm zu verweigern, wenn er mit einem Kuss meinen ganzen Körper zum Summen bringen kann?

Krachend schlagen unsere Zähne aufeinander, besitzergreifend vergrabe ich meine Finger im Revers seiner Kutte.

Wie kann es sein, dass ich mich nur in seinen Armen komplett fühle?

Dass sich das Schicksal gegen uns verschworen hat, steht außer Frage.

Wir sind verloren, stecken mit beiden Füßen im Treibsand und sehen tatenlos zu, wie er uns verschluckt.

Atemlos löse ich mich von ihm, in meinen Augen schwimmen Tränen, die nur darauf warten überzulaufen.

Der Teufel, der mir das Herz nicht nur gestohlen, sondern es mir regelrecht aus der Brust gerissen hat, sieht mich mit schwarzen Augen an.

Wir schweigen, sind stumm, sehen uns nur an.

Die Stille ist ohrenbetäubend. Es ist so leise, dass ich mir sicher bin, dass Slide meinen inneren Aufruhr hören kann.

„Ich liebe dich, Baby!"

Er sagt es nicht wie eine Liebeserklärung, sondern spricht es aus wie eine unausweichliche Tatsache.

Diese vier Wörter stellen meine Welt auf den Kopf, nehmen all unseren Problemen die Dringlichkeit.

Reicht unsere Liebe aus? Ich weiß es nicht!

Slide durchschaut mich, er spürt meine innere Zerrissenheit.

„Ich werde dich niemals gehen lassen! Du bist mein und ich bin dein – daran wird sich nie etwas ändern."

Woher nimmt er nur diese unerschütterliche Gewissheit?

Dieser Mann verkörpert alles, was ich mir wünsche, er ist alles, was ich brauche.

Jetzt weiß ich, wie sich Eva im Paradies gefühlt haben muss.

Sie konnte der Versuchung nicht widerstehen – wo sie das hingeführt hat, wissen wir alle. Werde ich stärker sein? Wird es mir gelingen, Slide zu widerstehen?

Die erste Träne rinnt mir über die Wange, warme Lippen küssen sie fort.

Verzweifelt hebe ich meinen Kopf, presse meinen Mund auf den seinen, tackere mich an ihm fest.

Jetzt ist nicht der richtige Zeitpunkt für eine endgültige Entscheidung.

Und wer weiß, ob ich den richtigen Zeitpunkt jemals erkennen werde …

13. Kapitel

Slide

Fuck! In meinem Leben habe ich schon verdammt viel Scheiße erlebt und an so manchen Tagen nicht nur sprichwörtlich die Hölle durchgemacht, aber ich habe noch nie so eine starke Angst verspürt wie in diesem Augenblick.

Ob es möglich ist einen Menschen körperlich zu besitzen, ihn jedoch mental zu verlieren?

Während sich meine Süße in meine Arme schmiegt, wendet sie sich gedanklich von mir ab. Ellen schafft Distanz zwischen uns, entfernt sich von mir.

Mir wäre es viel lieber, wenn sie schreien, toben oder mich erneut mit ihrer Waffe bedrohen würde.

Anstatt mir ordentlich einzuheizen, sieht sie mit traurigen Augen zu mir nach oben.

Ich presse sie noch etwas fester an mich, lasse nicht zu, dass auch nur ein Zentimeter Abstand zwischen uns ist.

Sie. Ist. Mein.

Dieses Mädchen ist der Grund, aus dem ich lebe. Es hat viel zu lange gedauert bis ich sie gefunden habe, doch jetzt, wo sie mir gehört, werde ich sie nie wieder gehen lassen.

Mein Herz fühlt sich hart und kalt an, ohne die Liebe dieser Frau bin ich verloren.

Sanft streiche ich mit der Spitze meines Zeigefingers über ihre Wange, genieße das Gefühl ihrer samtenen Haut.

Nie in meinem Leben habe ich etwas Kostbareres besessen...

Ihre innere Zerrissenheit macht mich nervös. Ich habe heute zwei Menschen getötet. Noch immer liegt der süße Geschmack der Genugtuung auf meiner Zunge. Smoke ist tot, meine Aufgabe ist erfüllt.

Der heutige Tag war für uns alle schwer, jetzt haben wir ihn hinter uns. Ab jetzt können wir uns auf die Zukunft konzentrieren, wir können Pläne schmieden und eine Familie gründen.

Keiner von uns sagt ein Wort, doch das ist auch gar nicht nötig, wir wissen auch so, wie es im Herzen des anderen aussieht.

Ich inhaliere ihren köstlichen Geruch, spüre, wie sich meine Muskeln endlich wieder etwas lockern.

Ellen atmet zitternd ein, eine einzelne Träne löst sich aus ihren Augen, rinnt ihr über die Wange.

Es bringt mich beinahe um, sie so zu sehen.

Ich will ihr den Schmerz nehmen, dafür sorgen, dass sie in Sicherheit ist und sich geborgen fühlt. Langsam beuge ich mich zu ihr nach unten und küsse den salzigen Tropfen fort.

Mit einem leisen Seufzen schließt sie ihre Augen, stellt sich auf die Zehenspitzen und küsst mich mit so viel Zärtlichkeit, dass ich ins Wanken gerate. Aus dem erst sanften Zungenspiel entwickelt sich innerhalb kürzester Zeit ein leidenschaftliches Duell, in dem wir beide um die Führung kämpfen.

Besitzergreifend schlingt sie mir ihre Arme um den Nacken, ihre vollen Brüste reiben über meinen Brustkorb.

Ihr verzweifelter Kuss in Kombination mit dem zutiefst weiblichen Stöhnen, das sich aus ihrer Kehle löst, lässt mich auf der Stelle hart werden.

Mit letzter Kraft gelingt es mir, meine Begierden zu kontrollieren. Ich konzentriere mich nur auf Ellen - auf das verführerische Spiel unserer Lippen und das Glühen, das sich in meiner Brust ausbreitet.

Jetzt und hier, in dieser Sekunde beginnt der Rest unseres gemeinsamen Lebens.

Wenn es sein muss, liefere ich mir mit dem Teufel höchstpersönlich ein Todes-Match im Fight Club. Ich bin zu absolut allem bereit und werde jedes Mittel nutzen, um diese Frau für immer an mich zu binden.

„Wem gehörst du, Baby?"

Unter halb gesenkten Lidern sieht zu mir herauf.

Ihre Lippen sind geschwollen, sie keucht leise.

„Sag es!"

Bestimmend umfasse ich ihr Kinn, übe etwas Druck aus, zeige ihr so, dass von ihrer Antwort einfach alles abhängt.

In mir wütet ein gefährlicher Sturm, die Stimmen in meinem Kopf schreien mir zu, dass ich ohne sie verloren bin – sie haben recht.

Gerade als ich denke, dass sie die Worte, die ich so dringend hören muss, nicht sagen wird, holt sie tief Luft und sieht mich direkt an.

„Ich gehöre Dir, Slide."

Laut knurrend hebe ich sie hoch, presse meine Nase in ihre Haare und trage sie mit großen Schritten zum Küchentisch. Langsam setze ich sie auf der Tischplatte ab, umfasse mit beiden Händen ihr schmales Gesicht und sehe ihr tief in die Augen.

„Alles was ich tue, jede meiner Handlungen, mögen sie auch noch so drastisch sein, dienen nur einem Zweck – dich zu schützen. Ich liebe Dich, Baby. Vertraue dich mir an, und ich verspreche dir, dass alles gut werden wird!"

Erneut rinnen Tränen aus ihren veilchenblauen Augen. Schluchzend verbirgt sie ihr Gesicht vor mir, indem sie ihre Nase gegen meinen Hals presst.

Mit meinen Beinen spreize ich ihre Knie, ziehe sie fester an mich und lasse sie weinen.

Mein Mädchen hat in den letzten Tagen verdammt viel durchmachen müssen, ich kann verstehen, dass sie verwirrt und traurig ist.

Jede einzelne Träne die erst über ihr Gesicht und dann über meinen Hals läuft, fühlt sich für mich wie ein harter Schlag in die Magengrube an.

Erst als sie sich eine kleine Ewigkeit später wieder etwas beruhigt hat, küsse ich sie leicht auf die Stirn und suche ihren Blick.

„Hör mal, Kleines. Ich bin total verschwitzt und voller Blut. Ich muss dringend unter die Dusche." Sie blinzelt kurz, ehe sie mich genauer ansieht.

Noch bevor ich einen Schritt Richtung Badezimmer machen kann, streckt sie ihren Arm aus und schnappt sich meine Hand.

„Wenn du mich jemals wieder betäubst oder in diesen Fight Club gehst, bringe ich dich eigenhändig um!"

Ihre Stimme klingt hart, kalt und entschlossen.

Überrascht ziehe ich eine Augenbraue nach oben.

„Mein Kätzchen scheint seine Krallen wiedergefunden zu haben. Kampflustig und angriffsbereit gefällst du mir schon wieder viel besser, Baby."

Mit einem leisen „hmpf" springt sie vom Tisch, geht an mir vorbei und lässt ein Kleidungsstück nach dem anderen auf den Boden fallen.

Schlussendlich steht sie nur noch im String vor mir. Der dünne, spitzenbesetzte Stoffstreifen verschwindet zwischen ihren prallen Pobacken – Holy Fuck - was für ein Anblick ...

Ich brauche keine Minute, um mich von meinen Klamotten zu befreien. Ellen dreht sich zu mir um, als sie meinen geschundenen Oberkörper sieht, entweicht ihr ein entsetztes Keuchen. Vorsichtig streift sie mit ihrer Hand über die Hämatome an meinem Rücken.

Ich umfasse ihre Finger mit den meinen, hebe sie an und presse ihr einen Kuss auf den Handrücken.

„Mit geht es gut, Baby."

„Du bist verletzt!"

„Die Einzige, die mich wirklich verletzen kann, bist du."

Ohne ein weiteres Wort steigt sie in die Dusche und dreht das Wasser auf.

Erregt genieße ich den Anblick, den mir ihr nasser Körper bietet, dann steige ich zu ihr, spüle mir das Blut von der Haut und strecke mein Gesicht in den heißen Wasserstrahl.

Ihr Po streift meinen Oberschenkel, ihre Finger berühren meinen Arm, ihre Lippen finden meine Brustwarze. Bis zu der Sekunde, in der sie zwischen meine Beine langt und mit ihren kleinen Fingern meinen Schwanz umschließt wollte ich es wirklich langsam angehen lassen – jetzt will ich das nicht mehr.

Knurrend presse ich sie mit dem Rücken gegen die Fliesen, dränge mich zwischen ihre Schenkel hebe sie hoch.

Sofort schlingt sie mir die Beine um die Hüfte, bietet sich mir an.

Unser Kuss ist nicht zärtlich, er ist brutal.

Ich schiebe meine Hand zwischen ihre Schenkel, teile die weichen Falten ihrer Pussy dringe mit drei Fingern gleichzeitig in sie ein. Dieses Mal werde ich keine Liebe mit ihr machen, ich werde sie ficken und benutzen.

Als ich mir sicher bin, das ihr Körper bereit für mich ist, bringe ich mich vor ihr in Position und ramme mich in ihre enge Möse.

Ellens lauter Aufschrei hallt im Badezimmer wider. Mit weit aufgerissenen Augen sieht sie mich an. Ihre Scheidenwände zucken angespannt. Ihr Körper ist mit meiner Größe überfordert, braucht ein paar Sekunden, um sich zu dehnen und mir anzupassen.

Mit zitternden Muskeln zwinge ich mich dazu innezuhalten, um ihr die Zeit zu geben, die sie braucht.

Erst als ich spüre, wie sie sich wieder etwas entspannt, erlaube ich mir, mich wieder zu bewegen. Hart und härter, tief und tiefer - dieses Mal nehme ich mir, was ich so dringend brauche.

Es wird Zeit, dass mein Mädchen kapiert, dass sie mit gehört. Für immer.

Mit hämmerndem Herzen grabe ich meine Finger tiefer in ihr Fleisch.

Ellens Stöhnen verwandelt sich in laute Schreie. Sie zieht an meinen Haaren, ihre Fingernägel hinterlassen blutige Spuren auf meiner Haut.

Doch das alles reicht mir noch lange nicht. Immer wieder stoße ich bis zum Schaft in sie. Genieße den entrückten Ausdruck auf ihrem Gesicht. Es ist meiner Süßen deutlich anzusehen, dass sie nicht nur Lust, sondern auch Schmerz verspürt.

Es mag sein, dass ich gerade zu grob bin, doch ich kann mich nicht mehr bremsen.

Bestimmend umfasse ich mit meiner rechten Hand ihren Hals, drücke zu, nehme ihr so die Luft zum Atmen. Ihre Pupillen weiten sich, ich kann ihre Angst geradezu wittern.

Die Dämonen in meinem Inneren brüllen mich laut an, dass ich diese Frau endlich unterwerfen muss. Ich höre auf sie – ficke meine Lady mit aller Kraft.

Mit meinem nächsten Stoß ramme ich mich so tief in sie, dass sie ihre Lippen zu einem lautlosen Schrei öffnet.

Ich weiß ganz genau, was gerade in ihr vorgeht. Der Atementzug lässt ihre Sinne schärfer werden. Die Mischung aus Angst und Schmerz – Lust und Hingabe lässt Unmengen von Endorphinen gemischt mit Adrenalin durch ihr Blut rauschen.

Mit kreisenden Hüften bohre ich mich noch tiefer in sie, presse meinen Mund auf den ihren. Erst nach dem Kuss lockere ich meinen Griff, erlaube ihr einen tiefen Atemzug, ehe sich meine Finger wieder fest um ihren Hals schließen.

Ihre Hände schlingen sich um meinen Arm, verkratzen meine Haut.

Heißes Wasser prasselt auf meinen Rücken.

Im Rausch meiner Lust gefangen, werfe ich den Kopf in den Nacken, brülle laut, ficke ihre kleine Pussy so lange, bis sich ihr Unterleib meiner Invasion zuckend ergibt.

Meine Hoden ziehen sich schmerzhaft zusammen, mein Schwanz wird noch etwas härter. Ich sehe meiner Süßen tief in die Augen. Erst als ich mir sicher bin, dass sie kurz vor der Ohnmacht steht, gebe ich ihren Hals wieder frei – erlaube ihr zu atmen.

Yeah... ich bin der Teufel, der gekommen ist, um sich die Seele dieser Frau zu holen....

Ellen schnappt nach Luft, presst ihren Unterleib an den meinen und verliert sich in einem gnadenlosen Orgasmus.

Auch wenn es meine Süße bis jetzt nicht wusste, aber sie braucht das, was ich ihr gerade gegeben habe. Ihr Körper will unterworfen werden.

Das Spiel, das ich gerade mit ihr gespielt habe, ist gefährlich.

Es gleicht einer tödlichen Gratwanderung....

Noch immer erfüllen ihre lustvollen Schreie das Badezimmer. Zufrieden pumpe ich meinen Samen so tief ich kann in ihren Unterleib, hoffe, dass er fruchten wird.

Ein letztes Mal ziehe ich mich aus ihrer Muschi zurück, nur um mich einen Herzschlag später wieder tief in sie zu schieben.

Diese Frau ist mein Paradies, ihr Körper ist mein Walhalla – sie ist meine Erlösung.

Ich bin ein Mörder, ein gnadenloser Killer, der heute für die Frau in seinen Armen getötet hat. Und bei Gott, ich würde es wieder und wieder tun.

Meine Seele habe ich schon vor langer Zeit an den Teufel verkauft.

Nichts kann mich stoppen - niemand kann mich bremsen. Ich kenne meinen Platz, ich weiß um meine Bestimmung....

Ellen

Kraftlos sinke ich an die Brust des Mannes, der mich gerade an meine Grenzen gebracht hat.

Auch wenn ich es nie für möglich gehalten habe, aber das gerade eben Erlebte war absolut unglaublich. Es war beängstigend erregend, Slide vollkommen ausgeliefert zu sein. Meine Lunge brennt noch immer, während es zwischen meinen Beinen angenehm pocht.

Die Nachwehen des Höhepunkts schicken warme Wellen durch mein Nervensystem.

Ich bin verloren....

Mir ist klar, was mein Devil da gerade getan hat. Er hat mich unterworfen, mir gezeigt, dass ich ihm gehöre und mir zugleich eine neue Welt offenbart. Alleine die Erinnerung daran, wie sich seine starken Finger an meinem Hals angefühlt haben, sorgt dafür, dass ich erneut feucht werde.

Mit geschlossenen Augen lehne ich meine Stirn an den Totenkopf auf seiner Brust.

Die Sache zwischen Slide und mir ist alles andere als normal. Wir sind besessen voneinander, gehören dem anderen, lieben uns mehr als es gut für uns ist.

Ich spüre, wie er sich langsam aus mir zurückzieht. Wimmere leise. Kaum dass wir nicht mehr miteinander verbunden sind, fühle ich mich leer und einsam. Seufzend presse ich mich noch fester an ihn.

Das warme Wasser, das über meine Haut läuft, lässt mich wohlig erschaudern. Ohne mich abzusetzen schnappt sich Slide eine Shampooflasche und beginnt mit zärtlichen Bewegungen meine Haare zu waschen. Seine großen Hände reiben über meine Kopfhaut. Massieren den weißen, nach Vanille duftenden Schaum ein.

„Wenn ich eine Katze wäre, würde ich jetzt schnurren."

„Was heißt da wenn? Sieh die Spuren an, die du auf mir hinterlassen hast, Baby. Du bist eine Katze – eine Wildkatze!"

Prüfend lasse ich meine Augen über seinen Brustkorb, seine Schultern und Arme gleiten. *Fuck!* Slide hat recht, er sieht aus, als hätte er mit einer Löwin gekämpft. Unterschiedlich tiefe Kratzer haben ein abstraktes Muster auf seiner Haut hinterlassen.

Er drückt sich einen Klecks Duschgel auf die rechte Handfläche und seift meine Brüste, meinen Bauch und meine Scheide ein.

135

Eines muss ich ihm lassen, als er wenige Minuten später nach dem Duschkopf greift, summt mein ganzer Körper vor Wohlbehagen.

Ohne ihn aus den Augen zu lassen, lehne ich mich mit dem Rücken gegen die vom Wasser aufgeheizten Fließen und beobachte meinen Mann dabei, wie er die Seife von meiner Haut spült. Da ich meine Beine noch immer um seine schmale Taille geschlungen habe, bleibt nichts seinem intensiven Blick verborgen. Als erstes lässt er den Wasserstrahl über meinen Bauch, um meinen Nabel herum hinauf zu meinen Brustwarzen gleiten. Diese ziehen sich unter seinem gierigen Blick und dem Wasserstrahl verlangend zusammen. Slide lacht leise, schnalzt mir der Zunge und grinst mich frech an.

Noch bevor ich ihn durchschaut habe, spüre ich den Strahl direkt auf meiner Klitoris. Das Gefühl ist zu intensiv.

Ich quieke erschrocken auf, versuche meine Beine von seiner Hüfte zu lösen und mich hinzustellen, doch Slide hält mich mühelos in Position.

„Lass mich los."

„Vergiss es Kleines. Erst will ich, dass du nochmal für mich kommst."

Die Stimulation des Wassers ist so intensiv, das es fast schon schmerzhaft ist.

Verzweifelt versuche ich mich so zu bewegen, dass der Wasserstrahl nicht mehr direkt auf meinen Kitzler trifft.

„Halt still!"

Seine Stimme klingt streng, sein Befehl lässt mich innehalten.

„Bitte...."

Seine einzige Reaktion ist, dass er den Wasserstrahl durch meine Spalte gleiten lässt, seine Finger in meine Öffnung schiebt und mir ein Stöhnen entlockt.

„Hör auf dich zu wehren, Baby, ich lasse dich eh nicht entkommen."

Wieder und wieder trifft der Strahl auf meine Pussy, das heiße Wasser, der Druck und seine Finger, all das raubt mir den Verstand.

Ich spüre, wie sich mein Unterleib anspannt, in meinem Bauch beginnt es zu knistern. Vor meinen Augen verschwimmt alles, ich öffne meinen Mund zu einem leisen Schrei....

Slide kennt kein Erbarmen, presst den Duschkopf noch fester gegen meine Scham.

Ich winde mich, kämpfe und verliere.

Der Höhepunkt, der wie ein Tornado über mich hinwegrollt, raubt mir den Atem.

Zuckend und stöhnend liege ich in seinen Armen, mit dem Rücken an der Wand und seinen Fingern, die immer und immer wieder über meinen G-Punkt streichen.

Erst als ich aufhöre zu zittern, stellt er das Wasser ab, zieht mich an seine Brust und trägt mich aus der Dusche.

Nachdem er uns kurz mit einem Handtuch abgerubbelt hat, bringt er mich in sein Schlafzimmer, legt mich in sein Bett und kuschelt sich an meinen Rücken.

„Schlaf jetzt!"

Dieses Mal widerspreche ich ihm nicht, sondern gleite in einen wilden Traum, in dem es um fliegende Fäuste, Waffen, lodernde Flammen und wunderschöne schwarze Augen geht...

14. Kapitel

Slide

Bumm – Bumm – Bumm...

Es hat verdammt lange gedauert bis ich endlich einschlafen konnte. Ellen ist ziemlich unruhig, sie dreht sich immer wieder von links nach rechts und murmelt unverständliche Sachen. In der einen Sekunde presst sie sich an mich, in der nächsten stößt sie mich von sich.

Bumm – Bumm – Bumm...

Der Lärm, der durchs Clubhaus hallt, hat mich aus meinem viel zu kurzen Schlaf gerissen. Ich habe keine Ahnung, wie spät es ist, und es ist mir auch scheißegal. Wenn jetzt nicht sofort Ruhe einkehrt, drehe ich durch.

Fluchend steige ich aus dem Bett, ziehe mir die schwarze Jogginghose, die neben dem Bett auf dem Boden liegt, an und mache mich auf den Weg zur Türe.

Doch bevor ich dazukomme nachzusehen, was hier los ist, wird meine Wohnungstüre eingetreten. Das Geräusch von splitterndem Holz wird von lauten Rufen übertönt.

Befehle werden ausgesprochen, Schreie werden laut.

Fünf völlig vermummte Männer kommen auf mich zu. Das FBI ist hier!

Schutzsichere Westen, Schlagstöcke, Waffen und Handschellen – das volle Programm.

„Auf den Boden. Hände über den Kopf."

Noch bevor ich tun kann, was von mir verlangt wird, rammt mir einer der Männer seinen Schlagstock mit voller Kraft in den Magen. Kräftige Arme drücken mich auf den Boden, die Mündung einer Waffe presst auf meine Schulter.

Verfickte Scheiße!

Was zur Hölle soll das?

Das FBI sitzt uns seit Jahren im Nacken, doch bis jetzt konnten sie uns nie etwas nachweisen. Die Vorwürfe wegen Mordes, Waffenhandel oder wegen Bandenkriminalität wurden immer wieder fallen gelassen.

Unsere Clubanwältin Riana verlangt zwar ein kleines Vermögen für ihre Arbeit, ist jedoch jeden Dollar wert.

Grobe Hände tasten mich ab, mein Gesicht wird auf den Boden gedrückt, purer Hass steigt in mir auf, ätzt sich wie Säure durch meine Adern.

Alleine das Wissen, dass diese Bullenwichser jetzt gleich in mein Schlafzimmer stürmen werden und meine nackte Frau zu sehen bekommen, lässt mich rotsehen.

Ich kenne dieses Spielchen, in den letzten Jahren wurde ich verdammt oft festgenommen. Jeder Special Agent dieses Landes hat es auf uns abgesehen. Wem auch immer es gelingen wird, die Dead Riders aus dem Verkehr zu ziehen, dessen Karriere ist gesichert.

All diese jungen FBI-Pisser, die keine Ahnung vom Leben haben, versuchen seit Jahren, mir und meinen Club ihre schwachsinnigen Gesetze aufzuzwingen. Sie wollen uns für unsere Lebensweise zur Rechenschafft ziehen, aber das können sie vergessen....

„Nimm deine widerlichen Hände von mir, du verschissener Drecksbulle!"

Ellens lauter Schrei lässt mir das Blut in den Adern gefrieren.

Wenn sich auch nur einer von diesen Arschlöchern an meiner Frau vergreift, mache ich ihn dafür kalt! Die Handschellen schnappen klickend zu, meine Hände sind auf dem Rücke gefesselt. Das kalte Eisen schneidet mir in die Haut. Ich werde ruckartig nach oben gezogen. Ein junger Agent, der so aussieht, als wäre er direkt von der Polizeischule hierhergebracht worden, steht für meinen Geschmack viel zu nah neben mir. Sein obligatorischer schwarzer Anzug sitzt viel zu locker auf seinen schmächtigen Schultern - was ein Weichei.

In dem Moment, in dem er mich auch noch blöd angrinst, ist es um meine Selbstbeherrschung geschehen. Ohne zu zögern ramme ich ihm meine Schulter ins Gesicht. Das Geräusch seines brechenden Nasenbeins und das viele Blut, das aus seiner jetzt schief stehenden Nase schießt, lässt mich zufrieden durchatmen.

Als er wie ein kleines Kind zu weinen anfängt, sehe ich ihm tief in die Augen und zwinkere ihm kameradschaftlich zu.

„Willkommen bei den Dead Riders, Wichser!"

Ein weiterer Agent taucht in meinem Flur auf. Im Gegensatz zu den voll vermummten Einsatzkräften des Spezial-Einsatzkommandos, trägt dieser nur eine schusssichere Weste. Die silberne Marke, die an seinem Gürtel hängt, und die Neun-Millimeter-Halbautomatik in seiner Hand verraten mir, dass er der Verantwortliche für diesen nächtlichen Überfall ist. Dieser Kerl ist der Bastard, der für diesen ganzen Mist verantwortlich ist.

Erneut höre ich einen lauten Schrei aus meinem Schlafzimmer kommen, gefolgt von einem lauten Poltern und einem schmerzerfüllten Fluch.

„Fick dich, Bullenschwein."

Wenige Augenblicke später sehe ich, wie Ellen, nur in eine dünne Decke gewickelt, in den Flur gebracht wird. Das wütende Funkeln in ihren Augen lässt mein Herz schneller schlagen. Der Cop, der neben ihr steht, hat vier dicke, blutige Kratzer die sich quer über sein Gesicht ziehen. Ich zweifle keine Sekunde daran, dass Ellen jeden Polizisten im Umkreis von drei Meilen abknallen würde, wenn sie jetzt an eine Waffe rankommen könnte. *Gott, wie sehr ich meine Killerbarbie liebe....*

Der Agent, den ich für den Chef halte, sieht Ellen erstaunt an.

Tja, anscheinend hat er nicht damit gerechnet, Kings Tochter in meinem Bett vorzufinden.

Entweder hat er uns nicht gründlich genug beschatten lassen, oder diese ganze Aktion war nicht von langer Hand geplant.

Was mich wieder zu der Frage bringt, warum diese Arschlöcher überhaupt hier sind? Was meinen sie gegen uns in der Hand zu haben, dass sie sich trauen, das Clubhaus zu stürmen? Völlig egal wie ambitioniert der leitende Agent auch sein mag. Jeder dieser Anzug tragenden Men-in-Black-Verschnitte überlegt es sich dreimal, unser Gelände überhaupt erst zu betreten.

Der Knall eines Schusses hallt durch den MC. Aces lautes Brüllen lässt den jungen, noch immer blutenden Agenten zusammenzucken.

„Führt alle raus auf den Hauptplatz."

Ohne mich eines weiteren Blickes zu würdigen, dreht sich Agent Nummer eins um und verlässt meine Wohnung.

„Fuck! Was soll diese ganze Scheiße?"

Ich bekomme keine Antwort. Stattdessen werde ich auf den Hof gebracht.

Dutzende von schwarzen SUVs und Einsatzwagen versperren die Einfahrt.

In einer langen Reihe liegen meine Brüder bäuchlings, mit auf den Rücken gefesselten Händen, auf dem Boden. In ihren Augen spiegelt sich dieselbe unbändige Wut, die auch mich fest in der Hand hat.

„Mein Name ist Agent Teller...."

„Das interessiert mich einen Dreck!"

Aces Zwischenruf sorgt für zustimmendes Lachen und laute Jubelrufe. Es braucht mehr als ein paar Handschellen und dreckigen Beton, um uns Dead Riders mundtot zu machen.

Teller wartet ab, bis wieder Ruhe eingekehrt ist, ehe er weiterspricht.

„Heute wurde in einer Kirche in Fern Hill zwei Leichen gefunden."

Verdammt, der Typ redet von Smoke und dem Pastor.

Skorpion, Ace und Catcher werden vom Boden aufgelesen und in einen der gepanzerten Einsatzwagen gebracht.

Fuck!

Als Nächstes werde ich ebenfalls abgeführt.

Prüfend sehe ich zu Ellen, die etwas abseits steht und von einer Polizistin bewacht wird.

Ihr Blick ist auf mich gerichtet. Mein Mädchen sieht verdammt wütend aus.

Nachdem wir mit den Füßen an die im Boden verankerten Metallsitze gekettet wurden, wird die Autotür zugeschlagen – was ein Bullshit!

Ellen

Das Schicksal zeigt den Riders gerade den Mittelfinger.

Immer wenn man denkt, beschissener kann ein Tag eigentlich nicht mehr werden, passiert etwas, das noch viel schlimmer ist, als alles, was man schon durchgestanden hat.

Der Wagen, in dem Slide und seine Männer sitzen, verlässt von zwei Streifenwagen eskortiert das Gelände des MCs. Fassungslos starre ich dem Blaulicht hinterher.

Wie konnte das passieren?

Ace, Slide und die anderen sind verdammte Profis, sie wissen ganz genau, was sie tun. Sie sind viel zu schlau, um Zeugen, oder - noch schlimmer - Indizienbeweise zu hinterlassen.

Die Nacht ist kalt und ich bin fast nackt. Jetzt, wo die Agents die Männer, die sie wirklich wollten, einkassiert haben, treten sie den Rückzug an und lassen die andern Riders mit deutlichem Widerwillen wieder frei. Pure Aggression liegt in der Luft.

Die Anspannung, die uns alle im Griff hat, ist verdammt gefährlich. Eine falsche Bewegung und hier bricht die Hölle los.

Als mich die Polizistin endlich wieder frei gibt, stürme ich zurück ins Haus, eile in Slides Wohnung und ziehe mir etwas an.

Wir müssen etwas unternehmen. Wir müssen herausfinden, was die Bullen in der Hand haben. Wenn es Beweise gibt müssen wird diese widerlegen und eventuelle Zeugen müssen unschädlich gemacht werden.

Gott ist mein Zeuge, ich werde nicht zulassen, dass Slide in den Knast wandert....

Fertig angezogen gehe ich zurück nach unten und mache mich auf den Weg zu Aces Büro, in dem sich die andern Riders schon versammelt haben.

Kaum dass ich den Raum betreten habe, verstummen sie und sehen mich abschätzend an.

Mir war klar, dass sie nicht begeistert sein würden, mich hier zu sehen. Erstens bin ich neu bei den Riders und zweitens eine Frau.

Ohne ihrem idiotischen Machogehabe auch nur einen Hauch Aufmerksamkeit zu schenken, setze ich mich auf den Stuhl, der eigentlich Slides Platz ist, verschränke die Arme vor der Brust und sehe Tick, den Sergeant at Arms des Clubs herausfordernd an.

Wie in jedem MC herrscht auch bei den Dead Riders eine strenge Hierarchie. Jetzt, wo Ace, der Präsident und Slide, sein Vize, im Knast sitzen, nimmt Tick die ranghöchste Stellung ein.

Tick ist alt, seine grauen Haare stehen wild ab, die braune Haut seines Gesichts ist von tiefen Falten durchzogen.

Er ist ein Mann, der schon so viel erlebt hat, dass es verdammt viel braucht, um ihn aus der Fassung zu bringen. Sein Blick ist klar, seine Worte sind weise.

Sein Leben gleicht einer rasanten Achterbahnfahrt, er ist ein Stück lebende Clubgeschichte.

Mir ist bewusst, dass alles von seiner Entscheidung abhängt. Wenn er meine Anwesenheit akzeptiert, werden das die anderen, wenn auch widerwillig, ebenfalls tun.

„Mir ist klar, dass ihr es nicht gewohnt seid, eine Frau am Tisch zu haben. Aber ich werde nicht gehen. Slide ist mein Mann, er und die andern sind wegen mir nach Fern Hill gefahren. Ich bin fest entschlossen, alles in meiner Macht Stehende zu tun, um ihn aus dem Gefängnis zu holen."

Gezischte Fluche, ungläubiges Lachen und abwertende Blicke – mit ganz genau dieser Reaktion habe ich gerechnet – die können mich alle mal.

Tick sieht mir prüfend in die Augen, atmet tief durch und nickt mir kurz zu.

Ohne auf das Gemaule der anderen Riders zu achten, setzt er sich auf seinen Stuhl, rechts neben dem von Ace, und zündet sich eine Kippe an, ehe er spricht.

„Ich habe Riana bereits informiert. Sie setzt sich mit dem zuständigen Staatsanwalt in Verbindung, um herauszufinden, was unseren Männern genau vorgeworfen wird. Mit ein bisschen Glück erfahren wir so noch vor der Anklageerhebung, woran wir sind und was auf uns zukommt."

Ein weiterer Rider ergreift das Wort. Ich habe ihn noch nie zuvor gesehen.

„Diese Arschlöcher wissen von Fern Hill. Das heißt, es muss Zeugen geben."

Tick nickt zustimmend.

„Dieser Zeuge redet Scheiße. Der Pastor geht nicht auf unser Konto. Den hat Smoke abgeknallt, bevor unsere Männer da waren. Entweder der Zeuge will uns den Tod des Priesters anhängen, oder aber das FBI blufft."

Es klopft an der verschlossenen Türe. Einer der Prospects betritt den Raum.

Ich glaube mich daran zu erinnern, dass er Razzor heißt, ich bin mir allerdings nicht ganz sicher. Seine Arme sind über und über mit farbigen Tattoos vollgepflastert. An seiner Augenbraue befinden sich drei silberne Ringe, unter seinem linken Auge räkelt sich ein grün-blauer Salamander bis hinab zu seinem Hals. Er ist jünger als die meisten Riders, doch das ändert nichts an der Tatsache, dass man auf den ersten Blick erkennt, dass man diesen Prospect nicht unterschätzen sollte.

Der Ausdruck in seinen Augen zeigt deutlich, dass er ein geborener Rider, ein eiskalter Killer und ein loyaler Bruder ist.

„Riana ist hier."

Er tritt einen Schritt auf die Seite und lässt eine kleine blonde Frau durch.

Das ist doch wohl ein Witz?

Die Frau sieht aus wie eine lebendig gewordene Puppe, sie kann nie und nimmer die Club-Anwältin dieses MCs sein. Trotz der Tatsache, dass wir es jetzt kurz nach vier Uhr morgens haben, sieht sie aus, als käme sie direkt von einer Modenschau. Sie trägt weiße Heels und einen knielangen Rock, einen weißen Blazer und teuer aussehenden Schmuck.

Sogar ihr Make-up ist perfekt – diese Frau ist mir unheimlich....

Ob man ihr vertrauen kann?

Eines ist sicher, wenn sie uns verarscht, bringe ich sie eigenhändig um.

Die zierliche Anwältin bewegt sich wie selbstverständlich durchs Clubhaus.

Mit einem leisen Seufzen legt sie ihre schwarze Aktentasche vor Tick auf den Tisch.

„Hört mir zu, Jungs. Wir stecken in der Scheiße!"

„Erzähl mir was Neues, Riana."

Sie lässt sich wie selbstverständlich auf Aces leeren Stuhl fallen.

Der Sitz des Präsidenten darf normalerweise auch während seiner Abwesenheit von niemand anderem benutzt werden - eine Sache des Respekts.

Dass sich die Anwältin wie selbstverständlich darauf niederlässt und alle anderen es akzeptieren, verrät mir viel über diese Frau. Sie muss sich in der Vergangenheit die Freundschaft der Riders verdient haben.

„Hört zu. Nach ein paar Telefonaten und einigen eingelösten Gefallen weiß ich nun mehr. Es gibt einen Augenzeugen, der gesehen hat, wie ein

Biker den Pastor erschossen hat. Allerdings hat er keinen der Riders anhand der Polizeifotos identifizieren können. Morgen wird eine Gegenüberstellung stattfinden."

Tick flucht laut.

„Smoke hat den Pastor erledigt, bevor Slide Smoke das Hirn aus dem Kopf geschossen hat."

Langsam verstehe ich, was los ist. Das FBI würde wegen eines toten Black Devil nie so ein Theater machen. Bei einem toten Pastor sieht die Sache hingegen ganz anders aus.

Bei so etwas schalten sich gleich Senatoren und andere Politiker ein, sie wittern ihre Chance, ein paar positive Schlagzeilen zu bekommen, wenn sie sich für einen Mann Gottes einsetzen.

Wenn rauskommt, dass Smoke den Pastor erschossen hat, sind die Riders aus dem Schneider ...

Riana schlägt die Beine übereinander und nimmt die Zigarette, die Tick ihr anbietet, dankend entgegen.

Sie inhaliert den ersten Zug mit geschlossen Augen, ehe sie den Rauch schnell wieder ausstößt und weiterredet.

„Hört mal, Jungs. Warum musstet ihr diesen Typen unbedingt in einer Kirche abknallen? Das verkompliziert die Sache um einiges!"

Wo sie recht hat....

„Das hat sich so ergeben."

Ticks kurze Antwort lässt Riana nur den Kopf schütteln.

„Wir können nur hoffen, dass der Augenzeuge morgen keinen unserer Jungs identifiziert. Wenn das FBI den Riders nicht nachweisen kann, dass sie den Pastor erschossen haben, sind sie so gut wie frei. Dieser Zeuge ist der einzig wirkliche Beweis des Federal Bureau of Investigation. Ohne ihn fällt die Anklage wie ein Kartenhaus in sich zusammen."

„Lasst uns kein Risiko eingehen und diesen beschissenen Zeugen einfach abknallen. Er ist selber schuld, wenn er sich in unsere Geschäfte einmischt."

Der Vorschlag des bunt tätowierten Prospects mit dem Salamander am Hals findet allgemeine Zustimmung.

Die Anwältin stößt ein äußerst undamenhaftes Grunzen aus. Wer jetzt denkt, dass es sie stört, dass in ihrer Gegenwart darüber gesprochen wird, jemanden zu töten, liegt falsch.

„Das FBI hat den Zeugen in eines ihrer geheimen Safe Houses gebracht. Nicht mal der zuständige Staatsanwalt weiß über den genauen Aufenthaltsort Bescheid. Sorry Jungs, der Plan wird nicht funktionieren."

Ihre Antwort überrascht mich. Vielleicht habe ich sie ja doch falsch eingeschätzt?!

„Haben unsere Jungs Schutz?"

Die Frage des Riders, dessen Namen ich nicht kenne, lässt mein Herz vor Sorge in die Hose rutschen. Ich stehe noch so unter Schock, dass ich daran gar nicht gedacht habe.

Der Knast ist nicht nur gefährlich, sondern auch für viele tödlich.

Die Dead Riders haben ganz genau wie die Black Devils eine Menge Feinde. Es ist normal, dass man sich Feinde schafft, das gehört mit zu diesem Leben.

Das County Gefängnis ist bis unters Dach mit Kriminellen vollgestopft.

Es gleicht einer Grube voller giftiger Schlangen. Dazu brutale Wärter und käufliche Totengräber.

Morde, Messerstechereien und andere Delikte stehen dort an der Tagesordnung. Wenn Slide, Ace und die anderen hinter Gittern überleben wollen, brauchen sie starke Verbündete, die ihnen während ihrer Inhaftierung Sicherheit verschaffen.

„Wir haben Blacks Gang auf unserer Seite. Sein Schutz wird uns einiges kosten, aber unsere Männer sind in Sicherheit."

Ticks Worte beruhigen mich etwas.

Jetzt sieht er jedem von uns kurz in die Augen, ehe er sich erhebt und direkt neben Riana stehen bleibt.

„So hart es klingt, aber wir werden heute nichts mehr erreichen. Lasst uns ins Bett gehen. Morgen werden wir sehen, was Sache ist und dementsprechend reagieren."

Am liebsten würde ich aufstehen, schreien und eine Revolution starten. Doch ich bleibe still sitzen, denn ich weiß, dass er recht hat.

Wir sind zur Tatenlosigkeit verdammt. Diese ganze Scheiße gleicht einem Schachspiel. Als Nächstes sind die Bullen am Zug – ich kann nur hoffen, dass sie den Mann, den ich liebe, nicht schachmatt setzen.

Slide

In meinem Kopf herrscht ein fürchterliches Durcheinander.

Der orangefarbene Overall ist kratzig und steif. Die Einzelzelle, in die sie mich vor einer Stunde gesteckt haben, riecht nach Kotze, Schweiß und falschen Entscheidungen.

Dieser Ort ist eine Sackgasse, wenn es dummläuft auch die Todesstraße.

Ich kann nur hoffen, dass es dem Club gelungen ist, in aller Schnelle für unseren Schutz zu sorgen - wenn nicht, werden Ace und ich die nächsten Stunden nicht überleben.

Bei Catcher und Skorpion sieht das anders aus, wenn alles gut geht, hat es niemand auf das Leben der beiden abgesehen.

Erfahrungsgemäß werden der Präsident und sein Vize umgebracht.

In unserer Welt ist es eine beliebte Vorgehensweise, der Schlange einfach den Kopf abzuschlagen.

Ein schmerzvolles Ächzen hallt durch die kalten Korridore, gefolgt von einem lustvollen Stöhnen. Vergewaltigungen stehen hier auf der Tagesordnung.

Die dünne Decke, die mir gegeben wurde, dient als Kopfkissen, es ist kalt.

Fluchend drehe ich mich auf die Seite und denke an Ellen.

Hört denn diese ganze Scheiße nie auf?

Langsam kommt es mir so vor, als hätte sich die ganze Welt gegen mich verschworen.

Holy Fuck!

Ich werde zu alt für diesen Scheiß.

Die Zeiten, in denen ich das alles nur als großes Abenteuer gesehen habe, sind vorbei.

Nach all den Jahren sehe ich vieles anders.

Jetzt, wo ich mich dazu entschieden habe, die Verantwortung für mein Mädchen zu übernehmen, für sie zu sorgen und sie zu beschützen, hat sich vieles verändert.

Ellens Anwesenheit hat in meinem Kopf Einiges zurechtgerückt, meine Prioritäten haben sich geändert – ich habe mich geändert!

Dank Ellen bin ich kein Einzelgänger mehr.

So verrückt es auch klingen mag, aber ich sehne mich nach einem festen Zuhause, einer Familie, einer Zukunft.

Doch bevor ich dieses Projekt starten kann, muss ich diese Scheiße hinter mir lassen. Es ist unmöglich, dass uns jemand dabei gesehen hat, wie wir Smoke erschossen haben.

Wenn es dem FBI gelingt, uns den Tod des Pastors anzuhängen, sind wir geliefert. Bei einem Doppelmord erwartet uns die Todesstrafe.

Morgen wird die Anklageerhebung stattfinden, Riana muss es irgendwie gelingen, uns da rauszuhauen. Vor ein paar Wochen wäre mir das alles noch egal gewesen.

Es war mir einerlei, ob ich lebe oder sterbe. Dank Ellen hat sich das alles geändert.

Jetzt will ich die verschissenen Jahre, die mir noch bleiben, genießen.

Das Stöhnen aus der Nachbarzelle wird immer lauter, aus dem qualvollen Schluchzen sind verzweifelte Schreie geworden. Ich höre das unverkennbare Geräusch von aufeinandertreffendem Fleisch.

Völlig zeitlos liege ich die nächsten Stunden wach und zerbreche mir den Kopf über die ganze Scheiße, die in der letzten Zeit passiert ist.

Der MC ist meine Familie, mein Leben und ich werde ihn niemals verlassen. Aber es muss mir irgendwie gelingen, die Geschäfte der Dead Riders in ruhigere Bahnen zu lenken.

Mein derzeitiger Aufenthaltsort ist der beste Beweis dafür, dass es nur Ärger bringt, wenn man zu viele Leichen am Wegrand hinterlässt ...

15. Kapitel

Ellen

Hinter meinen Schläfen hat sich ein schmerzhaftes Pochen eingenistet. Die Nacht war die Hölle - die Ungewissheit macht mich ganz krank.

Um ehrlich zu sein, war ich mir bis letzte Nacht nicht sicher, ob Slide und ich wirklich zusammengehören. Doch nachdem die Bullen da waren und ihn mitgenommen haben, hat sich das geändert. Keine Ahnung warum, aber dieser Vorfall hat mir gezeigt, wie sehr ich diesen Mann liebe und brauche. Die Sorge um ihn zerfrisst mein Herz, raubt mir die Luft zum Atmen. Es fühlt sich so an, als hätte das FBI nicht nur Slide, sondern auch einen Teil von mir mitgenommen. Am liebsten würde ich mir jetzt die Bettdecke über den Kopf ziehen und mich vor all den Problemen, die auf mich warten, verstecken. Bittere Tränen schießen mir in die Augen. Verzweifelt presse ich mein Gesicht in das Kopfkissen des Mannes, den ich so sehr vermisse, und inhaliere seinen Geruch.

Verdammt!

Ich zähle meine Herzschläge, bei 100 zwinge ich mich dazu aufzustehen.

Wie ein Roboter gehe ich ins Badezimmer, dusche mich und putze mir die Zähne.

Mein Selbstmitleid wird Slide und den anderen ganz bestimmt nicht helfen. Es wird Zeit, dass ich mich zusammenreiße und mich nützlich mache.

Gut dreißig Minuten später mache ich mich auf den Weg in die Clubküche.

Nora, die Old Lady von Skorpion, schenkt sich gerade eine Tasse Kaffee ein. Ihr Sohn Ryan sitzt lachend in seinem Hochstuhl und stopft sich einen total zermatschten Bagel in den Mund.

Ohne viel Zeit zu verlieren, komme ich gleich aufs Thema zu sprechen.

„Guten Morgen. Habt ihr was von unseren Männern gehört?"

Susan, Catchers Lady, sitzt am großen Küchentisch und begrüßt mich mit einem zurückhaltenden Lächeln. Während Nora eher extrovertiert ist, ist Susan genau das Gegenteil. Sie ist sehr schüchtern, leise und zurückhaltend.

Nora sieht mich niedergeschlagen an.

„Nein, wir wissen genauso viel wie du. Leider! Möchtest du auch einen Kaffee? Ist allerdings koffeinfrei."

Mir ist klar, dass ich von einer schwangeren Frau keinen richtigen Koffeinkick erwarten kann, und dennoch würde ich gerade meine linke Hand für einen *richtigen* Kaffee geben. „Ja bitte."

Nachdem sie mir eine Tasse in die Hand gedrückt hat, setze ich mich zu Susan an den Tisch und nippe an der braunen Brühe in meiner Tasse.

Kaffee ohne Koffein, das ist wie Schokolade ohne Zucker oder wie Tequila ohne Alkohol – völlig verrückt!

Nora merkt, dass er mir nicht schmeckt und schiebt mir eine Zuckerdose und eine Packung Milch rüber.

„Hier, mit ganz viel Zucker kann man ihn trinken."

Susan sieht mich amüsiert an. Ihre Mimik verrät mir, dass selbst der Zucker nichts bringt.

Aber wir sind solidarisch, zumindest für heute. Morgen werde ich mir in der Wohnung oben einen schönen Cappuccino machen.

Unter Noras spöttischem Blick würge ich einen weiteren Schluck runter.

„Glaubt mir, Ladys, wenn ihr einen Braten in der Röhre habt, werdet ihr für dieses Zeug dankbar sein."

Susan verschluckt sich vor Lachen, spritzt die braune Brühe über den halben Tisch. Jetzt kenne ich ebenfalls kein Halten mehr. Plötzlich erfüllt unser Gelächter das sonst so stille Clubhaus.

„Dann werde ich mir das mit dem Kinderkriegen noch mal ganz gründlich überlegen."

Nora zwinkert mir freundschaftlich zu, ehe sie sich Susan zuwendet, die gerade dabei ist, über den Tisch zu wischen.

„Und wie schaut es bei dir und Catcher aus? Schon was in Planung?"

„Nein, bis jetzt nicht."

Ihre Stimme klingt irgendwie wehmütig. Ob es daran liegt, dass sie gerne ein Baby hätte, aber Catcher da nicht mitmacht?

Noch bevor ich mich dazu durchringen kann, erneut an meinem Kaffee zu nippen, taucht Razzor in der Küche auf.

„Du hast Besuch, Ellen."

Verwirrt sehe ich ihn an.

„Ich?"

„Ja, du."

„Wenn du ihn nicht sehen willst, prügle ich ihn gerne für dich vom Hof. Du musst es nur sagen."

Jetzt verstehe ich gar nichts mehr.

Ich spüre die neugierigen Blicke der beiden Frauen auf mir.

„Warum sollte ich wollen, dass du meinen Besuch verprügelst? Ich weiß ja nicht mal, wer da ist."

Razzors Wangenmuskulatur zuckt unheilvoll, seine Augen verraten mir, dass er kurz davor ist, die Kontrolle zu verlieren.

„Beruhige dich, Kleiner. Ellen kommt schon klar."

Nora streicht dem Prospect beruhigend über den Arm. Der hingegen packt sich Skorpions Lady und presst ihr einen Kuss auf den Scheitel. Die beiden scheinen sehr vertraut miteinander zu sein.

Nachdem er Nora abgestellt hat, kommt er auf mich zu, umfasst mein Kinn und dreht meinen Kopf so, dass sich unsere Blicke direkt treffen.

„Hör mir zu, Ellen. Susan und Nora wissen es bereits, und ich will, dass du es auch weißt. In meinen Augen seid ihr Ladys das Wertvollste, was der Club besitzt. Ihr seid der Klebstoff, der diesen MC zusammenhält, der Antrieb der alles am Laufen hält und dafür sorgt, dass wir nicht nur ein Haufen krimineller Kerle sind, sondern eine Familie. Du gehörst jetzt zu den Dead Riders, du bist jetzt eine von uns und ich beschütze, was uns gehört. Solltest du jemals Hilfe brauchen, oder Angst haben, dann komm zu mir. Ich werde nicht zögern, keine Fragen stellen und einfach immer für dich da sein!"

Heilige Scheiße!

Das ist einer dieser seltenen Momente in meinem Leben, in denen ich nicht weiß, was ich sagen oder wie ich reagieren soll.

Razzors Ansprache hat mich total überrascht und mich zugleich beeindruckt. Wer hätte gedacht, dass dieser Mann so mit Worten umgehen kann?

Auf den ersten Blick wirkt er wie ein gefühlloser Killer, nach dem zweiten Blick weiß ich, dass mein erster Eindruck absolut richtig war. Und nach dem dritten entdecke ich Facetten an ihm, die ich nicht für möglich gehalten hätte.

Ich zweifle keine Sekunde an der Ernsthaftigkeit seines Angebots. Razzor hat jedes seiner Worte absolut ernst gemeint.

Verunsichert schlucke ich den dicken Kloß, der sich in meinem Hals gebildet hat, runter.

„Es ist mir eine Ehre hier zu sein. Und ich danke dir für deine Loyalität. Aber bevor du meinen Besucher vermöbelst, würde ich gerne nachsehen, wer es ist."

Nora schüttelt lachend den Kopf, schnappt sich Ryan aus dem Hochstuhl und setzt ihn sich auf die Hüfte.

„Jetzt bin ich ja mal wirklich neugierig geworden. Wir begleiten dich und sehen nach, wer unseren Razzor mit seinem Auftauchen so wütend gemacht hat."

Susan schließt sich uns ebenfalls an. Von meinen neuen Freundinnen flankiert mache ich mich auf den Weg in den Hof.

Als ich meinen Vater neben seinem Bike stehen sehe, staune ich nicht schlecht. Was zur Hölle hat er hier zu suchen?

Nach unserer letzten Begegnung bin ich nicht wirklich begeistert, ihn zu sehen. Vielleicht sollte ich Razzors Angebot ja doch annehmen?

„Also, wie schaut es aus, Kleines? Ein paar harte Schläge könnten ihm nicht schaden!"

„Danke. Aber lass mich erst herausfinden, was er hier zu suchen hat, bevor du ihm meinetwegen gerne ein paar Knochen brechen darfst."

Nora sieht mich überrascht an. Tief durchatmend gehe ich auf King zu und bleibe erst einen Meter vor ihm wieder stehen.

„Was willst du?"

Falls sich mein Dad ein freundlicheres Wiedersehen erhofft hat, lässt er es sich nicht anmerken.

„Ich habe nützliche Informationen für euch."

„Was für Informationen?"

„Es geht um die Riders, die letzte Nacht verhaftet worden sind."

Woher zum Teufel weiß er davon?

Als ich den Präsidenten-Aufnäher an seiner Kutte entdecke, sehe ich ihn fragend an.

„Wie ist das denn passiert?"

Er versteht sofort was ich meine.

„Nachdem dein Mann Smoke erschossen hat, wurde ich erneut zum Präsidenten gewählt."

Diese Information muss ich erst mal sacken lassen.

„Die Black Devils lernen wohl nie aus ihren Fehlern."

„Auch wenn ich das verdient habe, bin ich nicht hierhergekommen, um mich von dir beleidigen zu lassen, Tochter."

„Nenn mich nicht so – nenn mich nie wieder so!"

Er zuckt überrascht zusammen, meine Worte haben ihn tief getroffen. Gut so.

Ich habe keine Lust, mich mit ihm zu streiten. Wenn es nach mir ginge könnte er auf seine Maschine steigen und für immer aus meinem Leben verschwinden.

„Von was für Informationen hast du geredet?"

Im Augenwinkel sehe ich, wie ein schneeweißer Mercedes SLK auf das Gelände fährt.

Erst als das Auto näherkommt, erkenne ich die Club-Anwältin hinter dem Lenkrad.

Das hätte ich mir auch gleich denken können. Das Auto passt zu ihr.

„Der Augenzeuge hat bei der Gegenüberstellung Slide als den Schützen identifiziert."

Noch bevor mein Gehirn die Information ganz verarbeitet hat, gerate ich ins Wanken. Mein Vater geht einen Schritt auf mich zu, um mich zu stützen, doch ich schüttle panisch den Kopf. Seine Hilfe ist definitiv das Letzte was ich will. In meinen Augen trägt er die Schuld an diesem ganzen Scheißdreck.

Razzor taucht neben mir auf und zieht mich an seine Seite. Beschützend schlingt er mir seinen starken Arm um die Schulter.

„Woher weißt du das?"

„Komm schon, Ellen, du weißt ganz genau, dass ich seit Jahren einen zuverlässigen Informanten bei der Staatsanwaltschaft habe."

„Slide hat den Pastor nicht erschossen. Das war Smoke. Der Zeuge hat sich getäuscht!"

Meine Stimme bricht zusammen. All meine Hoffnungen lösen sich in Luft auf.

Verfluchter Mist! Warum passiert das alles?

Riana kommt auf uns zu, ich erkenne auf den ersten Blick dass sie keine guten Nachrichten für uns hat.

„Lasst uns in den Club gehen und Tick suchen."

Razzors Vorschlag klingt vernünftig.

An seiner Seite mache ich mich auf die Suche nach Tick. Zu meiner Erleichterung müssen wir nicht lange suchen, sondern finden ihn in Aces Büro.

Als er sieht, wer uns folgt, ziehen sich seine Augenbrauen drohend zusammen.

Es macht fast den Anschein, als hätte King bei den Dead Riders keine Freunde mehr.

Noch bevor ich Tick von der Information meines Vaters erzählen kann, berichtet uns Riana ganz genau dasselbe.

Fluchend fährt sich der Sergeant at Arms durch seine grauen Haare.

„Ace und Slide haben mir erzählt, dass sie den Pastor nicht erschossen haben. Wie kann es dann sein, dass dieser ominöse Augenzeuge aber ganz genau das behauptet? Entweder ist er ein Feind des Clubs, der uns schaden will, oder aber das FBI hat ihn beeinflusst. So oder so stecken wir jetzt bis zum Hals in der Scheiße!"

Ticks Gedankengänge sind logisch.

Mit wackeligen Beinen setze ich mich auf einen der Stühle, hole tief Luft und spreche aus, was eh schon jeder weiß.

„Wir müssen schnellstens herausfinden, in welchem Safe House der Zeuge untergebracht worden ist. Eine Kugel zwischen die Augen hat bis jetzt noch jeden zum Schweigen gebracht."

Razzor sieht mich grinsend an, Tick nickt zustimmend und Nora und Susan wirken niedergeschlagen. Für sie steht genauso viel auf dem Spiel wie für mich, für Nora sogar noch mehr. Skorpion und sie haben bereits ein Kind und das zweite ist schon unterwegs.

Scheiße – Scheiße – Scheiße!

Ich werde verdammt noch mal nicht zulassen, dass diese Kinder ohne ihren Vater aufwachsen.

Die Anwältin kaut nachdenklich auf ihrer Unterlippe herum.

Selbst sie scheint keine Lösung für unser Problem zu haben.

„Gebt mir eine Stunde Zeit, dann weiß ich, wo sich diese verlogene Ratte aufhält."

Ruckartig drehen sich alle zu meinem Vater um.

„Bist du dir sicher, dass du das schaffst?"

Er sieht mich selbstsicher an. „Ja!"

Riana nickt leicht mit dem Kopf.

„Wenn ich es schaffe, die Anklageerhebung so lange hinauszuzögern bis es euch gelungen ist den Zeugen auszuschalten, müssten die vier schon heute Abend wieder zurück im Clubhaus sein. Ohne die Aussage des Augenzeugen hat das FBI nichts in der Hand. Der Richter wird den Haftbefehl fallen lassen müssen."

Hoffnung wallt in mir auf, flutet meine Nervenbahnen und hinterlässt ein freudiges Prickeln in meinem Bauch.

Der Plan klingt gut, was mich aber daran stört ist die Tatsache, dass alles scheitert, wenn mein Vater sein Wort nicht halten kann.

Wie soll ich ihm nach der Geschichte mit Madox vertrauen können?

Tick geht auf King zu, reicht ihm die Hand und dankt ihm für sein Engagement.

Razzors Blick ist so finster, es steht ihm ins Gesicht geschrieben, wie sehr er meinen Vater verachtet. Ich zweifle keine Sekunde daran, dass er King umbringen wird, wenn es ihm nicht gelingt herauszufinden, welches Safe House das FBI benutzt.

Alleine die Aussicht, heute Nacht wieder in den Armen meines Rocker Devils zu liegen, lässt mein Herz beinahe einen Salto schlagen.

Susan sieht mich unsicher an.

Ohne Catcher wirkt sie einsam und verloren. Ich habe keine Ahnung, wie sie in den Kreis der Dead Riders gekommen ist, aber ich bin mir sicher, dass ihr in der Vergangenheit richtig schlimm wehgetan worden ist.

Ob Catcher sie gerettet hat?

Jeder von hat seine eigene Geschichte....

Meine Neugierde wird immer stärker, irgendwann mal muss ich Slide danach fragen.

Susans Blick wirkt gehetzt, ja regelrecht panisch. So als würde sie fürchten, dass jemand hinter ihr her ist.

Nora bemerkt es ebenfalls, sie reicht ihren Sohn Razzor und nimmt ihre Freundin in die Arme.

„Es wird alles gut werden, Liebes. Spätestens morgen werden wir unsere Männer zurück haben."

Ihr Wort in Gottes Ohren....

Ich kann nur hoffen, dass alles gut gehen wird. So verrückt es auch klingen mag, aber ich kann mir ein Leben ohne Slide nicht mehr vorstellen!

Slide

Die Zeit vergeht schleichend. An Schlaf war nicht zu denken, irgendwie habe ich die ganze Nacht damit gerechnet, dass ein korrupter Wärter die Zelle aufsperrt und dabei zusieht, wie mich irgend so ein Arschloch absticht.

Das schmerzhafte Pochen hinter meinen Schläfen wird immer stärker. Auf dem erbsengrünen Tablett, das mir vor einer kleinen Ewigkeit gebracht wurde, befindet sich mein Frühstück.

Die lappige, graue Scheibe Brot passt perfekt zu der gelblichen Wurst.

Fuck! Selbst in Afghanistan war unsere Verpflegung besser als das hier.

Bevor ich das esse, verhungere ich lieber.

Ungeduldig setze ich mich auf die an der Wand festgeschraubte Pritsche und warte darauf, dass irgendetwas passiert. Schwere Schritte nähern sich meiner Zelle, einer der Gefängnisangestellten entriegelt die Türe und winkt mich mit einer arroganten Handbewegung zu sich.

Lasset die Spiele beginnen....

Nachdem er mich auf einen Stuhl gedrückt und an den davor stehenden Holztisch gefesselt hat, verlässt er ohne ein Wort zu sagen den Raum.

Man muss kein Genie sein, um zu wissen, dass sich hinter der großen verspiegelten Scheibe nicht Alices Wunderland befindet.

Wahrscheinlich stehen da gerade eine Handvoll Wichser, die sich unglaublich schlau vorkommen.

Seit der Verhaftung habe ich weder Ace noch Skorpion oder Catcher zu Gesicht bekommen. Ich kann nur hoffen, dass es meinen Brüdern gut geht.

Es ist keine Seltenheit, dass man das County Gefängnis mit den Füßen nach vorne verlässt.

Hinter diesen dicken Mauern, verborgen von der Außenwelt, herrschen eigene Gesetze. Sadistische Wärter, Rassenhass und andere Machenschaften sorgen dafür, dass man besser mit einem offenen Auge schläft.

Knapp zehn Minuten später werde ich zurück in meine Zelle gebracht.

Was zur Hölle sollte das denn?

Wenn das jetzt die Gegenüberstellung war, dann läuft hier einiges falsch.

Gegenüberstellungen laufen für gewöhnlich ganz anders ab.

So wie ich das sehe, versucht das FBI, mir den toten Pastor in die Schuhe zu schieben.

Diese blöden Wichser interessieren sich nicht für die Wahrheit, sondern nur für ihre eigenen Interessen.

Ich habe in meinem Leben so viele Leben ausgelöscht, dass ich mich gar nicht mehr an alle erinnere. Es wäre wirklich Ironie pur, wenn es den Bullen jetzt gelingen würde, mich wegen eines Mordes, den ich gar nicht begangen habe, aus dem Verkehr zu ziehen.

Unruhig gehe ich auf und ab, lehne mich mit der Stirn an die kalte Mauer und schließe meine Augen – Ellen – sie ist alles, woran ich denken kann.

Ob es ihr gut geht?

Ich kann nur hoffen, dass sie nicht abgehauen, sondern immer noch im MC ist.

Es setzt mir unheimlich zu, dass ich nicht bei ihr sein und sie beschützen kann.

Ellen

Vor einer Stunde habe ich meinen Vater dabei beobachtet wie er auf sein Bike gestiegen und von hier verschwunden ist. Es fühlt sich komisch an ihn zu hassen.

Das was er getan hat war nicht einfach nur ein Fehler, er hat mich verraten, mich verkauft und als Druckmittel für seinen Erfolg eingesetzt. So schnell kann ich ihm das einfach nicht verzeihen. Sollte es ihm aber gelingen, Slide und seinen Männern zu helfen, werde ich ihm verzeihen.

Er ist mein letzter lebender Verwandter – die einzige Familie, die ich noch habe. Früher oder später muss ich ihm verzeihen, auch wenn es mir schwerfallen wird.

Tick hat sich in sein Zimmer zurückgezogen, auch wenn er es sich nicht anmerken lassen will, ihn nimmt diese Sache ziemlich mit.

Unsicher, was ich jetzt tun soll, klopfe ich an der schwarzen Türe, hinter der sich Tick verschanzt hat.

„Ja?"

Ich interpretiere das als ein „Herein" und öffne die Türe.

Keine Ahnung, womit ich gerechnet habe, aber nicht damit.

„Sorry, ich wollte nicht stören, ich dachte du bist alleine."

155

„Wie du siehst, bin ich es nicht."

„Wie gesagt, ich wollte nicht stören."

Das Zimmer ist ganz offensichtlich ein Tattoostudio.

Die Liege in der Mitte des Raums, auf der eine junge Frau liegt, wird von einer Leuchtstoffröhre beleuchtet. Die Tattoomaschine in Ticks Hand rattert laut, während sie immer mehr Farbe unter die Haut der Frau sticht.

Trotz der Entfernung erkenne ich sofort, dass sie sich eine orangefarbene Hibiskusblüte auf das linke Schulterblatt stechen lässt.

Die Konturen sind gerade, Tick versteht etwas von seinem Fach.

So gut wie jeder Dead Rider hat Tattoos. Der eine mehr, der andere weniger. Ob die alle von Tick stammen?

„Das sieht wirklich wunderschön aus."

Die Frau auf der Liege grinst mich an. Sie scheint kein Problem mit den Schmerzen zu haben.

„Warte ab bis es fertig ist."

Tick wischt mit einem Tuch über das Blut, ehe er weitermacht.

„Das hier ist kein Bahnhof. Komm rein oder geh raus, aber mach diese verdammte Türe zu."

Seine Worte sind ruppig. Ich schiebe seine schlechte Stimmung auf die allgemeine Lage, in der wir uns alle befinden.

Mit einem letzten Blick auf die fast fertige Blüte verlasse ich den Raum.

Die Anspannung, die mich fest im Griff hat, wird sich erst legen, wenn mein Vater sein Wort gehalten hat und der Zeuge tot ist.

Vielleicht bin ich skrupellos. Aber es stört mich nicht, dass wir einen Menschen umbringen müssen, um diese Anklage zu verhindern.

Verdammte Scheiße...

Ich würde es sogar selbst tun, wenn ich Slide dadurch zurückbekomme!

Diese ganze Warterei macht mich noch ganz wahnsinnig. Fluchend mache ich mich auf die Suche nach Nora. Alleine die Vorstellung, jetzt in Slides Wohnung zu sitzen und auf Neuigkeiten zu warten, macht mich verrückt.

Ich will jetzt einfach nicht alleine sein.

Razzor scheint es ganz genauso zu gehen, ich entdecke ihn in der clubeigenen Werkstatt, die sich direkt neben dem Haupthaus befindet.

Ölverschmiert liegt er unter einem alten Ford Mustang und hantiert mit einem Schraubenschlüssel herum. Als er mich sieht, richtet er sich auf und grinst mich schief an.

„Alles okay, Kleines?"

„Ja, ich bin auf der Suche nach Nora."

„Die ist mit Ryan hinterm Haus auf der Wiese, Susan ist auch bei ihr."

„Danke."

„Kein Thema."

Erneut widmet er seine Aufmerksamkeit wieder dem Mustang, während ich meine Suche fortsetze.

Ob es an Wahnsinn grenzt, wenn ich ein Stoßgebet in den Himmel schicke?

Wahrscheinlich schon. Ich kann mir nicht vorstellen, dass Gott das, was wir heute noch vorhaben, befürworten würde. Die Wahrscheinlichkeit, dass er Gebete, in denen es darum geht, ein Safe House zu finden und einen Zeugen zu erschießen, erhören wird, ist doch ziemlich gering.

16. Kapitel

Slide

Das nächste Mal als ich das Klimpern von Schlüsseln an meiner Zellentüre höre, breitet sich automatisch ein verdammt schlechtes Gefühl in mir aus.

Meine Instinkte schlagen Alarm und mein Puls schnellt in die Höhe.

Irgendetwas stimmt hier nicht...

Kaum dass sich die Türe geöffnet hat, weiß ich auch, dass mich meine Intuition nicht getäuscht hat. Dieses Mal steht ein anderer Gefängniswärter im Gang, er ist nicht alleine. Neben ihm entdecke ich einen mindestens zwei Meter großen Russen, ebenfalls in einem orangefarbenen Overall, aber ohne Handschellen.

„Du hast fünf Minuten, dann ist die Wachablöse vorbei!"

Der Russe nickt, nimmt dem Wärter den Schlagstock ab und kommt auf mich zu.

Mit einem Satz springe ich von der Pritsche, lasse meinen Kopf und meine Schultern rollen und lockere so meine angespannte Muskulatur.

„Du hast Schlampe von meinem Cousin befreit. Dafür du sterben."

Seine Aussprache und sein Akzent verraten mir, dass er sich noch nicht so lange in den USA aufhält.

Mir war klar, dass meine Aktion ein paar Wodka saufende Zuhälter verärgern würde, aber das hat mich nicht davon abgehalten, dem Mädchen mit den blauen Augen zu helfen. Genauso wenig wird mich die Tatsache, dass wir uns im Knast befinden, davon abhalten, diesem Wichser eine Lektion zu erteilen.

Mir bleiben fünf Minuten, um ihm den Schlagstock abzunehmen und mein Leben zu verteidigen – wenn mir das nicht gelingt, wird mein Blut den Betonboden einfärben – so viel steht fest. Unter anderen Umständen würde ich dieses Arschloch töten, doch diesen Gefallen tue ich dem FBI nicht.

Er und ich haben dieselbe Körpergröße und dieselbe Statur. Doch im Gegensatz zu mir, ist er es gewohnt, wehrlose Mädchen zu schlagen - ich hingegen bin ein geübter Kämpfer.

Ohne viel Raffinesse holt er aus und zielt mit dem Stock direkt auf meine Rippen. Trotz der Beengtheit in dieser Zelle schaffe ich es ihm auszuweichen. Erneut versucht er mich zu treffen, dieses Mal hat er es auf meine Kniescheibe abgesehen. Ich setze zum Sprung an, drehe mich um 180 Grad und trete ihm direkt auf die Brust.

Nach Luft keuchend wankt er nach hinten und hält sich den Hals. Ohne kostbare Zeit zu verlieren, nehme ich ihm den Schlagstock ab und lasse diesen auf den Boden fallen.

Für dieses Arschloch brauche ich keine Waffe.

Noch immer ringt er nach Atem. Ich sehe ihm tief in die Augen.

„Sag deinem Cousin, er soll seine Drecksarbeit gefälligst selber erledigen – ich warte auf ihn."

Mit einem präzisen Schlag meiner Handkante treffe ich auf seinen Kehlkopf. Er ist sofort bewusstlos.

Aufgrund der Tatsache, dass sich der Wärter noch nicht gemeldet hat, gehe ich davon aus, dass die fünf Minuten noch nicht vorbei sind. Ungeduldig klopfe ich von Innen an die Stahltüre. Nachdem er die Türe geöffnet hat, sehe ich dem korrupten Idioten tief in die Augen und deute mit meiner Hand auf den bewusstlosen Russen.

„Räum dieses Opfer aus meiner Zelle, hier ist es auch ohne diesen Müll eng genug."

Als er sieht, dass ich völlig unverletzt bin, wirkt er geschockt.

So hat er sich das anscheinend nicht vorgestellt.....

Gelangweilt hebe ich den am Boden liegenden Schlagstock auf und reiche ihn ihm.

Verängstigt zuckt der Gefängniswärter vor mir zurück.

„Ich werde ja wohl kaum so blöd sein und dich hier erschlagen. Wenn wir uns das nächste Mal wiedersehen, und das werden wir! Dann werde ich keinen orangefarbenen Overall tragen und du keinen Generalschlüssel. Nur du und ich – zwei Männer – Mann gegen Mann!"

Als er immer noch keine Anstalten macht, den Stock entgegenzunehmen, lasse ich ihn schulterzuckend auf den Russen fallen und lege mich zurück auf die harte Pritsche.

Als ich das nächste Mal meinen Blick Richtung Zellentüre richte, ist der Russe verschwunden und das Schloss verriegelt.

Auch wenn diese Runde an mich geht, weiß ich, dass das nur der Anfang war. Das nächste Mal werden sie zu dritt oder gar zu fünft sein. Und dann wird es nicht so leicht sein, mein Leben zu verteidigen.

Ich kann nur hoffen, dass dem Club und Riana irgendetwas einfällt, um uns hier rauszuholen – die Zeit wird knapp! Es hat sich ganz offensichtlich herumgesprochen, dass ein paar Dead Riders anwesend sind.

„Fuck, Mädchen, wenn Slide erfährt, dass ich dich mitgenommen habe, bin ich der Nächste, der sich eine Kugel einfängt."

Ohne auf Razzors Gejammer einzugehen, ziehe ich mir meinen Helm über und schließe den Reißverschluss meiner Jacke.

„Halt die Klappe und steig endlich auf. Je länger wir für diesen Mist hier brauchen, umso länger dauert es, bis wir die Jungs aus dem Knast geholt haben."

Knurrend und fluchend schwingt er sich auf sein Bike, ich steige hinter ihm auf und hallte mich an ihm fest. Keine Minute später folgen wir Tick und meinem Vater.

Riana hat versprochen, dass sie die nächste Stunde etwas Stunk macht.

Sie will dem leitenden Staatsanwalt die Lückenhaftigkeit der Beweise vor Augen führen und dem FBI etwas einheizen. So dass dem Richter, sobald er erfahren hat, dass der Augenzeuge wohl doch keine Aussage mehr machen wird, nichts mehr anderes übrig bleibt, als unsere Männer gehen zu lassen.

Bei unserem Plan gibt es eine Menge beweglicher Teile. Viele Hände müssen reibungslos zusammenarbeiten, damit unsere Strategie aufgeht.

Erfahrungsgemäß ist es leider oft so, dass etwas schief geht, aber bis jetzt sieht alles gut aus.

Ich bin so in Gedanken versunken, dass ich nicht wirklich auf meine Umgebung achte. Laut dem Informanten meines Vaters befindet sich das gesuchte Haus am Stadtrand von Seattle.

Angeblich wird es von einer Streifenwagenbesatzung observiert, während drei FBI Agents den Augenzeugen bewachen. Meist sind das allerdings nur Anfänger, die nichts taugen...

Diese Sicherheitsvorkehrungen sind absolut lächerlich. Es wird ein Leichtes sein, die verlogene Ratte auszuschalten.

Die Sonne steht hoch im Süden, der Himmel ist blau. Auf den Straßen herrscht der normale Wahnsinn, doch dank Razzors Fahrkünsten kommen wir gut voran.

Keine zwanzig Minuten später kommen wir in Seattle an. Es dauert eine weitere Viertelstunde bis wir in einer kleinen Seitenstraße anhalten – jetzt wird es ernst.

Die Wohngegend, in der wir gelandet sind, ist schön, strukturiert und spießig. Wir werden hier auffallen wie bunte Hunde.

Um sicherzugehen ziehen die Männer ihre Kutten aus und lassen sie bei den Motorrädern zurück.

„Wir müssen verdammt vorsichtig sein und dürfen nicht auffallen. Ellen du gehst vorne ans Haus, gib dich als unwissende Nachbarin aus und tu so als wolltest du dir irgendetwas ausborgen. Während du alle ablenkst, gehen Razzor und ich durch die Hintertüre und erledigen den Job. King, du sicherst Ellen. Falls etwas schiefgeht, hilf ihr."

Razzor steht mit gezogener Waffe hinter Tick. In seinen Augen sehe ich pure Entschlossenheit. Wenn er derjenige ist, der den Zeugen erschießt, wird Ace ihn mit Sicherheit zum Member machen. Dann ist seine Zeit als Anwärter ein für alle Mal vorbei. Und falls er auch noch einen Bullen erschießt, bekommt er den ‚Man of Mayhem'-Aufnäher gleich noch dazu.

Heute steht für uns alle viel auf dem Spiel...

„Hast du eine Waffe, Ellen?"

Razzor sieht mich prüfend an, Tick grinst.

„Ist die Erde rund, Razzor?"

„Schon klar, ich hab's kapiert."

King gibt ein ersticktes Lachen von sich.

Da wir zu viert mit Sicherheit mehr Aufmerksamkeit auf uns ziehen würden, als wenn jeder für sich geht, teilen wir uns auf.

Als Erster geht Tick, dann Razzor.

Mein Vater sieht mich besorgt an, auch ohne dass er etwas sagt, weiß ich, dass es ihm lieber gewesen wäre, wenn ich wie die anderen Frauen in der Sicherheit des Clubs geblieben wäre.

„Du riskierst viel für diesen Devil."

„Ja, das tue ich."

Jedem von uns ist klar, dass diese Aktion hier auch richtig schieflaufen kann. Wenn uns das FBI überlegen ist, landen wir alle in der Zelle neben Slide.

„Du bist seine Old Lady?"

„Fuck, ja das bin ich. Und es fühlt sich verdammt gut an zu diesem Mann zu gehören!"

Trauer legt sich über die Gesichtszüge meines Vaters. Ihm wird wohl eben erst klar, dass ich nie wieder zu den Black Devils zurückkommen werde.

Das Letzte, worauf ich jetzt Lust habe, ist sentimentales Gequatsche. Mit routinierten Handgriffen checke ich meine Waffe, sichere sie und stecke sie mir hinten in den Hosenbund.

„Wir müssen los, King!"

Ohne auf ihn zu warten marschiere ich los – es wird verflucht noch mal Zeit, diese Scheiße hinter uns zu bringen. Je eher dieser Augenzeuge eine Kugel im Kopf hat, umso eher bekomme ich meinen Mann zurück.

Das Safe House ist auffällig unauffällig. Der weiße, leicht verwitterte Gartenzaun passt zu dem üppig wachsenden Unkraut, das die

Blumenbeete fest im Griff hat. Farbige Blüten, leicht im Wind raschelnde Äste und das Gezwitscher der Vögel.

Ich wäre nie auf die Idee gekommen, dass sich hier ein FBI-Versteck befindet.

Kleine Schweißperlen bilden sich in meinem Nacken. Kaum dass ich das Grundstück betreten habe, setze ich ein künstliches Lächeln auf und ignoriere das viele Adrenalin, das meine Venen flutet. Mein Herz schlägt mittlerweile so rasend schnell, dass ich befürchte, es springe mir aus der Brust.

Keine Ahnung, wie ich es anstellen soll, aber es muss mir irgendwie gelingen, die Bullen aus dem Haus zu locken. Das schwarze Auto von den Zivilbullen parkt wirklich sehr unauffällig auf der anderen Straßenseite. Mir ist klar, dass sie mich beobachten. So wie ich das sehe, wissen die Personen im Haus von meiner Anwesenheit, noch bevor ich anklopfe.

Fest entschlossen jetzt nicht zu kneifen, klopfe ich mit meinen Fingerknöcheln gegen die Türe. Es dauert keine Sekunde, da wird sie schon geöffnet.

Vor mir steht ein junger Mann, ich schätze ihn auf Mitte zwanzig.

Sein Blick ist abweisend, jedoch auch interessiert.

„Hi, ich bin neu hier."

Ich lächle ihn gespielt schüchtern an und deute mit meiner rechten Hand über meine Schulter, so als würde ich auf eines der Häuser zeigen, in dem ich angeblich seit neuestem wohne.

Scheiße, ich glaube, ich habe keine Ahnung, wie man mit einem Bullen flirtet...

Um etwas Zeit zu schinden, strecke ich ihm meine Hand entgegen.

„Ich bin Julie."

Zwar zögert er kurz, steigt dann aber drauf ein, ergreift meine Hand und stellt sich mir als Thomas vor.

„Das ist mir jetzt echt peinlich, aber kannst du mir etwas Mehl und Spülmittel leihen?"

Seine braunen Augen ruhen auf meinem Dekolleté, wirklich sehr pflichtbewusst, der liebe Agent. Ich bin mir ziemlich sicher, dass er gerade an alles Mögliche denkt, nur nicht an die Sicherheit des Augenzeugen.

Typisch Mann ... kaum macht man ihm schöne Augen, schaltet sein Hirn auf Autopilot.

„Das mit dem Mehl klappt nicht. Aber Spülmittel kann ich dir geben."

„Oh, das wäre klasse."

Gerade als er sich von mir abwenden will, stolpere ich absichtlich über meine Füße und stoße mit meinem Ellenbogen den Blumentopf um, der sich neben der Türe befindet.

Das laute Scheppern ruft die anderen FBI-Leute auf den Plan. Ehe ich weiß wie es mir geschieht, stehen noch zwei Anzugträger in der Eingangstüre.

Drei Augenpaare richten sich auf mein *zufällig* verrutschtes Top.

Die Spitzen meines BHs sind deutlich zu sehen.

Was habe ich ein Glück, dass keine weiblichen Agenten anwesend sind, bei denen hätte mein Trick bestimmt nicht so gut funktioniert.

„Entschuldigung, wie ungeschickt von mir."

Thomas beugt sich zu mir herab und hilft mir beim Aufstehen. Noch bevor ich wieder auf den Beinen bin, höre ich aus dem Inneren des Hauses einen erstickten Schrei und das unverkennbare Ploppen eines Schalldämpfers.

Die drei Cops stürmen ins Haus, mehrere Schüsse hallen durch die Stille, Schreie werden laut.

Mit klopfendem Herzen beobachte ich, wie drei Zivilpolizisten aus ihrem Auto steigen und auf das Haus zustürmen. Ohne nachzudenken ziehe ich meine Waffe und knalle sie ab. Einer der Männer, der neben seinen zwei toten Kollegen stark blutend im Vorgarten liegt, bewegt sich noch. King geht mit großen Schritten auf ihn zu, zielt auf seinen Kopf und drückt ab.

Der Körper des Polizisten zuckt ein letztes Mal – dann herrscht eine gespenstische Stille.

Eine Sekunde später kommen Tick und Razzor durch die Vordertüre auf uns zu. Tick sieht zufrieden aus, Razzor hingegen...

Sein Gesicht ist voller Blutspritzer, in seinen Augen lodert ein gefährliches Feuer.

„Wir haben die Schüsse gehört, ist bei euch alles klar?"

Da ich nichts sage, beantwortet mein Vater Ticks Frage.

„Uns geht es gut!"

Mir gelingt es, einen Blick in das Innere des Hauses zu werfen.

Thomas leere Augen starren Richtung Zimmerdecke. Aus einer Schusswunde direkt an seinem Herzen rinnt Blut.

Mittlerweile hat er wohl kapiert, dass ich nicht wegen des Spülmittels da war.

King packt mich am Arm und zerrt mich vom Haus weg. Mir ist klar, dass wir schnellstens von hier verschwinden müssen, doch meine Füße fühlen sich an wie aus Blei.

Als wir an den beiden toten Zivilbullen vorbeikommen, wird mir schlecht.

Razzor bemerkt, was los ist und hebt mich kurzerhand in seine Arme. Im Laufschritt eilen wir zu den Motorrädern. Geschickt setzt mir Razzor den Helm auf, ich steige auf sein Bike und halte mich an ihm fest. Einen Atemzug später gibt er Gas und verlässt mit den anderen den Tatort.

Es wird nicht lange dauern, bis es hier nur so vor Cops und FBI-Leuten wimmelt.

Der Fahrtwind zerrt an mir, ich verstecke mich hinter Razzors breitem Rücken und verdränge die Tatsache, dass ich gerade zwei Männer getötet habe.

Es mag hart klingen, aber ich sehe das so:

Es gibt auf dieser Welt mindestens 100 völlig ungefährliche Berufe. Wer sich also dazu entscheidet Bulle zu werden, muss damit rechnen, früher oder später erschossen zu werden. Ich habe mich für ein Leben in einem Motorcycle Club entschieden, mir ist bewusst, dass ich in einer gefährlichen Welt lebe.

Heute hätte genauso gut jemand von uns sein Leben verlieren können.

Heute waren wir schneller, besser tödlicher. Wir werden sehen, ob wir das nächste Mal genauso viel Glück haben. Der Sensenmann macht keinen Unterschied zwischen gut und böse, er nimmt sich jede Seele.

An manchen Tagen verliert man, an manchen gewinnt man.

Heute hat unser MC einen Sieg errungen. Es wird nicht mehr lange dauern, da werden wir unsere Jungs aus dem Knast holen und anschließend eine fette Party feiern.

Mit halsbrecherischer Geschwindigkeit rasen wir über den Highway, wir haben in kürzester Zeit verdammt viel Abstand zwischen uns und die Leichen gebracht.

Jetzt müssen wir es nur noch zurück zum MC schaffen und dann haben wir es tatsächlich geschafft.

17. Kapitel

Slide

In der einen Sekunde liege ich angespannt und völlig entnervt in meiner Zelle und starre die graue Wand an, in der nächsten werde ich von einem Wärter gepackt und bekomme meine persönlichen Sachen zurück.

What a Fuck!

Was zur Hölle läuft hier?

Keine Ahnung, wie Tick und Riana das geschafft haben, aber ich bin ihnen verdammt dankbar!

Wer weiß, wie viele Russen ich sonst noch auf die Krankenstation geschickt hätte.

Nachdem ich mich fertig angezogen habe, fühle ich mich endlich wieder wie ein Mensch. Nach unendlich vielen gesicherten Türen, Stahlgittern und Stacheldraht stehe ich auf der Straße vor dem County Gefängnis.

Die Sonne verschwindet hinter einer dicken Wolkenfront im Westen, ein kühler Wind wirbelt den trockenen Staub der Straße auf.

Erleichtert schließe ich meine Augen und atme tief durch.

Noch bevor ich sie wieder geöffnet habe, höre ich, wie ein Auto und mehrere Motorräder auf mich zukommen - mein Abholservice ist da...

Kaum dass Razzor mein Bike geparkt hat, stürmt meine Süße auf mich zu.

Entschlossen komme ich ihr entgegen, ziehe sie in meine Arme und presse sie so fest ich kann an mich.

Der Geruch von Vanille und Pfirsich steigt mir in die Nase, lässt mich schlagartig hart werden.

„Oh Gott ich habe dich so schrecklich vermisst!"

Ihr Eingeständnis geht mir unter die Haut.

„Fuck, yeah Baby!"

Ohne auf Ace, Skorpion und Catcher zu achten, die gerade hinter mir auftauchen, presse ich meinen Mund auf den ihren, beiße sie in die Lippen nehme mir alles. Es kostet mich verdammt viel Selbstbeherrschung, dass ich sie nicht jetzt sofort ficke.

Als unsere erste Gier gestillt ist, verändert sich unser Zungenspiel, wird sanfter und eindringlicher. Ihre Hingabe bringt mein Blut zum Kochen.

Jeder noch so kleine Muskel meines Körpers ist angespannt. Mit zitternden Händen und zusammengebissenen Zähnen löse ich mich von ihr.

Keuchend lehne ich meine Stirn an die ihre, versuche mich zu beruhigen.

„Zum Teufel noch mal Kleines…, küss mich noch mal so und ich ficke dich hier vor all meinen Brüdern direkt auf der Motorhaube des Pick-ups."

„Das wagst du nicht."

Ich lege meinen Kopf schief und sehe ihr direkt in die Augen.

Zufrieden stelle ich fest, wie meine Süße rot anläuft.

Jetzt hat sie kapiert, dass ich jedes Wort ernst gemeint habe.

„Ich bin ein Mann, der seine Worte in Taten umsetzt – immer."

Fasziniert beobachte ich, wie sich ihre weißen Zähne in ihre rote Unterlippe graben.

Für einen Mann wie mich, der die Freiheit der Straße gewöhnt ist, ist es schwer, hinter Gittern zu sein. Doch von all den Dingen die ich entbehren musste, habe ich diese kleine Frau am meisten vermisst!

„Und was ist, wenn ich dich gerade ganz genauso dringend will wie du mich?"

Knurrend vergrabe ich meine Hände in ihrem Po, hebe sie an und reibe meinen harten Schanz an ihrem Bauch.

„Nur Geduld, meine Schöne. Genieße die Zeit, in der du noch ohne Hilfe stehen kannst. Wenn ich mit dir fertig bin, wirst du eine Woche liegen müssen."

Ihre veilchenblauen Augen funkeln erregt.

„Ist das ein Versprechen, Rocker Devil?"

„Das ist eine Drohung, Baby!"

Das leise Seufzen, das sie von sich gibt, lässt mein Glied gierig zucken.

Ich würde mein Leben verwetten, dass ich, wenn ich jetzt meine Hand zwischen ihre Beine gleiten lasse, eine feuchte Pussy vorfinde.

Fluchend zwinge ich mich dazu, mich zu meinen Brüdern umzudrehen, meine Hand lasse ich allerdings ganz genau da liegen wo sie sich gerade befindet – auf dem Arsch meiner Old Lady!

Ellen

Das Brennen zwischen meinen Beinen wird immer schlimmer.

Dieser Mann ist der Teufel. Ein Kuss, ein paar versaute Worte und schon steht mein Körper lichterloh in Flammen.

Wie in Trance bekomme ich mit, wie er sich mit seinen Brüdern unterhält.

„Wie zur Hölle habt ihr es geschafft, uns hier so schnell rauszubekommen?"

Aces Frage lässt mich aufhorchen.

Tick blickt erst kurz zu mir, dann zu Slide.

Mein Devil ahnt bereits, dass ihm nicht gefallen wird, was er gleich zu hören bekommt.

Seine schwarzen Augen sehen mich prüfend an.

Nachdem sich Tick eine Zigarette angezündet hat, lehnt er sich an sein Bike, ehe er zu sprechen anfängt.

„Wir haben den Zeugen eliminiert."

Ace scheint das nicht zu überraschen.

„Davon bin ich fast ausgegangen."

Ticks Blick ruht nachdenklich auf mir. Ich hoffe inständig, dass er über meine Beteiligung an dieser Aktion kein Wort verliert. Doch diesen Gefallen tut er mir nicht.

„Es ging nicht ohne Kollateralschäden."

Ace und Slide tauschen einen wissenden Blick.

„Wie viele Bullen habt ihr ausgeschaltet?"

„Drei FBI Agents und drei Cops."

Ace flucht laut, Catcher ebenfalls. Skorpion hingegen nimmt diese Informationen ganz gelassen hin.

„Wer war es?"

Slides Frage bringt mein Herz zum Stolpern.

Verdammt! Warum zur Hölle will er das wissen?

Tick schnippt den Stummel seiner Kippe auf die Straße, sieht mich entschuldigend an und beantwortet Slide seine Frage.

„Ein Agent geht auf mich, zwei auf Razzor. King hat einen Zivilbullen erschossen und deine Old Lady hat die restlichen zwei ausgeschaltet!"

Ohhhh Shiiiiit.....

Innerhalb einer Sekunde ruhen die Augen sämtlicher Männer auf mir.

Ausgerechnet Skorpion ist der Erste, der das Wort ergreift.

„Warum nur überrascht mich das nicht?"

In seinen Augen funkelt es belustigt – in Slides hingegen tobt ein Sturm aus unbändiger Wut und rasendem Zorn.

Ace, der Präsident der Riders, sieht mir tief in die Augen und nickt mir kurz zu. Das ist seine Art, sich bei mir zu bedanken.

Catchers Blick ruht ebenfalls noch immer auf mir, was er von der Sache hält kann ich beim besten Willen nicht sagen. Er ist der einzige Rider, den ich nur ganz schlecht einschätzen kann.

„Lasst uns von hier verschwinden. Ich muss mit Riana reden. Es ist wichtig, dass wir herausfinden, wie wir stehen. Das Letzte was ich gebrauchen kann ist noch ein nächtlicher Besuch dieser Drecksschweine."

Slide schnappt sich meine Hand, zieht mich zu seinem Bike und küsst mich grob.

„Darüber reden wir noch Baby!"

167

Oh oh....
Nachdem er sich auf sein Motorrad geschwungen hat, setze ich mich hinter ihn auf den Sozius, ziehe den Helm an und schmiege mich an seinen Rücken.

Von mir aus könnten wir jetzt bis ans Ende der Welt fahren, ganz ohne bestimmtes Ziel – Hauptsache er ist bei mir!

Slide

...die Cops hat deine Old Lady ausgeschaltet...
Verfickte Scheiße, dieser Satz geht mir nicht mehr aus dem Kopf.

Wäre sie ein Kerl, ein Member oder ein Prospect, wäre es das Selbstverständlichste auf der Welt, dass sie für den Club tötet. Aber sie ist kein Member, sie ist meine Frau, meine Old Lady und alleine das Wissen, dass sie, während ich im Knast war, durch das Land gezogen ist, um Cops für mich zu killen, macht mich rasend.

Das Wissen, dass meine Süße für mich getötet hat, erregt mich. Ellen ist meine Killerbarbie, sie kann anschmiegsam sein wie ein kleines Kätzchen und tödlich wie eine hungrige Löwin. Gerade diese Gegensätze machen sie in meinen Augen nur noch interessanter.

Sobald wir im Clubhaus ankommen, werde ich sie mir packen und mich so tief in ihr versenken, dass wir beide nicht mehr wissen, wo sie aufhört und ich anfange.

Mit Tick hingegen habe ich noch ein Wörtchen zu reden. Er ist der Sergeant at Arms des Club, der Sicherheits- und Waffenbeauftragte der Dead Riders. Wenn Ace und ich nicht da sind, hat er das Sagen. Wie zur Hölle konnte er nur zulassen, dass Ellen sich in so eine Gefahr bringt?

In meinem Kopf herrscht das reinste Chaos, es fällt mir schwer, mir selber gegenüber einzugestehen, dass ich ihr verdammt dankbar bin für das, was sie für mich und den MC getan hat.

Es ist gut zu wissen, dass ich mich auf Ellens Loyalität verlassen kann. Mein Mädchen ist kein wankelmütiges Miststück, das sich beim ersten Ärger verpisst. Sie ist geblieben, hat für mich gekämpft und getötet.

Ihr Körper lehnt sich an den meinen. Das Gefühl ihrer Finger an meinem Bauch und die Freiheit der Straße. Ich bin ein verfluchter Bastard, der mehr bekommen hat, als er verdient.

Die restliche Fahrt nutze ich, um meine Gedanken zu ordnen und Pläne zu schmieden.

Der Vorfall mit dem Russen hat mir gezeigt, dass da noch ein paar offene Rechnungen sind, um die ich mich kümmern muss. Ich würde diesen Wodka saufenden Hurensöhnen durchaus zutrauen, dass sie meine Lady benutzen, um sich an mir zu rächen. Es wäre nicht das erste

Mal, dass eine Frau entführt und zur Prostitution gezwungen wurde, nur um es ihrer Familie heimzuzahlen.

Mit Pussys lässt sich eine Menge Geld verdienen.

Wir Riders nennen mehrere Bordelle und Stripclubs unser eigen. Im Gegensatz zu den Russen arbeiten bei uns die Mädchen freiwillig und ich lege meine Hand dafür ins Feuer, dass keines unserer Girls minderjährig ist.

Man mag über uns sagen, was man will, aber wir sind keine perversen Kinderschänder, sondern tödliche Geschäftsleute – das ist ein gewaltiger Unterschied.

Als wir endlich das Ortsschild von Tacoma passieren, ist es mir gelungen, wieder einigermaßen ruhig zu sein.

Meine Nerven sind zwar immer noch angespannt, aber das wird sich auch so schnell nicht ändern. Wirklich ruhig bin ich erst wieder, wenn die Sache mit den Russen geklärt ist und wir von unserer Anwältin gehört haben, dass wir diese Anklage wegen Doppelmordes wirklich hinter uns gelassen haben.

Keine Ahnung wieso, doch immer wenn ich denke, dass ich endlich alle Scheiße hinter mir gelassen habe, passiert irgendetwas Unvorhersehbares.

Es gibt Tage, da kommt es mir so vor, als würde mein Leben aus Treibsand bestehen. Je mehr ich versuche mich freizustrampeln, umso tiefer und schneller versinke ich....

Wie gewohnt parke ich mein Bike neben den Toren der Werkstatt. Es fühlt sich verdammt gut an, wieder hier zu sein. Ace steigt gerade ab, während sich Catcher und Skorpion neben mich stellen.

Kaum dass wir die Motoren abgestellt haben, kommen auch schon Susan und Nora auf uns zu.

Erst steigt Ellen von meinem Bike ab, dann ich.

Neben der Türe des Clubs sehe ich King an der Wand lehnen. Fragend sehe ich zu meiner Old Lady.

„Keine Ahnung, wie er es geschafft hat, wieder der Präsident der Black Devils zu werden. Ich weiß nicht ob ich ihm jemals verzeihen kann, dass er mich verraten hat. Aber dass du jetzt hier bist, verdanken wir ihm."

Widerwillig nicke ich ihm dankend zu.

Ellens Stimme klingt verbittert. Ich verstehe, dass sie auf ihren Vater wütend ist, wer wäre das nicht. Und dennoch bin ich der Meinung, dass sie ihm verzeihen sollte.

Es ist nicht gut für sie, einen Menschen zu hassen, den sie einst geliebt hat. So eine Scheiße kann einen innerlich zerfressen und das ist das Letzte, was ich mir für meine Süße wünsche.

„Du gehörst jetzt zu mir, Baby! Er kann dir nichts mehr tun!"

„Ja ich weiß, Slide. Es ist nur ein komisches Gefühl, ihn hier zu haben.
Bestimmend umfasse ich ihren Kiefer, sehe ihr tief in die Augen und
küsse sie gierig. Erst als sie weich und anschmiegsam in meinen Armen
liegt, gebe ich ihre Lippen wieder frei.

„Ich habe dich so vermisst, Kleines."

Ihr Mund verzieht sich zu einem glücklichen Lächeln, mein Herz gerät
aus dem Takt.

Holy Shit!

Wer hätte gedacht, dass ich wegen eines Mädchens zu einem
verdammten Softy mutiere?

Ace taucht neben mir auf, klopft mir beim Vorbeigehen auf die
Schulter und ruft mir „Gottesdienst" zu.

Was bedeutet, dass sich die First Nine des Clubs, also die neun
wichtigsten Mitglieder, in seinem Büro am Tisch versammeln. Ich sehe
wie Rianas weißer Mercedes auf den Hof rollt.

„Hör mal Süße, ich habe keine Ahnung wie lange die Besprechung
dauern wird. Es sind einige wichtige Dinge zu klären...."

Noch bevor ich ausgesprochen habe, sieht mich meine Lady
verständnisvoll an, küsst mich zärtlich auf den Mund und zwinkert mir
keck zu.

„Wann immer du fertig bist – denk daran, dass ich auf dich warte!"

Ihre kleine Hand schlüpft in meine Jeans, sie packt meine Eier und
massiert mir den Schwanz. Sachte streicht sie mit der Kuppe ihres
Daumes über meine Eichel – ich werde sofort hart.

„Scheiße! Wie soll ich mich denn jetzt konzentrieren?"

„Dein Problem, Devil!"

Fluchend beobachte ich meine Süße dabei, wie sie mich stehenlässt
und zusammen mit Nora im Club verschwindet.

Heilige Scheiße – echt jetzt?

Ellen

Hochkonzentriert versuche ich Ryan so mit Spaghetti zu füttern, dass er
danach nicht samt Klamotten in die Badewanne muss.

„Was glaubst du, wie lange die Chappel dauern wird?"

Nora zuckt mit den Schultern, während sie die Spülmaschine ausräumt.

„Keine Ahnung, wenn alles gut geht und sie über nichts abstimmen
müssen, dürften sie in einer Stunde fertig sein."

Ryan, der kleine Schlingel, nutzt den Moment, den ich ihn aus den
Augen gelassen habe und schlägt mit der flachen Hand direkt in den
Teller. Die Nudeln spritzen durch die Luft, er lacht laut und grinst mich
so süß an, dass ich ihm gar nicht böse sein kann.

„Du kleines Monster...."

Ich streiche ihm ein Spaghetti von der Nase und stehe auf, um mir ein Tuch zu holen.

„Das Füttern solltest du noch etwas üben bis du und Slide eigene bekommt."

Nora lacht so laut, dass ich sie kaum verstehen kann. Sie streckt ihre Hand nach mir aus und zupft mir eine Nudel aus den Haaren.

„Oh, ich denke, das mit den Babys hat noch etwas Zeit."

Augenblicklich sehe ich Slide mit unserem Kind im Arm vor mir. Ein heftiger Schauer lässt mich erbeben. Eine unbekannte Sehnsucht breitet sich in mir aus und raubt mir die Luft zum Atmen.

„Sicher? Slide wäre ein toller Vater."

Von den vielen Emotionen überwältigt, die urplötzlich durch meine Venen rasen, lasse ich mich zurück auf den Stuhl sinken und kümmere mich um Ryans mit Tomatensoße verschmiertes Gesicht.

„Bis jetzt habe ich mir noch keine Gedanken über eigene Kinder gemacht. Ich meine, ich wollte immer welche, aber es war noch nie so, dass der richtige Zeitpunkt da gewesen wäre."

Nora setzt sich zu mir an den Tisch.

„Lass dir eines sagen, Ellen. In der Welt, in der wir leben, kommt der richtige Zeitpunkt nie. Als Old Lady gleicht jeder Tag einer Art russischem Roulette, bei den Dead Riders wird es nie langweilig. Wir wissen nicht, wie viel Zeit uns mit unseren schießwütigen Männern bleibt. Also, wenn du denkst, dass Slide der Richtige für dich ist, warte nicht zu lange, zögere nicht, ergreife die Chance und sei glücklich!"

Ich schlucke schwer.

„Wenn du das sagst, klingt das alles so einfach."

Zufrieden streicht sie sich über ihren runden Babybauch.

„Glaube mir, das ist es auch."

Ich widme meine volle Aufmerksamkeit wieder Ryan, der sich mittlerweile selber die Nudeln in den Mund stopft. Was bedeutet, dass ich jetzt auch noch den Hochstuhl und den Küchenboden putzen muss.

.... ergreife die Chance und sei glücklich.....

Es klingt so unkompliziert, doch ich weiß, dass es nicht so ist.

Slide ist ein wundervoller Mann und ich liebe ihn mehr als mein Leben. Aber Kinder?

Diese Verantwortung ist so groß, dass sie mir Angst macht!

Ich muss ja nur an meine eigene Kindheit denken. Es war nicht leicht ohne Mutter und mit einem Vater, der immer wieder mal im Knast saß, aufzuwachsen.

Die Zukunft wird zeigen, wie es mit Slide und mir weitergeht. Mein Rocker Devil ist wie ein wildes Tier, das sich weigert, domestiziert zu werden. Die Nächte in seinen Armen sind unfassbar heiß und erotisch. Bei ihm fühle ich mich zuhause – das muss erst mal reichen.

Nora schweigt, sie scheint zu spüren, dass mich ihre Worte völlig aus der Bahn geworfen haben.

Wer weiß, ob ich überhaupt eine gute Mutter wäre?

Bei Nora sieht das alles so einfach aus.

Fest entschlossen verdränge ich die Sehnsucht, die sich in mir auszubreiten droht und konzentriere mich auf ein anderes Thema: zumindest einen kleinen Teil der Nudeln in Ryans Magen zu bekommen....

18. Kapitel

Slide

Der Gottesdienst hat viel länger gedauert als gedacht.

Jetzt, drei Stunden später haben wir endlich alles geklärt. Dank des toten Augenzeugen haben die Cops nichts mehr gegen uns in der Hand. Was bedeutet, dass sich die Sache für mich erledigt hat. Smoke ist tot, Ellen ist in Sicherheit. Alles andere ist völlig unwichtig. Jetzt muss ich mich nur noch um die Sache mit den Russen kümmern. Wenn das erledigt ist, kehrt hoffentlich endlich etwas Ruhe ein.

Bevor all meine Brüder aufstehen und ihrer Wege gehen, stehe ich kurz auf und ergreife das Wort.

„Bevor ihr Schwänze euch jetzt alle so zusauft, dass ihr morgen keine Ahnung mehr habt, wer ihr überhaupt seid, hört mir noch einen Moment zu. Ellen hat sich heute bewiesen, sie hat ihr Leben riskiert, um uns zu retten. Es stand schon vorher fest, aber jetzt bin ich mir endgültig zu 100% sicher, dass diese kleine Frau meine Lady wird."

Zustimmendes Gejohle wird laut.

„Es wird nicht mehr lange dauern, dann wird sie ihr eigenes Leder, das sie als mein Eigentum auszeichnet, tragen!"

Ich richte meinen Blick auf Tick und Razzor.

Unser Prospect hat es sich mit seinem heutigen Einsatz verdient, bei der Besprechung der First Nine dabeizusein.

„Brüder, ihr wisst, dass ich euch wirklich dankbar bin dafür, dass ihr uns aus der Scheiße gezogen habt. Aber wenn ich noch mal höre, dass meine Old Lady an einer Schießerei mit der Polizei beteiligt war, breche ich euch sämtliche Knochen!"

Tick sieht mich grinsend an, Razzor hingegen wirkt ernst.

Ace steht ebenfalls auf, er sieht mir tief in die Augen und ich weiß, was jetzt kommen wird. Aus einem Prospect wird ein Member.

Auch nach all den Jahren ist es immer wieder ein gutes Gefühl, einen neuen Bruder im MC begrüßen zu können. Razzor hat sich im vergangenen Jahr als zuverlässig und loyal bewiesen. Er hat es verdient, ein Member zu werden. Diesem verrückten jungen Kerl würde ich mein Leben anvertrauen.

Mit einer Handbewegung bringt Ace alle zum Schweigen. Die meisten ahnen eh schon, was jetzt kommt.

„Razzor, komm her!"

Die Stimme unseres Präsidenten klingt kalt und unnahbar. Ace hat es jedes Mal wieder drauf, die Sache spannend zu machen.

Der Prospect erhebt sich und kommt zu uns an das Kopfende des Tisches.

„Zieh deine Weste aus, du Bastard."

Zögerlich macht er, was ihm befohlen wurde.

Ace zückt sein Messer, trennt den Prospect-Aufnäher ab und zieht zwei andere aus der Hosentasche.

Auf dem einen steht in weißer Schrift ‚Member' auf dem anderen ‚Man of Mayhem'.

Razzor sieht die zwei Aufnäher an, das ist das erste Mal, dass ich ihn sprachlos erlebe.

Ace zieht Razzor in seine Arme und klopft ihm brüderlich auf die Schulter.

„Wir sind stolz, dich bei den Dead Riders zu haben!"

Lautes Gegröle, Fäuste, die auf die Tischplatte knallen und zustimmende Pfiffe.

„Willkommen Rocker Bastard!"

Jetzt wo Razzor ein vollwertiges Mitglied ist, beginnt für ihn ein neues Leben.

Nach und nach gratuliert ihm jeder. Heute Nacht wird eine fette Party steigen. Es wird gefeiert, dass wir den FBI-Wichsern entkommen konnten und jetzt kommt auch noch die Sache mit Razzor dazu.

Oh yeah!

Bei meiner Memberparty war ich so voll, das ich mich gar nicht mehr daran erinnern kann, dass ich drei Bitches gleichzeitig gefickt habe.

So wie ich Razzor kenne, wird er es ebenfalls so richtig krachen lassen.

Ich hingegen werde es vorziehen, bis zu den Eiern in der feuchten Pussy meiner Süßen zu stecken.

Scheiße! Alleine der Gedanke daran lässt mich durchdrehen.

Endlich geht die Bürotüre auf und ich kann mich verpissen.

„Du wirst nicht auf der Party anwesend sein?"

Aces Frage stoppt meinen schnellen Abgang.

„Keine Chance, Bro. All diese Pussys können mir gestohlen bleiben."

Mein Freund schüttelt ungläubig den Kopf.

„Dann ist sie also die Eine für dich?"

„Ja Mann, das ist sie!"

„Das freut mich für dich, Bro, du hast dieses Glück mehr verdient als jeder andere, den ich kenne."

Zum ersten Mal in all den Jahren fällt mir auf, dass Ace einsam aussieht. Er ist ruhelos, ein Getriebener seiner Dämonen.

„Du wirst sehen, Ace. Es kommt der Tag, an dem begegnet dir ein ganz besonderes Mädchen, und dann verstehst du, wie ich mich gerade fühle. Vor Ellen habe ich auch nicht verstanden, warum sich manche Brüder für den Rest ihres verdammten Lebens an eine einzige Muschi binden. Doch jetzt kapiere ich, dass mir nichts Besseres als diese Frau passieren konnte."

Sein ungläubiges Brummen lässt mich den Kopf schütteln. Ohne einen Blick zurück macht er sich auf den Weg zur Bar, schnappt sich eine Flasche Jack Daniels und ein Glas und setzt sich auf einen der Barhocker.

Meine Intuition verrät mir, dass Ace sich noch so sehr gegen eine Old Lady wehren kann. Aus Erfahrung weiß ich, dass wir nicht nach unserer Meinung gefragt werden. Das Schicksal stellt uns zum unmöglichsten Zeitpunkt die richtige Frau in den Weg – keiner von uns kann dem Unausweichlichen entkommen - das ist genauso unmöglich wie sich vor dem Tod zu verstecken.

Während Ace sich mit einer Flasche Whisky zufrieden gibt, was ein Idiot, steige ich die Treppe rauf und eile zu meinem Mädchen.

Kaum dass ich die Wohnung betreten habe, kommt Ellen mir auch schon entgegen.

Zwischen uns gibt es kein Zögern, wir brauchen keine Worte, wir gehören uns einfach!

Gierig erobere ich ihre Lippen, wühle mich mit meiner Zunge durch ihren Mund, nehme mir alles. Bestimmend wickle ich mir ihre langen Haare um die Hand, ziehe ihren Kopf nach hinten und presse ihren kleinen Körper fester an den meinen.

Aus ihrer Kehle löst sich ein sehnsüchtiges Seufzen. Ich schlucke es.

Bei dieser Frau mache ich meinem Namen alle Ehre, ich bin ein Teufel, der sich nicht nur mit ihrem Körper zufrieden gibt, oh nein, ich will ihre Seele, ihr Herz ihr alles....

Von dieser Frau werde ich niemals genug bekommen.

Ohne zu zögern schiebe ich sie den Flur entlang, dränge sie auf mein Bett, nagle sie mit meinem Körper tief in die Matratze.

Heute Nacht werde ich sie zum Schreien bringen – so viel steht schon mal fest!

Dieses Mal werde ich mich nicht bremsen können, wenn sie mich heiser um Gnade anfleht.

Zum Teufel mit dem MC, mit dem FBI und allen anderes Problemen. Jetzt in diesem Augenblick gibt es nur eine Sache, die für mich wichtig ist – meine Frau.

Meine inneren Dämonen knurren laut, fletschen ihre Zähne und sehnen sich nach ihrem Geschmack. Ein Teil von mir will sie küssen, beißen, zeichnen und sichtbar als mein Eigentum markieren. Ein anderer Teil hingegen will sie beschützen, umsorgen und einfach nur lieben.

Ich unterdrücke das beinahe übermächtig werdende Verlangen, sofort in sie einzudringen und lasse meine Hände über ihren Körper gleiten, ziehe sie Stück für Stück aus.

Sie ist mein!

Das Veilchenblau ihrer Augen schimmert sanft im fahlen Tageslicht, das durch die halb zugezogenen Vorhänge zu uns hineinfällt.

Wenn ich nicht bald in ihr bin, wenn ich sie nicht sofort hart ficke, verliere ich den Verstand.

Mein animalisches Knurren vermischt sich mit ihrem süßen, zutiefst weiblichen Seufzen. Immer härter presse ich meinen Mund auf den ihren, fresse sie regelrecht auf.

Sie beginnt zu zittern, ihr Körper erbebt unter meinem Ansturm.

Dieses Mädchen ist meine Rettung, mein Untergang, mein Paradies.

Es ist mir völlig egal, wie viele Probleme zukünftig noch auf uns zukommen, mit ihr an meiner Seite werde ich einfach alles schaffen.

Zuckend presst sich mein steinharter Schwanz gegen den unnachgiebigen Stoff meiner Jeans. Meine Eier ziehen sich ungeduldig zusammen, bereiten sich für ihren Einsatz vor.

Immer bestimmender dringe ich mit meiner Zunge in ihren Mund ein, presse meine Lippen auf die ihren und ziehe sie noch näher an mich.

Als es mir endlich gelungen ist, sie komplett zu entkleiden, lasse ich meinen Blick über ihre perfekten Rundungen gleiten.

Bis jetzt konnte ich nie verstehen, warum in der Vergangenheit wegen Frauen ganze Kriege geführt wurden – jetzt verstehe ich es.

Unsere Zähne treffen krachend aufeinander, ich presse mein Bein zwischen ihre Schenkel. Immer schneller ficke ich sie mit meiner Zunge, verliere mich in meiner Lust.

Meine Hände folgen jeder Kuhle, jedem Tal und jeder noch so sanften Rundung. Sie gleiten über ihre schmale Taille, legen sich auf ihren runden Po. Meine Finger streifen durch den feuchten Spalt ihrer Pussy, dringen sanft in sie ein.

Eng – heiß – nass....

Langsam beende ich unseren Kuss, erwidere ihren Blick, gebe sie langsam frei und grinse sie zufrieden an, als sie ein paar Mal benommen blinzelt.

„Ich liebe dich, Baby!"

„Ich liebe dich, Devil!"

Die Luft um uns herum verändert sich, fängt an zu knistern. Mein Herzschlag setzt eine Sekunde lang aus. Es fühlt sich so an, als würde es sich ihrem Takt anpassen.

Keiner von uns beiden kann das, was da gerade zwischen uns passiert ist, in Worte fassen. Denn die Bedeutung dieses Augenblicks geht tiefer, als man es mit einfachen Wörtern beschreiben kann.

Holly Shit, ich habe mein Herz für immer an diese Frau verloren!

Ellen

In den Abgründen von Slides schwarzen Augen erkenne ich deutlich, dass sich in den letzten Minuten etwas in ihm verändert hat, dass er mich nicht einfach nur ficken will, sondern dass seine Besitzgier um ein Vielfaches stärker geworden ist.

Jetzt in dieser Sekunde geht es nicht nur um Sex, es geht darum, dass er mich völlig unterwerfen will. Seine rechte Hand umfasst meine Kehle, ich schließe ergeben meine Augen.

Sein Daumen legt sich auf meine Unterlippe, ich sauge ihn tief in meinen Mund, umspiele ihn mit meiner Zungenspitze.

Mir ist durchaus bewusst, dass ich mich eigentlich gegen diese enorme Anziehungskraft, die er auf mich ausübt, wehren sollte. Und dennoch tue ich es nicht, eher das absolute Gegenteil ist der Fall, ich sehne mich danach, ihm noch mehr zu gehören, als ich es eh schon tue.

„Du bist für immer mein!"

Seine Worte dringen zu mir durch und hallen in mir wieder.

Ich spüre bis in den letzten Winkel meines Herzens, dass das die absolute Wahrheit ist.

Ich gehöre nicht einfach nur zu diesem Mann - sondern ich gehöre ihm.

Mit einer geschmeidigen Bewegung steigt er aus dem Bett, er zieht sich langsam aus während sein Blick immer wieder über meine nackte Haut gleitet.

Das faszinierende Spiel seiner Muskeln, das sich unter seiner braunen Haut abzeichnet, sorgt dafür, dass es zwischen meinen Schenkeln verräterisch zu prickeln beginnt.

Oh Gott! Ich will spüren, wie mich dieser Körper überwältigt, auf die Matratze drückt und solange fickt bis ich in Ohnmacht falle.

Besitzergreifend lässt er seine Finger über meinen Bauch gleiten, umkreist meinen Nabel und knabbert leicht an meinem Schlüsselbein.

Seine Lippen finden meine Brustwarzen, Slide saugt sie zwischen seine Zähne, liebkost sie mit seiner Zungenspitze, ehe er mich seine Zähne spüren lässt. Ich stöhne laut, drücke meinen Rücken durch, komme ihm entgegen

Groß und kraftvoll, spüre ich seinen muskulösen Körper an dem meinen, jeder seiner Muskeln ist vor Erregung angespannt.

Ich spüre wie er sich kontrolliert, er beherrscht sich...

Sein heißer Atem streift über die empfindliche Haut an meinem Ohrläppchen, ein angenehmer Schauder erfasst mich.

Hinter meinen geschlossenen Lidern tanzen bunte Punkte.

Seine großen Hände packen mich an der Taille, graben sich in mein Fleisch, ziehen mich fester zu sich heran.

Grob presst er seinen gierigen Mund auf den meinen.

Leidenschaftlich, ja geradezu wild, umschlingen sich unsere Zungen, saugen und fordern immer mehr von dem anderen.

Ungeduldig umfasse ich seinen harten Schwanz und massiere ihn pumpend.

Wenn er nicht bald in mich eindringt, verliere ich noch den Verstand.

Seufzend spüre ich, wie er zwischen meinen Fingern immer härter wird und weiter anschwillt. Mein Devil zwirbelt meine Brustwarzen, zwickt zu, schickt einen dekadenten, bittersüßen Schmerz durch meine Venen.

Slide atmet schwer, seine Augen glühen, seine Finger reiben über meinen Venushügel, ehe sie sich tief und immer tiefer in mich schieben.

Oh Fuck! Es fühlt sich so verdammt gut an, ihn endlich in mir zu spüren.

Sein angespannter Kiefer und das deutliche Zucken seiner Wangenmuskulatur verraten mir, dass sich seine letzte Selbstbeherrschung gerade in Luft auflöst. Es wird nicht mehr lange dauern bis er endlich die Kontrolle verliert und mich so fickt wie ich es brauche – gnadenlos.

Verspielt lecke ich über die Haut an seiner Kehle, knabbere an seinem Ohrläppchen und lasse meine Zunge über die kratzigen Bartstoppeln an seiner Backe gleiten.

Mein Körper steht in Flammen, er glüht vor Begierde.

Mein Puls donnert durch meine Nervenbahnen und meinem Verstand sind schon vor Minuten die Lichter ausgegangen.

„Ich muss endlich in dir sein…"

Seine Stimme klingt mehr nach dem Knurren eines wilden Tieres als nach der Stimme eines Mannes. Endlich lässt er seine Finger über meinen Kitzler und durch meinen zuckenden Spalt gleiten.

Er umkreist meinen Lustknoten, zupft leicht an ihm und entlockt mir einen lauten Schrei.

Animalisch, roh und besitzergreifend raubt er mir meine Seele.

Begierig presse ich mich seinen Fingern entgegen.

Meine Sinne prickeln, ich habe das Gefühl zu verglühen.

Hilflos kralle ich mich an seinen Schultern fest, kratze mit meinen Fingernägeln über seinen Rücken und verliere mich immer weiter im Strudel der Lust.

„Sie mich an Baby."

„Das hier", seine Hand legt sich bestimmend auf meine Pussy, „gehört mir!"

Mein Rocker erdolcht mich mit seinem düsteren Blick.

Ungeduldig vergrabe ich meine Finger in seinen langen Haaren und ziehe ihn zu mir herunter. Endlich treffen sich unsere Münder wieder, seine Lippen kleben auf den meinen, stehlen mir den Atem.

Mein Kerl küsst wie der Teufel....

Atemlos beobachte ich Slide dabei, wie er sich zwischen meine weit geöffneten Schenkel kniet und seinen Blick über meine pulsierende Fotze gleiten lässt. Meinem Rocker völlig ausgeliefert, genieße ich seinen düsteren Blick und seine mich fickenden Finger.

Schweißperlen bilden sich in meinem Nacken, meine Lippen öffnen sich zu einem lauten Schrei.

Slide beugt sich über mich, seine Zunge leckt abwechselnd über meine Nippel, ehe er sie langsam zwischen seine Zähne saugt.

Hilflos schließe ich meine Augen. Seine Hand umschließt erneut meine Kehle, drückt dieses Mal leicht zu, lässt mich spüren, wie wehrlos ich ihm ausgeliefert bin.

Hart und härter dringt er mit seinen Fingern in mich ein, touchiert meinen

G-Punkt, lässt mich beinahe kommen.

„Du bist unglaublich, Baby."

Gegen diesen Mann bin ich wehrlos.

Bebend zieht sich mein Inneres zuckend zusammen, meine Zehenspitzen krümmen sich erwartungsvoll.

Der immer größer werdende Druck in meinem Unterleib breitet sich bis in meinen Bauch aus.

„Slide, bitte.... „

Erneut drückt er mit seinen Fingern fester zu.

Ich höre auf zu atmen. Kochende Wellen branden durch meine Nervenbahnen, mein Kitzler glüht und meine Vaginalmuskeln ziehen sich krampfhaft zusammen.

Der Orgasmus, der mich hinfortreißt, der mangelnde Sauerstoff und sein eindringlicher Blick – ich bin verloren.

Vor meinen Augen wird es schwarz, meine Sinne stehen in Flammen.

Die Welt hört auf sich zu drehen, alles was in diesem Augenblick für mich zählt, sind er und ich und die Verbundenheit zwischen uns.

Ich bin verloren...

Mit seinen Beinen spreizt er meine zitternden Schenkel, seine Zunge leckt über meinen bebenden Bauch.

Sein Daumen legt sich auf meinen sensiblen Kitzler.

„Fuck Baby! Ich liebe es, wie du auf mich reagierst!"

Die Vibrationen seiner dunklen Stimme dringen wie durch einen dichten Nebel zu mir durch.

Ich versuche meinen Arm zu heben, ich will ihn berühren, doch mein Körper gehorcht mir nicht. Er gehört nicht mehr mir, sondern Slide, dem Rocker Devil.

Seine Finger lockern sich, ich schnappe japsend nach Luft.

Wie in Trance höre ich, dass er gefährlich knurrt, ehe er mit seiner Zungenspitze über meine geschwollenen Schamlippen leckt.

Stöhnend winde ich mich unter seiner süßen Folter.

Slide pustet gegen meine Öffnung – ich bin verloren.

Quälend langsam leckt er meine Pussy, saugt sich immer wieder an meinem Kitzler fest, bevor er mit seiner Zunge tief in mich eindringt.

„Deine Pussy schmeckt göttlich!"

Kurz bevor er mich in den nächsten Orgasmus geleckt hat hört er auf.

Ich habe das Gefühl wie einer Sternschnuppe zu verglühen. Es fühlt sich so an als würden grelle Flammen über meine Haut züngeln.

Endlich legt er sich auf mich. Er umfasst meine Handgelenke und presst sie über meinem Kopf in die Kissen.

Seine dicke Eichel reibt über meine feuchten Falten, dringt endlich für ein paar köstliche Zentimeter in mich ein – *jaaaaaaaa....*

Stöhnend presse ich meinen Unterleib seinem dicken Schwanz entgegen.

Unfassbar dick, lang und groß rammt er sich in mich, dehnt meine Pussy und nimmt mich vollständig in Besitz.

Das dekadente Gefühl der Dehnung entlockt mir einen heiseren Schrei.

Das starke Ziehen in meinen Schenkeln kündigt einen erneuten Höhepunkt an, den nächsten kleinen Tod. Slides Stöße werden immer härter. Mein Rocker ist so in seiner Lust gefangen, dass er keine Rücksicht mehr nimmt. Seine Hoden klatschen rhythmisch gegen meinen Damm.

„Yes, Baby!"

Gnadenlos füllt er mich aus, der dicke Kopf seiner Eichel reibt über meinen empfindlichen Punkt.

Wimmernd presse ich meinen Kopf ins Kissen. Als der Schmerz fast zu stark wird, versuche ich ihm etwas auszuweichen, doch er folgt mir sofort. Seine Botschaft ist deutlich - vor ihm gibt es für mich kein Entkommen.

Die starken Zuckungen in seinen Armen und seinen angespannten Oberschenkeln verraten mir, dass er sich trotz der Heftigkeit, mit der er mich fickt, immer noch sehr zurückhält.

Tief und immer kraftvoller schiebt er sich in mich.

Zitternd spannt sich sein muskulöser Oberkörper an.

Sein Sixpack wird steinhart und sein lautes Knurren verwandelt sich in ein unmenschliches Brüllen.

In der einen Sekunde spüre ich einen starken Schmerz, in der nächsten überrollt mich der nächste Höhepunkt.

Fuck – was war das denn?

Die Kontraktionen in meinem Unterleib sind so stark, dass ich Slide mitreiße und er sich laut stöhnend tief in mir ergießt.

Seine Augen rollen zurück, sein Kopf fällt in den Nacken.

Selbst wenn ich es wollte, ich könnte mich keinen Zentimeter weit bewegen. Ich bin erledigt, kraftlos und völlig k.o.

Slide ist es gelungen mich völlig aufzubrauchen.

Zufrieden lecke ich mir über die Lippen, schmecke sein herbes Aroma und atme die nach Sex riechende Luft ein.

Wir schweigen, unsere Blicke treffen sich. Sein Atem kommt stoßweise und liebkost meine glühende Haut während unsere Herzen im gleichen Takt schlagen.

Das war absolut magisch....

Trotz meiner verzweifelten Bemühungen ihn in mir zu behalten, gleitet Slide mühelos aus mir heraus und legt sich neben mich.

Brummend schlingt er seinen kraftvollen Arm um meine Taille und zieht mich kurzerhand an seinen Brustkorb.

Die besitzergreifende Geste, mit der er mich festhält, lässt mich glücklich seufzen.

Wie unglaublich schön die Welt doch sein kann!

Slide

So muss sich der Himmel anfühlen.

Ich hätte nie geglaubt, dass ich jemals so verdammt glücklich sein könnte wie in diesem Augenblick.

Womit ich das verdient habe? Keine Ahnung!

Heute Nacht werde ich mir noch nicht den Kopf wegen der Russen zerbrechen. Aber morgen werde ich mich um dieses Problem kümmern müssen.

Alleine die Vorstellung, dass sich diese Wodka saufenden Arschlöcher an Ellen vergreifen, nur um sich an mir zu rächen, lässt mich rotsehen.

Vielleicht sollte ich mich einfach mit einer AK47 bewaffnen, zum Fight Club fahren und diese Drecksäcke alle zu ihrem Schöpfer schicken - schnell und effizient.

Diese Idee gefällt mir, ich sollte sie gleich morgen mit Ace besprechen.

Auch ohne dass ich unten bei der Party dabei bin, weiß ich, dass mein Präsident gerade wahrscheinlich bis zu den Eiern im Arsch von irgendeiner Schlampe steckt.

Träge lasse ich meine Hand über den Po meiner Lady gleiten, schiebe meine Finger zwischen ihre nassen Schamlippen und tauche meine Finger in ihre Öffnung.

Jetzt in diesem Augenblick ist meine Lust vollständig gesättigt, doch das bedeutet noch lange nicht, dass ich kein Vergnügen dabei habe ihren Körper zu bespielen.

Ich spüre wie mein Sperma aus ihrer Scheide läuft. Kreisend reibe ich damit die Innenseiten ihrer Oberschenkel ein.

Aus Ellens wundgeküssten Lippen löst sich ein zufriedenes Seufzen.

Immer und immer wieder tauche ich in sie ein, gleite heraus – reibe über ihren Kitzler, bespiele ihre Rosette.

Bis jetzt habe ich mir ihren Arsch aufgehoben, doch damit ist jetzt Schluss. Noch bevor morgen die Sonne aufgeht, werde ich sie auch da besessen haben.

Zufrieden schließe ich meine Augen, lasse meine Finger immer wieder durch ihre Spalte gleiten.

„Du scheinst ja nie genug zu bekommen, Rider."

Die Stimme meiner Süßen ist rau und kehlig.

„Deine Pussy ist das absolute Paradies. Ab liebsten würde ich mich jetzt zwischen deine Beine knien und dabei zusehen, wie dich meine Finger ficken."

Sie lacht leise.

„Herrgott Slide, du bist wirklich unersättlich."

„Wenn es um dich geht, werde ich nie genug bekommen."

Willig spreizt sie ihre Beine und gewährt mir so besseren Zugang.

Dieses kleine Biest genießt die Tatsache, dass ich ihr hilflos verfallen bin.

„Gut, denn ich habe noch lange nicht genug von dir."

„Oh Baby....."

Ich befeuchte meinen Daumen, reibe damit über das Loch in ihrem Po und dehne es leicht. Ellen versucht mir keuchend auszuweichen, doch ich presse sie fester in die Matratze.

„Bitte Slide. Das habe ich noch nie gemacht."

Ohhh jaaaa.... was Besseres hätte sie gar nicht sagen können.

Alleine das Wissen, dass ich der Erste sein werde, der ihren jungfräulichen Arsch fickt, lässt mich tatsächlich schon wieder hart werden.

„Sei unbesorgt, ich werde bei ersten Mal ganz vorsichtig sein."

Gnadenlos schiebe ich meinen Daumen in ihren Po, bewege ihn kreisend, stelle zufrieden fest, dass sie sich wieder etwas entspannt.

„Braves Mädchen!"

Ich entziehe ihr den Daumen, befeuchte meinen Mittel und meinen Ringfinger und dringe als nächstes mit zwei Fingern in das enge Loch ein.

Sie wimmert leise und wehrt sich gegen mein Eindringen.

Egoistisch wie ich bin, lasse ich ihr keine Chance, wende mehr Kraft auf und durchbreche ihren Widerstand.

Ihr Körper zuckt – mein Schwanz auch.

„Hör auf dich gegen mich zu wehren, Kleines."

„Es tut weh, Slide."

„Nicht wenn du dich entspannst!"

Mein Baby tut was ich sage und lässt locker, das Stöhnen, das sie von sich gibt, verrät pure Lust.

Noch bevor ich mein Vorhaben in die Tat umsetzen und meine Süße auch in dieses Loch ficken kann, höre ich laute Schüsse.

Reflexartig rolle ich mich auf meine Lady, während ich mich hektisch umsehe. Erst als ich mir sicher sein kann, dass niemand in meiner Wohnung ist, rolle ich von Ellen runter und springe aus dem Bett. Keine zwei Sekunden später bin ich komplett angezogen und hole zwei Waffen aus der Schublade meiner Kommode. Eine werfe ich meiner Süßen zu, die andere behalte ich für mich.

„Check die Munition und bleib hier im Schlafzimmer bis ich weiß was los ist."

Ich erkenne an ihrem Gesichtsausdruck, dass sie etwas verwirrt ist - kein Wunder. In der einen Sekunde hat sie meine Finger im Arsch und in der nächsten soll sie ihr Leben verteidigen, das kann ein Mädchen schon mal etwas irritieren.

Erneut fallen Schüsse. Endlich kapiert sie was los ist und lässt mit ein paar routinierten Bewegungen das Magazin rausspringen. Als sie sicher ist, dass es voll ist, schiebt sie es zurück, entsichert die Waffe und nickt mir zu.

Mit schnellen Schritten eile ich aus der Wohnung, verriegle die Türe und hoffe inständig, dass meiner Lady nichts passiert.

19. Kapitel

Ellen

In der einen Sekunde habe ich Slides Finger im Po und befürchte, dass ich in den Arsch gebumst werde, in der nächsten sitze ich alleine und mit einer Beretta in der Hand in seinem Bett und habe keine Ahnung was los ist.

Verfluchter Bullshit!

Was ist heute nur für ein verrückter Tag?

Immer wieder höre ich salvenweise Schüsse, was bedeutet, dass die Eindringlinge, die es auf die Riders abgesehen haben, Maschinenpistolen dabeihaben.

Ich kenne nur zwei Arten von Banden, die mit solchen Waffen quasi ins Bett gehen.

Die Russen und die Araber – beide sind echt beschissen und absolut tödlich.

Noch bevor ich mir überlegen kann, was die Riders getan haben könnten, um deren Wut auf sich zu ziehen, höre ich laute Rufe. Es sind die Russen!

Es folgt ein lautes Krachen, Holz zersplittert, schwere Stiefelschritte werden immer lauter – sie sind in der Wohnung.

Verfluchter Mist!

Vor nicht ganz fünf Minuten hatte ich noch einen eiskalten Killer bei mir, der mich hätte beschützen können. Jetzt allerdings sitze ich nackt und alleine zwischen einem Haufen Kissen. Nicht gerade gute Voraussetzungen, um es mit den Russen aufzunehmen.

Hätten diese blöden Arschlöcher nicht sechs Minuten früher kommen können?

Nein, natürlich nicht, das wäre ja auch viel zu einfach gewesen.

Fest entschlossen mich zusammenzureißen, atme ich ein paar Mal tief durch, setze mich aufrechter hin und ziele mit der Waffe auf die Türe.

Wer auch immer als Nächster dieses Schlafzimmer betritt, er wird mit Blei vollgepumpt.

Reines Adrenalin rauscht durch meine Venen, schärft meine Sinne.

Gerade als ich denke, dass jetzt der Augenblick gekommen ist, an dem ich zum dritten Mal in kürzester Zeit einen Menschen töte, höre ich erst ein leises Klicken, dann rollt eine Sekunde später eine Rauchbombe ins Zimmer.

Diese blöden Drecksäcke spielen nicht nach den Regeln....

Das laute Krachen und der viele Rauch sorgen dafür, dass ich für einen Augenblick orientierungslos bin.

Meine Lungen füllen sich mit dem schwefelhaltigen Rauch, ich huste mir beinahe die Seele aus dem Leib.

Die Stimmen werden lauter, ich verstehe kein Wort, da nur russisch gesprochen wird. Noch bevor ich die Arschlöcher ausfindig machen kann, werde ich grob am Arm gepackt. Panisch feuere ich blind ein paar Kugeln ab, ehe mir ein nasses Tuch auf Mund und Nase gepresst wird.

Ich erkenne sofort den beißenden Geruch von Chloroform. Mit aller Kraft wehre ich mich gegen den Mann, der mich festhält – keine Chance.

Schwarze Punkte tanzen vor meinen Augen, mir wird schwindelig, ehe ich das Bewusstsein verliere.

Der letzte Gedanke, der mir durch den Kopf schießt, gilt Slide und dass er ganz bestimmt nicht begeistert davon ist, dass mich diese Wichser nackt sehen.

Heilige Scheiße – das kann mir doch eigentlich völlig egal sein....

Dunkelheit, finsterer als Schwarz empfängt mich.

Fremde Hände reißen mir die Waffe aus der Hand, berühren mich am Bauch und an der Schulter. Ich höre ein fieses Lachen, ehe ich grob an der Brust berührt werde.

Meine Gedanken verstummen, meine Sorgen lösen sich in Luft auf. Eine angenehme Gleichgültigkeit breitet sich in mir aus und ich versinke in einen traumlosen Schlaf.

Slide

Fuck! – Fuck! – Fuck!

Auf dem Hof der Dead Riders geht es zu wie in Afghanistan.

Rauchbomben werden geworfen, Kugeln sirren durch die Luft, Blut verteilt sich auf dem Asphalt. Soweit ich das im Blick habe, haben wir noch keinen Mann verloren – wenn das aber so weitergeht ist es nur noch eine Frage der Zeit bis wir Tote zu beklagen haben. Razzor hat sich auf dem Dach der Werkstatt postiert, konzentriert und zielsicher schickt er einen Russen nach dem anderen auf den Boden.

Mir war klar, dass ich die Wodkasäufer mit der Aktion im Fight Club verärgere, aber das hier? Shit! Das hier geht echt zu weit.

Irgendwie habe ich das dumme Gefühl, dass es nicht nur um die kleine Nutte mit den blauen Augen geht. Irgendetwas muss Dimitri, den Anführer der Russen, verdammt wütend gemacht haben. Aber was?

Ace schmeißt sich neben mir auf den Boden, aus einer Wunde an seiner Stirn tropft Blut.

„Verfluchte Hölle, das ist ja wie in alten Zeiten, Bro."

Das Funkeln in seinen Augen verrät mir, dass er diese Scheiße hier genießt.

Wahrscheinlich würde ich das auch, wenn nicht dieses Mädchen in meinem Bett auf mich warten würde!

„Wir müssen diese Scheiße hier beenden, bevor das FBI hier auftaucht. Sonst sitzen wir schneller wieder im Knast als uns lieb ist!"

Ace atmet tief durch, wischt sich mit dem Handrücken das Blut aus dem rechten Auge und sieht mich eindringlich an.

Noch bevor wir uns eine Strategie überlegen können, sehe ich wie ein Dutzend Männer aus dem Club kommen. Einer von ihnen trägt eine nackte, bewusstlose Frau in den Armen. Aufgrund des Rauchs ist die Sicht schlecht. Ich zwicke meine Augen zusammen, sehe genauer hin.

„Fuck! Die Dreckschweine haben Ellen!"

Ace folgt meinem Blick.

Als er sieht, dass ich recht habe, springt er auf, zielt auf die Männer und verpulvert sein komplettes Magazin. Drei der Typen lassen ihr Leben, doch er kann mit seiner Aktion nicht verhindern, dass Ellen in eine am Straßenrand wartende schwarze Limousine getragen wird.

Ohne auf die vielen Kugeln, die durch die Luft fliegen, zu achten, renne ich los. King taucht neben mir auf, er hält eine lange Klinge in der Hand. Zusammen versuchen wir alles, um das davonfahrende Auto zu erwischen – vergebens.

Außer Atem und mit wild klopfendem Herzen muss ich dabei zusehen, wie mir diese Hurensöhne das Kostbarste nehmen, was ich je besessen habe.

Mein Blut beginnt zu kochen, ich spüre, wie ich mich zurück in den Mann verwandle, der ich einst gewesen bin: kalt, herzlos, mit dem dringenden Bedürfnis zu töten.

Bei Gott, ich schwöre bei meinem Leben, dass ich erst Ruhe geben werde, wenn ich Ellen befreit habe.

Was für eine beschissene Ironie.

Ich rette ein fremdes Mädchen, das mich an Ellen erinnert und verliere als Reaktion auf meine ungewohnte Nächstenliebe das Mädchen, das mir die Welt bedeutet.

King flucht laut. Er spuckt angewidert auf den Boden.

„Wir werden sie zurückholen!"

„Aye, das werden wir!"

Hinter uns fallen erneut Schüsse, das Rattern eines Maschinengewehrs hallt durch die Nacht.

Mit der Waffe im Anschlag drehe ich mich um, Russe für Russe – Schuss für Schuss erledige ich sie. Der Tod breitet seine breiten Schwingen über unserem Clubhaus aus – bereit all meine Opfer mit sich zu nehmen.

Wenn Dimitri Krieg will, dann, verdammte Scheiße, soll er ihn auch kriegen.

20. Kapitel

Slide

Der rostige Geruch von Blut liegt in der Luft, es stinkt nach verbranntem Fleisch und Schießpulver. Die Schatten der blinkenden Blaulichter tauchen all die Leichen, die auf dem Boden liegen, in ein diffuses Licht.

Ace wird gerade vom Sheriff vernommen. Drei Krankenwagen stehen auf der Straße, sie werden hier nicht gebraucht. All die reglosen Körper haben längst keinen Puls mehr.

Ungeduldig warte ich darauf, dass sich die scheiß Cops endlich verpissen.

Mit jeder Minute, die ich hier tatenlos herumstehe, verliere ich kostbare Zeit.

King habe ich weggeschickt, bevor die Bullen aufgetaucht sind. Keiner weiß, dass er da war, es ist nicht nötig, die Black Devils auch noch in diese Scheiße mit reinzuziehen.

Während ich hier also stehe und warte, ist Ellens Vater bereits dabei, seine Kontakte anzuzapfen. Er versammelt alle Black Devils um sich, damit wir dann, wenn wir endlich mehr wissen, als geballte Kraft zuschlagen können.

Meine Süße ist bei den Devils aufgewachsen, die Männer lieben sie, jeder von ihnen wird alles geben, um sie zu befreien.

Da es offensichtlich ist, dass die Russen uns angegriffen haben, haben die Sheriffs nichts gegen uns in der Hand. Man kann ihnen deutlich am Gesicht ansehen, wie sehr ihnen diese Tatsache stinkt.

Fuck off....

Diese Schießerei wird uns mit Sicherheit die Abteilung für Bandenkriminalität auf den Hals hetzen. Diese Abteilung verfügt über Mittel und Wege uns das Leben verdammt schwer zu machen.

Nächste Woche bekommen wir eine Ladung Kalaschnikows frisch aus der Ukraine geliefert. Die Frage ist, wie wir diese verschiffen und weiterverkaufen sollen, wenn uns die Bullen bewachen? Da sich unser Clubhaus direkt am Hafen befindet, nutzen wir meist den Seeweg. Der ist um einiges sicherer und schneller als der Transport auf der Straße. Ein weiterer Pluspunkt für diese Art des Transports ist, dass die Hafenbehörde sehr leicht zu bestechen ist. Je weniger Hände geschmiert werden müssen, umso größer ist am Ende der Gewinn, der in unsere Taschen fließt.

Doch bevor ich mich um die Geschäfte des Clubs kümmern kann, muss ich mich um Ellen kümmern.

Mir ist noch immer nicht klar, warum Dimitri wegen einer kleinen Nutte so einen Krieg anfängt?

Wenn es wirklich darum geht, dass er Ellen als Ersatz für dieses Mädchen verwenden will, dann wird er sie drogenabhängig machen und auf den Strich schicken.

Razzor taucht neben mir auf, in seiner Hand hält er ein ziemlich ramponiertes Mobiltelefon. Ohne ein Wort zu sagen reicht er es mir.

Mit einem miesen Gefühl nehme ich es entgegen und halte es an mein Ohr.

„Rocker Devil, wie ich sehe hast du die Nacht überlebt...."

Auch ohne dass sich mir die Stimme mit dem schweren russischen Akzent vorstellt, weiß ich sofort, dass sich niemand Geringerer als Dimitri höchstpersönlich am anderen Ende der Leitung befindet.

„Ja und das verdanke ich nicht dir!"

„Ich habe gerade einen Anruf getätigt. Die Cops werden jetzt verschwinden und sich um diese leidige Angelegenheit nicht weiter kümmern."

Wie bitte?

Dieser Drecksack hat sogar den Sheriff in der Hand? Interessant...

„Was bezweckst du damit, Dimitri?"

Schweigen, gerade als ich denke, dass er das Telefonat ohne ein weiteres Wort beenden wird, höre ich, wie er ein freudloses Lachen von sich gibt.

Razzor bedeutet mir mit einem Handzeichen, dass ich mich umdrehen soll, ich tue es, und stelle erstaunt fest, dass alle anwesenden Polizisten bereits unser Gelände verlassen haben.

Was zur Hölle soll diese Scheiße?

„Rache!"

Seine Antwort überrascht mich jetzt nicht wirklich.

„Wo ist Ellen?"

„Das schöne nackte Mädchen, das wir in deinem Bett gefunden haben, ist noch am Leben."

Seine Worte verbrennen mich wie Feuer.

„Wenn du sie anrührst, bringe ich dich um! Hörst du mich, Dimitri? Ich werde dich töten!"

Mein Schrei hallt über das Gelände, doch das ist mir egal.

„Du bist an dieser Sache selber schuld. Erst tötest du meinen Bruder und dann nimmst du mir eine meiner Schlampen. Was hast du gedacht, wie ich auf so eine Provokation reagiere, Rocker?"

Bruder? Fuck! Mir war nicht klar, dass der Typ, dem ich nach dem Kampf das Genick gebrochen habe, Dimitris Bruder war.

Dass er den Tod seines Bruders als Provokation bezeichnet, verrät mir viel über die Emotionslosigkeit des Russen.

Dimitri ist ein verdammt mächtiger Mann. Er ist der Kopf einer langen Schlange von kriminellen Vereinigungen.

Noch in der Sekunde, in der er den Tod eines Menschen befiehlt, ist dessen Leben so gut wie verwirkt. Was mich wieder zu der Frage bringt, warum ich noch am Leben bin?

Ich bin nicht naiv. Mir ist klar, dass die Scheiße heute Nacht nur als Warnung gedacht ist.

Wenn Dimitri gewollt hätte, dass ich diese Nacht nicht überlebe – wäre ich längst tot.

Dieser Hurensohn spielt mit mir, er will mich leiden sehen.

Er und ich sind uns sehr ähnlich. Er weiß, dass ich den Tod nicht fürchte – er weiß, dass Ellen mir mehr bedeutet als mein Leben.

„Was willst du von mir, Dimitri? Was muss ich tun, damit du meine Old Lady frei lässt?"

„Kämpfen!"

Mir ist sofort klar, dass er vom Fight Club redet.

„Gegen wen?"

„Das spielt keine Rolle. Alles was du wissen musst ist, dass es ein ‚fight to the death' ist."

Was Dimitri mir da anbietet, wäre für jeden anderen Mann die Hölle, für mich ist es nichts Besonderes. Es wäre nicht mein erster Kampf auf Leben und Tod und es wird auch garantiert nicht mein letzter sein. Ich bin ein Krieger, ein Kämpfer.

„Wann?"

„22:00 Uhr, sei pünktlich!"

„Ich erwarte, dass ich Ellen in demselben Zustand wieder zurückbekomme, in dem ihr sie aus meinem Bett geraubt habt."

„Du hast mein Wort, Rocker."

Mit diesem letzten Satz beendet er das Gespräch.

So sehr ich diesen russischen Hurensohn auch verachte, auf sein Wort kann man sich verlassen. Razzor sieht mich gespannt an. Ace und Catcher kommen ebenfalls auf mich zu.

Fluchend zünde ich mir mit meinem Zippo eine Kippe an und inhaliere den Rauch, nervös lasse ich immer wieder den Deckel des Zippos auf- und zuklappen. Zwar hat Dimitri dafür gesorgt, dass sich die Bullen blind und taub stellen, die ganzen Leichen haben sie allerdings zurückgelassen.

„Was ist los, Slide?"

Catchers Stimme reißt mich aus meinen Überlegungen.

„Das war Dimitri."

„Fuck! Warum haben sie uns angegriffen?"

Aces Frage ist durchaus berechtigt. Meine Antwort wird ihm definitiv nicht gefallen.

„Ich habe seinen Bruder getötet."

Mein Präsident sieht mich ungläubig an.

„Scheiße, Bro. Bist du wahnsinnig?"

Wieder eine durchaus berechtigte Frage.

„Ich wusste nicht, dass dieses Arschloch Dimitris Bruder war."

„Das ändert jetzt auch nichts mehr an der Scheiße, in der wir stecken."

„Wohl wahr...."

Zwei der Prospects beginnen damit, die Leichen auf einen Pickup zu laden. Es wird eine lange Nacht werden, bis wir genug Löcher gegraben haben.

Razzor lässt seine Fingerknöchel knacken.

„Was ist mit Ellen? Wo haben sie sie hingebracht?"

Fluchend lasse ich den Deckel meines Feuerzeugs ein letztes Mal zuspringen.

„Dimitri hat mir versichert, dass ihr nichts passieren wird, wenn ich heute Nacht um 22:00 Uhr im Fight Club in einem Kampf auf Leben und Tod antrete."

Ace sieht mich entsetzt an. Er ist kein Befürworter dieser Art des Kampfes.

„Hör mal Slide, Dimitri weiß ganz genau, dass du ein guter Kämpfer bist. Er muss irgendetwas geplant haben."

„Aye, Razzor, das ist mir bewusst. Aber mir bleibt keine andere Wahl, wenn ich meine Old Lady in einem Stück zurückbekommen will."

„Verdammt noch mal, Slide, das ist eine Falle!"

„Kann sein, Skorpion."

Fluchend lasse ich meine Brüder stehen und mache mich daran, den Prospects zur Hand zu gehen. Dieses beschissene Gerede hilft mir auch nicht weiter.

Dimitri will mich für den Tod seines Bruders bluten sehen.

Dieser Russe ist intelligent, brutal und absolut skrupellos und er ist auf Rache aus – diese Nacht wird alles andere als leicht.

Es liegt durchaus im Bereich des Möglichen, dass ich heute Nacht in diesem Fight Club mein Leben lasse. Für Ellens Sicherheit gehe ich dieses Risiko jedoch mit Freuden ein.

In den vergangenen zehn Jahren habe ich so oft mein Leben riskiert, dass es auf dieses eine Mal weiß Gott nicht mehr ankommt.

Wenn meine Zeit gekommen ist, dann soll es so sein.

Solange ich weiß, dass Ellen in Sicherheit ist, gehe ich mit Freuden in den Tod.

Ellen

Die normalste Reaktion auf Entführung sollte Angst sein, doch ich empfinde keine Angst.

Nur Wut. Grenzenlose, durch meine Adern pulsierende Wut.

Was zur Hölle ist in letzter Zeit nur los?

Seit Slide in mein Leben getreten ist, geht es drunter und drüber.

Wütend ziehe ich die kratzige Decke, die mir einer der Russen zugeworfen hat, über meine nackte Haut und versuche so, möglichst viel von meinem Körper vor den gierigen Blicken dieser Arschlöcher zu verbergen.

Ich sitze am Boden auf einer versifften Matratze, die in einer Ecke eines leerstehenden Restaurants liegt. Nur ein Tisch mit sechs Stühlen befindet sich noch im Raum, daran sitzt ein Haufen, stinkender, fluchender Kerle, die sich in der vergangenen Stunde so viel Wodka einverleibt haben, dass sie eigentlich sturzbesoffen sein müssten.

Leider sind sie es nicht, sie sitzen tiefenentspannt da und spielen irgendein Kartenspiel.

Keiner von ihnen schenkt mir ein besonderes Interesse, worüber ich verdammt froh bin.

Ob es Slide und den anderen Dead Riders gut geht?

Was wohl im MC los ist?

Der Gedanke, dass Slide erschossen worden sein könnte, lässt mich würgen.

Verdammte Scheiße!

Ich habe keine Ahnung, warum ich entführt worden bin, oder was diese Drecksäcke mit mir vorhaben. Was ich allerdings weiß ist, dass ich auf diesen ganzen Mist keine Lust habe.

Wird das jetzt immer so weitergehen?

Ist dieses Chaos die Realität bei den Dead Riders?

Falls das so ist und ich diesen Mist hier überlebe, muss ich mir das alles noch mal gründlich durch den Kopf gehen lassen.

Bei den Black Devils war es auch nie ruhig, aber Scheiße noch mal, im Vergleich zu den Riders war es langweilig.

Ein heftiger Schauder lässt mich erbeben, meine Augen werden immer schwerer, doch ich verbiete es mir einzuschlafen. Ich muss wach bleiben, ich muss darauf warten, dass sich eine günstige Gelegenheit bietet, um von hier abzuhauen.

Ich weiß nicht, was die Russen mit mir vorhaben, aber es kann nichts Gutes sein, soviel steht schon mal fest.

Erschöpft lehne ich meinen Kopf gegen die harte Wand und bete inständig, dass es Slide gut geht.

Einer der Russen schmeißt seine Spielkarten fluchend auf den Tisch, er schnappt sich die fast leere Wodkaflasche, trinkt sie mit großen Schlucken aus, so als ob der Inhalt keine 40 % hätte und wirft die leere Flasche direkt neben meinem Gesicht gegen die Wand.

Mit einem lauten Krachen zerschellt sie dort in Tausende von Scherben und Splittern, die wie Regen auf mich herabrieseln. Panisch wende ich den Kopf ab und verdecke mit den Armen mein Gesicht.

Vor lauter Angst, mich an dem zerbrochenen Glas zu verletzten, habe ich gar nicht mehr an die Decke gedacht. Erst als ich die gierigen Blicke der Wichser auf meinen Brüsten und meinem Bauch spüre, stelle ich entsetzt fest, dass ich den rauen Stoff losgelassen habe.

Mit zitternden Fingern bedecke ich mich so schnell es geht und versuche gleichzeitig, mich so klein wie möglich zu machen.

Ein dunkles, lautes Lachen erfüllt den Raum. Eine unangenehme Gänsehaut lässt mich erschaudern. Je mehr diese Typen saufen, umso zügelloser werden sie. Ich kann nur hoffen, dass Slide nichts passiert ist und er möglichst schnell hier auftaucht, diesen Kerlen eine Ladung Blei verpasst und mich hier rausholt.

Meine Intuition verrät mir, dass es nicht mehr lange dauern wird, bis einer dieser Männer das Interesse am Spiel verliert und sich mir zuwendet.

Ich bin weiß Gott kein hilfloses Mäuschen. Aber nackt und nur mit einer Decke bewaffnet stehen meine Chancen ziemlich beschissen.

Einer der Russen sucht meinen Blick.

Irgendwie habe ich das Gefühl, dass ich diese Augen kenne, dass ich schon mal in die kristallblauen Tiefen gesehen habe. Aber wann? Wer ist er?

Seine Augenbrauen ziehen sich nachdenklich zusammen, sein Mund bildet einen dünnen Strich.

So wie ich das sehe, ist er der Chef der Runde.

Schnell und kraftvoll schlägt er mit der flachen Hand auf die Tischplatte. Das Arschloch, das die Flasche geschmissen hat, wendet seinen Blick von mir ab und sieht seinen Boss an.

Die Worte des Anführers klingen wütend, regelrecht nach einer Drohung.

Gott, wie gerne würde ich verstehen, was da geredet wird...

Egal was er gesagt hat, es zeigt seine Wirkung. Für die nächsten Stunden spüre ich die viel zu eindringlichen Blicke des Flaschenwerfers kein einziges Mal mehr auf meiner Haut. Dafür jedoch die des Alphas.

Und diese Entwicklung beunruhigt mich sehr.

Bitte Slide, beeile dich, bevor hier etwas Schreckliches passiert....

21. Kapitel

Slide

Ein letztes Mal schaufele ich mit dem Spaten etwas Erde auf das Grab – fertig.

Verschwitzt und erschöpft wische ich mir mit dem Handrücken die Schweißperlen von der Stirn. Razzor steht mit den Armen auf den Griff seiner Schaufel gelehnt da und zündet sich einen Joint an. Der süßliche, unverkennbare Geruch von Marihuana erfüllt die Luft des Mount–Rainier–Nationalparks.

"Was für ein Bullshit!"

Er nickt zustimmend, während er mir den Joint reicht.

„Aye, das war eine echt beschissene Nacht."

Jetzt, wo wir alle Leichen beseitigt haben, können wir endlich einen Plan für heute Nacht schmieden.

Wenn Dimitri denkt, dass ich so blöd bin und ohne Rückendeckung in den Fight Club komme, hat er sich getäuscht.

Nur weil ich bereit bin in den Tod zu gehen, heißt das noch lange nicht, dass ich lebensmüde bin. Ich gebe Razzor den Joint zurück und mache mich auf den Weg zum Pick-up.

„Lass uns von hier verschwinden, Bro."

Wenige Minuten später sind wir auf dem Weg zurück zum Clubhaus.

Es ist schon von weitem zu erkennen, dass es die heutige Nacht mit den Riders nicht gut gemeint hat.

Der Club ist dunkel, ausnahmsweise brennen mal keine Feuer. Die Bitches haben sich alle verpisst, alle Hangarounds sind verschwunden. Zurückgeblieben ist nur der harte Kern.

Kaum dass wir den Wagen vor den Toren der Werkstatt geparkt haben, kommt Nora auf mich zu. An ihrem Gesichtsausdruck erkenne ich, dass ihr etwas auf dem Herzen liegt.

Sie wartet, bis Razzor außer Hörweite ist, ehe sie etwas sagt.

„Ist alles erledigt?"

Ihre Frage überrascht mich. Nora ist Skorpions Old Lady, sie ist ein Teil meiner Familie. Aber bisher hat sie sich nie wirklich für die Clubangelegenheiten interessiert.

„Ja, wir haben alles geklärt."

Sie nickt zufrieden, es fällt mir nicht schwer zu erkennen, dass sie eigentlich etwas ganz anderes von mir will, sich aber nicht sicher ist, wie sie es sagen soll.

„Spuck es schon aus, Kleines."

„Ellen ist eine tolle Frau, sie ist mir in der kurzen Zeit eine gute Freundin geworden und Ryan liebt sie sehr. Sie ist wie eine Tante für ihn...“

Sie knetet sich nervös die Hände, sieht mir kurz in die Augen, nur um eine Sekunde später sofort wieder den Blick auf etwas anderes zu richten.

„... Ich weiß nicht, was mit den Russen ist. Skorpion verrät mir nichts. Er wiederholt nur immer wieder, dass ich mir keine Sorgen zu machen brauche. Mir ist klar, dass er mich nur schützen will.“

Nachdenklich zünde ich mir eine Kippe an. Und trete aus Rücksicht auf ihre Schwangerschaft einen Schritt zurück, so dass der Rauch nicht in ihre Nähe kommt.

„Nimm es ihm nicht übel, Nora. Er liebt dich und Ryan sehr.“

Ihre Lippen verziehen sich zu einem wissenden Lächeln.

„Ja, das weiß ich.“

Zufrieden streicht sie sich mit der Hand über die Rundung ihres Bauches.

Plötzlich schüttelt sie entschlossen den Kopf und sucht meinen Blick.

„Ich wollte dich um etwas bitten, Slide. Mir ist klar, dass dir Ellen viel bedeutet. Und dennoch muss ich es einfach laut aussprechen. Wenn ich es nicht tun würde, habe ich das Gefühl, dass ich Ellen im Stich gelassen hätte.“

„Um was möchtest du mich bitten?“

„Bring Ellen heil zurück. Es ist mir egal, was du dafür tun, oder wie viele Leben du auslöschen musst. Bring mir nur einfach meine Freundin zurück!“

Tränen bilden sich in ihren Augen, sie schluchzt leise.

Genervt mit den Augen rollend wischt sie sich das salzige Nass vom Gesicht.

„Sorry, das sind die Hormone.“

Nachsichtig schnippe ich die Kippe weg, gehe auf sie zu und nehme sie fest in die Arme.

„Es beruhigt mich sehr zu wissen, dass meine Lady eine gute Freundin in dir gefunden hat. Sei versichert, Nora, ich bin mehr als bereit alles zu tun, um meine Süße zurückzubringen. Eher würde ich sterben, als sie aufzugeben!“

Erleichtert sehe ich, wie Skorpion auf mich zukommt, um sich um seine Frau zu kümmern.

Als er sieht, dass Nora in meinen Armen weint, runzelt er besorgt die Stirn.

„Alles klar?“

Er sieht mich fragend an.

Ich nicke, löse meine Arme von der noch immer weinenden Frau und streiche ihr sanft über den Rücken.

„Du hast mein Wort, Nora!"

„Danke Slide, das bedeutet mir viel."

Skorpion schließt die Arme um seine Lady und führt sie zurück ins Haus.

Der Blick, den er mir zuwirft, verrät mir, dass er später ganz genau erfahren will, was hier los war.

Nachdem ich mir ein kaltes Bier von der Bar geholt habe, mache ich mich auf den Weg in mein Büro. Ace erwartet mich bereits.

„Diese Scheiße nimmt überhand, Bro."

Seufzend lasse ich mich in einen der Stühle fallen.

„Du sagst es, mein Freund."

„Das FBI wird uns die nächste Zeit nicht aus den Augen lassen. Auch wenn sie es uns nicht nachweisen können, wissen sie, dass wir ihre Leute umgebracht haben."

Fuck!

Der MC befindet sich gerade in einer beschissenen Lage. Es ist, als würden wir in der Mitte eines nur leicht zugefrorenen Sees stehen. Und von beiden Seiten würden Kanonen auf uns abgefeuert werden.

Dimitri und seine Männer sind ein ernstzunehmender Gegner, der den Riders einen folgenschweren Schaden zufügen kann. Und in Kombination mit dem Federal Bureau of Investigation kann uns der ganze Mist das Genick brechen.

„Wir müssen jeden unserer Schritte ganz genau durchdenken. Es ist wichtig, dass wir keine unüberlegten Risiken eingehen."

Er hat leicht reden. Es ist ja auch nicht seine Lady, die entführt wurde.

„Ich werde mir Ellen zurückholen."

„Dieses Mädchen muss dir viel bedeuten, wenn du für sie bereit bist, erneut in den Knast zu gehen."

Anscheinend hat mein bester Freund noch immer nicht begriffen, was es heißt, eine Frau zu lieben.

„Um sie zu retten bin ich zu absolut allem bereit. Völlig egal ob mit oder ohne deine Hilfe."

Eine starke Wut baut sich in mir auf.

Tief in meinem Inneren wünsche ich mir, dass Ace irgendwann Mal durch dieselbe Hölle gehen muss wie ich gerade. Dass ihm das Mädchen, für das er sich entschieden hat, vor seiner Nase weggeschnappt wird und er nichts dagegen tun kann.

„Rede keine Scheiße, Slide. Ich habe dir immer den Rücken gedeckt, und damit werde ich jetzt nicht aufhören."

„Das klang gerade aber ganz anders, Bro."

Wir starren uns aufgebracht an. In meinem Blutkreislauf befindet sich noch immer so viel Adrenalin, dass eine Schlägerei vielleicht genau das Richtige wäre, um wieder runterzukommen.

„Keine Chance ‚Bro. Ich werde nicht als dein Punchingball herhalten."

Grunzend genehmige ich mir einen weiteren Schluck meines Bieres und stehe auf.

Die Untätigkeit, zu der ich bis heute Nacht verbannt bin, macht mich noch wahnsinnig.

Am liebsten würde ich mich jetzt auf mein Bike schwingen und zu Dimitri fahren.

Genauso gut könnte ich mich aber auch von einer Brücke stürzen. Keiner weiß, wo sich Dimitri wirklich aufhält. Er ist wie ein Schatten – nicht zu fassen....

Selbst wenn mir das Unmögliche gelingen und ich ihn finden würde, würde mir das nichts nützen. Ich bin mir sicher, dass er Ellen an einem anderen Ort versteckt hält.

Egal wie ich es drehe und wende, mir bleibt keine andere Wahl, als mich bestmöglich auf heute Nacht vorzubereiten.

„King hat mich vorhin angerufen. Er wird nachher mit seinen besten Männern hier auftauchen. Wir werden uns zusammen mit den Black Devils in die Menschenmenge des Fight Clubs mischen. Wenn es dann so weit ist, gib uns ein Zeichen und wir werden eingreifen."

Ace lacht laut auf.

„Schön dass du der Sache noch etwas Komisches abgewinnen kannst!"

„Es kommt mir fast so vor wie damals in Afghanistan, wo ich dir ständig deinen Arsch retten musste."

„Wichser, ich glaube, du verwechselst da etwas."

„Nein, mein Bruder, ich bin ganz klar."

Ich stehe auf, schnappe mir mein Bier.

„Das sehe ich anders, Arschloch."

Alles was ich mit meiner gereizten Reaktion erreicht habe ist, dass Ace nur noch lauter lacht.

Wenn ich jetzt nicht gehe, prügle ich ihm das Lachen aus dem Gesicht.

Mit großen Schritten marschiere ich durch das leere Gebäude, steige die Treppe rauf und verschanze mich in meiner Wohnung.

Zur Hölle mit Ace....

Mein Fokus sollte auf der heutigen Nacht liegen.

Dimitri wird mir mit Sicherheit einen starken Gegner in den Ring stellen. Ich sollte mich für eine Weile aufs Ohr hauen, damit ich fit genug bin. Die vergangenen Stunden stecken mir noch ziemlich in den Knochen.

Wann hat das Leben angefangen so fucking kompliziert zu werden?
Früher haben wir einfach nur auf unseren Motorrädern gesessen und sind hunderte von Meilen durchs halbe Land gefahren - wir waren frei....

Da wo wir angehalten haben waren wir zuhause. Wir haben die wildesten Partys gefeiert und unzählige enge Muschis gevögelt.

Jetzt verschieben wir Waffen, vergraben Leichen und führen Kriege, die wir nicht gewinnen können.

Wenn diese Nacht vorbei, Ellen zurück ist und ich noch am Leben bin, werde ich einiges ändern.

Das Leben muss endlich wieder Spaß machen.

Fuck off!

Wir arbeiten hart, es wird verdammt noch mal Zeit, dass wir uns auf unserem Erfolg ausruhen.

Ellen

Verwirrt öffne ich meine Augen, es dauert einen Augenblick bis ich realisiere, dass das alles nicht einfach nur ein schlechter Traum war.

Dass ich mich nicht einfach umdrehen und an Slides breite Brust kuscheln kann.

Heilige Scheiße....

Ich muss tatsächlich vor lauter Erschöpfung eingeschlafen sein. Prüfend bewege ich meinen Kopf, die raue Wandmaserung streicht über meine Stirn, meine Füße sind eiskalt und mein Nacken schmerzt höllisch. Ganz davon abgesehen muss ich dringend pinkeln und meine Kehle ist vor Durst schon ganz trocken.

Langsam strecke ich meine steifen Beine aus und lecke mir über die trockenen Lippen.

Je wacher ich werde, umso mehr überkommt mich das Gefühl, dass etwas anders ist.

Aber was? Es ist zu leise!

Ruckartig bewege ich meinen Kopf in Richtung des Tisches, an dem vorhin noch die Männer Karten gespielt haben.

Bis auf den Anführer sind alle weg. Der sitzt völlig entspannt auf seinem Stuhl, hat die Füße auf den Tisch gelegt und seine Beine überschlagen.

Sein Blick ruht auf mir, seine Mimik gibt nichts preis.

Erneut überkommt mich das Gefühl, dass ich ihn von irgendwoher kenne.

Die nackte Glühbirne, die an einem weißen Stromkabel von der Decke hängt, taucht ihn in ein diffuses Licht. Trotz meiner Angst kann ich nicht umhin festzustellen, dass er auf eine gefährliche Art und Weise unglaublich attraktiv ist. Eine dunkle Aura umgibt ihn, er strahlt Macht und Dominanz aus. Seine Autorität dringt ihm aus jeder Pore, es ist nicht schwer zu erkennen, dass er den Gehorsam anderer als Selbstverständlichkeit voraussetzt. Der teure Anzug, den er trägt, ist ganz sicher eine Maßanfertigung.

Sein breiter Rücken und seine muskulösen Arme lassen mich erschaudern.

Warum zum Teufel ist er hiergeblieben?

Er hätte genauso gut einen seiner Männer dazu abkommandieren können mich zu bewachen.

Der Blick, mit dem er mich mustert, ist intensiv und eindringlich. Er durchbricht meine Schutzmauern und geht bis tief in mein Innerstes. Ich komme mir schrecklich entblößt vor, und das liegt nicht nur daran, dass ich nackt bin und nur eine alte Decke habe, um mich zu bedecken.

„Es wurde Zeit, dass du aufwachst."

Seine dunkle Bassstimme reißt mich aus meinen verwirrenden Gedankengängen. Bis jetzt habe ich den russischen Akzent immer abscheulich gefunden, doch die Art wie dieser Kerl das ‚R' rollt klingt irgendwie sexy.

„Ich hatte nicht vor einzuschlafen."

Warum zum Teufel rechtfertige ich mich vor diesem Mann?

„Steh auf!"

„Warum?"

Ein ungutes Gefühl überkommt mich.

„Wir gehen."

„Wohin?"

„Ach Kätzchen, du hast dich wirklich kein bisschen verändert."

Kätzchen?

Sein Verhalten verrät mir, dass mich mein Gefühl nicht getäuscht hat, und dass ich ihn irgendwoher kennen muss.

„Warum nennst du mich Kätzchen?"

Er schnalzt mit der Zunge, steht auf und kommt auf mich zu.

„Du erinnerst dich nicht an mich."

Das war keine Frage, sondern eine Feststellung.

Erst als er mir so nah ist, dass ich die schwarzen Sprenkel in seiner Iris erkennen kann, bleibt er endlich stehen.

Sein herber Geruch steigt mir in die Nase und ruft eine längst verschollene Erinnerung in mir wach.

... ein lachendes Gesicht, mein schnell schlagendes Herz, zwei Münder, die miteinander verschmelzen und dann ein Schuss, der mein Leben in tausend Teile zerspringen lässt....

Fassungslos sehe ich den Mann an, der mir einerseits fremd und andererseits so schrecklich vertraut ist.

Wie kann das sein?

Wie ist das möglich?

Der Mann, der da vor mir steht, hat mir einmal die Welt bedeutet.

Ich war noch minderjährig und mein Vater ist ausgeflippt, als er uns beide erwischt hat. King hat mich aus Alexanders Armen gerissen, seine Waffe gezogen und ihm in die Brust geschossen.

Später hat er mir dann erzählt, dass Alexander an den Verletzungen gestorben ist. Gott, was habe ich ihn dafür gehasst!

Damals habe ich eine Ewigkeit geweint, ich wäre beinahe an dieser Geschichte zerbrochen. Irgendwann hat sich dann mein Selbsterhaltungstrieb eingeschaltet und ich habe mir verboten, an den Mann zu denken, dem ich damals meine Unschuld geschenkt hatte. Mit der Zeit fiel es mir leichter ihn zu vergessen und nach mehreren Jahren habe ich ihn als meine erste Jugendliebe abgetan.

Es wäre zu schmerzhaft gewesen, mich an das zu erinnern, was wir damals hatten.

Jetzt, wo ich feststelle, dass mein Vater gelogen hat, um mich von dem russischen Killer, den ich geliebt hatte, fernzuhalten, bricht der ganze Schmerz, den ich all die Jahre so entschlossen unterdrückt habe, erneut an die Oberfläche.

Zu dieser Zeit stand Alexander noch ganz weit unten in der Hierarchie von Dimitris Organisation. Das hat sich jetzt ganz offensichtlich geändert. Es sieht gut aus. Härter und männlicher als damals.

Auch wenn ich den Mann, zu dem er geworden ist, nicht kenne, erinnere ich mich nur zu gut daran, wie es sich angefühlt hat, von ihm geküsst und berührt zu werden.

„Ich dachte du seist tot ...“

„Das habe ich dich glauben lassen.“

„Aber warum?“

„Fuck, Ellen. Du warst die minderjährige Tochter des Präsidenten der Black Devils. Du warst unerreichbar für mich! Zu dir zurückzukehren wäre mein Todesurteil gewesen.“

Seine Worte verletzen mich. Er bemerkt es.

„Dein Vater hat darauf bestanden, dass ich dich in dem Glauben lasse, dass ich an dem Schuss gestorben bin. Beinahe wäre ich das auch. Ich war jung und dumm und wusste mir nicht anders zu helfen. Also habe ich getan, was er wollte und bin gegangen.“

In meiner Kehle hat sich ein harter Knoten gebildet. Verzweifelt versuche ich, das Chaos in meinem Kopf zu sortieren, es will mir nicht gelingen.

Er hat zugelassen, dass ich um ihn getrauert habe. Welcher Mensch tut so etwas?

Es wäre das Beste, wenn ich diesen Mann das sein lasse, was er all die Jahre für mich gewesen ist: tot.

Der Alexander, den ich damals wollte, gibt es jetzt nicht mehr. Er hat sich verändert, genauso wie ich. Wir sind Fremde mit gemeinsamen Erinnerungen.

„Dass du mir misstraust, habe ich verdient. Nichts desto trotz musst du jetzt aufstehen. Wir müssen los."

Kämpferisch verschränke ich meine Arme vor der Brust.

„Wohin."

„In den Fight Club."

Was soll das? Warum zum Teufel sollte ich ausgerechnet dahin gehen?

„Vergiss es!"

Ich muss kein russisch verstehen, um zu wissen, dass er gerade geflucht hat.

„Falls du es vergessen hast, du bist ein Entführungsopfer. Die tun für gewöhnlich, was man ihnen sagt, aus Angst um ihr Leben."

Na, wenn er es auf diese Tour will – gerne!

„Falls du es schon vergessen hast, Alexander. Du bist tot. Und Tote halten für gewöhnlich ihr Maul und entführen keine unschuldigen Frauen!"

Zufrieden stelle ich fest, dass seine Augenbrauen verwundert nach oben schnellen.

„Unschuldig? Ich glaube mich daran zu erinnern, dass ich das Vergnügen hatte, dir deine Unschuld zu rauben. Davon abgesehen haben dich Dimitris Männer aus dem Bett eines Dead Riders geholt. Verzeih mir also, wenn ich dir das nicht abkaufe!

„Blödes Arschloch!"

Seine Augen verdunkeln sich, sein Blick wird ernst.

„Wie ich sehe hast du dich kein bisschen verändert, Ellen."

Noch bevor ich weiß, ob das gut oder schlecht ist, beugt er sich zu mir herab, umfasst meinen Ellenbogen und zieht mich nach oben.

Die Decke rutscht herab und ich stehe nackt vor ihm. Ein dunkles Knurren löst sich aus seiner Kehle, sein Kiefer zuckt angespannt.

Gierig lässt er seinen Blick über meine nackte Haut wandern.

„Dafür, dass du dir sicher bist, dass ich mich nicht verändert habe, siehst du aber ganz genau hin!"

Ich höre wie er tief durchatmet, ehe er mich hinter sich herzieht.

Wütend schlage ich auf seinen Rücken ein, während ich mich gegen ihr wehre.

„Lass mich sofort los, du Idiot. Ich werde ganz bestimmt nicht in den Fight Club gehen. Ich hasse diesen Ort, außerdem bin ich nackt, verdammt noch mal!"

Er bleibt so abrupt stehen, dass ich gegen seinen Rücken pralle.

„Du willst also nicht dabei zusehen, wie dein Rocker um sein Leben kämpft?"

Slide....

„Was meinst du damit?"

Endlich dreht er sich zu mir um.

„Dein Rocker Devil hat vor zwei Tagen Dimitris Bruder getötet. Heute Nacht tritt er in einem Todes-Match gegen dessen besten Kämpfer Egor an. Ich habe Egor schon oft kämpfen, jedoch nie verlieren sehen. Wenn du deinen Rocker also noch einmal sehen willst, ist das die letzte Gelegenheit!"

Ich bezweifle, dass Alexander mich in den Fight Club bringen will, damit ich Slide beim Sterben zusehen kann. Er verfolgt einen Plan, aber ich habe noch nicht durchschaut welchen.

Nicht dass ich wirklich eine Wahl habe, aber jetzt, da ich weiß, dass Slide da sein wird, muss ich in diese Todeshalle. Ich muss mich einfach davon überzeugen, dass er die Schießerei gut überstanden hat. So wie ich die Dead Riders kenne, werden sie alle da sein, um ihrem Vizepräsidenten den Rücken zu stärken. Mit ein bisschen Glück ist das meine Chance, Alexander zu entwischen. Mir ist klar, dass er nur Dimitris Befehle ausführt und dennoch kann ich ihm nicht verzeihen, dass er mich gefangen hält. Alleine die Tatsache, dass er mich damals in dem Glauben gelassen hat, dass er tot ist, beweist, dass man diesem Mann nicht vertrauen kann.

In der Welt der Rocker und Biker hat Slide einen ganz eindeutigen Ruf. Er ist der Devil. Ein eiskalter Killer und ein gnadenloser Kämpfer.

Selbst wenn Egor so gut ist wie Alexander behauptet, hatte er bestimmt noch keinen Gegner wie Slide. Mag sein, dass er bis heute Nacht ungeschlagen war – das wird sich jetzt ändern.

„Ok. Ich komme mit dir mit. Aber ich brauche etwas zum Anziehen!"

„Dass du mitkommst war klar. Die Frage war nur, in welchem gesundheitlichen Zustand du dort angekommen wärst, wenn du dich geweigert hättest. Fast schade, dass du jetzt nachgibst ..."

Sprachlos sehe ich ihn an. Was ist nur aus dem Mann geworden, dem ich mich einst hingegeben habe?

Vielleicht hat mein Vater gar nicht gelogen. Vielleicht ist er mittlerweile wirklich tot. Denn dieser Alexander hat nichts mit dem gemein, den ich einst geliebt habe.

Alexander

Es gibt ein altes russisches Sprichwort
‚Man hat nur ein Leben, stirbt in dem jedoch tausend Tode.'
Auf mich trifft das auf jeden Fall zu.

Auch wenn ich Ellen in dem Glauben lasse, dass es damals ein Leichtes für mich war, sie zu verlassen – so war es nicht.

Die Prinzessin der Black Devils hat mich in all den Jahren verfolgt. Sie war das Licht zwischen all den dunklen Geheimnissen, die ich mit mir herumtrage.

Als Dimitri mir vor gut 24 Stunden aufgetragen hat, die Lady des Vizepräsidenten der Dead Riders zu entführen, habe ich mir noch nichts dabei gedacht.

Entführungen, Mord und Folter gehören zu meinem Alltag.

Erst als mir meine Männer dann ausgerechnet Ellen nackt und bewusstlos gebracht haben, wusste ich, um welche Frau es sich handelt.

Nie wäre ich auf die Idee gekommen, dass Kings Tochter mit einem Rider zusammen ist.

Damals hatte ich noch nicht die Macht und die Position, Ellen für mich zu beanspruchen. Jetzt habe ich sie, das Leben hat es in der Vergangenheit gut mit mir gemeint....

In den letzten Jahren habe ich unzählige Frauen gebumst. Keiner von ihnen ist es jedoch gelungen, mich mein Kätzchen vergessen zu lassen.

Sobald ich meine Augen geschlossen habe, habe ich immer nur ein Gesicht vor Augen gehabt. Ellens.

Jetzt, da ich sie endlich wiedergefunden habe, weiß ich nicht, was ich mit ihr anstellen soll.

Ich denke, dass Dimitri vorhat, Slide heute Nacht im Fight Club so lange um sein Leben kämpfen zu lassen, ihm immer wieder neue Gegner in den Ring zu stellen, bis er schlussendlich keine Kraft mehr hat und vor den Augen seiner Brüder stirbt.

Das Leben dieses Rockers ist verwirkt.

Bei Ellen hingegen sehe ich noch eine Chance, sie zu retten.

Zwar hat Dimitri dem Rocker sein Wort gegeben, sie nicht anzurühren, doch das bedeutet nicht, dass er sie nicht einfach seinen Männern überlässt.

Wenn es soweit kommt, wird sich Ellen wünschen, tot zu sein.

Für Dimitri arbeiten viele kaputte Seelen. Völlig gestörte Männer mit Fetischen bei denen sich mir den Magen umdreht.

Yebat - Fuck!

Ich werde jetzt nicht behaupten, dass es mich nicht erregt, wenn die Frau unter mir um Gnade fleht, während ich sie mit aller Kraft ficke.

Doch ich stehe nicht auf Blut oder andere Folterfetische so wie die Zwillingsbrüder Nicolai und Yasha.

Yasha steht auf Klingen und Skalpelle. Nicolai hingegen ist es einerlei wie er seinen Gespielinnen Schmerz hinzufügt. Die meisten Nutten, die sie sich für eine Nacht auswählen, überleben nur wenige Stunden mit ihm.

Als er vorhin die leere Falsche über Ellen an die Wand geworfen hat, hat es mich meine komplette Selbstbeherrschung gekostet, ihn nicht auf der Stelle zu erschießen.

Noch habe ich keine Ahnung, was ich mit diesem Mädchen anstellen soll. Und bis ich mich entschieden habe, wird niemand sie verletzen.

Nachdem es mir endlich gelungen ist, sie in meinen Wagen zu bringen, setze ich mich ans Steuer und mache mich auf den Weg zu meiner Schwester Jelena. Mit einer Sache hat Ellen recht, ich kann sie unmöglich nackt mit zum Kampf nehmen.

Ihr wundervoller Körper würde mir mit den anwesenden Wichsern eine Menge Ärger bescheren, dem ich nur zu gerne aus dem Weg gehe.

Mir ist klar, warum Dimitri sie vor Ort haben will. Ihre Anwesenheit wird den Vize der Dead Riders aus dem Konzept bringen.

Ob mein Boss nach fairen Regeln spielt? Nein, dafür gewinnt er viel zu gerne....

Dimitri ist ein Mann, der nichts dem Zufall überlässt. Das habe ich mir mittlerweile ebenfalls angeeignet.

Ellen dachte, dass ich damals gestorben bin, in gewisser Weise bin ich das auch.

Die Liebe ist nur etwas für Romantiker und Schwächlinge.

Heute ficke, besitze und benutze ich Frauen nur noch. Das mit der Liebe habe ich damals zusammen mit Ellen hinter mir gelassen.

22. Kapitel

Slide

Die Sonne geht unter und der Mond beginnt im Osten seine nächtliche Reise.

Eine tiefe Dunkelheit zieht auf, die Stunde der Entscheidung rückt immer näher.

Ein Teil in mir freut sich auf den Kampf, er genießt das Adrenalin, den Schmerz und das Gefühl, dem Gegner überlegen zu sein – zu siegen.

Heute Nacht steht mehr auf dem Spiel als jemals zuvor.

Die letzten zwei Stunden haben Ace und ich damit zugebracht, uns mit King und den mit angereisten Black Devils zu besprechen. Jetzt wo der Plan steht, fühle ich mich etwas besser.

Die Devils werden eine Stunde vor uns im Fight Club sein, es ist besser, wenn wir getrennt eintreffen. So ist die Wahrscheinlichkeit höher, dass es Dimitri nicht gelingt, jeden von uns zu überwachen.

Meine Männer werden mit mir um 21:30 Uhr dort ankommen.

Ich habe keine Ahnung, wo Ellen gefangen gehalten wird, aber ich bin mir ziemlich sicher, dass sie heute Nacht anwesend sein wird.

Dimitri wird mit Sicherheit versuchen, mich mit ihrer Anwesenheit zu irritieren. Ganz davon abgesehen wird er wollen, dass Ellen dabei zusehen muss, wie ich sterbe.

Dumm nur, dass ich das gar nicht vorhabe.

In den nächsten Stunden wird viel Blut fließen, eine Menge Männer werden ihr Leben lassen, ich werde jedoch nicht dazu gehören.

Diese Scheiße hat angefangen, weil ich einem russisches Arschloch das Genick gebrochen habe, und ganz genauso wird sie auch wieder enden.

Dimitri hat sich genommen was mir gehört – dafür wird er büßen.

Der einzige Haken an dieser Sache ist nur, dass es uns irgendwie gelingen muss, die FBI-Arschlöcher, die uns seit ein paar Stunden bewachen, abzuhängen.

Catcher stellt sich neben mich, zusammen beobachten wir die zwei FBI-Deppen, die auf der Straße vor der Hofausfahrt stehen, wie sie sich wegen irgendetwas streiten.

„Es muss ja echt verdammt beschissen sein, die halbe Nacht in einem Auto zu sitzen und darauf zu warten, dass die bösen Jungs irgendetwas Illegales tun. Was für ein fürchterliches Leben."

Der Klang seiner Stimme verrät mir, dass er nicht das geringste Mitleid mit den Bundesagenten hat.

„Aye, jeder sucht sich aus, in welcher Liga er spielen will."

Wir schweigen, die Agents scheinen sich wieder etwas beruhigt zu haben. Als sie feststellen, dass wir so beobachten, grinsen sie uns blöd an.

„Am liebsten würde ich jetzt da rübergehen und ihnen die Zähne ausschlagen."

„Tu dir keinen Zwang an, Bro. Ich stelle dann die Kaution für dich."

Er grunzt leise.

„Sehr nett, Vize, wirklich. Aber Susan bringt mich um, wenn ich in der nächsten Zeit erneut im Knast lande."

Ich muss lachen.

„Ich hätte nicht gedacht, dass du vor deiner 50 Kilo schweren Old Lady Angst hast...."

„Ach halt's Maul, Slide. Du weißt genau, was ich meine!"

Ich zünde mir eine Kippe an und reiche Catcher auch eine.

„Aber rauchen darfst du schon noch? Oder hat dir Susan das auch verboten?"

Er verpasst mir einen harten Schlag gegen die Schulter, ehe er sich eine Kippe anzündet.

Wieder schweigen wir. Jeder von uns hängt seinen eigenen Gedanken nach.

Nach ein paar Minuten stößt er geräuschvoll den Rauch aus und sieht mich an.

„Hör mal, Slide. Ich vertraue diesen Russen nicht. Selbst wenn du im Ring gewinnst, kann ich mir nicht vorstellen, dass Dimitri dich am Leben lassen wird. Immerhin hast du seinen Bruder getötet."

Seine Bedenken kann ich nur allzu gut verstehen. Mir geht es genauso. Nur solange Dimitri meine Lady in seiner Gewalt hat, bleibt mir nichts anderes übrig, als nach seinen Regeln zu spielen.

In meinem Kopf hat sich eine riskante Idee festgesetzt. Um die umzusetzen, muss ich den ersten Kampf gewinnen. Dann werde ich den Kopf der Russen vor allen Anwesenden zu einem Kampf Mann gegen Mann herausfordern.

Ein Mann wie er legt großen Wert darauf, respektiert und gefürchtet zu werden. Es gibt fast keine Möglichkeit für ihn, meine Herausforderung abzulehnen, ohne dabei sein Gesicht zu verlieren.

King wollte Dimitri einfach hinterrücks erschießen – doch davon halte ich nichts.

Ich war noch nie ein Mann, der seinen Feinden in den Rücken geschossen hat. Ich bevorzuge es, meinen Opfern in die Augen zu sehen, wenn sie ihr Leben aushauchen.

Meine Zigarette ist am Ende, ich schnippe den Stummel in eines der Ölfässer.

„Diese Nacht birgt viele Risiken. Es ist durchaus möglich, dass Dimitri sein Wort nicht halten wird, aber glaube mir, Bro. Ich habe nicht vor zu sterben."

Catcher schnaubt aufgebracht.

„Die wenigsten Männer haben vor sich töten zu lassen, und dennoch beißen sie ins Gras. Sag mir zumindest, dass du einen Plan B hast."

„Keine Sorge, den habe ich. Ob er aufgeht werden wir noch sehen."

Ace und Skorpion kommen auf uns zu.

„Es wird Zeit aufzubrechen. Bist du bereit, Slide?"

„Fuck, yeah, das bin ich!"

Ace nickt zufrieden.

„Dann lasst uns gehen. Es wird Zeit, einem Russen den Arsch aufzureißen."

Razzor und Tick sitzen bereits auf ihren Bikes. Catcher und Skorpion unterhalten sich noch kurz, während sie sich die Helme aufsetzen. Ace sieht mir tief in die Augen.

Auch ohne dass er etwas sagt, weiß ich, dass ihm diese ganze Sache nicht gefällt.

„Nur dass das klar ist, Bro. Ich habe keinen Bock, mir morgen einen neuen Vize suchen zu müssen. Also bleib gefälligst am Leben!"

„Wird gemacht, Boss."

Ace schüttelt genervt den Kopf. „Die vergangenen Wochen waren echt beschissen anstrengend. Es wird Zeit für etwas mehr Frieden. Also tu mir einen Gefallen und hör auf, Familienmitglieder von irgendwelchen Wichsern umzubringen."

„Ich werde es versuchen. Versprechen kann ich allerdings nichts."

Jetzt flucht er lautstark, zeigt mir seinen Mittelfinger und geht zu seinem Motorrad.

Mein Präsident scheint heute ziemlich schlechte Laune zu haben....

Ellen

Es ist so laut, dass meine Ohren schmerzen. Der süßliche Geruch von Schweiß, Urin und Kotze liegt in der Luft. Es stinkt so widerlich, dass ich mich regelrecht dazu zwingen muss, weiter zu atmen. Im Ring stehen zwei Kämpfer, beide sind blutüberströmt. Ein Arm des dunkelhäutigen hängt in einem ungesund aussehenden Winkel an seiner Schulter herab. Die Bandagen an den Fingern des hellhäutigen sind blutgetränkt.

Bei jedem Treffer jubelt die Menge laut auf.

An dem schwarzen Stück Stoff, das an den Seilen des Rings befestigt ist, erkenne ich, dass es ein Todes-Match ist.

Ein unangenehmer Schauer lässt mich erzittern.

Warum zur Hölle tun Männer das?

Mir würde es im Traum nicht einfallen, mein Leben für etwas so Sinnloses zu opfern.

In den Augen der Buchmacher kann ich die Dollarzeichen regelrecht leuchten sehen. Für die meisten Zuschauer ist das hier ein unterhaltsamer Zeitvertreib, bei dem man durch eine gut platzierte Wette ein kleines Vermögen gewinnen kann. Sie interessieren sich nicht für Menschenleben und kennen keine Gnade.

Da der Arm des Afroamerikaners gebrochen ist, kann er weder seine Deckung aufrechterhalten noch Schläge austeilen. An seinem gehetzten Blick erkenne ich deutlich, dass er ganz genau weiß, dass er nicht mehr lange durchhalten kann. Sein Kontrahent wird solange auf ihn einschlagen, bis sein Gesicht nur noch Matsch ist und sein Herz aufhört zu schlagen.

Angewidert wende ich meinen Blick ab, das hier ist einfach nicht normal!

Manche Menschen sind einfach nur blutrünstige Bestien. Mein Mitleid für den Geschlagenen hält sich allerdings in Grenzen.

Jeder weiß, worauf er sich einlässt, wenn er den Ring betritt.

Es war seine Entscheidung – eine Entscheidung des Todes.

Die Frage ist nur, ob ich auch noch so denke, wenn mein Rocker in diesem Ring steht?

Alexander geht mit großen Schritten weiter und zieht mich so hinter sich her.

Bevor wir den Club betreten haben, hat er mich doch tatsächlich mit ein paar Handschellen an seinen rechten Arm gefesselt.

Jetzt bin ich an ihn gekettet und meine Hoffnungen, dass ich ihm in all dem Trubel entkommen kann, haben sich in Luft aufgelöst.

Tian, der kleine Chinese, dem der Club gehört, kommt auf Alexander zu.

„Alex, da bist du ja endlich. Dimitri erwartet dich bereits in einem der Hinterzimmer."

Nun richtet er seine Schlitzaugen auf mich. Als er die Handschellen an meinem Handgelenk entdeckt, grinst er süffisant.

„Wenn du mit ihr fertig bist, gib sie mir."

Verdammt. Echt jetzt?

Ich hab ja schon immer geahnt, dass Tian ein widerliches Schwein ist, aber jetzt weiß ich es sicher.

„Ich überlege es mir."

Mit diesen Worten führt er mich zielstrebig durch die jubelnde Menschenmenge in eines der im hinteren Teil der Halle verborgenen Privatzimmer.

208

Im schummrigen Licht der flackernden Leuchtstoffröhre zähle ich insgesamt dreizehn Russen. Alexanders Boss Dimitri erkenne ich sofort. Er war zwar nicht bei meiner Entführung dabei, aber er strahlt diese unangefochtene Autorität aus.

Dünne Lippen und stahlgraue Augen dominieren sein vernarbtes Gesicht. Prüfend gleitet sein Blick über meinen spärlich bekleideten Körper. Alexander hat mir einen kurzen Rock, ein Top und High Heels, die mir eine Nummer zu klein sind, gegeben. Jetzt stehe ich da und sehe aus wie eine der vielen Schlampen, die sich hier herumtreiben. Und dennoch bin ich fest entschlossen, mich nicht einschüchtern zu lassen.

Ich bin Ellen King – wir Kings lassen uns nicht kleinkriegen – niemals!

„Komm her!"

Mir ist klar, dass er mich meint, doch ich reagiere nicht.

Alexander löst die Handschellen und postiert sich vor der Türe. Seine Geste ist nur schwer misszuverstehen: *Du kommst hier nicht raus.*

Dimitris Wangenmuskulatur zuckt angespannt. Sein Blick wird eiskalt.

„Wenn du nicht freiwillig kommst, schicke ich Yasha, um dich zu holen", er deutet auf einen der Russen.

Yasha? Fuck! Der Mann ist kein Mann, sondern ein Riese. Er ist breit wie ein Schrank und besteht nur aus Muskeln. Auf seiner rechten Wange prangt ein schwarzes Tattoo in der Form eines Dolches.

Ich bin in einem MC aufgewachsen, Männer schüchtern mich nicht so schnell ein. Aber der Typ.... Er sieht aus wie ein Verrückter, der nur darauf wartet, dass Dimitri ihm endlich befiehlt, mir sämtliche Knochen zu brechen.

Auch wenn ich Alexander den Rücken zugewandt habe, ist mir nicht entgangen, dass er scharf eingeatmet hat, als Yasha erwähnt wurde.

Zögerlich setze ich einen Schritt vor den anderen und verfluche mich innerlich für meine Angst. Einen Schritt vor Dimitri bleibe ich stehen, atme tief durch und sehe dem Russenboss in die Augen.

Sein Blick ist kalt und tot, so als ob kein Funken Leben in ihm wäre. Genauso gut könnte ich in die Augen eines Toten sehen, es würde keinen Unterschied machen.

„Du bist also Slides Old Lady."

„Ja."

Trotz der Tatsache, dass ich nur ein Wort gesagt habe, klingt meine Stimme unüberhörbar wütend.

„Mhmmmm...."

Was soll das denn schon wieder? Kann er nicht in Worten reden?

Ich beschließe, dass ich diesen Typen hasse und ihm bei der erstbesten Gelegenheit eine Kugel verpassen werde. In der letzten Zeit bringe ich so viele Leute um, da kommt es auf einen Mann mehr oder weniger auch nicht mehr an. An meinem linken Handgelenk baumeln immer noch die Handschellen und meine Füße schmerzen dank der viel zu kleinen Heels höllisch. Wenn ich die zwölf schwer bewaffneten Russen, die mich wie ein Steak anstarren, mal außer Acht lasse, wird es auch so verdammt schwer, meinen Plan, Dimitri zu erschießen, umzusetzen.

Das Dumme an der Sache ist, dass ich keine Ahnung habe, wie ich meine Ausgangsposition verbessern könnte.

Als erstes brauche ich eine Waffe. Geben tut es hier genug. Es ist offensichtlich, dass jeder von Dimitris Männern mindestens zwei, plus diverse Klingen am Körper trägt. Alexanders Boss sieht demonstrativ auf die Rolex an seinem Handgelenk.

„Die Zeit tickt, kleine Ellen. In zehn Minuten wird sich dein Rocker im Ring einfinden und in zwanzig ist er mit ein bisschen Glück schon tot."

Ungezügelte, heiße und pulsierende Wut breitet sich in mir aus. Gedanklich habe ich diesem Russen schon mindestens fünf Mal den Kopf weggeblasen, ich habe gesehen, wie er in den Nacken fällt und sein Hirn in ganzen Raum verteilt wird.

Zu meinem Pech sitzt er in der Realität immer noch zufrieden grinsend vor mir.

Aber bei Gott, ich werde alles tun und jede meiner Chancen nutzen, um das zu ändern.

Menschen wie er sind die Krebsgeschwüre der Schattenwelt.

Er ist nicht einfach nur ein Krimineller, oh nein, Dimitri ist ein machtbesessenes Arschloch, das erst haltmacht, wenn es sich ganz hoch an die Spitze der Nahrungskette gemordet hat.

Sein Tod würde niemand betrauern – wahrscheinlich nicht mal seine eigenen Männer.

Ich habe Geschichten darüber gehört, wie Dimitri mit seinen Leuten umgeht. Geschichten, bei denen sich mir die Haare zu Berge gestellt haben.

Mit diesem Hurensohn ist nicht gut Kirschen essen, wobei ich mich frage, ob er überhaupt Kirschen ist? Er sieht eher so aus, als würde er sich wie ein Vampir vom Blut seiner Opfer ernähren.

Nicht zum ersten Mal frage ich mich, warum Alexander ausgerechnet für ihn arbeitet?

Die meisten Russen hassen Amerika und alles was dazu gehört.

Ich habe mich schon oft gefragt, warum sie Mütterchen Russland überhaupt erst verlassen haben, wenn sie es bei uns so scheiße finden.

Und dennoch stehe ich jetzt hier und habe keine Ahnung, wie es mir gelingen soll, mich zu befreien und Slide zu retten.

Plötzlich steht er auf, gibt Alexander ein Zeichen und sieht mich wütend an.

Eine Sekunde später bin ich wieder an meinen Exfreund gefesselt und stolpere hinter ihm zurück in den Fight Club.

Jetzt ist es doppelt so voll wie vorhin, als wir gekommen sind.

Von dem Schwarzen mit dem gebrochenen Arm ist nur noch ein gigantischer Blutfleck übrig geblieben. Wieder eine Leiche, die Tians Handlanger hinter der Lagerhalle vergraben müssen.

Ob da überhaupt noch Platz ist?

Wobei der alte Güterbahnhof, auf dem sich der Club befindet, wahrlich groß genug ist und bestimmt genug Stellen bietet, an denen Tian unauffällig ein paar Tote verstecken kann. Wahrscheinlich ist das gesamte Gelände bereits ein großes Massengrab. Wenn die Bullen hier jemals zu graben anfangen, werden sie nie mehr fertig.

Alexander führt mich zielstrebig zur ersten Reihe der VIP-Sitzplätze. Er setzt sich und zieht mich bestimmend auf seine muskulösen Oberschenkel. Und als ob das noch nicht schlimm genug ist, legt er seine Hand wie selbstverständlich um meine Taille herum auf meinen Bauch.

Es gab eine Zeit, da haben wir immer so dagesessen, jetzt fühlt es sich absolut falsch an. Das ist das mit Abstand beschissendste Déjà-vu meines Lebens.

Dimitri setzt sich direkt neben uns, seine Männer beziehen in unserer Nähe ihre Positionen.

Aufgebracht versuche ich, von Alexanders Beinen zu rutschen, doch er hält mich bestimmend fest.

„Lass mich sofort los!"

„Vergiss es, Kätzchen."

Gerade als ich tief Luft hole, um ihm sämtliche Schimpfwörter, die ich kenne, an den Kopf zu werfen, ertönt Tians Stimme aus den Lautsprechern.

Er kündigt den nächsten Kampf an und als er dann Slides Namen nennt, rutscht mir das Herz in die Hose.

Lieber Gott, steh ihm bei...

Alexander bemerkt, dass ich mich völlig verspanne und knurrt leise.

Kleine Schweißperlen bilden sich in meinem Nacken, mein Puls donnert durch meinen Gehörgang – ich verliere den Verstand vor Sorge.

Ist jetzt wirklich der Augenblick gekommen, in dem ich auf dem Schoß meiner ersten Liebe zusehen muss, wie die wahre Liebe meines Lebens zu Tode geprügelt wird?

Die Spannung, die sich in mir ausbreitet, raubt mir die Luft zum Atmen.

Schwarze Punkte tanzen vor meinen Augen, mein Sichtfeld wird immer kleiner.

„Du musst atmen, Ellen."

Alexanders Stimme dringt zu mir durch, reißt mich aus meiner Panik zurück in die Realität.

Noch bevor ich Slide sehe, taucht King hinter der roten Ecke des Rings auf.

Unsere Blicke treffen sich, ich sehe die Sorge und die Wut in den Augen meines Vaters. Als sein Blick auf mein in Handschellen gelegtes Handgelenk fällt, bildet sich eine tiefe Zornesfalte auf seiner Stirn.

Er ist außer sich vor Wut!

Ich lehne mich etwas vor, jetzt sieht King den Mann hinter mir. In dem Augenblick, in dem er erkennt, auf wessen Oberschenkeln ich sitze, läuft sein Gesicht vor Zorn rot an. Gerade als er seine Waffe zieht und auf uns zustürmen will, taucht Slide neben ihm auf. Er hält meinen Vater an der Schulter fest, zieht ihn zurück und redet mit ihm.

Auch ohne dass ich etwas hören kann, erkenne ich an seinen Lippen, dass er ihn fragt, was los ist.

King antwortet ihm. Ruckartig zuckt Slides Kopf in meine Richtung.

Seine schwarzen Augen glühen vor Aggressivität, die Muskeln seines nackten Brustkorbs zucken kampfbereit. Seine Haut ist von einem dünnen Schweißfilm überzogen, was bedeutet, dass er sich bereits warm gemacht hat.

In dem Augenblick, in dem sich unsere Blicke treffen, überkommt mich ein heißer Schauer. Tränen schießen mir in die Augen, aus meiner Kehle löst sich ein verzweifeltes Schluchzen. Meine Muskeln spannen sich an - ich will zu ihm laufen.

Sein Blick gleitet über mein Outfit, bleibt für eine Sekunde an Alexanders Hand, die noch immer auf meinem Bauch liegt, hängen, ehe er weiter zu den Handschellen gleitet.

Ich habe Slide schon oft wütend gesehen, aber noch nie so....

Er wirkt wie ein wildes, blutrünstiges Tier.

Jetzt hindert die Hand meines Vaters Slide daran zu mir zu kommen.

Die Tatsache, dass ich hier in der ersten Reihe sitze und nicht in irgendeinen Kellerraum gesperrt wurde, beweist, dass Dimitri sich seiner sehr sicher ist und dass er vorgesorgt hat.

Ich ahne, dass die zwölf Schläger, die ich vorhin im diesem Hinterzimmer gesehen habe, nur ein kleiner Teil seiner Männer sind.

Wahrscheinlich wimmelt es hier nur so vor bis an die Zähne bewaffneten Russen.

Die Anwesenheit von King lässt mich hoffen. Mit ein bisschen Glück arbeiten die Black Devils und die Dead Riders heute Nacht zusammen.

212

Vereint könnten sie es glatt mit Dimitri aufnehmen. Slide sieht mir tief in die Augen, ich sehe seine Liebe, seine Angst und seine Wut. Ich schaffe es nicht meine Tränen länger zurückzuhalten.

„Ich liebe Dich!"

Auch wenn er mich wahrscheinlich nicht hören kann, hoffe ich, dass er erkennt, was ich sage.

Sein Blick wird etwas weicher, ehe ich dieselbe Botschaft von seinen Lippen ablesen kann.

Ace taucht in meinem Blickfeld auf. Er beginnt damit, seinem Vize die Hände zu bandagieren. Nicht mehr lange und dann beginnt der Kampf, in dem der Mann, den ich über alles liebe, sein Leben verteidigen muss. Nachdem Ace mit dem Bandagieren fertig ist, zieht er Slide in eine feste Umarmung und klopft ihm auf die Schultern. Jetzt dreht er sich um und sieht mich an.

In seinen Augen erkenne ich, dass er kurz davor ist, seine Waffe zu ziehen und Dimitri vor allen Anwesenden abzuknallen.

Theoretisch keine schlechte Idee, praktisch undenkbar. Wenn Ace Dimitri jetzt erschießen würde, wäre er eine Sekunde später ebenfalls tot.

In der Ecke gegenüber von Slide taucht Egor auf, der Russe, der in der Unterwelt als Schlächter bekannt ist.

Während Slide eine abgewetzte Jogginghose trägt, wird Egors Unterleib nur von einer kurzen schwarzen Shorts bedeckt.

Entsetzt starre ich auf den Körper von Slides Gegner.

Er ist übersät mit alten Schnitt- und Brandwunden. Unzählige Narben ziehen sich wie Spinnweben über seine blasse Haut. Seine Augen wirken hohl und leer – dieser Kerl ist ein Zombie.

Egor ist muskulös und trainiert, es ist offensichtlich, dass er ein geübter Kämpfer ist. Im Gegensatz zu Slides Händen sind seine nicht bandagiert.

Seine Nase ist schief und krumm, sie wurde in der Vergangenheit so oft gebrochen, dass sie aussieht wie ein knorriger Ast.

Die Füße des Russen stecken in schwarzen Turnschuhen.

Ich spüre, wie sich Alexander hinter mir versteift.

Noch immer rinnen mir salzige Tränen über die Wangen. Alex beugt sich zu mir vor und raunt mit leise ins Ohr, dass er auf mich aufpassen wird.

Soll mich das jetzt etwa beruhigen?

Wieso sollte *ich* seinen Schutz brauchen?

Slide ist doch derjenige, der um sein Leben *kämpfen* muss.

Die ungute Vorahnung, dass Dimitri meinen Devil selbst dann nicht am Leben lassen wird, wenn er aus diesem Kampf als Sieger hervorgeht, sucht mich heim.

213

Zum ersten Mal in meinem Leben habe ich das Gefühl, in einer ausweglosen Sackgasse gelandet zu sein.

Verfluchte Scheiße!

Jetzt, wo beide Kämpfer im Ring stehen, erreichen die Rufe und Schreie, die die Halle erzittern lassen, einen neuen Höhepunkt. Die Buchmacher haben allerhand zu tun, die Wetteinsätze erreichen astronomische Höhen.

Unfähig die Augen von meinem Devil loszureißen, sauge ich jedes kleine Detail seines Körpers in mich ein.

Es mag vielleicht nicht das richtige Wort sein, doch ich finde ihn wunderschön.

Ein letztes Mal dreht er sich zu mir um. Wir sind keine zwei Meter voneinander entfernt und dennoch kann es sein, dass ich ihn niemals wieder berühren werde – so nah und doch so fern.

Ich ertrinke in den Tiefen seiner Augen, erkenne die Liebe, die er für mich empfindet, in seinem Blick. Meine Sehnsucht ihn zu küssen wird so übermächtig, dass ich meine Hand nach ihm ausstrecke. Ein verzweifelter Versuch, die Distanz zwischen uns zu überbrücken.

Alex reagiert sofort, zieht mich noch fester an sich heran und drückt meine Hand nach unten.

„Wage es ja nicht, ihn zu berühren!"

Seine Worte klingen wie das wütende Zischen einer Schlange.

Grob umfassen seine Finger mein Kinn, sein warmer Atem streift meinen Hals.

„Du hast mir gar nichts zu sagen, Arschloch."

Entsetzt sehe ich zu, wie sich seine Augen zu Schlitzen verengen. Das heißt nichts Gutes.

„Dir ist es früher schon immer gelungen mich zu reizen. Fuck, Kätzchen! Du bist das einzige Mädchen, dem es immer wieder gelingt, meine Entschlossenheit ins Wanken zu bringen."

Und dann passiert es. Alex, der Mann, den ich jahrelang für tot gehalten habe, presst seine Lippen auf die meinen.

Hilflos, atemlos und wie versteinert lasse ich zu, dass tausend vergessene Erinnerungen auf mich einstürmen.

Ich will diesen Kuss nicht, aber ich bin so erstarrt, dass ich es nicht schaffe, ihn wegzustoßen oder gar meinen Kopf abzuwenden.

Unterschiedliche Bilder von ihm und mir stürmen auf mich ein, lassen dem rational denkenden Teil meines Verstands die Lichter ausgehen.

Er und ich auf dem Dach des Clubhauses der Black Devils. Ich liege in seinen Armen, der Mond scheint auf uns herab. Seine Finger liebkosen meine Brüste, er küsst mich. Ich erinnere mich noch genau an das Gefühl, als er das erste Mal in mich eingedrungen ist....

Das hier ist falsch... falsch... falsch... falsch....

Ich liebe meinen Rocker Devil!

Doch so langsam glaube ich, dass man den Mann, der einst die erste große Liebe gewesen ist, nie wirklich vergessen kann.

Ich liebe Alex nicht mehr, aber es fühlt sich so an, als würde er noch immer einen Teil meines Herzens in seinen Händen halten.

Ich kämpfe und versuche diesen Teil zurückzugewinnen, es will mir einfach nicht gelingen.

Ein lautes Brüllen übertönt den Lärm der ungeduldigen Zuschauer. In der einen Sekunde spüre ich Alexanders Lippen auf den meinen, in der nächsten wird mein Kopf grob nach hinten gerissen.

Slide steht zitternd neben mir. In seiner Wut sieht er aus wie der leibhaftige Teufel. Seine schwarzen Augen glühen, die Muskeln seiner Oberarme zucken.

Besitzergreifend schlingt er seinen Arm um meine Taille und sieht Alexander aufgebracht an.

Nach einer gefühlten Ewigkeit wendet Slide seinen Blick von meinem Ex ab und sieht stattdessen Dimitri an, der amüsiert lachend neben Alexander sitzt.

„Du hast mir dein Wort gegeben! Wenn sich dein Handlanger noch ein einziges Mal an meiner Frau vergreift, werde ich ihn töten!"

Mit einer groben Geste wischt er mir mit seiner Handfläche über die Lippen, presst seinen Mund auf den meinen und schiebt mir seine Zunge tief in den Hals. Er wühlt sich durch meinen Mund, verschlingt mich, besitzt mich.

Wimmernd kralle ich mich an ihm fest, schmecke seine Wut und seine Liebe.

Dieser Kuss ist brutal und schmerzhaft und ganz genau das, was ich jetzt brauche!

Unsere Zungen duellieren sich, verknoten sich und verlieren sich wieder....

Leise brummend und äußerst widerwillig löst er seine Lippen von den meinen, gibt mich wieder frei.

Seine Hand umfasst meinen Nacken.

„Du gehörst mir, Baby! Du bist mein Eigentum – bis in den Tod und darüber hinaus!"

Atemlos lecke ich mir über die Unterlippe, küsse ihn erneut, lehne mich ein paar Herzschläge lang an seinen vor Wut angespannten Körper.

Tians Stimme dringt erneut durch die Lautsprecher, es wird nicht mehr lange dauern, bis der Kampf auf Leben und Tod beginnt.

Alex zieht an den Handschellen, ich reagiere nicht. Von mir aus soll er mir das Handgelenk brechen. Alles was zählt ist, dass ich in den Armen meines Mannes liege, vielleicht zum allerletzten Mal.

Um meinem Devil etwas näher zu sein, stelle ich mich auf die Zehenspitzen, küsse ihn erneut, jedoch sanft und mit all meiner Liebe, und flüstere ihm zu, dass er mein Leben und meine Liebe ist.

Slides Nasenflügel blähen sich. Hart und kurz presst er mich an sich, ehe er sich ohne ein weiteres Wort umdreht und zurück in den Ring steigt.

Am ganzen Körper zitternd spüre ich, wie sich eine schreckliche Kälte in mir ausbreitet.

Ich darf gar nicht erst an die Möglichkeit denken, dass Slide diesen Kampf verlieren könnte - er muss leben!

King und Ace steigen aus dem Ring, bleiben hinter den Seilen stehen.

Alexander zieht mich zurück auf seinen Schoß. Ich spüre nichts. Mein Inneres ist zu Eis erstarrt, ich bekomme kaum noch Luft.

Egor, der Schlächter, reibt sich voller Vorfreude die Hände. Wenn ich jetzt eine Waffe hätte, würde ich ihm das komplette Magazin direkt ins Herz jagen. Wobei es mich auch nicht wundern würde, wenn man dieses Monster nur mit einem Holzpflock, den man ihm mitten ins Herz rammt, töten kann.

Egor wirkt auf mich wie ein Dämon und nicht wie ein Mensch.

Augenblicklich muss ich an Silberkugeln und Weihwasser denken.

Slide ist ein beeindruckender Mann, doch neben Egor wirkt er klein und schmächtig. Der letzte Hauch von Hoffnung den ich mir bewahrt habe, verpufft. Zurück bleibt nur pure Angst und das Gefühl bitterer Verzweiflung.

23. Kapitel

Slide

Ein- und ausatmen – ein- und ausatmen – ein- und ausatmen....

Immer wieder zwinge ich mich dazu, mich auf den bevorstehenden Kampf zu konzentrieren.

Es war Dimitris Plan, mich mit Ellens Anwesenheit abzulenken – ich muss ihm gratulieren, denn er geht auf.

Alles, woran ich denken kann ist, dass mein Mädchen da unten auf dem Schoß eines Russen sitzt, mit dem sie früher gefickt hat.

Wenn ich mich jetzt nicht bald konzentriere, werde ich nicht nur den Kampf, sondern auch mein Leben und somit eine glückliche Zukunft mit meiner Old Lady verlieren.

Es steht zu viel auf dem Spiel, ich kann es mir nicht leisten, abgelenkt zu sein.

Egor ist ein Monster, sein rechter Haken ist legendär. Er wird nicht umsonst ‚der Schlächter' genannt. Der letzte Mann, der gegen ihn verloren hat, war, als Egor mit ihm fertig war, nicht mehr zu identifizieren.

Bis jetzt hatte ich noch nie das zweifelhafte Vergnügen, mit ihm im Ring zu stehen. In der Vergangenheit habe ich aber ein paar seiner Kämpfe beobachtet.

Dieser Mann ist gefährlich. Ich hätte mir denken können, dass Dimitri ihn mir in den Ring stellt.

Um meine angespannte Muskulatur zu lockern, hüpfe ich auf den Zehenspitzen auf und ab. Rolle meine Schultern, lasse meinen Nacken knacksen.

Ich verbiete mir einen weiteren Blick auf Ellen, höre zu, wie Tian den Kampf anmoderiert und hebe meine Arme. Meine Deckung steht – einen Plan habe ich allerdings noch keinen.

Die ersten Runden werde ich dazu nutzen herauszufinden, wo Egor seine Schwachstellen hat. So wie ich ihn einschätze, wird er gleich voll loslegen. Er wird versuchen, mich in den ersten Minuten auszuknocken.

Mit ein bisschen Glück hat er mehr Kraft als Ausdauer. Das könnte ein Vorteil für mich sein.

Im Gegensatz zu ihm habe ich einen Grund zu leben: Ellen King.

Der Geschmack meines Mädchens liegt noch immer auf meinen Lippen.

Das Geräusch der alten Schiffsglocke ertönt – jetzt wird es ernst!

Angst ist etwas Schreckliches. Sie kann einen lähmen. Verzweiflung ist heimtückisch, sie flüstert einem Ratschläge ins Ohr, die einen untergehen lassen können.

Wut hingegen ist genau richtig. Sie betäubt den Schmerz, gibt einem Kraft und Ausdauer. Und Fuck! Wut habe ich genug für drei Leben.

Wäre Dimitris Bruder nicht so ein brutales Arschloch gewesen, wäre er jetzt noch am Leben. Ich entschuldige mich nicht für meine Tat – ich bereue sie ja nicht mal.

Ich erkenne nur den schwarzen Humor des Schicksals.

Das letzte Mal, als ich hier in diesem Ring gestanden habe, habe ich ein Mädchen gerettet, das aussah wie das meine. Jetzt stehe ich hier oben und mein Mädchen muss dabei zusehen, wie ich wegen dieser Scheiße um mein Leben kämpfe.

Egor hat quasi keine Beinarbeit. Er tänzelt nicht, sondern ist wie ein Baum mit dem dreckigen Betonboden verwachsen.

Ein Mann seiner Statur kann verdammt viel einstecken bis er mal ins Wanken gerät.

Es muss mir irgendwie gelingen, ihn an der Schläfe oder an der Kehle zu treffen.

Mit hoch erhobener Deckung umkreise ich ihn, täusche ein paar Schläge an, die er ohne viel Mühe abwehrt. Auch wenn Egor schwerfällig aussieht, er ist blitzschnell.

Die ersten beiden Runden vergehen, ohne dass einer von uns einen guten Punch platzieren konnte.

Schweißperlen laufen zwischen meinen Schulterblättern hinab, mein Bizeps zuckt.

Das wird eine verdammt lange Nacht.

Die nächste Runde wird eingeläutet, dieses Mal sehe ich Egors Rechte nicht kommen. Er trifft mich direkt in den Magen. Ich taumle, ringe nach Luft, falle mit dem Rücken in die Seile. Ein heftiger Schmerz bringt meine Nervenenden an ihre Grenzen. Noch bevor ich wieder richtig Luft bekomme, trifft er mich an der Seite. Erneut komme ich ins Wanken.

Wenn ich jetzt stürze, bin ich so gut wie tot. Aus Erfahrung weiß ich, dass ein Kämpfer, der einmal auf dem Boden liegt, nie wieder aufsteht.

Ich zwinge mich stehen zu bleiben, atme die Pein weg und hebe meinen Blick. Egor holt mit seiner Linken aus, zielt direkt in die Mitte meines Gesichts.

In letzter Sekunde weiche ich ihm aus, wirble um meine eigene Achse und ramme ihm meine Faust in die Nieren.

Ein lautes Ächzen löst sich aus seinen Lippen.

Links – Rechts – Links – Rechts....

Immer wieder lasse ich meine Fäuste auf seinen Körper treffen. Ich bin so in Rage, dass es mir völlig egal ist, wo ich ihn treffe. Es ist wie ein Rausch, mein Blick ist tunnelartig. Ellen, Dimitri, ja sogar der ganze Fight Club sind aus meinem Bewusstsein verschwunden.

Alles was für mich wichtig ist, ist, diesen Mann zu töten.

Ich fühle mich wie ein Hai, der Blut gewittert hat.

Sämtliche meiner Emotionen sind verschwunden und ich verwandle mich zurück in den Mann, der ich in der Army gewesen bin.

Weder spüre ich Erschöpfung noch Schmerz.

Hart und Härter – gnadenlos und absolut tödlich.

Ich spüre, wie Egors Blut die Verbände an meinen Händen durchtränkt. Es fließt warm und klebrig an meinen Armen nach unten.

Haare liegen auf dem Boden, ein Zahn fliegt durch die Luft.

Noch immer bin ich so in meinem Blutrausch gefangen, dass ich nicht aufhören kann, auf ihn einzuschlagen.

Er geht zu Boden, es ist mir egal.

All die lauten Schreie, Pfiffe und Jubelrufe verstummen. Eine tödliche Stille hat sich in dem Fight Club ausgebreitet – selbst das ist mir egal.

Alles was für mich zählt ist, den nächsten Schlag mit so viel Kraft wie nur möglich zu platzieren.

Das knackende Geräusch, als meine Fingerknöchel auf Knochen treffen, die brechen und zersplittern, ist das Einzige, was noch zu hören ist.

Sein Blut spritzt, mein Schweiß läuft mir in die Augen, das Salz brennt.

Plötzlich spüre ich zwei kräftige Arme, die sich von hinten um mich schlingen und meine Hände auf den Rücken ziehen.

Brüllend wehre ich mich gegen den Angriff. Erst als ich Aces Stimme wie durch Watte mit mir reden höre, werde ich etwas ruhiger.

Schnaufend spucke ich ein Gemisch aus Spucke und Blut auf den Boden.

Der rote Nebel, der sich vor mein Blickfeld gelegt hat, lichtet sich etwas. Der Rausch lässt langsam nach.

„Fuck Bro, du kannst aufhören! Du hast ihn besiegt, Slide!"

Um wieder etwas klarer zu werde, schüttle ich den Kopf.

Aces Griff lockert sich etwas. Ich befreie meine Arme und streiche mir meine losen Haarsträhnen aus dem Gesicht.

Das Pochen in meinen Ohren wird leiser, ehe es verstummt.

Langsam lasse ich meinen Blick über die Zuschauer gleiten.

Mit weit aufgerissenen Augen starren mich alle an. Furcht und Entsetzen spiegelt sich in ihrem Blick. Tief durchatmend erlaube ich es mir endlich, Ellen anzusehen.

Sie zittert, ihr Gesicht ist unnatürlich weiß, ihre Pupillen sind geweitet.

Noch immer ist es so leise, dass man eine Nadel auf den Boden fallen hören könnte.

Noch einmal spucke ich Blut aus und drehe mich zu Ace um. Der Präsident meines Clubs steht an meiner Seite – so war es schon immer und so wird es auch immer sein.

„Bist du wieder bei uns?"

Seine Frage ist berechtigt.

Nur wenige wissen, dass ich mich in einer Art Blutrausch verlieren kann, in dem ich nichts und niemanden mehr wahrnehme. Jetzt wissen es gut 500 Menschen mehr.

„Ja. Es ist vorbei."

Mein Freund flucht leise, ehe er tief durchatmet.

„Ich würde sagen, der Kampf ist vorbei!"

Erst jetzt drehe ich mich zu Egor, oder besser gesagt, was von ihm noch übrig ist, um.

Seine Gelenke sind verdreht, Knochen stechen sich durch seine blutverschmierte Haut. Eine rote Pfütze bildet sich unter seinem Kopf.

„Ja, das ist er!"

Angewidert löse ich die durchtränkten Bandagen von meinen Fäusten und lasse sie achtlos auf den Boden gleiten. Jetzt ist der Augenblick gekommen, in dem ich meinen Plan umsetzen muss.

Die Leute um uns herum begaffen mich immer noch mit weit aufgerissenen Mündern.

Anscheinend haben sie noch nie so einen Kampf gesehen.

Mit zwei großen Schritten durchquere ich den Ring, stelle mich an die Seile und sehe Dimitri direkt an.

„Das Match ist vorbei. Deine Anforderung habe ich erfüllt Dimitri. Nun steh zu deinem Wort und gibt meine Lady frei!"

Sämtliche Dead Riders und Black Devils treten vor, stärken mir durch ihre Präsenz den Rücken.

Dimitri gibt dem Wichser neben ihm ein Zeichen. Endlich sehe ich, wie er seine Hände von meiner Frau nimmt und die Handschellen aufsperrt. Noch bevor Ellen aufstehen kann, sind schon Razzor und Tick an ihrer Seite.

Ich lasse meinen Blick über die Köpfe der neugierigen Zuschauer gleiten, ehe ich wieder Dimitri ansehe.

„Ich weiß, dass du mich töten willst. Mach es wie ein Mann! Steig in den Ring und wir klären das jetzt ein für alle Mal!"

Eine angespannte Erwartung breitet sich in der Halle aus. Tians Handlanger erscheinen neben dem Ring, mir ist klar, dass sie Egors Überreste wegschaffen wollen. Sie sehen mich unschlüssig an, so als wüssten sie nicht, was mit ihnen passiert, wenn sie mir zu nahe kommen.

Nach einer gefühlten Ewigkeit erhebt sich Dimitri. Gerade als ich denke, dass er meiner Aufforderung nachkommt und zu mir in den Ring steigt, zieht er seine Waffe und zielt direkt auf mein Herz.

Razzor, der noch immer neben Ellen steht, reagiert blitzschnell. Er zieht die lange Klinge, die er immer am Oberschenkel bei sich trägt und wirft sie so kraftvoll, dass sie bis zum Heft in Dimitris Brustkorb gleitet. Aus den leicht geöffneten Lippen des Russen löst sich ein ersticktes Wimmern, ungläubig senkt er den Kopf und sieht auf das Messer, das bis zum Anschlag in seinem Oberkörper steckt. Aus seinem Mundwinkel sickert ein dünnes Blutrinnsal.

Dimitris Arm sinkt kraftlos nach unten, seinen schlaffen Fingern entgleitet die Waffe, ehe er wie ein gefällter Baum umkippt.

Immer mehr Russen bahnen sich ihren Weg nach vorne. Kings Männer tauchen neben uns auf.

Unser aller Leben steht nun auf Messers Schneide.

Entweder bricht gleich die Hölle los, oder aber es passiert nichts.

Ein Zwischending wird es nicht geben....

Der Ex meiner Old Lady erhebt sich, er streicht mit einer gelangweilten Handbewegung sein Sakko glatt. Er steigt über die Leiche seines Bosses, bückt sich und streift ihm den breiten, weißgoldenen Ring, der die Form eines Löwenkopfs hat, vom Finger.

Mit dem Ring in der Hand steigt er durch die Seile und stellt sich direkt neben mich. Alle Blicke sind auf ihn gerichtet, jedem anwesenden Mann ist klar, dass hier gerade etwas Bedeutsames passiert.

Sein Blick streift kurz den meinen, ehe er sich an die anwesenden Russen wendet.

„Muzhchiny, na sleduyushchiy den' chered. nachinayetsya novaya era. Sleduyte za mnoy, i ya obeshchayu vam na moyu zhizn'. Ya sobirayus' byt' khoroshim liderom."

Ich habe zwar keine Ahnung, was er seinen Landsleuten gesagt hat. Aber ihre lauten Jubelrufe verraten mir, dass er die richtigen Worte gefunden hat. So wie ich das sehe, ist Alexander in Dimitris Fußstapfen getreten. Die Russen haben einen neuen Boss, und Tians Leute eine weitere Leiche zu beseitigen.

Immer wieder öffne und schließe ich meine höllisch schmerzenden Fäuste.

Verflucht! Ich bin keine beschissene zwanzig mehr. Diese Nacht wird mir noch lange in den Knochen stecken.

Jetzt, wo ich mir sicher sein kann, dass hier nicht gleich ein Kugelregen auf uns niederprasselt, steige ich aus dem Ring und gehe auf mein Mädchen zu – es wird Zeit für meine Belohnung!

Ellen

Bämm – bämm – bämm – bämm....

Mein Herz rast, es fühlt sich so an, als wollte es flüchten.

Es ist eh ein Wunder, dass es in der vergangenen halben Stunde nicht einfach stehen geblieben ist.

In den vergangenen dreißig Minuten hatte ich so schlimme Rhythmusstörungen, dass es an ein Wunder grenzt, dass ich noch lebe.

Der Mann, den ich liebe, der Mann, dessen Old Lady ich bin, hat mich mit seinem Verhalten zu Tode geängstigt.

Natürlich ist mir bewusst, dass dies ein Kampf auf Leben und Tod war. Aber das?

Heilige verfickte Scheiße, das war mit Abstand das Krasseste, was ich jemals gesehen habe.

Für einen beängstigend langen Augenblick war Slide nicht mehr Slide, sondern der Rocker Devil, über den in der Unterwelt mit großem Respekt und einem Hauch Angst geredet wird. Ich habe gehört, dass Slide zu solch teuflischer Wut und Brutalität fähig ist, aber ich konnte es mir nicht vorstellen.

Bis jetzt dachte ich immer, dass die Geschichten übertrieben sind – jetzt weiß ich, dass sie an die Realität nicht ansatzweise herankommen.

Das Blut in meinen Adern ist gefroren, in meinem Nacken prickelt es unangenehm und in meiner Kehle hat sich ein dicker Kloß gebildet.

Noch bevor ich das mit Slide verarbeiten konnte, hat Razzor Dimitri getötet. Jetzt steht Alexander im Ring und nimmt dessen Platz ein.

Doch für dieses ganze Russending habe ich keine Nerven. Meine Augen kleben an Slides blutverschmiertem Körper.

Was war das?

Ein Ausraster?

Aufgeputschtes Adrenalin?

Oder eine Seite seines Charakters, die ich bis jetzt noch nicht an ihm gesehen habe?

Ich habe keine Ahnung, aber was ich weiß ist, dass es mich ängstigt.

Erst jetzt begreife ich, wie gefährlich der Mann ist, für den ich mich entschieden habe.

Während Alexander seine Position als neues Oberhaupt festigt, kommt Slide auf mich zu.

Seine Bewegungen sind fließend und kraftvoll. So wie die eines Raubtiers. Seine Gesichtszüge hingegen wirken hart und kalt, als wären sie aus Stein gemeißelt.

Ich bemühe mich um eine möglichst neutrale Mimik. Keine Ahnung, ob mir das gelingt.

Slide bleibt eine Fußbreite vor mir stehen. Seine dunklen Augen sehen mich prüfend an. Er wittert meine Angst.

„Baby?"

Seine Stimme klingt rau und beschwörend.

Plötzlich fange ich zu zittern an, meine Zähne schlagen aufeinander, meine Hände werden kalt.

Ein Teil von mir will sich von ihm abwenden und so schnell es geht von hier weglaufen. Ein anderer Teil will das viele Blut ignorieren und sich ihm in die Arme werfen.

Ich tue nichts von beidem, bleibe reglos stehen und zittere wie Espenlaub.

Razzor sucht meinen Blick. Ich weiß, dass ich nur ein Wort zu ihm sagen müsste, und er würde sich schützend vor mich stellen.

Keine Ahnung, womit ich Razzors einhundertprozentige Loyalität verdient habe, aber es fühlt sich verdammt gut an, ihn in meiner Nähe zu wissen.

Nervös lecke ich mir die trockenen Lippen, atme tief durch und versuche meine Angst zu verdrängen.

Es spielt keine Rolle, was Slide mit Egor gemacht hat. Alles was wichtig ist, ist, dass er mich immer nur beschützt hat.

Es mag sein, dass sich die ganze Welt vor ihm fürchten sollte. Für mich gilt das jedoch nicht.

„Baby, geht es dir gut?"

Irgendwie merkwürdig, dass er mir diese Frage stellt. Immerhin ist er derjenige, der gekämpft hat.

Ich nicke und gebe mir größte Mühe, nicht endgültig die Nerven zu verlieren.

Der Fight Club ist in meinen Augen der abscheulichste Ort auf dieser Welt. Wenn ich nicht bald von hier fortkomme, drehe ich noch durch.

„Ich will hier weg. Sofort!"

Ace reicht Slide ein nasses Handtuch. Er reibt sich damit als erstes über das Gesicht und anschließend über die Arme. Nachdem er das meiste von Egors angetrocknetem Blut entfernt hat, lässt er es achtlos auf den Boden fallen.

Endlich nimmt er mich in die Arme. Meine Angst löst sich sofort in Wohlgefallen auf. Das unkontrollierte Zittern meines Körpers wird weniger, aus meiner Kehle löst sich ein lautes Schluchzen.

Die letzten Tage waren die Hölle - sie waren schrecklich und ich will sie nicht wiederholen. Jetzt haben wir alles überstanden. Wie durch ein Wunder sind wir beide noch am Leben, das ist alles was zählt!

Jetzt können wir endlich durchatmen und uns von dem Stress erholen.

Mit ein bisschen Glück hat das Schicksal etwas Mitleid mit uns und lädt seine Scheiße in der nächsten Zeit bei irgendjemand anderem ab.

Ich habe die Schnauze gestrichen voll von den scheiß Bullen, übercouragierten Augenzeugen, überraschenden Schießereien, nächtlichen Entführungen, von Kämpfen auf Leben und Tod und von tot geglaubten Exfreunden.

Alexander

Die vergangenen vierundzwanzig Stunden haben eine Menge Überraschungen für mich bereitgehalten.

Erst sehe ich Ellen wieder, dann wird Dimitri getötet und nun bin ich der neue Kopf der russischen Mafia in Seattle.

Der weißgoldene Löwenring fühlt sich an meinem Finger schwer und ungewohnt an, doch ich werde mich schnell an mein neues Leben und die vielen Aufgaben gewöhnen.

Es war nie mein Traum, Dimitris Platz einzunehmen. Jetzt wo es passiert ist, erkenne ich erst die vielen Möglichkeiten, die sich mir bieten.

Es ist, als wäre ein neues Kapitel meiner Lebensgeschichte aufgeschlagen worden.

Ich lasse meine Augen über die Menge schweifen, beobachte, wie sich Ellen in die Arme dieses Rocker Devils wirft und wie King dabei zusieht. Zu meinem Erstaunen fühle ich keine Bitterkeit. So verlockend dieses Mädchen auch sein mag, sie gehört meiner Vergangenheit an.

Sie so unverhofft wiederzutreffen hat mich etwas ins Stolpern gebracht. Jetzt habe ich mich wieder gefangen und festgestellt, dass manche Dinge einfach nur schöne Erinnerungen bleiben sollten.

In der nächsten Zeit werde ich viele Veränderungen vornehmen. Die Dead Riders mischen groß im Waffengeschäft mit. Vielleicht sollte ich versuchen, mit ihnen ins Geschäft zu kommen. Dimitri hat die Nähe von Motorrad Clubs immer gemieden. Er war der Meinung, dass Rocker unberechenbar sind. Damit mag er möglicherweise recht haben. Aber jetzt ist meine Zeit gekommen.

Ich werde sein Imperium an mich reißen und es zu neuer Stärke führen. Das wird mir nur gelingen, wenn ich unbekannte Wege beschreite, Risiken eingehe und neue Geschäftspartner finde.

Mit einem Handzeichen gebe ich meinen Männern zu verstehen, dass wir hier fertig sind.

Nach einem letzten Blick auf Dimitris Leiche drehe ich mich um und verlasse den Fight Club. Der Tod meines Vorgängers hat mich eines gelehrt, was ich niemals vergessen sollte.

Die Dead Riders sind schnell, präzise und absolut tödlich.

Wenn ich mich wirklich dazu entschließen sollte, mit ihnen Geschäfte zu machen, werde ich keine Risiken eingehen.

Das Letzte, was ich will ist, so abzutreten wie Dimitri.

24. Kapitel

Slide

Kühler Fahrtwind bläst mir ins Gesicht. Ellens warmer Körper presst sich an meinen Rücken während wir Meile für Meile hinter uns lassen. Meine Brüder und ich fahren in Formation. Allen voran Ace, dann ich, neben mir Tick und hinter uns sind Skorpion und Catcher, das Schlusslicht bildet Razzor.

Ich bin völlig erledigt. Jeder Knochen in meinem Körper schmerzt, mein Schädel brummt. Egor hat ein paar wirklich gute Treffer gelandet.

Jetzt wo Dimitri tot ist, sollte es endlich wieder etwas ruhiger werden.

Es wird einige Zeit dauern, bis wir das FBI wieder losgeworden sind.

Früher oder später wird alles wieder seinen normalen Ablauf finden.

Jetzt brauche ich eine heiße Dusche, ein weiches Bett und den anschmiegsamen Körper meiner Frau!

Am Clubhaus angekommen parken wir der Reihe nach unsere Bikes. Auch wenn ich es nicht gerne zugebe, aber als ich vor wenigen Stunden Richtung Fight Club aufgebrochen bin, war ich mir nicht sicher, ob ich jemals wieder lebendig zurückkommen würde.

Ellen steigt vom Bike, zieht sich den Helm aus und reicht ihn mir. Zusammen mit meinen Brüdern gehen wir ins Clubhaus.

Kaum dass wir es betreten haben, bricht tosender Applaus aus.

Unzählige meiner Brüder kommen auf mich zu, begrüßen mich freundschaftlich, heißen mich willkommen. Jetzt erst fällt mir auf, dass die Anspannung, die ich in den letzten Tagen gespürt habe, nicht nur auf mir, sondern auf dem ganzen Club gelegen hat.

Nachdem der erste Ansturm abgeflaut ist, schnappe ich mir Ellens Hand und ziehe sie die Treppe nach oben.

Kaum dass die Türe hinter uns ins Schloss gefallen ist, ziehe ich mein Mädchen an mich, vergrabe meine Nase in ihren Haaren und inhaliere den vertrauten Geruch von Vanille und Pfirsich.

„Ich habe mir solche Sorgen um dich gemacht, Baby!"

Sie erzittert in meinen Armen, ich streiche ihr beruhigend über den Rücken.

Ihr leises Schluchzen sorgt dafür, dass mein Herz beinahe stehen bleibt.

„*Schhh...* jetzt ist alles vorbei, Baby. Alles wird gut."

Schniefend hebt sie ihren Kopf, sieht mich an und küsst mich federleicht auf den Mund.

„Du hättest heute Nacht getötet werden können."

„Ich wurde es aber nicht."

Sie boxt mit ihrer kleinen Faust in meinen Bauch.

„Verdammt, Slide. Was zur Hölle nützt uns unsere Liebe, wenn ich jeden Tag Angst um dich haben muss? So stelle ich mir mein Leben nicht vor."

Scheiße! Alles was ich will ist eine heiße Dusche und keine zickige Old Lady.

„Was willst du von mir, Ellen? Soll ich dir eine Garantie dafür ausstellen, dass ich die nächsten zehn Jahre nicht ins Gras beiße? Ist es das, was du willst?"

Eine dicke Träne löst sich aus ihrem Augenwinkel.

„Ja."

Ihre geschniefte Antwort entlockt mir ein Lächeln.

„OK, Baby! Dann garantiere ist es dir. Ich verspreche dir, dass ich nicht ohne deine Erlaubnis sterben werde."

Endlich verziehen sich ihre vollen Lippen zu einem Lächeln. Sie schüttelt den Kopf, lehnt sich an meine Brust.

„Du bist ein Idiot, Slide."

„Ich bin dein Idiot, Baby! Vergiss das nicht!"

Keine Ahnung, wie lange wir so aneinandergelehnt dastehen. Irgendwann löst sie sich von mir streicht, sich eine Haarsträhne aus den Augen und setzt sich auf einen der Küchenstühle.

Mit einem erleichterten Seufzen steige ich aus meinen Stiefeln, ziehe mich aus und werfe die mit Blutflecken übersäten Klamotten achtlos auf den Boden.

Ein letztes Mal sehe ich meinem Mädchen in die Augen, ehe ich mich auf den Weg ins Badezimmer mache.

Ich habe wirklich keine Ahnung, warum sie sich so aufregt. Es ist ja nicht so als ob ich mir diesen Mist ausgesucht hätte. Wenn sie streiten will – von mir aus. Aber jetzt brauche ich eine heiße Dusche und ein paar Stunden Schlaf.

Ellen

Müde beobachte ich meinen Kerl dabei, wie er sich auszieht.

Sein Blick wirkt müde, seine Bewegungen schwerfällig.

Keine Ahnung warum, aber am liebsten würde ich jetzt einen riesigen Streit anfangen.

Ich will, dass er mich anschreit - ich will ihn anschreien und ihm sagen, wie verdammt viele Sorgen ich mir um ihn gemacht habe.

Es mag sein, dass die Geschehnisse der vergangenen Tage nichts Besonderes für ihn sind, mich hingegen haben sie völlig aus der Bahn geworfen.

Holy Fuck!

Meine Augen brennen vor Müdigkeit. Mit schweren Beinen stehe ich auf, steige über Slides am Boden liegende Sachen und gehe ins Schlafzimmer. Für eine Sekunde spiele ich mit dem Gedanken, zu meinem Rocker unter die Dusche zu steigen, verwerfe ihn jedoch gleich wieder. Meine Beine können mich ja jetzt schon kaum noch tragen. Mit einem leisen Seufzen lasse ich mich ins Bett fallen, kicke mir die viel zu kleinen Heels von Alexanders Schwester von den Füßen, schlafe so wie ich bin innerhalb von wenigen Atemzügen ein und versinke in einem wilden Traum.

Slide

Dampfend und heiß rinnt mir der Wasserstrahl übers Gesicht, reinigt meinen Körper und färbt sich rot.

Mit den Handflächen an die Wand gelehnt, schließe ich meine Augen und atme gleichmäßig. Das Adrenalin, das noch immer durch meine Adern pumpt, hat mich fest im Griff. Es dauert eine Weile, bis ich endlich etwas ruhiger werde.

Erst als das Wasser kalt zu werden beginnt, fühle ich mich einigermaßen entspannt.

Meine linke Körperseite hat einiges abbekommen. Von lila bis blau ist jede Farbschattierung vertreten.

Ich stelle das Wasser aus, trockne mich grob ab und mache mich auf die Suche nach meiner Süßen.

Sie liegt quer über beide Matratzen, völlig bekleidet und tief schlafend in meinem Bett.

Aus ihrem Mund kommt ein leises Schnarchen. Vorsichtig ziehe ich ihr die grässlichen Sachen aus, lege mich zu ihr und ziehe sie an mich.

Ich hätte nie für möglich gehalten, dass ich es mal so genießen würde, einfach nur mit meinem Mädchen im Arm einzuschlafen....

Es ist trocken, brauner Sand bedeckt meinen Körper wie eine Decke. Die Sonne brennt auf mich herab. Ich habe mich so lange nicht bewegt, dass ich meine Beine nicht mehr spüre. Vor lauter Durst und sind meine Lippen aufgesprungen. In den vergangenen Stunden hat meine Schulter höllisch wehgetan, jetzt hat mein Körper resigniert. Die Schmerzen haben nachgelassen. Und selbst wenn sie es nicht getan hätten, es hätte keinen Unterschied gemacht.

Mein Befehl lautet Position halten – das Haus sichern und jede verdächtige Person zu eliminieren.

Die Schulterstütze meiner M24 SWS bietet mir einen gewissen Halt. Das Standard-Scharfschützengewehr der US Army ist mir mittlerweile so vertraut, dass es sich anfühlt wie ein Teil von mir. Dank der Tatsache, dass es ein Repetiergewehr ist, das die leeren Hülsen durch Repetieren des Verschlusses auswirft und sofort eine neue Patrone aus dem Magazin nachlädt, kann ich meine Aufmerksamkeit voll und ganz auf meine Zielobjekte richten und muss meinen Blick nie abwenden.

Es ist meine Aufgabe, verdächtige Personen auszuschalten ohne dabei entdeckt zu werden. Ich halte die Straßen frei, ich bin die Lebensversicherung meiner Männer.

Meine Aufgabe ist es, die Straßen zu sichern. Sodass sich die Bodentruppe möglichst sicher um die Häuser kümmern kann, die wir durchsuchen sollen.

Laut unseren Informationen sollen sich zwei IS-Anführer in der Gegend aufhalten. Es liegt an uns, sie zu erwischen. Bevorzugt lebend, wenn das nicht machbar ist, dann eben tot.

Die Sonne erzeugt so eine Hitze, dass die Luft zu flimmern scheint. Alles ist ruhig, nichts bewegt sich.

Der Trupp meiner Männer befindet sich in Objekt 1. Wenn sie dort nichts finden, werden sie sich Objekt 2 ansehen.

Immer und immer wieder sehe ich durch das Zielfernrohr und checke die Umgebung. Über Funk verfolge ich die Bewegungen und die Gespräche meines Teams.

Trotz der Tatsache, dass sie mit Ernst bei der Sache sind, höre ich sie lachen, sie machen Scherze und beleidigen sich.

Nach all den Tagen und Wochen in diesem Dreckskrieg beginnt man eine andere Art von Humor zu entwickeln.

Keine 500 Meter von mir bewegt sich etwas. Ein Junge, nicht älter als zwölf, verlässt die Ruine eines eingestürzten Gebäudes.

Er trägt die landestypische weite Kleidung, ist völlig verschmutzt und an der Stirn verletzt.

Ohne ihn aus den Augen zu lassen, gebe ich über Funk seine Position durch.

Wenn ich eines in diesem Land gelernt habe, dann, dass nichts so ist, wie es scheint.

Jetzt, wo er näher kommt, erkenne ich den dünnen Draht, der durch ein Loch an seiner Kleidung mit dem Gerät in seiner Hand verbunden ist.

Der Junge beginnt zu rennen, Staub wird aufgewirbelt und behindert meine Sicht.

Im gleichen Moment verlässt die Bodentruppe Objekt 1.

Das Herz schlägt mit bis zum Hals, der Puls donnert mir durch die Venen, meine Finger hingegen verharren ruhig auf ihrer Position.

Die Zeit ist zu knapp, um die Situation genauer zu analysieren. Es dauert nur noch wenige Augenblicke bis der Junge auf meine Männer trifft. Wenn er wirklich eine Bombe bei sich trägt und diese zündet, wird er meine Kameraden in den sicheren Tod reißen.

Natürlich besteht auch die Möglichkeit, dass er kein Selbstmordattentäter ist und er bei meinen Männern Schutz suchen oder sie um Nahrung anbetteln will....

Es liegt an mir, diese Entscheidung zu treffen. Wenn es die falsche ist, werde ich entweder vor ein Kriegsgericht gestellt, weil ich ein unschuldiges Kind erschossen habe - oder aber meine Männer sind tot. So oder so ... völlig egal, wie ich mich entscheide, das Arschloch in dieser Geschichte bin immer ich!

Denn selbst wenn ich mich nicht täusche und er tatsächlich einen Auslöser in seiner Hand hält, muss ich für den Rest meines Lebens damit klarkommen, dass ich ein Kind erschossen habe.

Dass wir in all den Einsätzen bis jetzt keinen Mann verloren haben, liegt zum Teil daran, dass ich mich immer auf meinen Instinkt verlassen kann. Und dieses Mal rät mir mein Instinkt, dass ich dieses Kind erschießen muss.

Ein letztes Mal fülle ich meine Lungen mit Sauerstoff, halte den Atem an und ziele.

Dieser Schuss wird mir einen Platz in den tiefsten Feuern der Hölle reservieren.

Es kostet mich eine Menge Überwindung, den Abzug zu drücken, doch ich tue es.

Das Gewehr schlägt dank des Rückstoßes gegen meine Schulter, noch bevor der Junge den Auslöser betätigen kann, ist er tot.

Natürlich weiß ich, dass es nicht meine Schuld ist, dass er sterben musste. Sondern die der Drahtzieher, die sich nicht dafür schämen, Kinder für ihre Zwecke einzusetzen. Und doch fühle ich mich gerade nicht wie ein Soldat, sondern wie ein Mörder.

... schweißgebadet wache ich auf. Meine Hände zittern, mein Herz rast.

Früher hat mich dieser Traum viel häufiger heimgesucht. Er hat mich mürbe gemacht und mich nicht vergessen lassen, was ich getan habe.

Während meiner Zeit bei der Army habe ich unendlich viele Leben ausgelöscht. Nur ein einziges Mal ist es mir schwer gefallen, den Abzug zu drücken.

Im Nachhinein hat sich herausgestellt, dass meine Entscheidung absolut richtig war, und dennoch lässt mich dieses Erlebnis nicht in Ruhe. Die Sprengstoffweste, die der Junge unter seiner Kleidung getragen hatte, war mit so viel Sprengstoff gefüllt, dass er unsere gesamte Truppe hätte auslöschen können. Und dennoch lässt mein Unterbewusstsein mich nicht vergessen, was ich getan habe – ich habe ein Kind erschossen.

Keine Ahnung, warum ich ausgerechnet heute Nacht davon träume?

Vielleicht liegt es an den nervenaufreibenden Ereignissen der vergangenen Tage.

Was ich aber definitiv weiß ist, dass mir dieser Traum erneut vor Augen führt, was wirklich wichtig ist.

Ich atme tief durch, stehe auf und betrachte die schlafende Schönheit in meinem Bett.

Wir haben füreinander getötet, und wir haben uns gegenseitig den Rücken freigehalten.

Diese Frau ist so unberechenbar wie ein Wirbelsturm.

Ich habe keine Ahnung, wo mich die Liebe zu ihr hinführen wird, aber ich weiß, dass sie das Beste ist, was mir jemals passiert ist.

In ihren Armen - durch ihre Küsse – dank ihrer Liebe - finde ich Ruhe und Frieden.

Sie ist das Paradies für meine verlorene Seele, der Funke, der mein totes Herz wiederbelebt hat. Mit mehr Selbstbeherrschung als es eigentlich nötig sein sollte, wende ich meinen Blick von Ellen ab und gehe in die Küche. Die Milch aus dem Kühlschrank ist kalt und frisch und ich trinke sie direkt aus dem Karton.

Vor den Fenstern ist es dunkel, dicke Wolken verwehren mir einen Blick auf die Sterne.

Das Gelände der Dead Riders ist verlassen, vor den Toren steht ein einsamer schwarzer BMW.

Gelangweilt schmeiße ich die leere Milchtüte in den Müll und kehre zurück ins Schlafzimmer.

Wenn ich ein guter Mann wäre, würde ich Ellen jetzt schlafen lassen. Doch das bin ich nicht, ich bin ein egoistisches Arschloch, das jetzt sofort seinen Schwanz in die enge Pussy seiner Lady schieben will.

Der Traum hat schlafende Dämonen geweckt, und nur Ellen ist in der Lage, diese wieder zu vertreiben.

25. Kapitel

Ellen

Raue Fingerspitzen streichen über meine Schenkel, liebkosen meinen Po. Suchende Lippen, knabbernde Zähne, kratzende Bartstoppeln.

Zufrieden seufzend drehe ich mich auf den Rücken. Der köstliche tranceartige Zustand, in dem ich mich befinde - nicht ganz wach und nicht mehr schlafend - fühlt sich in Kombination mit Slides Berührungen einfach nur göttlich an.

Der Hauch seines heißen Atems lässt mich erschaudern. Warm und voll umschließen seine Lippen meinen Nippel. Die scharfen Kanten seiner Zähne graben sich in mein empfindliches Fleisch.

Hilflos und in meiner Lust gefangen drücke ich meinen Rücken durch und strecke mich ihm entgegen.

Mit jedem Atemzug entgleite ich mehr der Traumwelt und komme zurück in die sinnliche Realität. Blinzelnd öffne ich meine Augen, schlinge Slide meine Arme um die Schultern und ziehe ihn zu mir herab.

Ich schnappe nach seiner Unterlippe, beiße zu und vergrabe meine Finger in den langen Strähnen seiner offenen Haare.

Er knurrt wild, schiebt seine Hand zwischen meine Schenkel und zwickt mich hart in den Kitzler. Automatisch lasse ich seine Lippe los. Er nutzt diese Chance und schiebt mir seine Zunge tief in den Mund.

Mit einem nie gekannten Hunger verschlinge ich den Mann, unter dessen Händen mein Körper zu Wachs wird.

Ob ich süchtig nach diesem Kerl bin? Oh ja!

Er ist meine Droge, meine Luft, mein alles....

Verdammich!

Ich habe keine Ahnung was ich getan hätte, wenn er diese Nacht nicht überlebt hätte. Wahrscheinlich wäre ich von der nächsten Brücke gesprungen.

Zu meinem grenzenlosen Glück hatte Egor keine Chance gegen meinen Rocker und mir bleibt ein Tod, der Shakespeares Romeo und Julia würdig gewesen wäre, erspart.

Unser Kuss wird intensiver, mein Devil raubt mir den Atem.

Langsam lässt er seine rechte Hand durch meinen Spalt gleiten. Sein Daumen übt Druck auf meine Klit aus, er reibt sie kreisend.

Mein Unterleib zieht sich verlangend zusammen, ein dünner Schweißfilm überzieht meine Haut.

Fieberhaft streiche ich über seinen Körper. Kratze mal leicht, mal etwas fester, rote Spuren auf seinen Rücken.

Mit jedem weiteren Atemzug verliere ich mich mehr in unserer Lust. Die harten Konturen seines Sixpacks fühlen sich mehr als göttlich an. Langsam lasse ich meine Hand immer weiter nach unten gleiten. Sachte streiche ich über seine pralle Eichel, sein Schwanz ist einfach herrlich dick und lang.

„Du wirst für immer mein Mädchen sein!"

Er küsst mich schwindelig, ich ertrinke in meiner Lust.

Sehnsuchtsvoll schmiege ich mich an ihn und genieße das Gefühl seiner in mich eindringenden Finger.

Ich will, dass mein Devil spürt, wie scharf ich auf ihn bin, wie sehr ich mich nach ihm sehne und wie bereit mein Körper für ihn ist.

Seine Stimme klingt rau vor Lust. „Oh fuck, Baby".

Er kniet sich zwischen meine gespreizten Beine. Seine Lippen legen sich auf meinen Hals und saugen sich an mir fest ...

Stöhnend recke ich ihm mein Becken entgegen, fordere stumm nach mehr.

Ich vergesse zu atmen, lasse mich fallen und spüre, wie meine Lust die Kontrolle über meinen Körper übernimmt.

Dieser gemeine Kerl spürt, dass ich kurz davor bin zu kommen, er weiß, dass ich ihn in mir spüren will, und doch quält er mich absichtlich immer weiter. Erneut dringt sein Finger tief in mich ein, touchiert meinen G-Punkt und lässt mich aufschreien.

Seine angespannte Körperhaltung und sein animalisches Brummen signalisieren mir, dass er kurz davor ist, seine Selbstbeherrschung zu verlieren.

Und bei allen Göttern! Ich kann es kaum erwarten, ihn endlich in mir zu spüren.

„Du bist mein verdammter Untergang, Frau!"

Seine Stimme klingt dunkel und rau, und ich muss über seinen Widerwillen lachen.

„So soll es ja auch sein!"

Langsam und rhythmisch massiert sein Daumen meinen Kitzler.

Slide weiß ganz genau, dass mich das über die Klippe bringt. Er erhöht den Druck, küsst mich wild und befiehlt mir in einem strengen Ton, dass ich mich fallen lassen soll.

Stöhnend und mich an ihm reibend schreie ich meine Lust in den stillen Raum.

Grelle Blitze zucken hinter meinen geschlossenen Lidern.

Slides Muskeln spannen sich an, was seinen großen Körper unglaublich hart werden lässt. Er demonstriert mir seine Macht, er lässt mich den Unterschied zwischen uns spüren und ich weiß, dass wir füreinander bestimmt sind. Wir ergänzen uns, beschützen uns, brauchen uns....

Mein Schoß glüht und pocht, meine Sinne spielen verrückt und meine Nervenbahnen glühen.

Der Orgasmus, den er mir geschenkt hat, war unglaublich.

Jetzt wird es Zeit, dass ich ihm denselben Dienst erweise. Ich lege ihm meine Handfläche auf den Brustkorb, und schiebe ihn aus dem Bett.

Er zieht fragend eine Augenbraue nach oben, tut jedoch was ich will.

Süchtig nach seinem Geschmack sinke ich vor ihm auf die Knie. Suche seinen Blick und lecke mir lasziv über die Lippen.

Nackt und unendlich erregt knie ich vor meinem Mann in unserem Schlafzimmer und kann es kaum erwarten, ihn endlich zu schmecken.

Unsere Blicke treffen sich. Saftig und prall stößt seine weiche Eichel gegen meine Lippen.

Ohne unseren Blickkontakt zu unterbrechen, öffne ich meine Lippen und sauge an der Spitze seines Gliedes. Züngelnd und lutschend umspiele ich den kleinen Schlitz, fahre an der Unterseite entlang und nehme ihn immer tiefer in mir auf.

Er lässt mich nicht aus den Augen. Sein Blick ist intensiv, seine Augen glühen regelrecht.

„Yeah, Baby. Das fühlt sich so fucking geil an!"

Seine Hand legt sich groß und schwer in meinen Nacken. Bestimmend hält er meinen Kopf in Position, während er immer tiefer in meinen Mund eindringt. Ich spüre ihn in meiner Kehle. Gierig sauge ich an ihm, züngle über seine Länge und entlocke ihm ein lautes Stöhnen.

Seine Reaktion auf mein Zungenspiel lässt mich immer feuchter werden. Wie kann es sein, dass es mich so scharf macht, ihn zu verwöhnen?

Feuchtigkeit benetzt meine Körpermitte, läuft über die Innenseiten meiner Oberschenkel.

Sein herbes Aroma erfüllt meine Sinne, genussvoll schließe ich meine Augen und genieße diesen Moment der absoluten Intimität.

Sein Rhythmus wird langsamer, doch der Griff seiner Hand bleibt unnachgiebig und kraftvoll.

Federleicht lecke ich ihm über die Eichel, koste seine ersten Lusttropfen.

„Oh fuck, Ellen, ist das gut....."

Immer wieder verwöhne ich ihn mit einem sanften Zungenschlag, während ich ihn immer tiefer in meine Kehle sauge.

Ruckartig entzieht er mir sein Glied, so dass es hart und pulsierend auf meiner Unterlippe liegt.

Langsam umkreise ich es mit meiner Zungenspitze, genüsslich nehme ich erneut seine purpurne Eichel in meinen Mund und verwöhne sie so gut ich kann.

Slide versinkt immer tiefer in meinem Mund. Ich genieße seine kraftvolle Dominanz, die mit jeder Sekunde stärker wird.

Mein Devil versucht verzweifelt, die Kontrolle über sich zu behalten – ich hingegen hoffe ja, dass er sie verliert.

Seine Leidenschaft steigert sich rasant, die heftigen Zuckungen in seinen Oberschenkeln verraten mir, wie nah er dran ist, sich in meinem Mund zu ergießen.

„Ich will dich ficken, Baby!"

Langsam saugend komme ich zum Ende des Blow Jobs, öffne meine Augen und lecke mir zufrieden über die Lippen. Auf wackeligen Beinen stehe ich auf. Seine Hände schließen sich um meine Hüfte, er wirft mich sanft in die Mitte des Betts.

Mit seinem Geschmack auf meinen Lippen küsse ich ihn gierig. Umspiele seine Zunge, wühle mich durch seinen Mund. Seine Hand streicht über meinen Bauchnabel direkt zu meiner Pussy. Pochend und feucht umschließt mein Körper seine eindringenden Finger, der Tanz unserer Zungen wird immer wilder. Gekonnt verwöhnt er meine sensible Perle, seine Zähne knabbern an meiner Brustwarze – ich bin verloren. Süchtig nach mehr presse ich mich seinen Fingern entgegen. Ich will ihn endlich in mir spüren.

Seine feuchten Finger fahren weiter nach unten bis zu meinem Po, berühren meinen engen Muskel und weiten ihn sanft.

Unsicher verspanne ich mich kurz, doch sein hemmungsloser Kuss lässt mich alles andere vergessen.

Mit einem Finger dringt er von hinten in mich ein. Die erregenden Gefühle, die er in mir auslöst, sind unbeschreiblich.

„Ich will dich auf jede erdenkliche Art und Weise in Besitz nehmen."

Vor Erregung zitternd spüre ich, wie meine Lust immer stärker wird. Keuchend gebe ich seinen Forderungen nach, nehme was kommt, und zerfließe unter seinen kundigen Händen.

Auch wenn ich etwas Angst vor Analsex habe, bin ich bereit, es für ihn auszuprobieren.

Mein Kitzler pocht und ist angeschwollen. Meine Brüste fühlen sich schwer an. Ich drücke mich seinen Händen entgegen und bettle um eine stärkere Penetration. Langsam dringt er mit zwei Fingern ein, es fühlt sich überraschenderweise sehr gut an. Eine wilde und zugleich bittersüße Mischung aus Neugierde und Verlangen, die mit einem Hauch Angst gewürzt ist, breitet sich in mir aus.

„Verlocke mich nicht, Baby, für heute habe ich da nicht mehr die nötige Selbstbeherrschung! Wenn ich dich das erste Mal in deinen geilen Arsch ficke, muss ich mich beherrschen können."

In seinen dunklen Augen schimmert unverhohlene Gier und noch etwas anderes, das ich jetzt nicht benennen kann.

"Ich will dich in mir spüren, Slide."

Sein Finger massiert erneut meine Rosette, während er mit seinem Glied tief in meine Möse eindringt. Sein intensiver, unheimlich wilder Blick wandert über meinen Körper.

Dieser Augenblick ist so intim und sinnlich, dass ich meine Augen schließe und mich meinen Empfindungen hingebe.

Meine Scheidenwände beginnen zu zucken, ehe mich ein gigantischer Orgasmus überrollt.

Mit kraftvollen Stößen nimmt er mich immer und immer wieder.

Er nimmt sich, was er will, gibt mir was ich brauche. Ein bittersüßer Lustschmerz erfüllt meinen Körper.

Stöhnend winde ich mich unter ihm, hebe mein Becken an und bettle hilflos nach mehr.

Gekonnt trifft sein Schwanz meinen G-Punkt. Gnadenlos dringt er immer tiefer und härter in mich ein, nimmt mich vollkommen in seinen Besitz.

Slide verändert seine Position, hebt meine Beine an und legt sie sich auf die Schultern. So spüre ich ihn noch etwas intensiver.

Meine Schreie werden immer lauter.

Fordernd massiert er mit seinem Finger erneut meinen Po, zeigt mir, wonach ich mich sehne und was in naher Zukunft noch kommt.

Plötzlich spüre ich, wie sich etwas an ihm verändert.

Er fickt mich nicht nur, er verbindet sich mit mir!

Seine Besitzgier ist so stark, dass ich unter ihm erschauere.

Das süße Ziehen, das sich erneut zwischen meinen Beinen ausbreitet, ist die letzte Warnung, bevor ich schreiend in ein schwarzes, süßes Nichts stürze.

Slide

Bis zur heutigen Nacht war ich ein Getriebener, ein Krieger auf der Suche nach sich selbst.

Jetzt, in diesem Augenblick, spüre ich, dass ich endlich gefunden habe, wonach ich so lange gesucht habe. Nach meiner Seelenverwandten.

Das zwischen Ellen und mir ist etwas Besonderes. Wir haben eine Bindung, die ich nie für möglich gehalten hätte.

Jetzt, wo es uns endlich gelungen ist, alle Probleme zu lösen, wird es Zeit, Frieden zu finden.

Ich will, dass Ellen sich richtig im Club einlebt. Dass sie sich wohlfühlt und mit Stolz meine Kutte trägt.

Um ehrlich zu sein, habe ich keine Ahnung, was die Zukunft für uns bereithält, aber mit Ellen an meiner Seite freue ich mich auf die vor uns liegenden Jahre.

Mit ein bisschen Glück wird sie schon bald meinen Sohn unter ihrem Herzen tragen.

Bis es soweit ist, will ich sie hinter mir auf dem Bike sitzen haben und mit ihr in den Sonnenaufgang fahren.

Holy Fuck!

Meine Zukunftswünsche klingen krass kitschig und ziemlich spießig. Aber das ist OK. Endlich ist mir die Frau begegnet, mit der ich mir vorstellen kann, eine Familie zu gründen. In meiner Welt ist es keine Selbstverständlichkeit, so viel Glück zu haben.

Pussys gibt es ohne Ende, Old-Lady-Material hingegen nur selten.

Glücklich ziehe ich sie in meine Arme, küsse sie sanft in den Nacken und schnuppere an ihrem Hals.

Mehr als zufrieden schließe ich meine Augen und genieße den Augenblick.

„Slide?"

„Hmmmmm"

„Ich liebe dich!"

„Und ich liebe dich, Baby! Mehr als du es dir vorstellen kannst, mehr als ich es begreifen kann."

Völlig erschöpft zieht sie meine Handfläche an ihren Mund und presst einen Kuss auf die schwielige Haut.

Mit einem leisen Seufzen sinkt sie in den Schlaf. Ich hingegen bleibe noch etwas wach, betrachte ihre feinen Gesichtszüge und genieße den kostbaren Moment des Friedens.

Epilog

Zwei Jahre später

Ace

Nach einem langen und anstrengenden Tag ist endlich Ruhe im Club eingekehrt. Die Party ist vorbei, meine Brüder haben sich zurückgezogen und selbst die Hangarounds und die vielen Bitches, die sich hier eigentlich immer herumtreiben, haben sich alle verpisst.

Die ungewohnte Stille wirkt beinahe gespenstisch.

Trotz der späten Uhrzeit bin ich hellwach.

In meinem Kopf wirbeln die Gedanken mit so einer Geschwindigkeit durcheinander, dass es mir einfach nicht gelingt, einen davon zu fassen und fertig zu denken.

Es ist keine 30 Minuten her, dass ich eine kleine blonde Schlampe gefickt habe. Und dennoch fühle ich mich unbefriedigt und unruhig.

Kann es sein, dass ich diese ganzen Bitches nach all den Jahren einfach überhabe?

Jede Muschi gleicht der anderen, sie dienen nur zu einem Zweck – mich zu befriedigen.

Bis zu einem gewissen Grad mag ihnen das auch gelingen, aber eben nur rein körperlich.

Fluchend trinke ich mein Bier aus und zünde mir eine Kippe an.

Vielleicht hat Slide ja recht und ich sollte mir eine Lady suchen?

Er und Ellen sind nach anfänglichen Schwierigkeiten sehr glücklich miteinander.

Auch Skorpion und Catcher wirken, seit sie ihre Frauen haben, zufriedener auf mich.

Holy Shit...

Ich und eine Old Lady? Echt jetzt?

Dieser Gedanke ist so lächerlich, dass ich mich prompt an dem Rauch meiner Zigarette verschlucke.

Eine Old Lady ist nun wirklich das Letzte, was ich brauche....

In der nächsten Zeit werde ich mich mit all meiner Energie um die Geschäfte des MCs kümmern. Gelangweilt ziehe ich ein Pik-Ass aus der Innentasche meiner Kutte und lege es vor mir auf das abgewetzte Holz des Tresens.

Ace of Spades....

Diese Spielkarte ist mein Zeichen, jeder in der Unterwelt weiß, was sie bedeutet.

Das Ass ist auch als die Karte des Todes bekannt.

Zwei Namen stehen noch auf meiner Liste. Zwei Männer werden in naher Zukunft diese Karte an ihrer Türe vorfinden.

Wenn sie diese letzte Warnung ernst nehmen und meine Forderung erfüllen, werden sie leben. Wenn nicht...

Ich gönne meinem Vizepräsidenten sein Glück, ich wünsche Ellen und ihm nur das Beste.

Für mich hingegen liegt der Weg in eine glückliche Zukunft nicht im Schoß einer Frau.

Von einer tiefen Unruhe erfüllt schnippe ich den Zigarettenstummel in den Aschenbecher und verlasse das Clubhaus...

Es wird Zeit, mich um ein paar Dinge zu kümmern.

Billy, ein Kneipenbesitzer und Spieler, schuldet unserem Club eine ganze Stange Geld.

Die letzten Warnungen hat er nicht ernst genommen. Jetzt wird es Zeit, meine Signatur, das Pik-Ass, bei ihm zu hinterlassen.

Seine letzte Chance, seinen Hals zu retten. Wenn er die nicht ergreift, wird er mit seinem Blut dafür bezahlen, dass er uns hintergangen hat.

Ich setze meinen Helm auf, steige auf mein Bike und folge den Biegungen der mondbeschienenen Straße.

Diese Nacht hat etwas Besonderes an sich – etwas Magisches.

Ich höre den heiseren Ruf eines Raben und weiß, dass etwas in der Luft liegt.

Meine Intuition rät mir vorsichtig zu sein.

Ich kann spüren, dass etwas passieren wird. Durch irgendeine Fügung des Schicksals wird sich mein Leben verändern, die Frage ist nur in welche Richtung...

Das Bett ist groß und ohne den warmen Körper meines Mannes viel zu leer.

Die ungewohnte Stille, die sich über das Clubhaus gelegt hat, ist gespenstisch.

Slide, Ace und die meisten anderen der Dead Riders sind zur Zeit fast jede Nacht geschäftlich unterwegs. Es geht um irgendeine Kneipe und um einen Typen, der beim MC Spielschulden hat.

Auch wenn Slide es nicht zugeben wollte, aber ich habe gespürt, dass er in den letzten Wochen unruhig geworden ist. Er war wie ein Tiger im Käfig.

Die vielen Stunden, die er jetzt mit seinen Brüdern durch die Nacht fährt, werden ihm gut tun. Es kommt nicht selten vor, dass er am nächsten Morgen völlig erschöpft und mit aufgeschürften Fingerknöcheln heimkommt.

Bevor ich Slides Old Lady geworden bin, war er ein leidenschaftlicher Kämpfer. Wochenende für Wochenende hatte er sich in dem Fight Club am alten Güterbahnhof in den Ring gestellt und einen Gegner nach dem anderen K.o. geschlagen.

Slide weiß, dass ich es hasse, wenn er dort hingeht und sein Leben riskiert, es wundert mich also nicht, dass er seine Anwesenheit dort vor mir verheimlicht.

Natürlich könnte ich jetzt auch einen riesen Streit anfangen, hysterisch werden und ihm immer und immer wieder verbieten, dass er dort hingeht, aber was würde mir das bringen?

Wenn ich einen braven, langweiligen Mann gewollt hätte, dann hätte ich mich nicht für den Vizepräsidenten der Dead Riders entscheiden dürfen.

So wie ich das sehe, wird es mir sowieso nie gelingen, Slide vollständig zu domestizieren, und das ist auch gut so.

Wo bliebe denn da der Spaß, das Abenteuer und der Nervenkitzel?

Trotzdem bleibt mir nichts anderes übrig, als meine Konsequenzen aus seinen nächtlichen Ausflügen zu ziehen. Solange er sein Leben in sinnlosen Kämpfen riskiert, werde ich weiterhin heimlich meine Pille nehmen.

Slides größter Wunsch ist, dass ich ein Baby bekomme. Zugegebenermaßen wünsche ich mir ebenfalls ein Kind, aber nicht unter diesen Umständen.

Das Leben der Riders ist auch so schon gefährlich genug, da kann ich dieses zusätzliche Risiko nicht akzeptieren.

Dieser Mann ist die Liebe meines Lebens, er ist alles was ich jemals wollte und alles was ich brauche. Mit ihm eine Familie zu gründen ist mein sehnlichster Wunsch.

Die Tatsache, dass er noch immer in diesen Fight Club geht, zeigt mir allerdings, dass er noch nicht bereit ist, die Verantwortung, die Vaterschaft bedeutet, zu tragen.

Nachdenklich streiche ich mit den Fingern über meinen flachen Bauch. Wie es sich wohl anfühlt schwanger zu sein?

Unruhig drehe ich mich auf die Seite, schließe meine Augen und versuche zu schlafen. Das dunkle Brummen von fast einem Dutzend Motorrädern, die auf den Hof fahren, verrät mir, das sie zurückgekommen sind.

Wo sie wohl waren?

Wie spät es jetzt wohl ist?

Nachdem die Motoren verstummt sind, höre ich Aces dunkles Lachen und Slides gedämpfte Stimme.

Wenige Atemzüge später höre ich schwere Schritte, die Haustüre wird aufgesperrt und mein Mann betritt unsere Wohnung.

Ohne dass er sich Licht anmacht kommt er direkt zu mir ins Schlafzimmer. Im Halbdunkeln beobachte ich, wie er sich auszieht.

Auch nach zwei Jahren habe ich mich an seinem muskulösen Körper noch nicht sattgesehen.

Für den Bruchteil einer Sekunde überlege ich mir, ob ich mich schlafend stellen soll. Entscheide dann aber, dass ich mir damit nur selber schade. Nur weil ich noch nicht bereit bin ein Baby zu bekommen, heißt das noch lange nicht, dass ich es nicht liebe mit ihm zu schlafen.

Slide steigt zu mir ins Bett, legt sich auf die Seite und zieht mich an seine Seite.

„Hey Baby."

Er riecht nach Leder, Schießpulver und Seife – einfach göttlich. Alleine dieser Geruch reicht aus, um mich zu erregen. Starke Hände umfassen meine Taille, heben mich an, so dass ich rittlings auf seinem erigierten Schwanz sitze.

Das fahle Licht des Mondes scheint durch das Fenster, seine markanten Gesichtszüge zeichnen sich grob in der Dunkelheit ab.

Ich erhebe mich, so dass seine dicke Eichel über meinen feuchten Eingang reibt.

Oh verdammich, fühlt sich das gut an....

Ohne ein Wort – Worte waren zwischen uns noch nie nötig, lasse ich mich auf seinen dicken Schwanz sinken. Ich seufze leise während er mich dehnt, sich tief in meinen Unterleib bohrt und mich als seinen Besitz markiert.

Unsere Leiber verschmelzen, wir ertrinken in den Augen des anderen.

Dieser Rocker ist mein Seelenverwandter, er ist für mich ganz genauso wichtig wie die Luft zum Atmen.

Ich würde lieber sterben, als ihn zu verlieren!

Schmerzlich langsam lasse ich mich immer tiefer auf ihn sinken. Ich spüre die dicke Kuppel seiner Eichel an meiner Gebärmutter, sie reibt über meinen G-Punkt und entlockt mir einen lauten Schrei.

Trunken vor Lust schließe ich meine Augen, lasse meine Hüfte kreisen, bohre ihn so noch etwas tiefer in mich. Der bittersüße Schmerz, der meine Nervenbahnen flutet, ist so köstlich, dass mir die Luft wegbleibt.

Seine großen Hände umschließen meine Taille, er hebt mich etwas an, nur um mich einen Atemzug später wieder fest auf sein Glied zu pressen.

Immer und immer wieder nehme ich ihn bis zum Schaft in mir auf.

So mancher wird sich fragen, ob es möglich ist, wahre Liebe körperlich zu spüren – ich kenne die Antwort....

Mein Puls rast, meine Atmung stockt, aus der Kehle meines Mannes löst sich ein animalisches Knurren.

„Yeah Baby, heute Nacht mache ich dir ein Baby!"

Seine Worte streichen wie eine Liebkosung über meine Seele und erinnern mich an meinen Verrat.

Vielleicht sollte ich mit der Pille aufhören und es darauf ankommen lassen.

Ich spüre, wie sein Glied noch dicker wird, seine Stöße werden härter, gnadenloser und tiefer.

„Komm für mich! Lass dich gehen, Kleines!"

Seine Worte klingen wie ein Befehl, mein Körper gehorcht.

Bunte Blitze zucken vor meinen Augen, während mich ein unfassbar starker Orgasmus erzittern lässt.

Slide verliert sich ebenfalls in seiner Lust. Er pumpt seinen Samen tief in meinen Schoß, füllt mich damit aus, flutet meinen Unterleib.

Ich spüre ihn heiß und warm in mir.

Kraftlos stütze ich mich an seinen Händen ab, spüre die frischen Verletzungen an seinen Knöcheln und weiß, wo er die letzten Stunden gewesen ist.

Müde und nachdenklich sinke ich neben ihm ins Bett.

Er legt seinen Arm um meine Mitte und zieht mich besitzergreifend an seinen Brustkorb.

Ich habe keine Ahnung, ob und wann ich die Pille absetzen werde, aber ich weiß, dass irgendwann in naher Zukunft der Zeitpunkt kommt, an dem wir eine Familie sein werden....

Buchempfehlung

Erotische Romane von Bärbel Muschiol

„Rockerclub"

Klappentext:
Hart und dominant, die Welt der Biker ist von Gewalt geprägt, ihre Auseinandersetzungen mit der Russenmafia sind nichts für schwache Nerven. Aber Darmian, Snake und die anderen Clubbrüder der Dead Angels haben auch eine ganz andere, eine weiche und beschützende Seite, nämlich dann, wenn es um ihre Rockerfamilie und ihre Ladys geht. Bärbel Muschiols Rocker-Geschichten machen süchtig, das sind erotische Lovestorys einer ganz besonderen Art knallhart und verdammt sexy!

+++ Exklusives Bonus-Material zu den wichtigsten Protagonisten, alle Fans der Serie kommen hier voll auf ihre Kosten! +++

Taschenbuch ISBN: 978-3-95573-311-7
eBook ISBN: 978-3-95573-319-3

„Vampire Lover – Herrscher der Schatten"

Klappentext:
In einer Zeit, in der Vampire über die Welt herrschen, passiert das Unglaubliche. Das erste Mal fühlt sich Darkon, der Anführer der Vampire, zu einer Frau wirklich hingezogen. Alyssa ist die von der Vorsehung bestimmte Braut der Schatten, doch diese kleine sexy Menschenfrau ist zunächst gar nicht geneigt, sich Darkon zu unterwerfen ... Ein großes Abenteuer beginnt, spannend, gefährlich und vor allem verdammt sexy! Bärbel Muschiols Geschichten um Darkon und Alyssa, die schon so viele Leser in ihren Bann gezogen haben, gibt es nun e ndlich als Gesamtausgabe.

+++ Exklusives Bonusmaterial: 2 Jahre später ein Blick in die Zukunft von Darkon und Alyssa - Alle Fans der Serie kommen hier voll auf ihre Kosten!+++

Taschenbuch ISBN: 978-3-95573-318-6
eBook ISBN: 978-3-95573-314-8

„Biker Club"

Klappentext:
Die junge und attraktive Maja ist hin- und hergerissen. Es ist eine ausgemachte Sache, dass sie die Lady von Logan, dem Anführer des Bikerclubs Dead Bastards, werden soll. Von dem dominanten Biker fühlt sie sich auch angezogen, aber andererseits ist er furchteinflößend und der brutalste aller Dead Bastards. Heimlich trifft sich Maja mit Jack, Mitglied eines anderen Bikerclubs. Die verbotenen Treffen sind ein Spiel mit dem Feuer das schiefgeht, denn Logan kommt dahinter ... Dies ist der Beginn eines großen Abenteuers spannend, hart und vor allem verdammt sexy!

Taschenbuch ISBN: 978-3-95573-366-7
eBook ISBN: 978-3-95573-365-0